TOMÁS ELOY MARTÍNEZ

La novela de Péron

Tomás Eloy Martínez nació en Argentina en el año 1934. Su obra, traducida a siete idiomas, es considerada una de las más sólidas y deslumbrantes de la literatura latinoamericana. Sus libros publicados incluyen *Lugar común la muerte* (1979), *La mano del amo* (1991), y *Santa Evita* (1995). En 1983 obtuvo una beca del Wilson Center y en 1987 una beca Guggenheim. Actualmente dirige el Programa de Estudios Latinoamericanos de la Rutgers University, en New Jersey (E.E.U.U.), donde es Profesor Distinguido.

La novela de Perón

TOMAS ELOY MARTINEZ

La novela de Perón

VINTAGE ESPAÑOL

Vintage Books

Una división de Random House, Inc.

New York

a Susana Rotker

Si el lector lo prefiere, puede considerar este libro como una obra de ficción. Siempre cabe la posibilidad de que un libro de ficción deje caer alguna luz sobre las cosas que antes fueron narradas como hechos.

ERNEST HEMINGWAY,
prefacio de *París era una fiesta*

Los argentinos, como usted sabe, nos caracterizamos por creer que tenemos siempre la verdad. A esta casa vienen muchos argentinos queriéndome vender una verdad distinta como si fuese la única. ¿Y yo, qué quiere que haga? ¡Les creo a todos!

JUAN PERON al autor,
marzo 26 de 1970

La novela de Péron

UNO

ADIOS A MADRID

UNA VEZ MAS, el general Juan Perón soñó que caminaba hasta la entrada del Polo Sur y que una jauría de mujeres no lo dejaba pasar. Cuando despertó, tuvo la sensación de no estar en ningún tiempo. Sabía que era el 20 de junio de 1973, pero eso nada significaba. Volaba en un avión que había despegado de Madrid al amanecer del día más largo del año, e iba rumbo a la noche del día más corto, en Buenos Aires. El horóscopo le vaticinaba una adversidad desconocida. ¿De cuál podría tratarse, si ya la única que le faltaba vivir era la deseada adversidad de la muerte?

Ni siquiera tenía prisa por llegar a parte alguna. Estaba bien así, suspendido de sus propios sentimientos. ¿Y eso qué era? ¿Los sentimientos?: nada. Cuando mozo, le dijeron que no sabía sentir, sino representar los sentimientos. Necesitaba una tristeza o una señal de compasión, y ya: las pegaba con un alfiler sobre la cara. Su cuerpo vagaba siempre por otra parte, donde los afanes del corazón no pudieran lastimarlo. Hasta el lenguaje se le iba tiñendo de palabras ajenas: mozo, de prisa. Nada le había pertenecido, y él mismo se pertenecía menos que nadie. De un solo hogar disfrutó en la vida —estos últimos años, en Madrid—, y también acababa de perderlo.

Levantó la cortina de la ventanilla y adivinó el mar debajo del avión: es decir, la tierra de ninguna parte. Arriba, unas hebras amarillas de cielo se desplazaban perezosamente, de un meridiano a otro. El reloj del General señalaba las cinco, pero allí mismo, en ese punto móvil del espacio, ninguna hora llegaba a ser la verdadera.

11

Su secretario lo había retenido en la cabina de primera clase, para que se mantuviera fresco al llegar y la muchedumbre que lo aguardaba lo viese como al otro: el Perón del pasado. Disponía de cuatro butacas, sofás y una pequeña mesa de comedor. En la penumbra, observó a la esposa distrayéndose con una revista de fotos: era menuda como un pájaro y tenía la virtud de ver sólo la superficie de las personas. Al General le habían aterrado siempre las mujeres que iban más lejos, abriéndose camino entre sus no sentimientos.

Poco antes del almuerzo, el secretario lo llevó a dar una vuelta por la clase turista, donde viajaba una corte de cien hombres. A casi nadie reconocía. Le deslizaban en el oído apellidos de gobernadores, diputados, dirigentes sindicales. "Ah, sí", saludaba él. "Cuento con ustedes. No vayan a dejarme solo en Buenos Aires..." Estrechó la mano aquí y allá, hasta que se le clavó un dolor en la boca del estómago y tuvo que detenerse a tomar aliento. "No es nada, no es nada", lo apaciguó el secretario, mientras lo devolvía a su butaca. "No es nada", repitió el General. "Pero quiero quedarme solo."

La esposa le envolvió las piernas con una frazada y reclinó el asiento, para que la sangre perezosa del General fuera avivándole el temple.

—¡Qué hombre tan bueno es Daniel! ¿Viste, Perón, qué hombre tan servicial nos ha mandado Dios?

—Sí —admitió el General—. Ahora déjenme dormir.

El secretario se llamaba José López Rega, pero en la primera ocasión de intimidad pedía seriamente que lo llamaran Daniel, ya que por ese nombre astral lo conocería el Señor cuando tronara el escarmiento del apocalipsis. Parecía un carnicero de barrio: era retacón y confianzudo. Se posaba como una mosca sobre todas las conversaciones, sin preocuparse en lo más mínimo por la tolerancia de la gente. En otros tiempos se había esforzado por caer simpático, pero ya no. Ahora se vanagloriaba de su antipatía.

Un par de veces, mientras el General dormía la siesta en el avión, López había tratado de medirle el espesor del aire en los alvéolos de los pulmones. Lo penetraba con el pensamiento e iba siguiendo, de un alvéolo a otro, la marcha lánguida y entrecortada de las corrientes. Al tropezar con un ronquido en el diafragma, el secretario se alarmó. Decidió montar guardia sentado en el brazo de la butaca, ayudando con la voluntad a que el aire se moviera. La señora, entretanto, harta de haber releído la historia de unos esponsales sevillanos en la revista *Hola*, se quitó los zapatos y olvidó la mirada en el paisaje de acero puro dentro del cual se movía el avión, insensiblemente.

Apenas advirtió que el General despegaba los ojos, el secretario lo hizo ponerse de pie y caminar por el pasillo. Dobló la frazada, enderezó la butaca y acercó uno de los sofás a la ventana.

—Quedesé aquí sentado —dispuso—. Y aflojesé los botones del pantalón.

—Qué hora es —quiso saber el General.

El secretario meneó la cabeza, como si hubiera escuchado la pregunta de un niño.

—Quién sabe. Tal vez las dos. Pronto vamos a cruzar la línea del Ecuador.

—Entonces ya no podemos regresar —suspiró el General—. Era verdad lo que usted me predijo, López. Que un día yo iba a tirar mis huesos en la pampa.

Hacía dos meses que Perón estaba preparándose para volver a Buenos Aires: desde que el régimen militar había reconocido el triunfo de los peronistas en las elecciones y se aprontaba resignadamente a dejarlos gobernar. "Venga ya mismo a la patria. Instálese en su hogar", lo apresuraban cientos de telegramas. ¿Mi hogar?, sonreía. En la Argentina no hay más hogar que el exilio.

La primavera se había adelantado aquel año en Madrid. A finales de marzo, cuando abría el balcón de su dormitorio, venía de lejos un olor de fritangas y de palomas que le bastaba al cuerpo para relamerse con el pasado. El General alzaba los brazos y allí estaba, de pronto, el arrullo de la muchedumbre. Miles de palomas se estremecían con el saludo ritual, ¡Compañeros!, y lo vitoreaban agitando fotos y cartelones. Más allá, entre la plantación de rosales y las torres de los palomares, junto a la casilla donde se apostaban los guardias civiles del generalísimo Franco, se abrían las bocas del subterráneo Anglo-Argentino, que había comenzado a construirse casi ante sus ojos, en 1909. ¿No había caminado por aquellos lodazales, a la zaga de la abuela Dominga Dutey, cuando buscaba en el Ministerio de Guerra la beca de providencia que le permitiría estudiar en el Colegio Militar?

En ese punto del pasado, la imaginación del General se negaba siempre a seguir avanzando. Empezaba a sentir melancolía por lo que no había sucedido aún —perderé a Madrid, estaré demasiado viejo para andar solo por la casa que me han regalado en Buenos Aires—. Y en el repentino vacío de su corazón descubría que sólo cuando se quedaba sin país tenía tiempo para la felicidad.

En aquellos días de marzo lo acometió el presentimiento de que no debía irse. Cada vez que pensaba en Buenos Aires, el centro de gravedad se le desplazaba del hígado a los riñones y lo punzaba por dentro. El General decía que esas eran malas espinas anticipando la desgracia, y que la única manera de conjurarlas era ver una película de John Wayne por la televisión: el polvo de los westerns adonde no podían llegar las humedades de Buenos Aires. Las manos se le quedaban enredadas entre las toallas y los manteles, y cuando hasta la lencería fue embalada para el viaje, el cuerpo siguió aferrándose a las aureolas que los objetos dejaban por todas partes.

En esos desconciertos se le fueron las últimas semanas. Llevaba una agenda de seis a siete entrevistas diarias: siempre para ser el árbitro de alguna trifulca entre las facciones que se disputaban el poder a dentelladas. Escribía una que otra carta, hablaba por teléfono un par de veces al día (si no era con el médico de Barcelona que le cuidaba la próstata era con el veterinario: tenía una familia de perras caniches que daba mucho trabajo), y cuando procuraba caminar por la Gran Vía, como antes, ya no se lo permitían. Si el Padre Eterno anduviera mostrándose por la calle —lo disuadían, apelando a su propia receta—, acabarían por perderle el respeto.

Desde que el peronismo había ganado las elecciones, el secretario lo aliviaba de todas las pequeñeces administrativas: seleccionaba a los que serían recibidos por el General y a los que, luego de haberlo frecuentado casi a diario, ya no podían verlo nunca más. En ambos casos el secretario tomaba sus decisiones según el aura de bien o de mal que exhalaban las personas y que él podía sentir con tanta claridad como un olor. Por las noches, clasificaba la correspondencia y destruía los mensajes sin importancia, para que el General no perdiera el tiempo. A menudo se salvaban del escrutinio sólo las cuentas de la luz y las ofertas de saldos de las Galerías Preciados, que tanto interesaban a la esposa.

Todas las madrugadas, el canto de los gallos despertaba al General. Con alivio descubría que aún no era hoy: que faltaba mucho tiempo para volver. Tanto se lo repitió que el 20 de junio de 1973 casi le pasó de largo.

Era tarde ya, más de las cuatro y media, cuando se le vino encima el primer canto. El General cerró los ojos con fuerza y protestó: "Ya está aquí el maldito día y ni siquiera me ha dado tiempo para prepararme". Se incorporó lentamente, y a través del balcón contempló la neblina entre las sierras. Prendió la radio y trató de sintonizar, como siempre, los boletines de noticias. Captó unas voces raras y una música, pero se le escapaban de la atención, como si desembocaran en otros oídos.

Todavía en calzoncillos, el secretario irrumpió en el dormitorio, apagó la radio y chasqueó los dedos: "¡Arriba, que ya es hora! ¡Arriba!". El General retrocedió hasta la cama. Quiso respirar el fresco, y un mareo repentino lo desconcertó. Estaba pálido. Las carnes se le habían ido aflojando con los años, y ahora se veía como una esponja que estaba hundiéndose lentamente en el agua. Soy un hombre inundado y así nomás van a llevarme, se dijo. Entonces advirtió que su dolor no venía del cuerpo sino de la siniestra claridad que ascendía por las faldas de la meseta.

La esposa le trajo la bandeja con el desayuno. "Nada de manteca ni de panecillos", pidió el General, con involuntario acento español. "Sólo quiero té de menta. Las despedidas me han echado a perder la digestión."

Se acicaló con cuidado y se puso un traje azul. Impregnó los pañuelos con el perfume que usaba desde la época en que conoció a Evita y que le recordaría para siempre la frase con que ella se le acercó: "Usted huele como a mí me gusta, coronel: cigarrillos Condal y pastillas de menta. Sólo le falta un poquito de Atkinsons". Y al día siguiente se intercambiaron frascos de lavanda y de perfume Cytrus, "para hacer de cuenta que somos novios", había bromeado ella, con toda la intención de que fuera cierto. Pero la frase con que Eva lo conquistó fue otra, impregnada de olores tan penetrantes que ya el recuerdo no podía soportarla: "Gracias por existir".

De pie junto a la cama aún destendida, con los sentimientos otra vez inmóviles, el General oyó pasar a los camiones que llevaban los baúles de ropa hacia el aeropuerto, guiados por el afanoso secretario.

—¿Qué me pongo? —lo sobresaltó la esposa, mientras se deshacía los ruleros—. Fijáte aquí: he dejado estos tres vestidos fuera de la maleta.

—Vas a tener que ponerte los tres, mija. Buenos Aires queda tan lejos que hasta la ropa llega cansada.

Eran las seis y media de la mañana cuando bajaron al porche, tomados de la mano. Desde la calle, al otro lado de la verja, los atropellaron aplausos y flashes. Algunos periodistas reclamaron a gritos una declaración del General, lo que fuese: una palabra nada más para compensarlos por tantos días de extrañamiento. Pero ambos, la esposa y él, sólo levantaron los brazos y dijeron adiós.

En el patio del Palacio de la Moncloa, el generalísimo Francisco Franco los esperaba en uniforme de ceremonia. Tres meses antes había consentido, al fin, que Perón lo visitara, luego de tantos años sin atender a las solicitudes de audiencia ni contestar a

15

los saludos de Navidad. Pero entonces, como ahora, había marchado a su encuentro con una escolta de almirantes y caballeros, entre los pendones de las guerras napoleónicas y de las guardias moras de Marruecos, con la mano tendida hacia él tan blandamente que el General sólo pudo estrecharle las falanges.

"¿Qué ha pasado con Franco?", se le escapó a Perón mientras avanzaba. "Me lleva sólo tres años y parece que lo hubieran sacado esta misma mañana de un frasco de formol."

Y a la vez, el generalísimo le iba diciendo a su edecán: "Vea usted lo que ha hecho el exilio con ese hombre. Tiene mi edad y ya está vuelto una ruina".

Pero el 20 de junio se asomaron el uno al otro con curiosidad, para ver con qué nuevas adversidades los había dañado el poder. Les sorprendió que todo fuera lo mismo y que no se hubieran dado cuenta. Firmaron unos protocolos de amistad y partieron en caravana hacia el aeropuerto de Barajas. La carretera estaba moteada de gallardetes azules y blancos que deseaban buen viaje. Un escuadrón de húsares montaba guardia, en semicírculo, a la entrada de la pista. El generalísimo reparó en el nombre del avión:

—Ah, Betelgeuse: la estrella moribunda... Un astrónomo me la señaló en el cielo de Galicia, cuando estábamos pescando. Pero qué va, no pude verla. Había miles de estrellas sobre un mismo punto. Allí está, insistía el hombre: ¡La Betelgeuse es casi mil veces más grande que el sol! Pero yo nada. Qué va, nada.

—El nombre fue idea de López, mi secretario. Es porque la Betelgeuse cambia de intensidad cada cinco años, como el destino de las personas. Cuando llegue a Buenos Aires voy a mandarle un telescopio de regalo, caudillo.

Se acercaron para los abrazos, pero sintieron al mismo tiempo que el otro podía desmigajarse. Franco le acercó las mejillas:

—Esta es su casa, General.

—Ojalá fuera cierto —dijo Perón.

Apenas el avión alzó vuelo y se perdió entre las sequedades ocres de Castilla, pidió que lo dejaran tranquilo y se adormeció. La esposa le quitó los zapatos y se puso a hojear los diarios de la mañana. Había tanta calma y una penumbra tan bien lavada que si cerraban los ojos podían imaginarse aún en el dormitorio de Madrid, mecidos por aquellas turbinas que más bien parecían las gárgaras de una tía vieja. Al poco rato, el General despertó sobresaltado:

—¿Qué hora es? —quiso saber.

—En Madrid son ya las nueve y cuarto —respondió la esposa—. Pero en Buenos Aires falta mucho todavía para que amanezca. Aquí arriba no puede saber uno en qué hora está viviendo. Ya has oído a Daniel: este avión va en dirección contraria a la del tiempo.

El General meneó la cabeza.

—Cómo ha cambiado el mundo, mija. Todas son puras confusiones de Dios.

El avión hizo escala en las Canarias bajo un sol tan blanco que hasta el paisaje se borraba. El gobernador de las islas se presentó a bordo con unas flores de cerámica para la señora y un manojo de medallas que fue colgando al azar, en los cuellos que tenía más cerca. Luego, en puntas de pie, pronunció un discurso que correspondía a un visitante equivocado, porque ponderaba la estrategia victoriosa del General en guerras donde no había estado ni siquiera de paso. La ceremonia se interrumpió cuando una horda de moscas se metió en el avión y cayó sin misericordia sobre la concurrencia.

Tardaron un largo rato en despegar. Ya más avanzado el día, después de haber sorteado una borrasca en Cabo Verde, el General fue al baño. Se observó en el espejo. Tenía las ojeras hinchadas y unos repentinos brotes de canas en las mejillas. Salió a buscar el neceser para afeitarse y los algodones de las tinturas. Canas de mierda, se dijo. Debo de estar sufriendo una tristeza muy grande para que la barba me crezca de semejante manera.

En la butaca le habían dejado algunos mapas con los derroteros de Aerolíneas Argentinas marcados en líneas de puntos, las bases navales de la Antártida, las redes ferroviarias abandonadas desde 1955. Abrió el plano de Buenos Aires. Recorrió con el índice la autopista que se abría paso desde las fábricas de Villa Lugano hacia el aeropuerto de Ezeiza, a través de monobloques, piletas populares y plantaciones de eucaliptus. Trató de imaginar dónde estaría el puente al cual iban a llevarlo para que arengase a la multitud. López le había contado que casi un millón de personas lo esperaba. Familias completas estaban abandonando sus casas sin trancar las puertas, como si aquello fuera el fin del mundo. Un cantante famoso, que aún recorría las carreteras para dar ánimo a los peregrinos, se había exaltado al recordarlo: "¡Un rayo misterioso nos ilumina! ¡Esta es la fe que mueve las montañas! ¡Dios está con nosotros! ¡Dios es argentino!".

Al pasar de un hemisferio a otro, el avión entró en una turbulencia violeta y las alas temblaron. Los pilotos informaron al General que la costa del Brasil se veía a lo lejos y le ofrecieron pasar a la cabina de mando. "No estoy con espíritu", les agradeció. "Lo único que me ha dado el Brasil son disgustos y mala suerte."

Quiso, en cambio, que vinieran a sentarse con él los pocos amigos en los que aún confiaba.

—Tráigamelos de una vez —le dijo a López—. Se ha hecho tarde ya y tenemos que prepararnos.

Consintió en que los primeros fuesen la hija y el yerno del secretario, quienes solían divertir a la señora contándole historias de los artistas de cine. El yerno, Raúl Lastiri, era un pícaro de barrio, diestro en hacer asados y en levantarse con un ademán reo a las mujeres de cabaret; Norma, la hija, tenía veinticinco años menos, pero trataba a Lastiri con la suficiencia de una suegra.

Entre las cortinas que daban a los baños el General distinguió a José Rucci, el esmirriado secretario general de la CGT. Estaba comiéndose las uñas, a la espera de que lo dejasen pasar. Perón sentía inclinación por él.

—¿Mijo? —lo llamó. El hombrecito asomó la cabeza con precaución. Gastaba unos bigotes espesos, que se movían al compás de su enorme nuez de Adán. Para no despeinarse, llevaba el jopo empastado de laca—. Venga, siéntese. ¿Es verdad que hay un millón de personas ahí abajo? Cuando lleguemos será el doble. ¿Y si se desbocaran, como los caballos?

—No se preocupe, mi General —entró Rucci, sobrador—. Hemos tomado el aeropuerto y toda el área del puente. Tengo a miles de muchachos fieles repartidos en las rutas de acceso. Si hace falta, van a dar la vida por Perón.

—Eso es: la vida por Perón —se oyó despertar a la señora.

El General bajó la cabeza. Era extraño. Cada vez que lo hacía, el tiempo se le volvía agua, escurriéndose del cuerpo. Bajaba la cabeza, y al subirla, habían pasado ya muchas cosas que no podía recordar, como si el atardecer de hoy se hubiera convertido repentinamente en un atardecer de mañana.

Al lado de la señora vino a sentarse un italiano que a cada rato la obsequiaba con figurines de moda y anteojos de sol. Decían que, antes de morir, el papa Juan XXIII lo había gratificado con sus más virtuosas confidencias. El propio General solía oír cómo el italiano bromeaba por teléfono con los cardenales de las congregaciones vaticanas y conversaba sin intermediarios con Mao Tsé-tung y con Su Santidad Pablo VI, aun a las horas en que no atendían a nadie.

Se llamaba Giancarlo Elia Valori. Visitaba con frecuencia la quinta de Madrid, siempre afanoso por conseguir una condecoración para cierto amigo banquero, Licio Gelli, quien lo acompañaba también en este vuelo a Buenos Aires. Gelli era un caballero sombrío, de pocas palabras. Cuando hablaba con el General sonreía con facilidad, pero manteniéndose a distancia, como si temiera que le contagiasen alguna plaga. Seducido por Valori, el secretario había garantizado que conseguiría la condecoración. Pero el General vacilaba: "La gran cruz de la orden del Libertador, Valori... ¿Para qué quiere tanto?". Y el italiano insistía: "Puse a la Iglesia del lado suyo, excelentísimo. Ponga usted a Gelli del lado mío".

De todas las amarguras y fastidios que el General había debido afrontar durante el viaje, ninguna era tan insufrible como la compañía de Héctor J. Cámpora, el presidente de la República. En los tres años pasados, cuando era su delegado personal y no tenía otra obligación que la de obedecerle, Cámpora había sido fiel, discreto, maravilloso. A veces, al caer la tarde, el General lo extrañaba y hasta le daba unas palmaditas de amistad, sin advertir que Cámpora no estaba allí sino en Buenos Aires. Pero al sentirse con mando, el presidente se había echado a perder. Tomaba en serio su papel: lo representaba con demasiado entusiasmo. Quería ser popular. Le encantaba que lo llamaran tío: el hermano del líder. Cada vez que pensaba en esas necedades, el General sentía un ardor de cólera.

Por fortuna, Cámpora se había dejado ver poco durante el viaje. Un par de veces, cuando aún volaban sobre España, había tratado de acercarse. "¿Está cómodo, señor? ¿Se le ofrece algo?". Pero el General lo rechazaba: "Quédese tranquilo, Cámpora. Descanse. Aproveche estas últimas horas muertas para descansar". Habían compartido el almuerzo en silencio. Ya llevaban casi una semana distanciados. Por momentos, Cámpora sentía ganas de pedir perdón, pero no sabía por qué.

Tenía sesenta y cinco años y los sentimientos transparentes: cada felicidad se le prendía en la cara como una vela. Estaba orgulloso de su dentadura y del bigotito fino que le patinaba sobre los labios; sus modales eran ceremoniosos y gentiles como los de un cantor de tangos. Caminaba gallardamente, con unas espaldas más jóvenes que el cuerpo. Pero delante del General se transfiguraba: los temblores que le bajaban del corazón iban encorvándolo a tal punto que parecía un camarero con la servilleta en el brazo.

Cuando Perón lo mandó a buscar, se había sentido mal, descompuesto. Al entrar en la cabina advirtió que el sol incomodaba a la señora en los ojos y se apresuró a cerrar la ventanilla.

—¿Qué hace, Cámpora? —lo reprendió el General—. Deje esos menesteres para las azafatas. Y siéntese de una vez. Ya lleva muchas horas de vida social.

El secretario mandó a servir té con galletitas. Hubo un largo rato de silencio, o tal vez de confusión, hasta que la señora, inadvertidamente, atropelló con los zapatos una hojarasca de revistas. Fue como una señal. Perón se puso de pie. Cámpora, que había logrado relajarse, se tensó de nuevo. Todos pudieron sentir cómo la tarde iba cayendo en un orden perfecto. El General extendió los brazos con una expresión de profunda pena.

—Yo estoy amortizado ya, muchachos. Nada espero de la vida sino quemar los últimos cartuchos al servicio de la patria... —Suspiró. La voz cambió de registro y se tiñó de una súbita ira—: ...es que cada día me traen de Buenos Aires noticias que me alarman... Oigo que sin razón alguna entran desconocidos a las fábricas y las ocupan en nombre de Perón, desalojando a los propietarios legítimos... He sabido que molestan y golpean a los gremialistas que me han sido más fieles, invocando un peronismo que no es el mío... Hasta me han dicho que llaman por teléfono a los generales, en medio de la noche, para amenazarles a las familias... ¿Qué locuras son esas? Los ultras están infiltrándonos el movimiento por todas partes, arriba y abajo. No somos violentos pero tampoco vamos a ser tontos. ¡Esto no puede seguir! El desorden trae caos, el caos acaba en sangre. Cuando querramos darnos cuenta ya no tendremos país. No habrá más Argentina. Viendo tanta torpeza, los militares volverán a conspirar. ¡Y con razón! Pero yo no estaré ahí para frenarlos. A mi edad, nadie se sacrifica para morir entre ruinas. No, señor. Les advierto que al primer desmán, Chabela y yo hacemos las valijas y nos volvemos a España.

El secretario asentía con énfasis, copiando con los labios cada palabra del General. Sin poder contenerse más, intervino:

—Estas tragedias pasan porque usted es demasiado bueno: porque no ha querido darles a los culpables su merecido.

—...Y sacarlos a patadas del movimiento —completó Rucci.

—A patadas —aceptó el General.

Fue en ese punto de la historia cuando sucedió. Uno de los pilotos abrió la puerta de la cabina, ofuscado. Apuntaba desesperadamente con el pulgar hacia abajo. Debía de tener ya las palabras casi afuera de la boca porque no supo qué hacer con ellas cuando vio la majestad del General alzada sobre aquel cónclave. Vaciló un instante y se las tragó. El secretario lo tomó del brazo y fue a encerrarse con él en la proa.

—Ahora dígame qué pasa —lo apremió.

—La torre de control de Ezeiza nos aconseja operar en otro aeropuerto, señor. —Desde el tablero de mando, la radio emitía silbidos histéricos. El copiloto, también excitado, contestaba con largas aaes y ooes a las informaciones de tierra.— Parece que han atacado el palco donde estaban esperando al General. Hay mucha confusión. Muertos, ahorcados, aplastados por las avalanchas... Los partes son terribles.

—Cuenteseló así mismo al General —vociferó López, abriendo la puerta de la cabina. Todos se volvieron. Hasta Gelli, que estaba echándose gotas en los ojos, atendió con asombro.

Ni bien el piloto empezó a repetir la historia, la señora se desesperó:

—¡Ay, Dios mío! ¿Qué horrores son esos?

Valori, el italiano, se apresuró a consolarla acercándole un pañuelo impregnado de perfume. El General, mientras tanto, no había perdido ni por un segundo su instinto de gravedad. Quiso saber si los pilotos se habían comunicado con el teniente coronel Jorge Osinde, que era jefe del comité de recepción, y cuál era la opinión del vicepresidente Solano Lima, a quien los terribles sucesos debían de estar angustiando en el aeropuerto. Sí, lo habían hecho todo:

—Recibimos el primer aviso a las 15.05: una llamada del teniente coronel Osinde. Fue una comunicación muy confusa. Se oían gritos... Alguien que no se identificó volvió a llamarnos a las 15.23. Estaban tomando declaraciones a los detenidos: así dijo. Y creían que se trataba de un complot para asesinar al General.

La señora no pudo más y soltó el llanto.

—¡Distensione, distensione! —recomendó Valori, con voz histérica.

—¿Y ahora, qué hacemos? —encaró el secretario al presidente Cámpora—. ¡Hombre, a ver si por una vez se le ocurre algo!

—A las 15.32 hablamos con el doctor Solano Lima en persona —siguió el piloto—. Venía de recorrer el área en helicóptero. Recomendó descartar el aeropuerto de Ezeiza. Coincidió con el teniente coronel Osinde, que nos aconseja ir a Morón. El vicepresidente prometió volver a llamar. Quiere comunicarse directamente con el doctor Cámpora.

—¿Y han averiguado quién empezó todo? —preguntó el General.

—Así lo han informado, señor, que ya lo saben. —El piloto leyó unas notas—: A las 14.03 se registró en la ruta 205 el paso de unas tres mil personas que avanzaban hacia el palco, llevando carteles de las Fuerzas Armadas Revolucionarias y de los montoneros. A las 14.20 esas personas trataron de romper los cordones de seguridad y de invadir el área más cercana al palco, justo al pie del puente, donde ya no cabía ni un alfiler. Como los cordones se mantuvieron firmes, los de las FAR abrieron fuego. Usaron armas de procedencia soviética, con caño recortado. Cuando el ataque fue repelido, el tiroteo se generalizó... Nos han transmitido cifras muy cambiantes de bajas: cincuenta, cien, quinientos. Parece que los equipos de sanidad no dan abasto, y que algunos heridos son trasladados a los hospitales de Lanús y Monte Grande. Lo más terrible... —El piloto estaba por contarlo y se retrajo.— Son detalles demasiado fuertes para la señora...

—Adelante... —dijo ella—. Ya qué más da.

—Han encontrado a varios hombres colgados de los árboles, en Ezeiza. Por las pistas del aeropuerto se arrastran muchachones destrozados a cadenazos. Según explican en la torre de control, el pueblo está enardecido y hace justicia por su propia mano.

Rendido, el piloto entregó las notas al secretario y se masajeó la efervescencia de las sienes con la punta de los dedos.

—Aquí hay un mensaje último de Osinde —dijo López—. Ya todo está preparado para que bajemos en Morón. Espera órdenes del General y de nadie más.

—¿Y yo qué puedo hacer aquí, tan lejos, tan inerme? —se lamentó Perón—. Dejenmé solo un momento.

—No se puede —lo cortó el secretario—. No hay tiempo. Estamos llegando a Buenos Aires.

—Ya me lo presentía. Han estado sembrando vientos y ahora recogen la tempestad.

Ella asintió:

—La tempestad.

El General cerró los ojos y se desplomó en la butaca.

—Volver así... qué triste.

—Qué tristeza tan grande —repitió la señora, meneando la cabeza.

—Entonces no hay nada que hacer —decidió el secretario—. No habrá ninguna ceremonia en Ezeiza. Que dispersen a la gente de una vez. Que la saquen de ahí como sea. Aterrizaremos en Morón.

El presidente Cámpora sintió que había llegado su momento. ¿Al General lo disgustaba su manera de gobernar? Pues bien: actuaría como si fuese Perón. Ejercería el poder que le habían confiado.

—No, señor —desautorizó al secretario—. Tenemos que ir a Ezeiza como sea. El pueblo ha viajado días enteros para ver al General de cerca. ¿Cómo lo vamos a desilusionar? Algún recurso habrá... Llevamos más de doce horas en este avión. Nada cuesta seguir dando vueltas hasta que resolvamos el problema... —Mientras

22

hablaba se fue sintiendo único, irrefutable, al fin poderoso. Se volvió hacia el piloto—: El comandante en jefe de las fuerzas armadas soy yo, carajo. Adviértale a Osinde que voy a grabar un mensaje desde aquí, tranquilizando a la gente. Y si el General está de acuerdo, también él hablará. Eso es: dos mensajes. Que adviertan a las radios para transmitirlos en cadena. Necesitamos diez minutos, eso es todo. Vayan avisando por los altavoces que ya el General y el tío Cámpora harán un llamado de paz. Esto se acabará. Entonces podremos bajar en Ezeiza.

El piloto abrió la puerta de la cabina, con ánimo de obedecer.

—No llame nada —lo contuvo el secretario—. ¡Ni se le ocurra llamar! Hay miles de inconscientes matándose ahí abajo porque un inconsciente de aquí arriba les ha dado alas. Con la seguridad del General no se juega. Si bajamos en Ezeiza, la multitud se nos echará encima. Están todos enfermos, enloquecidos. ¿O acaso los partes de Osinde no han sido claros?

Las miradas de todos se posaron sobre Perón, esperando su señal. Una oscura fuerza los puso de pie. Nada pasó: el General se había adormecido. La señora le acariciaba el pelo, tal vez con ternura.

—Daniel tiene razón —murmuró ella—. Daniel tiene razón...

—Haga lo que le ordeno, comandante —alzó la voz el secretario—. ¿O es que no sabe todavía quién manda aquí?

DOS

LOS COMPAÑEROS DEL ARCA

SOLO UN PAR DE HORAS HA DESCANSADO ARCÁNGELO GOBBI en esta noche de espanto, aterido aun dentro de la bolsa de dormir. Sin embargo, le sobra voluntad para ponerse de pie y dar gracias a Dios por haber llegado vivo al Gran Día. Con unción contempla la foto del General que los escenógrafos han colgado en el centro del altar donde está montando guardia, sobre el puente más próximo al aeropuerto de Ezeiza. Al caer la tarde Perón descenderá en helicóptero y caminará hacia el púlpito —suspendido sobre la cabeza de las multitudes—, para pronunciar su sermón del regreso. Arcángelo estará junto a él, entre los escoltas de honor. Ahora avanza unos pasos y se tiende bajo la foto a mirar el cielo. De un momento a otro amanecerá. Si el viento desplomara el enorme retrato de hierros y madera, el cuerpo de Arcángelo quedaría cortado en dos mitades exactas. Es la imposible muerte que Dios reserva sólo a los elegidos de su paraíso.

Le ha tocado vigilar, entre las dos y las cinco de la mañana, los albergues improvisados en el Autódromo Municipal. Más de treinta mil personas estaban durmiendo allí; las mujeres en los boxes, los hombres en las carpas que flanquean el circuito. Cuando fueron a relevarlo, Arcángelo sentía los huesos helados. "Hay mucho viento", previno a su compañero. "Lo que te mata es el viento." La radio a transistores decidió en ese instante que la sensación térmica era de dos grados.

A las cinco y cuarto había vuelto a su bolsa de dormir, en el palco. Otra media docena de hombres estaba descansando allí; suboficiales retirados que iban a custodiar, como él, la vida de

Perón. Arriba y abajo del puente rondaban, lo sabía, los escuadrones de la Juventud Sindical, con los revólveres desenfundados. La noche se movía con pereza. A ratos perdidos tronaba un bombo, se levantaba una queja. Poco a poco, Arcángelo se fue relajando en la bolsa. De pronto, oyó que la Virgen lo llamaba y corrió dentro del sueño, buscándola.

Había sobrevivido porque Dios es grande. Su madre murió de fiebre puerperal poco después del parto, y el padre tuvo que dejarlo al cuidado de unas tías enclenques, que se fueron también muriendo de pestes tropicales. De la infancia no conservaba otros recuerdos que el calor de un cuartucho de zinc junto al mercado de abasto, en San Miguel de Tucumán, y la visión de unos gorriones que agonizaban en la vereda, bajo el sol inclemente. Pasaba solo la mayor parte del día, mientras el padre operaba, lejos de la casa, las linotipias de un periódico. Y no conocía otro paseo que los viacrucis de las iglesias.

A los nueve años, Arcángelo no sabía leer ni escribir. Desfilaban por él los sarampiones y las diarreas sin que nadie se enterara. Se curaba como los perros: lamiéndose y tomando unos sorbitos de agua. Sólo cuando los vecinos llamaron la atención del padre porque estaba criándolo como un salvaje, éste comenzó a traer de la imprenta unas barras de plomo donde le iba enseñando las letras. Al poco tiempo, Arcángelo ya podía leer de corrido, pero mirando los libros en el espejo, con las palabras al revés. Se le enderezaron los conocimientos cuando tuvo que aprender el catecismo.

Dos veces por semana tomaba clases de doctrina en un convento de franciscanos donde premiaban a los mejores alumnos con una taza de mate cocido y una tortilla de grasa. Cierto día, uno de los niños contó que había soñado con Santa Clara. El maestro le preguntó qué cara tenía la santa y cómo era la diadema que llevaba. "No he podido verle la cara porque se la tapaba el cielo", respondió el niño, "pero la diadema era de perlas ensangrentadas". "La viste tal como ella es", aprobó el fraile. E hizo entrar al niño en el refectorio, para que comiera el pollo que había sobrado del almuerzo.

Esa misma noche, Arcángelo soñó con la Santísima Virgen. La vio caminar con una capa de terciopelo, vestida como en los altares. En algún momento del sueño, ella le acarició el pelo y le sonrió con tristeza. "Arcángelo, mi querido Arca": fueron las únicas palabras que dijo. Cuando les contó el sueño a los frailes tuvo una terrible decepción. En vez de premiarlo, le ordenaron escribir cien veces en el cuaderno: "Jamás volveré a mentir". Pero Arcángelo no se amedrentó y volvió a soñar lo mismo muchas veces.

A finales de 1951, el padre se quedó sin trabajo y resolvió emigrar con el hijo a Buenos Aires. Viajaron dos días en un tren que avanzaba a ciegas entre desiertos de polvo. Se cubrían la cara con papeles mojados, y aun así tenían que cerrar los ojos para evitar que las espinas voladoras les desgarrasen las córneas. Cuando despertaron a la tercera mañana, descubrieron que todos los horizontes se habían llenado de jardines y palacios. Era Buenos Aires.

Un amigo del padre les dio albergue en una pequeña imprenta de Villa Soldati, cerca del Riachuelo, y les consiguió trabajo allí mismo. En las noches desenrollaban un colchón de estopa y se tendían junto a los hornillos de las linotipias. Sudaban a chorros. El aire estaba tan cargado de humedad que vivían con los bronquios apelmazados y un gusto a plomo en la lengua.

Los domingos iban con el amigo a un templo de la Escuela Científica Basilio, en la calle Tinogasta, al otro extremo de la ciudad. Por fuera, el lugar no decía nada: era una casa con el revoque cariado, verjas y un jardín sucio. Pero adentro había señales de Dios por todas partes. Alrededor de la sala, un zócalo de velas alumbraba las fotos de los espíritus que hacían penitencia en la casa. Don José Cresto, el director evangélico, explicaba a los recién llegados que todas eran ánimas de confianza y que no debían tenerles miedo. Pocos meses antes, en junio de 1952, Cresto había ganado fama protegiendo con la fuerza de su mente a dos equilibristas alemanes que caminaron sobre un cable, con los ojos vendados, desde el vértice del obelisco hasta el techo de un edificio, cien metros más allá.

Pero quien mantenía en verdad la animación del templo era doña Isabel Zoila Gómez de Cresto: fabricaba escapularios de buena suerte con micas de la quebrada de Humahuaca y administraba las limosneras, amenazando con el fuego del purgatorio a quien donara menos de cincuenta centavos.

Era preciso mantenerse muy alerta durante los sermones y trances de don José porque su lenguaje, que ya naturalmente le salía trastornado, se tornaba entonces incomprensible; así, no decía capellán sino pecallán y no Padre Nuestro que estás en los cielos sino pan y güeso que estás por el suelo. Siempre andaba por allí una muchachita escuálida, de labios finos y patitas abiertas como los pollos, que ayudaba comedidamente a don José cuando tropezaba con alguna palabra.

Todos los principios de mes doña Isabel de Cresto daba una fiesta en la que servía empanadas y refrescos de limón a precios módicos. A veces, los devotos conseguían un tocadiscos y piezas de Antonio Tormo. Era más frecuente que se divirtieran compitiendo en concursos de canto y declamando versos de Belisario Roldán. Un día trajeron un piano, y por insistencia de doña Isabel, la muchacha ejecutó *Para Elisa*, de Beethoven. Lo hizo con tanta voluntad, que cuando se equivocaba de nota volvía a empezar la pieza completa, disculpándose con un meneo de la cabeza. Otro domingo se disfrazó de paisana y bailó un chamamé con Cresto sin completar la pieza porque el cuerpo del viejo se movía tan desacompasado que los espectadores no aguantaron la risa.

Arcángelo, que tenía entonces quince años, se enamoró perdidamente de la jovencita, sin la menor esperanza. Ella estaba a punto de cumplir los veinticuatro, y cuando le preguntaban si alguien la festejaba, respondía, con los ojos bajos: "No, nadie. A mí sólo me gustan los hombres asentados, y a ésos les llego siempre demasiado tarde".

El otoño del 54 la escuela decayó. Muchos devotos se pasaron a las huestes de un pastor evangelista, Theodore Hicks, a quien llamaban "el mago de Atlanta". En vez de invocar a los muertos como Cresto, Hicks espantaba las enfermedades de los vivos en una cancha de fútbol, ante los ojos de todos. Hasta Perón lo recibió en la Casa de Gobierno "para ver cómo era eso".

Un domingo, a fines de julio, Arcángelo fue solo al templo de la calle Tinogasta. No bien entró en la sala sintió el aroma picante de los espíritus que andaban sueltos. Había uno en particular que volaba más alto y a quien los otros saludaban con respeto. Arca preguntó quién era: "El ánima de don Carmelo Martínez", respondió doña Isabel, mostrándole la fotografía. Martínez había sido un meritorio empleado del Banco Hipotecario, que llevaba ya veinte años de fallecido, y a quien habían invocado para que se despidiera de la hija. Fue entonces cuando Arcángelo descubrió en la penumbra a la joven de labios finitos, que rezaba sobre un reclinatorio, con los brazos en cruz.

—¡Cuánto hace que no la veía! —exclamó Arcángelo, sin querer.

—¡Cuánto! —dijo don José—. Un tal Redondo, que es promosario, se la llovió a bailar flecos por las privanzas.

—El señor Redondo, un empresario muy virtuoso, la contrató para bailar flamenco en las provincias —tradujo doña Isabel—: un mes de giras. Ahora la han admitido como bailaora en la compañía de zarzuelas de Faustino García, y la semana que viene, después de los últimos espectáculos en el teatro Avenida, se irán a Montevideo y a Bolivia.

—Yo se lo predije dende chequita: el ánimal de Isabel está desatinado a la fama.

—¿Se llama Isabel, como la señora? —quiso confirmar Arcángelo.

—No —dijo doña Isabel—. Su nombre verdadero es María Estela Martínez Cartas. Pero como a ella no le gustaba, me pidió prestado el mío, que es más artístico.

Aquella noche, el afán por ver a Isabel bailando en la zarzuela no dejó dormir al Arca. Se despertaba con las manos sudadas, de tanto batir palmas en el sueño. Esperó al jueves, cuando había una función vermouth a mitad de precio, y compró una entrada de gallinero en el teatro Avenida. El espectáculo resultó un fiasco. Isabelita se confundía entre las cantantes, y como era tan flaca, con frecuencia quedaba tapada por los árboles de la escenografía y las panderetas de la protagonista. En el segundo cuadro, Arcángelo la esperó en vano. Ya no volvió a verla más.

Con todo, aquella fue la última tarde feliz en mucho tiempo. Al padre le avisaron que el gobierno había expropiado los terrenos de la imprenta y que debían mudarse cuanto antes. Para colmo, la naturaleza empezó a desconcertarse tanto que los árboles olían a incienso y la yerba de los mates lanzaba humaredas de azufre al contacto con el agua.

Cierta noche oyeron por la radio al general Perón declarándose en guerra contra la Iglesia Católica. El padre de Arcángelo hizo penitencia arrodillado sobre maíces para que Nuestro Señor devolviese al General su cordura de antaño, pero a las pocas semanas Perón habló enardecido contra la perversidad de los curas, dio permiso para que se disolvieran los matrimonios y ordenó que se abrieran los prostíbulos. Si bien de nada sirvieron las oraciones de los Gobbi para reconciliar al General con la Iglesia, al menos produjeron el milagro de conseguir trabajo. El carnicero del barrio les presentó a un impresor de la calle Salguero y les alquiló un cuarto de conventillo cerca de la Cárcel Nacional.

Fue allí donde Arcángelo volvió a soñar todas las noches con la Virgen. Aunque no había terminado de desarrollarse y de vez en cuando se le atiplaba la voz, su aspecto era el de un viejo. Caminaba agachado y tenía la cara brotada de granos. Lo más extraño eran sus ojos, en los que no se veía edad alguna: brillaban como grandes lagos vacíos, pero estaban tan pegados al arco de la nariz que cuando miraban no parecían posarse sobre ninguna parte.

Bastaba que les sonriera a las mujeres para que éstas se sintieran amenazadas y le volvieran la espalda. Arcángelo, que siempre

29

había sido sensible a los rechazos, se desquitaba soñándolas. Las invocaba no bien ponía la cabeza en la almohada: ellas permanecían en su imaginación toda la noche, inmovilizadas sobre unos elásticos de hierro, suplicando que no les destrozara las vaginas con vidrios de botellas ni les arrancara los pezones con tijeras de jardinero, pero Arcángelo no se conmovía. Les cobraba una por una las ofensas que había sufrido en la vigilia.

De pronto, también la Virgen se presentó en los sueños. Arca la vio bajar descalza desde los altares, con el Niño en los brazos, y cuando se arrodilló para reverenciarla, ella lo levantó tiernamente y le acercó las tetas para que se las mamara: "Tengo demasiada leche y me duelen", le dijo.

Al cabo de un tiempo, la Virgen empezó a venir sin el Niño. Aparecía embozada, con orejas de tísica. Sus tetas enormes se iban convirtiendo en peritas escuálidas. Arcángelo la esperaba con tanta compasión que le brotaba llanto de todo el cuerpo, hasta de la planta de los pies. Cierta vez, cuando la Virgen se acercó a consolarlo, él se atrevió a descorrerle el velo de la cara. Y si bien supo, sin la menor sombra de duda, que aquella era la Santísima Virgen de los altares, las facciones que vio en el sueño fueron las de Isabelita Martínez.

Sobrevinieron meses de perturbación. El General fue derrocado y huyó al Paraguay. Doña Isabel de Cresto fue consumiéndose de un mal que los médicos no sabían diagnosticar, y los sermones de don José perdieron la potestad de atraer a los espíritus. Hasta Arcángelo y el padre debían hacer un esfuerzo de voluntad para ir a los servicios religiosos de la calle Tinogasta, donde la vida se había descompuesto tanto que los muebles no olían a espíritus sino a ratones y polillas.

Dos cartas recibieron los Cresto de Isabelita Martínez: la primera fue una postal melancólica en Antofagasta; la segunda, más expresiva, vino de Medellín, Colombia. Su vida no había sido fácil. En vez de ir a Bolivia, había remontado las costas de Perú y Ecuador con el ballet español de Gustavo de Córdoba. Trabajaba en teatros tan míseros que los empresarios solían esfumarse el mismo día del estreno con la plata de las recaudaciones, y a las artistas no les quedaba otro recurso que servir durante las trasnoches en bares de mala muerte para pagar el hotel y el guiso de los almuerzos. "Nos pusimos tan flacas", escribía, "que un alemán nos ofreció en Guayaquil trabajar como extras en una películas sobre náufragos".

Por fin las contrataron para bailar tangos en Medellín durante las fiestas aniversarias de Carlos Gardel. Como eran las únicas nativas de la Argentina, descontaron el éxito y gastaron todos los ahorros en mejorar el vestuario. Pero sólo acudieron veinte personas a la función del estreno y cuatro a la del día siguiente, porque en el teatro de la otra cuadra pasaban por unos centavos las ocho películas que Gardel había filmado para la Paramount y en el restaurante del aeropuerto estaba causando sensación un cantor japonés que imitaba la voz del difunto.

La compañía se disolvió allí mismo. "Abandonadas a nuestra suerte", refería Isabel, "no supimos qué hacer. Algunas chicas volvieron a los bares. Yo no. Empeñé mis vestidos y chafalonías en el Monte de Piedad y me puse a buscar trabajo como profesora de piano y de flamenco, esperando juntar dinero para el pasaje de regreso a Buenos Aires. Pero el Altísimo vino en mi ayuda. Un artista muy prestigioso del Caribe, el señor Joe Herald, me tomó bajo su protección. Ingresé a su conjunto como segunda bailarina. Cuando terminen los ensayos saldremos de gira. Estaremos una semana en Cartagena y luego debutaremos en Panamá. Lo que bailamos es varieté, no flamenco, pero el trato es tan bueno que me siento de lo más contenta. El señor Herald se porta como un padre conmigo. Me regala tanta comida que tengo miedo de ponerme como una vaca...".

Con el auxilio de Arcángelo, que sabía escribir en bellas letras de molde, doña Isabel mandó a Isabelita una carta larguísima en la que detallaba sus enfermedades y se lamentaba de la impiedad que había caído sobre la Argentina. Languideció esperando una respuesta. Todas las tardes salía don José en busca del cartero, y cuando regresaba a la casa con las manos vacías, consolaba a la esposa con el mismo refrán: "El ánimal de Isabel está muy concertado con la fama".

Desde que la enferma se agravó, Arcángelo fue a visitarla con asiduidad. Sentado junto a la cama, tomaba la mano de doña Isabel y le hablaba de los murciélagos que había visto volar por los techos del mercado, en Tucumán. Ansiaba referirle sus encuentros con la Virgen, pero nunca se atrevió.

Doña Isabel murió en septiembre de 1956, negándose a creer en la fortuna que había trastornado la vida de Isabelita. Cuando ya estaba en los trances de la agonía, don José le mostró las fotos de una revista donde la joven, desfigurada por la gordura y la permanente, aparecía junto al general Perón en un hotel de Caracas. "La misteriosa secretaria del tirano depuesto", informaban las leyendas. Doña Isabel hojeó la revista con desinterés y determinó que todo lo que allí se decía era una fábula para engatusar a los lectores. Luego volvió la cara hacia la pared y prohibió que volvieran a molestarla con las insensateces de este mundo.

Su tumba en el cementerio de la Chacarita, que al principio era un escaparate de promesas y de coronas con dedicatorias, cayó al poco tiempo en el descuido. Sólo Arcángelo y el padre iban de vez en cuando a lustrar el metal de los floreros, pero cuando el viudo cerró el templo de la calle Tinogasta y emprendió un viaje misterioso, también ellos perdieron interés en esos recuerdos.

La imprenta se les convirtió en el único centro de atracción. La mayoría de los linotipistas seguía por correspondencia las enseñanzas de la logia Rosacruz, y Arcángelo convenció al padre de que compartieran los cursos. Así fueron instruyéndose en el lenguaje de los sonidos y de los colores y en las mudanzas de la astronomía.

Aun a fines de 1957, cuando el trabajo de la imprenta se hizo abrumador, Arcángelo y el padre preferían estudiar la doctrina en vez de descansar. Antes de acostarse, solían inclinarse sobre los mapas del cielo y anotar los interminables descubrimientos que se hacían en el observatorio de la Universidad Rose-Croix, de California.

Arcángelo temió que el servicio militar interrumpiera su aprendizaje y se presentó a la revisión médica con un amuleto. Lo declararon inapto, por la escoliosis de la columna vertebral. Uno de los enfermeros lo reprendió por haberse presentado al cuartel sin los anteojos. ¿Qué anteojos?, se sorprendió Arcángelo. Entonces supo que era miope del lado derecho y astigmático del izquierdo, y que siempre había mirado al mundo de manera incorrecta.

A la imprenta, que se llamaba Paso de los Libres, le confiaban casi todos los papeles sueltos que se leían por entonces en Buenos Aires: las propagandas electorales de Arturo Frondizi y Alejandro Gómez, los panfletos del padre Benítez defendiendo el voto en blanco y hasta las órdenes clandestinas de los dirigentes metalúrgicos y textiles a sus gremios intervenidos.

En marzo de 1958 otro linotipista —rosacruz también— reforzó el personal de la imprenta. Aunque tenía la voz aflautada y era duro de oído, había cantado —decía— en una radio de Nueva York antes de servir como cabo en la Policía Federal. Mantenía correspondencia frecuente con los herederos del teósofo Eliphas Lévi y se preciaba de dominar la cábala y la alquimia.

Se trataba de José López Rega. Sus modales eran discretos por aquel tiempo, pero ya estaba bien dotado para el resentimiento. Le gustaba pasar las noches jugando al truco en El Tábano, un club de Saavedra al que los socios iban de piyama y chancletas. Los domingos asumía con felicidad su papel de padre y esposo.

32

Llegaba temprano al club con un cesto de achuras y ocupaba el quincho más sombreado del traspatio. Mientras iba cuidando el fuego, jugaba picados de fútbol, siempre como zaguero derecho. Al caer la tarde, acompañado por algún guitarrista de morondanga, desgarraba con su voz de barítono los boleros de María Grever y los valses de Agustín Lara. Y como despedida, pero haciéndose rogar, se lanzaba en tobogán sobre los sostenidos de *Granada*, arriesgándose a que en cualquier momento se le cortara la respiración.

Su mayor orgullo era, como él decía, haber llegado a la mitad de la vida sin deberle nada a nadie. Antes de que cumpliera trece años lo habían puesto a trabajar como peón textil en la fábrica Sedalana. Para compensar esa rudeza del destino, por las tardes tomaba clases de vocalización y de recitado con una profesora del barrio. En el verano de 1938 logró conchabarse como ayudante de cocina en un buque mercante. Desapareció durante seis meses. Al volver, contó que había cantado en la WHOM, una emisora hispana de Nueva York, con tal éxito que cierto empresario le ofreció un contrato en el cabaret Chico de la calle 42. Dio sólo dos funciones, porque ya su barco emprendía el regreso.

Uno de los jugadores de El Tábano, que era estudiante de la Cultural Inglesa, resolvió bajarle los humos tomándole un examen: "Escribíme el nombre de aquella radio yanqui", lo desafió. López Rega anotó correctamente: WHOM. "Of whom are you talking?", lo acorraló el profesor. Y para sorpresa de todos, el linotipista dio esta enigmática respuesta: "I knew six honest servingmen / (They taught me all I knew); / Their names are What and Why and When / and How and Where and Who. Of whom am I talking?".

Arcángelo supo el resto de la historia porque se la contó el propio José. Una madrugada lo sorprendió en el galpón dibujando planetas en torno de la estrella Vega y tiñendo con acuarelas grises el púrpura profundo de la Betelgeuse.

—¿Una estrella tan grande y está muriendo? —preguntó Arcángelo.

—Vos lo has dicho. Pero no está muriendo sola. Yo la he comenzado a matar.

Desde aquel día se volvieron inseparables. Correspondiendo al respeto que Arcángelo sentía por sus poderes, López lo adoptó como discípulo. Al terminar la jornada, encerrados en el depósito de papeles, aprendían la equivalencia de los perfumes con las tablas zodiacales y las notas que acompañaban cada letra del Padre Nuestro. A veces, López lo llevaba a El Tábano y concedía al Arca el privilegio de sentarse detrás de él mientras jugaba al truco. Durante el viaje en colectivo, solía mostrarle las anotaciones para el colosal compendio de astrología esotérica que había empezado a escribir, y se lamentaba de que la esposa —él la llamaba Chiquitina— interrumpiera con frecuencia sus reflexiones para comentar los chismes del barrio: "La pobre no entiende que yo no pertenezco a este mundo".

Una noche, caminado por la plaza Alberdi, a pocas cuadras del club, López le reveló que había estado en íntimos contactos con el general Perón y la difunta Evita. Arcángelo oyó la historia sin poder salir del atolondramiento:

—En 1946 recibí de los Altísimos Poderes la misión de custodiar a los dos en la residencia presidencial de la calle Austria. Las Voces me advirtieron que bastaba con verlos una vez al día, y de lejos. Resolví encarnarme en un simple agente de policía para poder cumplir ocho horas de guardia en la garita de la entrada. No sé en qué me descuidé. Por un tiempo, perdí mis poderes. Fui trasladado a las oficinas de un juez, donde pené cinco años. Cuando me ascendieron a cabo, pude volver a mi antiguo puesto. Ya todo estaba convertido en un desastre. Evita no quería tener relaciones con el General: lo único que le interesaba era cuidar a la gente pobre. Regresaba del trabajo a las cinco de la mañana, cuando él ya estaba levantándose para ir al suyo. Para colmo, una enfermedad mortal estaba consumiéndola y era demasiado tarde para que yo pudiera salvarla. El 4 de junio de 1952, cuando Perón se disponía a jurar por segunda vez como presidente, me tocó hacer guardia en las escaleras que daban a los dormitorios de la residencia. A la madrugada, Evita ordenó que la bañaran y la vistieran para ir con el General al Congreso. No podía tenerse en pie, y aun así puso a toda la servidumbre en movimiento. Una junta de médicos le negó el permiso pero ella, nada: era terca, insistía. Y lloraba tanto que desgarraba el corazón. Al cabo de un rato entró a verla su madre, doña Juana Ibarguren. Evita se le tiró en los brazos. No la quería soltar: "¡Mamá, convencé a Perón!", le decía. "¡Después de hoy ya no me importa nada! ¡Quiero ver a mi pueblo por última vez y morir tranquila!" Oí a doña Juana decir que no. Que afuera estaba muy frío y el viento cortaba los ojos. Cuando la madre salió, las enfermeras trancaron con llave la puerta del dormitorio. Evita tuvo un acceso de cólera, pero el propio cansancio la apaciguó. Se quejaba despacio, con mansedumbre: "¿Por qué no me dejan ver a mi gente, a mi pobrecita gente?". Luego la casa se quedó en silencio... —Sentado en un banco de la plaza Alberdi, López se posó en aquellos recuerdos como si en verdad estuviera creándolos, preparándolos para suceder:

—Hice un esfuerzo mental terrible, tratando de mejorarla. Fue inútil. Me debilité. Por un momento, tuve miedo de caer desmayado. Me sobrepuse y subí al dormitorio. Pasé frente a un gran espejo. Observé mi cuerpo y vi que por fuera estaba vigoroso y saludable, pero que las vísceras de adentro eran puras telarañas y polvo. Atravesé la puerta. Evita descansaba en la penumbra. Sintió mi presencia, pero no se asustó. "Vengo en representación de poderes muy altos", le dije. "Quedesé tranquila, porque usted hoy recibirá junto al General las bendiciones del pueblo." "¿Y cómo?", se intrigó. Era muy mal hablada. Empezó a echar pestes contra todo el mundo. "Estos médicos... estos generalitos de tal por cual... Nadie quiere dejarme salir..." La toqué. Había sido una mujer hermosa, pero estaba convertida en aire. Pesaba treinta y siete kilos. Sentí que su muerte figuraba en los planes inmediatos de Dios. "Mande ahora mismo que le inyecten calmantes en los tobillos y en la nuca", le dije. "Y que le fabriquen un corsé de yeso y alambre para sostenerse de pie cuando desfile con el General en el auto descubierto..." Me tendió las manos. Yo se las apreté. Y después de aquel día, ya nunca más volví a la residencia.

—¿Y qué dijeron en la policía? ¡Imaginesé: con esa historia!

—Evita no la contó nunca. O el Altísimo se la borró de la mente. —López chupó unas hojitas. Ya no se le veía ningún sentimiento: el sudor, las chancletas, el palillo en la boca volvían a ser los de siempre.— De inmediato pedí el retiro. Traté de volver a la radio como barítono y hasta me publicaron una foto en *Sintonía*, recomendándome como actor de cine. Qué querés que te diga, pibe. Tuve que abandonar esas ideas. Si no, quién paraba la olla en casa: con mujer e hija no te podés dar el lujo de ser artista. Me enganché con los rosacruces, puse una linotipia chiquita, y cuando la vendí, metí el capital en la imprenta de Salguero. Ahora ya ves: el Señor está con nosotros.

Mientras caminaban hacia El Tábano, Arcángelo sintió ganas de contar a López que también él, a su manera, había rozado la vida del General a través de Isabelita Martínez, la joven de labios finos. Prefirió callar aquella noche, porque López Rega lo introdujo en un reino de símbolos astrales y al día siguiente le habló de libros que le cambiaron la memoria. Sólo muchos años después, cuando el secretario conquistó la plena confianza de la señora, Arcángelo se atrevió a referirle la historia en una carta.

¿Hace cuánto tiempo ya: una vida completa? La noche se levanta a lo lejos, tras el mangrullo de una torre de agua. Arcángelo, tendido sobre el palco, observa los desórdenes del cielo. Las imágenes de las dos esposas de Perón lo abrigan con todas las sábanas de las que fue desnudado por su madre. El viento sopla sobre la inverosímil fotografía de Evita y la desdibuja con un golpe de humo. A Isabel, en cambio, Arcángelo la ve multiplicarse en los infinitos kioscos y procesiones de la madrugada: allí viene, sonriendo en la cresta de los colectivos, desperezándose en los gallardetes que despliega la Juventud Sindical de Berazategui y saludando con el brazo en alto desde las ambulancias de la Cruz Roja. Isabelita hoy pertenece a todos, pero hay una secreta brizna de su persona que sólo Arcángelo conoce: no las devociones que ambos han compartido en la Escuela Científica Basilio ni el vaho de amor que ella debió sentir aquella tarde última, en la zarzuela del teatro Avenida. No. La Isabel que Arcángelo atesora jamás ha salido de los sueños: allí la ha poseído, olido, espiado, apagado y prendido con todas las borrascas de su sangre. Pero ya no más, Arcángelo Gobbi. Ella está viajando hacia la realidad ahora. Se quedará tan incompleta en vos como la foto de ocho metros que aún están ensamblando, a la izquierda de la foto del General: Le faltará dentro de vos el mismo codo, el moño del rodete, el hombro del vestido que comienzan a ponerle.

Y en este punto Arcángelo baja el telón, porque las órdenes que ha recibido de José López Rega deben ser cumplidas en este mismo palco, desde el preciso momento en que —ahora— amanezca.

TRES

LAS FOTOS DE LOS TESTIGOS

¿QUE ORDENES, ENTONCES? Ante todo, saber quién es Perón: así lo había dispuesto el director de la revista *Horizonte*. ¿Cómo será un hombre de semejante tamaño?, se había inquietado el reportero Zamora cuando le asignaron el trabajo: no hay manera de averiguarlo en un mes.

Es el tiempo que tenemos: un mes, lo arrinconó el director. Perón regresará de un momento a otro. ¿Con qué vamos a calmar el hambre de los lectores? ¿Con recopilaciones de discursos, con un álbum de fotos gloriosas a la manera del semanario *Gente*? El Perón oficial ya estará vaciado. Hay que buscar al otro. Cuente los primeros años del personaje, Zamora: nadie lo ha hecho en serio. Abundan las alabanzas, las mitologías, los rejuntes de documentos, pero la verdad no aparece por ninguna parte. ¿Quién era el General, Zamora? Descífrelo de una buena vez: rescate las palabras que él nunca se atrevió a decir, describa los impulsos que seguramente reprimió, lea entre líneas... La verdad es lo que se oculta, ¿no? Busque a los testigos de la infancia y de la juventud: algunos seguirán vivos, me imagino. Eso es: ¡por ahí empiece! El Perón que conocen los argentinos parece que hubiera nacido en 1945, cuando tenía cincuenta años: ¿no es absurdo? Un hombre tiene tiempo de ser muchas cosas antes de los cincuenta.

Zamora lo había resuelto de la manera más expeditiva: entretejiendo en orden cronológico las declaraciones de unas setenta personas. Remó con frenesí doce horas diarias, quince: sin pensar que la vida estaba pasando. ¿Qué habría ganado con sentir la vida?

Los demás reporteros envidiaban su éxito, los finales espléndidos de sus artículos, la intensidad con que describía en dos líneas a un personaje, pero Zamora tenía la certeza de ser un fracasado. Su matrimonio por amor era ya una rutina insufrible, los poemas que a diario se prometía escribir jamás pasaban del segundo verso, los reportajes insalubres que aceptaba por dinero —para comprar la libertad de ir soltando alguna vez, sin apuro, la novela que llevaba adentro— le habían desorientado la juventud para siempre. Se contentaba con un saludable culo de veinte años en los hoteles por horas y con un par de reportajes al año en el extranjero. La ciénaga ya le tapaba la nariz y era demasiado tarde para despegarse.

Ir levantando poco a poco los velos de Perón había sido excitante por momentos, no lo negaba. Sentía un orgullo inesperado por su trabajo. Pero el director de la revista ya no: era preciso algo más, le dijo. ¿No ha leído lo que han hecho los otros?: dos enviados especiales en Puerta de Hierro, día y noche, y otros dos pisándole los talones a Cámpora. Mire aquello, Zamora: las fotos mayúsculas del exilio, año por año. ¿Y nosotros vamos a competir con esta magra historia: sin nada más? Perderemos como en la guerra. Tal vez con un aviso a toda página en *La Nación* y *Clarín*, ¿ah?: el General como nadie lo ha visto, la verdad al desnudo, ¿qué le parece, Zamora? Mal, director: me parece una mierda. La verdad es inalcanzable: está en todas las mentiras, como Dios.

Así había surgido la idea de exhibir la historia —exhibir, eso era: el verbo seducía al director—, pero en carne y hueso. *Horizonte* montará una ópera en Ezeiza, *il risorgimento*, la resurrección del pasado. Llevaremos a los testigos que todavía puedan moverse, Zamora: que sean el cortejo de la bienvenida. Hay que prepararse rápido. ¿Si dos semanas antes los proclamáramos "héroes del ayer" o algo por el estilo, en una edición especial: ah? Imagínese: los compañeros de colegio, los primos, los cuñados, todos ya irrefutablemente unidos al logotipo de la revista, besando con Perón el suelo patrio.

En vísperas del 20 de junio, el director de *Horizonte* logró el consentimiento de López Rega para reunir a sus invitados en el vestíbulo del hotel internacional de Ezeiza. Osinde, jefe de la comisión organizadora del retorno, en modo alguno permitió el acceso a la pista de aterrizaje. Y se declaraba insatisfecho con ciertos nombres: ¿qué hacía en la lista Julio Perón, primo hermano del General, que se avergonzaba en público de ser su pariente? ¿Y María Tizón, la hermana mayor de su primera esposa: para qué desenterrar historias tan remotas? Aceptaba que les sirvieran un desayuno y tomaran fotos del grupo en el hotel, ningún problema. Pero prefería, para ser franco, que los mantuviesen alejados del General: llévenlos a la terraza del aeropuerto y que asistan a la llegada desde ahí. Tengo lugar para diez personas, no más. Pueden poner un cartel con el nombre de la revista: pero eso cuesta. ¿No es suficiente?

Será un reverendo asco, se había quejado Zamora: la glorificación cloacal del periodismo argentino. El director se incomodó: sintonice con este país que cambia, hombre. ¿A qué vienen ahora sus sermones de anciano?

También el primo Julio había vacilado días enteros antes de aceptar la invitación. Ya bastante arrepentido estaba de que le hubieran sonsacado una entrevista. Y aunque midió cada una de las palabras que dijo, el tono de la voz y ciertos suspiros involuntarios lo traicionaron. Dos veces había rechazado este raro encuentro con el primo Juan: porque no hemos vuelto a conversar desde que teníamos veinte años, ¿ah? Y porque nunca quisiste contestarme las cartas. ¿Qué vamos a esperar uno del otro, Juan Domingo? A ver: ¿ya qué podríamos darnos?

Quien lo había convencido al fin era su hermana María Amelia, viuda de Frene. Ella estaba dispuesta. Contaba con la promesa formal de que no se ofendería la memoria de su padre, Tomás Hilario Perón, cuyo suicidio en una farmacia de la calle Cerrito aún daba qué hablar de vez en cuando. Nos entregarán las fotos que han descubierto, Julio: las pericias policiales. Yo voy a ir, si tal precio debo pagar para dormir tranquila.

Y yo también, entonces: le tenderé la mano a Juan si él me la tiende, pero no le diré ni una palabra. Llevo treinta y cinco años encerrado por su culpa en la calle Yerbal, negando mi apellido. Esta mudez soy yo: y quién es él para rompérmela.

Cuando el primo Julio entra en el vestíbulo del hotel, el 20 de junio a las ocho de la mañana, advierte que también los otros comensales del desayuno están incómodos. Hablan desde la punta de las sillas. El agricultor Alberto J. Robert, que fue niño junto a Perón en Camarones, masca una bola de tabaco. Y cuando mira, sus ojos azules se vuelven sílice, velados por las cataratas.

—¡Me acuerdo tanto del padre de Perón!: de don Mario —está diciendo—. Sabía trabajar muy bien el cuero de los lagartos. Juntos hacíamos riendas, bozales, cabestros. Y cazábamos: eso también. Ajá. Días enteros al acecho de los guanacos...

¿Se trata de contar? El primo Julio se alarma: él ya lo ha hecho. Contar, no; en modo alguno. Zamora viene a su encuentro y lo tranquiliza. Los invitados están sólo hablando entre sí: se van

39

reconociendo en el pasado. ¿Le han presentado a don José Artemio Toledo? Es primo hermano también. ¿Y a su esposa doña Benita? No han visto al General desde hace cuarenta años.

El, José Artemio, lleva una boina, y a modo de saludo, se la toca. Benita no se ha quitado el sacón de zorro: los calores le suben a la cara.

—¿Ah, sí: primos por dónde? —pregunta María Amelia, acercando su silla a la de Julio.

—Por los Toledo —responde Benita—. La mamá de José Artemio y la del General eran hermanas... Muchas veces han inquirido que cómo es eso: hermanas de padre y madre con apellidos distintos. No lo sabemos. Son enredos que tenía la gente de ahí: Lobos, Roque Pérez, Cañuelas, 25 de Mayo. Todo eso es un solo mundo...

Los mozos han arreglado ya la mesa del desayuno. Zamora ubica en las cabeceras al capitán Santiago Trafelatti y a la señorita María Tizón. Ella se ha puesto un traje sastre de color rosa: ha oído —ríe al contarlo— que Perón volará sobre Buenos Aires en un montgolfier, cuando caiga la tarde. Y que irá de avenida en avenida, saludando a la gente. Acaso a ellos, cuando los vea, los invite a subir. ¿Y por qué no pedírselo? El capitán Trafelatti, ex compañero de armas, descuenta que sea verdad. Jamás lo haría Perón: sufre de vértigo.

En el sitio de cada quien, *Horizonte* ha dejado una carpeta con documentos y fotografías. Los comensales van exaltándose al descubrirlas. Pero no el primo Julio: nada quiere mostrar, no mueve un músculo.

Viene de una familia educada en el ocultamiento. Al año y medio de morir su padre, en pleno luto aún, la madre se casó, dejándolos a cargo de la tía Vicenta Martirena. Para que se durmieran, la tía les contaba fábulas que tenían la misma moraleja: "Siempre hay un sentimiento / para cada ocasión. / Usa el que más conviene y quedarás mejor". Así crecieron aprendiendo a quedar mejor, a decir lo que deseaban los mayores que dijeran.

La señorita María Tizón hace pasar de mano en mano una versión ampliada del retrato que su hermana Potota y Juan Domingo se tomaron a la vera de un Packard.

—...en el verano de 1929 —corrige Benita Escudero de Toledo—. Lo sé con exactitud: se casaron el 5 de enero de 1929 a las siete y media de la tarde, no en la iglesia sino en una capilla que improvisaron en casa de la novia, por el luto riguroso de Juan. Don Mario Tomás, su padre, había muerto hacía poco. Aquí hay unas participaciones que lo prueban.

40

También María Amelia repasa, enternecida, las fotos de su carpeta. "¡No puedo creerlo!", dice, al oído de Julio. Y luego, en voz alta:

—Gracias, señor Zamora. Siento por fin que esto valió la pena.

Las postales que ha recibido son, en verdad, respiraciones tan vivas del pasado que no parecen fotografías sino fantasmas. En una, María Amelia lee el abecedario de pie, abrazada con dulzura por la tía Vicenta. En otro, ella y Julio juegan con las fichas de un dominó, sentados en taburetes de terciopelo, de espaldas a una escenografía opulenta: con flores, columnas griegas y visillos de flecos dorados.

—Las tomaron poco antes de que Juan Domingo viviera con nosotros en la escuela de la tía Vicenta, ¿no es así, Julio? —se afana María Amelia por informar.

—No —la reprueba el hermano—. Las tomaron en 1900, el último día del siglo. Mirá la firma: Resta y Pascale, de la calle Corrientes y Rodríguez Peña. A la vuelta, en el sello de lacre, está seguramente la fecha.

Aunque ha orinado antes de sentarse a la mesa, Julio sale otra vez en busca del baño. Desde hace días lo atormenta la libertad de sus esfínteres. En verdad, siente que ya nada de su cuerpo le pertenece. Ha visto a la papada temblar por su cuenta en el espejo y refrenarse cuando él deja de mirarla; el hombro izquierdo también se alza por sorpresa. Así le pasa con la orina. Todo el tiempo tiene la sensación de que se le escapa una gota, y no: cuando se palpa está seco. Ahora, sin saber cómo, se ha mojado. Y aunque arde la chimenea en el vestíbulo del hotel, y a sus pies hay una estufa eléctrica, la humedad se le ha pasado al pantalón y le da escalofríos.

Como al descuido, al levantarse ha tomado su propia carpeta de fotografías. Elige el más lejano de los excusados, cierra la puerta con pasador, y luego de vaciar el mísero chorro de orina que le queda, se sienta en el inodoro.

Son tres las fotos. Las apila sobre las piernas, para irlas destapando en orden. Por un momento siente la precisa llama del instante en que fueron tomadas. Ve al fotógrafo echando polvo de magnesio en una lámpara y cubriéndose luego la cabeza con una capucha negra, vuelve a ver el fogonazo sucio, tal vez húmedo, que explica los lunares sepias de la placa: es por eso que no aparece la abuela Dominga en el último plano. Y las imágenes se van revelando adentro de él, como en su ya remoto baño de ácido. Juan y Julio llevan el pelo cortado casi al rape, con sólo un ligero flequillo. Ambos (y María Amelia detrás, sentada con dos compañeras de colegio en hamacas de mimbre) visten guardapolvos blancos. Aunque Juan Domingo parece intimidado, se lo ve fornido y duro, por aquellos vientos helados de la Patagonia con que te curtió tu padre. Yo te dije que sonrieras, Juan, y vos me contestate que no se te había ido la vergüenza: apenas llevabas una semana en la casa de la abuela. Será por eso, porque te habían dejado a la buena de Dios y no podías consolarte, que al trasluz de tu cara redonda se nota la tristeza. Yo, en cambio, no siento nada: el magnesio me ha despintado las expresiones.

Lo mismo sucede aquí, en esta placa que nos tomaron a los compañeros del tercer y cuarto curso en el Colegio Politécnico de Cangallo al 2300. Sigo distante, con los ojos ya desplumados por el presentimiento de las desgracias que me aguardaban, y vos, aunque ceñudo, estás gordísimo, Juan Domingo, peinado con rayas y llevando un gran moño sobre el cuello Eton. La celadora Enriqueta Douce, a quien verás en el centro de la foto con unos lentes de armazón metálica, solía decir que vos era mi vampiro: que yo iba desapareciendo para que vos te agrandaras.

¡Ah, Enriqueta: por cierto! A fines del '48, ella me telefoneó sorprendida porque habías declarado a uno de tus biógrafos que aquel colegio donde estudiábamos era el Internacional de Olivos, al que sólo iban (dijiste) "los muchachos de familias ricas", y no nuestro modesto edificio de tres o cuatro patios, entre Azcuénaga y Ombú, donde hasta los herbarios y los mapas eran de clase media. ¿Te acordás siquiera de Enriqueta, la sobrina de don Raimundo Douce, director y propietario del colegio? Ella se obstinó en corregirte, aquel verano del '48. Te mandó una carta a la presidencia de la República para salvar lo que cortésmente llamó tu *lapsus linguae*, una distracción de la memoria, aunque yo le advertí que no lo hiciera: que para vos el pasado no merece otra cosa que traiciones. Enriqueta, le dije: Juan es así con todo. No habla de la chacra de su padre sino de la estancia, y a mí tan luego me ha contado que su mamá era biznieta de los conquistadores, cuando todos en la familia sabíamos que era hija de un indio conquistado. Un tinterillo de la presidencia le contestó a Enriqueta en nombre tuyo, Juan: prometió que apenas tuvieran ocasión enmendarían el *lapsus*, y que pronto la invitarías a la residencia presidencial para que recordaran juntos "los viejos tiempos felices". Ya no tiene importancia que la dejaras plantada, sin poder estrenar el vestido que la pobre se compró especialmente para la ocasión. Ha envejecido tan de golpe que ni siquiera sabe qué cosa es el pasado. Pero en cambio me revienta, Juan, que sigas insistiendo en presentarte como ex alumno del Internacional de Olivos y no del Politécnico de Cangallo, y que el error se multiplique ahora en todas tus biografías. Con lo cual te diste no sólo el lujo de componer tu vida sino también trastornar las ajenas.

¿No es lo que has hecho siempre: llevar tu historia de un lugar gris a otro más prestigioso, pero con todos los personajes a cuestas? ¿No somos tus condiscípulos, acaso, ex alumnos de un colegio al que nunca fuimos? Y pensándolo bien: ¿por qué don Julio Perón está sentado allí, en uno de los inodoros del hotel, mirando con aprensión estas viejas fotos, si no es por otro de esos desórdenes teologales que Juan Domingo va provocando en las historias de los demás? Siete viejos han desquiciado sus hábitos cotidianos para ofrendarle la bienvenida. Harán el ridículo de abrazarlo portando en una mano el número especial de *Horizonte* que todavía no han visto: la vera historia que Zamora ha escrito a partir de lo que ellos le contaron.

Aunque Julio no había soltado prenda, y sus entrevistas, en total, no pasaban de las dos horas, le constaba que, a los otros, Zamora los había fastidiado con la porfía de un tábano. Y algunos milagros había conseguido: ciertas máquinas de tiempo, pasados que seguían fluyendo en estado puro.

Por ejemplo: José Artemio Toledo y Benita Escudero conservaban intacta la primera habitación matrimonial del primo Juan y de su bienamada Potota, incluyendo el vestido de novia. Entre las cristalerías del toilette se marchitaban, con los moños aún sin deshacer, las cartas que se escribieron durante las ausencias —largas— de Juan Domingo. ¿Y la señorita María? Ella, que con tanta firmeza resistía las seducciones de Zamora, ¿no terminó al fin por ofrendarle su diario, en un descuido de las otras hermanas Tizón, que la espiaban a través de los visillos?

Sólo el primo Julio, aburriendo al reportero con monosílabos cada vez más lánguidos, al fin lo había ahuyentado. Pero ahora, contra su voluntad, aquí ha llegado: a completar la cábala de los siete testigos. Siete por el número de los sonidos (dijo Zamora), por las virtudes y por los pecados. Y porque las líneas del triángulo sobre el cuadrado, que reflejan las líneas del cielo sobre la tierra, suman también lo mismo: siete.

La última de las postales que está sobre sus piernas nada tiene que hacer allí, en ese lugar excrementicio. Profanación, ofensa. Es una obra maestra del fotógrafo E. Della Croce, que resucita a un joven de orejas grandes y ojos juntos, sobre cuya frente se abren con ferocidad las primeras luces de la muerte. Azorado, el primo Julio advierte que la placa fue tomada dos días antes de que ese joven, Tomás Hilario, su padre, se matara con cianuro tras el mostrador de una droguería. Y siente que un animal feroz se le despierta en las entrañas: oye las mordeduras del animal cortándole hasta los últimos bastiones del aliento, pero como nadie le ha enseñado a sufrir, el primo Julio no sabe dónde poner aquella zarpa, cómo apagarla, con qué dolor se barrerá esta lágrima. Tiene un miedo estruendoso pero no puede precisar a qué: los rayos, las borrascas que se desatan, ¿son ahora el pasado? ¿O más bien las preguntas que el pasado ya no podrá contestarle?

CUATRO

PRINCIPIO DE LAS MEMORIAS

—He pertenecido a los otros durante toda mi vida, Cámpora —está diciendo el General—. ¿Cómo pretende usted que ahora, a los setenta y siete años, no tenga ni derecho ya de pertenecerme a mí?

Afuera, en Madrid, la noche del sábado 16 de junio se agrieta: la sequedad y el calor son un escándalo.

Desde hace por lo menos quince minutos el presidente Cámpora escucha de pie, con el mayor respeto, la reprimenda del General. Viste el jacquet de ceremonia que no quiso estrenar ni aun el día en que asumió el mando, y junto a la faja celeste y blanca que le cruza el pecho, bajo el bolsillo del saco, lleva prendido un gran escudo peronista. Perón, en cambio, repantigado en la poltrona de su escritorio, se desmerece con el conjunto más chillón de su vestuario: una guayabera roja, zapatos combinados y pantalones brillosos como un helado de crema. Mantiene la gorra con visera puesta. De vez en cuando, un repertorio de perras caniches le salta a las rodillas. Los pensamientos del General, entonces, se distraen de Cámpora por completo: y juegan, como escarabajos, entre los rulos de las perras.

—Usted ha venido a pasar puras fiestas en Madrid —recrimina Perón—. Yo, por dar el ejemplo, he tenido que negarme: imaginesé, hasta finjo, por su culpa, que me molesta una fístula. Usted ha venido a oír y decir una sarta de discursos. Para mí, Cámpora, ésas son indigestiones del alma. Mire el pobre país que acaba de abandonar: sólo para tener, como usted dice, el privilegio de venir a buscarme. ¡Vaya con el privilegio! No me hablan sino de fábricas tomadas y desbordes guerrilleros en la Argentina. Hubiera cumplido mejor con su deber quedándose a deshacer esos entuertos: gobernando. Le di el poder. Ejérzalo. Yo para qué lo necesito aquí, Cámpora. Estoy amortizado. Puedo volver perfectamente solo. Me había reservado está semana para ocuparme de mí, pensar, estar sereno. Pero a usted se le ocurre viajar con un montón de ociosos que me piden audiencias personales: quieren que los reciba de a uno en fondo. ¡Y son cientos! Llaman a todas horas. Los vecinos se quejan porque las líneas telefónicas de la zona están bloqueadas. Y a mí no me dejan descansar. Pareciera que lo hace adrede, Cámpora. Que me ha echado encima esta jauría para que me acobarde y no quiera volver.

El presidente baja la cabeza con desconsuelo.

—Usted me mal entiende, mi General. No soy yo quien ha querido buscarlo en Madrid. La patria me ha mandado...

Llaman a la puerta. La perra que el General aún tenía en las rodillas baja de un brinco y patina entre los muebles, ladrando.

—¡Adelante, adelante! —convida Perón. Y entra en escena un periodista de la agencia EFE, a quien el secretario ha tomado del brazo. Cámpora se sorprende: ¿Acaso el General no ha prohibido los testigos? Y sin embargo—: Tomen asiento, por favor. ¿Quieren un cafecito?

Contrariado, el presidente mira la hora.

—Yo me disculpo —dice—. Ya estaba retirándome. El generalísimo Franco llegará de un momento a otro a la Moncloa. Llevo por lo menos quince minutos de retraso. Vine con la esperanza de que usted pudiera acompañarme, mi General: pero me resigno a que no sea así.

Perón abre los brazos. Una vez más —explica con la mirada— Cámpora no lo ha comprendido.

—¿Ahora se da cuenta de que la patria no ha venido a buscarme? La patria no tendría ningún apuro por llegar al banquete de la Moncloa. —Y quitándose la gorra, el General se vuelve hacia el reportero.— Estaba precisamente diciéndoselo a Cámpora: que con tanta descomposición y caos en la Argentina no podemos darnos el lujo de andar por el mundo tomando champán. Por eso tengo que volver a mi pobre país: para que todos aprendan a caminar derechitos.

Ya el presidente había iniciado una reverencia, en señal de retirada, cuando la última frase devuelve a su corazón la dignidad que tanto se le ha desquiciado en este viaje a Madrid.

—Tiene usted razón, señor —replica, con la barbilla temblorosa—. El que debe mandar en la Argentina es usted. —Retrocede un paso, se quita la faja presidencial, y poniéndose en puntas de pie trata de cruzarla sobre el pecho de Perón—: Esto no es mío. Si acepté la faja fue para servirlo. Y como usted es el dueño, se la devuelvo.

El General no se desconcierta. Paternal, se desembaraza de Cámpora:

—¡Por favor, hombre! ¿Cómo se le ocurre encajarme un símbolo sagrado encima de la guayabera?

Y de repente, sin transición alguna, se siente vencido por un deseo de soledad tan imperativo como una tos. Así pasa en la vejez, le han dicho: que el humor cambia sin aviso. La tristeza es el verano, la irritación es la primavera.

Quiere quedarse solo. Tal vez mañana no, pero ya mismo quiero quedarme solo.

Encomienda a López Rega que acompañe a Cámpora hasta la entrada de la quinta 17 de Octubre, donde un cortejo de limusinas y motocicletas está esperándolo con los faros prendidos. Y despide al corresponsal de la agencia EFE: el calor y los trajines de la mudanza me tiran la presión al suelo, muchacho. Ya otro día podremos hablar largo y tendido: en Buenos Aires, sin duda.

Advierte que el presidente, avanzando entre los palomares del jardín, se vuelve para decir adiós con la mano. El General deja caer entonces sobre la escena una invitación desconcertante, que los biógrafos no sabrán, años más tarde, si atribuir a la culpa o a la ironía:

—¡Venga mañana a comulgar conmigo, Cámpora! ¡Y no se desvele: la misa es a la siete!

También él debiera acostarse ya. Tanto Puigvert como Flores Tazcón, sus médicos de cabecera, le han recomendado que se retire siempre antes de las diez. ¿Pero cómo obedecerlos si todavía su obra no está completa y siente que se le acaba el tiempo? El General lleva meses negándose a la distracción más leve. A veces, Isabelita lo tienta llamándolo para que vea en el primer programa *El capitán Blood* con Errol Flynn o "Llame a Unicornio", el capítulo más violento de la serie *Cannon*. No, señora: él debe afanarse releyendo las cartas de lord Chesterfield a su hijo Philip Stanhope, donde ha encontrado normas de urbanidad que quisiera aplicar en su Argentina indisciplinada.

"Es el fin de los tiempos", suele decirse, cuando se distrae del libro. ¿El milenio, el diluvio, las trompetas del ángel llamando al apocalipsis? "Es el fin de tu tiempo, Juan", le ha dicho la madre en los sueños del Polo Sur: el vértigo donde habrán de hundirse todos los horizontes, el desamparo donde coincidirán todas tus edades.

47

Y, por lo tanto, debe negarse a dormir, como ha sucedido ya en los últimos quince días. Está corrigiendo sus Memorias. O, mejor dicho, va colocándose a sí mismo en las Memorias que le ha escrito López: el General lleva meses viéndolo en el arduo trabajo de transcribir casettes y enredar documentos.

Sólo ahora, tal vez demasiado tarde, advierte que esas Memorias eran la cruz que le faltaba a la iglesia peronista. Más que los tabernáculos de sus clases magistrales sobre conducción política o que las recopilaciones de discursos, las Memorias le servirán para que se adoctrine al vulgo con el ejemplo. Se había equivocado en Santo Domingo, cuando le dijo a su lazarillo Américo Barrios: "Memorias, no: les tengo alergia. Si las escribo, pensaría que ya he dejado de estar vivo. Que otro las haga". López, entonces.

Adoctrinar, instruir, la idea lo obsesiona. Las masas deben impregnarse de sus virtudes, reconocerse en el pasado de Perón. Ya, de algún modo, lo había dicho en 1951: "Las masas no piensan, las masas sienten y tienen reacciones más o menos intuitivas y organizadas. ¿Pero quién produce esas reacciones? El conductor. Las masas equivalen a los músculos. Yo siempre digo que no vale el músculo sino el centro cerebral que lo pone en movimiento". Estaba claro: su pasado haría que la virtud brotara naturalmente de las generaciones futuras.

Evita ya lo había intuido al publicar *La razón de mi vida*. El pueblo necesita fábulas y sentimientos, no el mazacote gris de las doctrinas con que, muy a su pesar, él ha tenido que alimentarlo.

A sus espaldas, en la biblioteca, junto a la colección de mates y bombillas que ha ido acumulando en el exilio, están las carpetas con las Memorias pasadas en limpio. En algunas anécdotas ya no se reconoce: pero los documentos están allí, no mienten. López tiene razón: la vejez le ha borrado muchas cosas. ¡Cuántas veces el nombre de Potota, su primera mujer, se le ha desvanecido de la lengua! ¿Era cómo, era cómo: Amelia, María Antonia, Aurelia, Amalia, Ofelia Tizón? La memoria había sido el más fiel de sus dones, y la estaba perdiendo.

A veces, con el afán de resucitarla, López le mostraba fotos manchadas de óxidos y lunares de sepia. Señalaba a uno de los personajes con el índice y lo desafiaba: "¿Quién era éste, mi General, a ver si se acuerda?". Y él meneaba la cabeza: "No sé, no sé. Aquel me resulta familiar, pero éste... a éste no lo he visto nunca...". El secretario destapaba entonces la otra mitad de la foto: "Mírese, mi General. ¿Ya no se reconoce? Es usted mismo en 1904, en 1908, en 1911... Aquí, de este otro lado, está su prima hermana, María Amelia Perón: ustedes dos vivieron en la misma casa durante casi tres años...". "¿Allá, en Camarones?", se intrigaba el General. "En Camarones no: en la escuela que dirigía Vicenta Martirena, su tía." "¿Es en verdad como usted dice: que la tal María Amelia es prima hermana mía? ¿Y este muchacho, López? A ver: ¿de quién es esta mirada tan oscurecida?"

Ahora quiere quedarse a solas con aquellos recuerdos. Se pone los anteojos, acerca las páginas a la luz, y repasa el primer párrafo de las Memorias, con el que nunca ha estado satisfecho:

> *Mi padre era hijo de Tomás Liberato Perón, médico y doctor en Química...*

¿Por qué no dar un paso atrás, rescatando de las penumbras mazorqueras al bisabuelo sardo, que desembarcó en el Río de la Plata hacia 1830, y a la bisabuela escocesa, de quien su padre heredó las vetas azules de los ojos? Soy un crisol de razas, la Argentina es un crisol de razas: aquí está la primera señal de identidad entre el país y yo. Vamos a subrayarla. El General escarba entre los documentos que López ha caratulado "Ancestros", y tomando notas de aquí y allá, reescribe.

> *Hasta donde llegan mis noticias, el primer Perón que pisó la Argentina fue un comerciante sardo, Mario Tomás. Traía un pasaporte otorgado por el rey de Cerdeña, y con tal recomendación no tardó en ser ayudado por otros sardos. Montó un negocio de calzados. Prosperó rápidamente. Hay quienes dicen que se enriqueció vendiendo botas para la Mazorca, nombre que daban en aquellos tiempos a la policía de Buenos Aires. Más bien creo que, como buen comerciante, mi bisabuelo debía de prender velas en todos los altares, sin fijarse en la cara de los santos.*
>
> *No llevaba sino tres años en Buenos Aires cuando contrajo matrimonio, el 12 de setiembre de 1833, con Ana Hughes Mackenzie, una escocesa de ojos azules. Los dos hablaban mal el español, de modo que para entenderse usarían el lenguaje universal de los gestos.*

Así está mejor. Desde San Juan le han escrito que un tal Pedro Perón aparece en el registro de pasajeros de 1823. Otro Perón, un tal Domingo —¿será su bisabuelo?—, tocó el puerto de Buenos Aires en 1848, procedente de Montevideo. El General resuelve pasar por alto esos detalles, para no enredar la claridad del cuento.

Tampoco se detendrá en los nubarrones de quiebra que amenazaron en 1851 el negocio familiar, hipotecado por unos usureros unitarios. Se detiene más bien a eliminar los adjetivos con que ha ornamentado López el párrafo siguiente:

> *De los siete hijos que los Perón Hughes dieron a su nueva patria, quien más se destacó fue Tomás Liberato, el mayor, nacido el 17 de agosto de 1839. La vida de ese* (ilustre) *antepasado está llena de honores. Fue senador nacional, mitrista, por la provincia de Buenos Aires; presidente del Consejo Nacional de Higiene, lo cual equivalía a ministro, y* (heroico) *practicante mayor del Ejército en la guerra del Paraguay. Desempeñó varias misiones en el extranjero, especialmente en Francia, donde vivió algún tiempo.* (Vertió su sangre) *Participó también en la batalla de Pavón. En 1867, poco antes de rendir el examen final para recibirse de médico, se casó con* (una dama distinguidísima, doña) *Dominga Dutey. Esa abuela mía era uruguaya, de Paysandú, hija de* (nobles) *vascos franceses provenientes de Bayona.*

Más de un historiador ha querido corregir aquellos datos cuando el General autorizó a que los publicara la revista *Panorama*. Que el abuelo fue diputado provincial en 1868 y no senador de la Nación, han dicho. Que por sus abnegados servicios médicos durante la epidemia de fiebre amarilla el gobierno de Sarmiento lo becó, por apenas seis meses, en París. Pero no fue a la guerra del Paraguay; así lo han refutado. Ni siquiera pudo moverse del hospital de sangre que improvisaron en Buenos Aires para recibir a los heridos. Benemérito era, pero no prócer. ¿Por qué se ha obstinado el General en darle lustres falsos al abuelo si con los verdaderos ya bastaba? Accesos de megalómano, le reprochó un anónimo. ¿Ya no recuerda que usted mismo, cuando era dueño y señor de la República, mandó a escribir una biografía del doctor Perón laudatoria y sin embargo respetuosa de las verdades?

Cómo no voy a recordar todo eso. Y además, qué importancia tiene. No veo cuál es la diferencia entre el retrato de mi abuelo, que López Rega —acepto— ha mejorado un poco en las Memorias, con la carne y los huesos de la realidad. Carajo, ¿son o no son en sustancia la misma persona? Esa pasión de los hombres por la verdad me ha parecido siempre insensata. En esta orilla del río tengo los hechos. Muy bien: yo los copio tal como los veo. ¿Pero quién asegura que los veo tal como son? Alguien ha escrito por ahí que debo estudiar mejor los documentos. Ajá. Aquí están los documentos, todos los que se me da la gana. Y si no están, López los inventa. Le basta con posar las manos sobre un papel para volverlo amarillo: así me ha dicho. Tanto me ha confundido que, cuando miro una foto de la infancia, no sé si de verdad estoy en ella o es que López me ha llevado hasta ahí. Pero en la otra orilla del río está lo que yo siento de los hechos. Y para mí eso es lo único que importa. Nadie sabrá jamás qué cara tenía la Mona Lisa ni cómo sonreía, porque esa cara y esa sonrisa no corresponden a lo que ella fue sino a lo que pintó Leonardo. Eva decía lo mismo: hay que poner las montañas donde uno quiere, Juan. Porque donde las ponés, allí se quedan. Así es la historia.

A mi abuelo Tomás Liberato yo no lo conocí. Sé que sufría de insomnio y que en los últimos años, cuando apenas podía tenerse de pie, pasaba las noches encerrado entre alambiques y sahumadores tratando de capturar el virus del insomnio. Se le ocurrió que el virus iba de un lado a otro en las patas de las langostas, de manera que hervía langostas y luego las destilaba, para analizar el agua. Dejó en aquella casa un olor tan penetrante que, cuando pasaron los primeros años de duelo, mi abuela tuvo que mudarse, porque hasta la ropa nueva, mucho después, seguía oliendo a saltamonte. No puedo saber si aquellas historias ocurrieron así o no. Pero mi abuela las sintió de esa manera, y las trasmitió con esas palabras. Si existen otras verdades, ya no interesan. La Historia se quedará con la verdad que yo estoy contando.

Ahora sí, General. Ahora puede usted avanzar sin escrúpulos de conciencia hasta el momento mismo en que ingresa en el Colegio Militar. Olvídese de los detalles incómodos. Suprímalos. Sóplelos de estas Memorias oficiales para que ni siquiera dejen un destello de polvo. Todos los hombres tienen derecho a decidir su futuro. ¿Por qué usted no va a tener el privilegio de elegir su pasado? Sea su propio evangelista, General. Separe el bien del mal. Y si algo se le olvida o se le confunde, ¿quién tendría el atrevimiento de corregirlo? Releamos entonces las Memorias, tal como López las ha pasado en limpio:

Los apellidos de mis abuelos maternos eran Toledo y Sosa. Hasta donde llega mi conocimiento, todos los antepasados de esa rama fueron argentinos. Dicen por ahí que ellos fundaron el fortín de Lobos en tiempos de la conquista. A mí no me consta. Sólo sé que mi madre nació en ese pueblo, entre la gente humilde y trabajadora del campo.

51

Mi padre, Mario Tomás Perón, estaba destinado a una vida más urbana, pero la casualidad lo convirtió a él también en un hombre de la pampa. Nació el 9 de noviembre de 1867. Su segundo hermano, Tomás Hilario, se dedicó a la droguería. Le llamábamos "el farmachista". Al tercero, Alberto, creo que le dio por ser militar: era capitán o comandante cuando falleció.

(Y de su madre, le ha insistido López: ¿cuál era la fecha de nacimiento? Si ponemos la de uno, quedaría mal olvidar la del otro. Es que no lo recuerdo, ha respondido el General. Le festejábamos el cumpleaños a principios de noviembre, pero el año, el año... Déjelo así.)

Hay muchas versiones sobre los motivos que llevaron a mi padre a trabajar en el campo. Sé que empezó a estudiar Medicina por exigencia del abuelo, y que en algún momento dejó eso. He leído por ahí que la fiebre tifoidea lo hizo interrumpir los estudios, pero él no me lo contó así: dijo sencillamente que se había cansado. En 1890, un año después de la muerte del padre, ocupó en Lobos unas tierras heredadas y allí se quedó, como estanciero. En Lobos he nacido yo, Juan Domingo, el 8 de octubre de 1895. A mi hermano mayor, Mario Avelino, le faltaban pocas semanas para cumplir cuatro años.

Hacia 1900, mi padre vendió la estancia y la hacienda, porque decía que eso ya no era campo sino arrabal de Buenos Aires. Se asoció con la firma Maupas Hermanos, que poseía una gran extensión cerca de Río Gallegos, en los confines de la Patagonia. Y volvió a empezar.

(Aquí hay una señal oscura, le ha dicho López Rega. Su padre se asoció con los hermanos Maupas para explotar un campo en Río Gallegos. ¿Por qué se detuvo entonces en Campo Raso, casi mil kilómetros al norte? Cómo puedo saberlo yo, le ha contestado el General. Son historias tan remotas ya que me parecen de otro. El secretario ha meneado la cabeza: Esfuercese. Yo no recuerdo que la historia sea como usted la cuenta, mi General. ¿Cómo lo sabe?, se ha intrigado Perón. Lo sé, ha respondido López. Cada vez que se le cae a usted un pensamiento, yo lo levanto como si fuera un pañuelo. Aquí los llevo a todos, entre estos límites: en la invisible línea de lápiz que me dibujo alrededor del cuerpo.)

52

Mi padre era severo en todo lo que se relacionaba con
nuestra crianza. Aprovechaba cualquier cosa para darnos
una lección. Y no por eso sentíamos menos su cariño. Sa-
líamos juntos a cazar avestruces y guanacos. A menudo
nos pegábamos unos buenos golpes, porque moverse a ca-
ballo en la pampa patagónica encierra muchas sorpresas.
Teníamos ocho galgos que hacían el trabajo de la caza,
pero para seguirlos era preciso galopar. Y mucho.
Para jinete, mi madre. Ella era una amazona. Y en la
cocina, ni hablar: todo lo manejaba con seguridad. Veía-
mos en mi madre al médico, al consejero y al amigo. Era
la confidente y el paño de lágrimas. Cuando aprendimos a
fumar, lo hacíamos en su presencia.

(¿He interpretado bien lo que usted pidió, mi General: que
acentuara los trazos viriles en el retrato de su padre y los femeni-
nos en el de su madre? Nada de medias tintas, para que no se con-
fundan los lectores. ¿Así le gustan: vidas ejemplares?, le había
preguntado López al completar la primera carpeta de borradores,
mientras bajaban del altillo con lentitud de convalecientes. Así
está bien, había respondido Perón. Tal como yo quería.)

Se encerraban a leer poco antes de la medianoche. Isabel dormía y las perras estaban apaciguadas ya en sus cuchitriles. Al
principio —¿había pasado un año?— solían reunirse en el escritorio: allí donde ahora está el General, repasando cada página. Soplaba una brisa de horno, tal como en esta noche del 16 de junio.
Afuera, al otro lado de las verjas, los vigilantes de la Guardia Civil abofeteaban el aire con sus linternas "Este no es lugar para
confesiones", había dicho el General. Y López: "Tiene razón. Oiga esa luz: los guardias nos están fotografiando".

Aún vacilaron algunos días, moviéndose con los papeles y los
grabadores desde la mesa del comedor hasta un camarín oculto
bajo la escalera. Por fin, osaron subir al único cuarto de retiro que
había en la casa: lo que López llamaba el claustro. Estaba en el
segundo piso y había servido, tiempo atrás, como desván para los
enseres de limpieza. Una escalerita de caracol lo comunicaba con
la bohardilla, donde solía guardar el General los atlas de guerra,
los aluviones de correspondencia y los periódicos de sus años de
gloria. Pero desde la tarde memorable de 1971 en que su mortal
enemigo, el presidente Alejandro Lanusse, ordenó que devolvie-
ran a Perón el cadáver de su segunda esposa —escondido más de
quince años con otro nombre, en un cementerio de Milán—, todo
había cambiado en la casa. Evita estaba allí. Se la sentía.

Isabel dispuso que un arquitecto ensanchara el desván, abriera una ventana, lo alfombrara y lo amoblara con dos sofás, un reclinatorio y un retablo con los retratos clásicos de la difunta. Arriba, en la bohardilla —ahora encalada, pulcra, con purificadores de aire—, estaba Ella en su ataúd: bajo la lumbre perpetua de seis lámparas rojas, torneadas como antorchas. Isabel había insistido en que iluminaran el cuerpo con velones de verdad, pero el embalsamador dijo que aquellos tejidos muertos se conservaban sin mácula de corrupción gracias a unas sustancias inflamables. Y recomendó que hasta las luces del altillo fueran protegidas contra el riesgo de cortocircuitos y chisporroteos. Al claustro llegaban escasos visitantes, los íntimos. Al sepulcro casi nadie: las hermanas de Evita cuando pasaban por Madrid, e Isabel los domingos, para dejarle flores. Habían forrado de terciopelo las puertas del claustro, para que nada se oyera. Allí López anotaba los recuerdos del General, y ambos leían, sumidos en sí mismos.

En los primeros meses de aquel trabajo, Perón cerraba los ojos y se dejaba ir: iba soplando una historia tras otra, y era como si el cuarto se llenara de plumas. A veces, al recobrarse, no encontraba al secretario. Inmediatamente se le impregnaba el cuerpo con un olor de flores y bencina. Ella —decía—, es la Eva que quiere bajar de la bohardilla. Y lo sacudía el pavor. ¿López?, iba llamando por las escaleras. Sorprendía siempre al secretario sentado en su escritorio, transcribiendo con afán las grabaciones.

Aunque tenía la cara rayada por el desvelo, la corriente de la escritura lo sostenía. No sólo sembraba las Memorias de pensamientos propios; también les incorporaba historias que el General había omitido y que él, en cambio, recordaba al dedillo: "Lea esta página: ¿por qué hemos suprimido aquel verano?", solía exaltarse. "Piense, mi General: remóntese. Enero de 1906. Nos vistieron de negro, y por si fuera poco, nos ensartaron en el brazo un moño de luto. Así, las tías Vicenta y Baldomera nos llevaron a rezar en la capilla ardiente del general Bartolomé Mitre: usted y yo caminábamos adelante; la prima María Amelia y el primo Julio nos seguían muy serios, tomados de la mano. Baldomera se atrevió a besar la frente del grande hombre. Los demás fuimos a firmar el libro de dolientes, recuérdelo..." Y el General respondía: "Ahora que usted lo ha dicho, lo recuerdo como en una bruma. Pero no veo sino a los primos. Yo iba solo adelante, abriéndome paso entre las muchedumbres que lloraban. Buenos Aires parecía un camposanto. Sudábamos a chorros y nos ahogaba el calor de tantas flores. Y usted, ¿qué hacía usted allí, López? ¿Cuántos años tenía?". El secretario nunca contestaba.

A Perón le caían en gracia aquellas ocurrencias, pero por las mañanas, cuando la voz de López recitaba frases ya corregidas de la grabación: "Mi padre, Mario Tomás..." o "...mis mejores amigos eran los perros...", sentía que un cuerpo ajeno procuraba desalojarlo de su cuerpo, y se agarraba entonces a las barandas de la escalera para no perder el instinto de identidad. "Así es como mejor lo cuido, mi General", lo tranquilizaba López. "Así es como atraigo hacia mi organismo los males que van pasando por el suyo."

Ahora que relee las páginas de los primeros días, Perón percibe con cuánto esmero el secretario ha reparado los deslices. Ha interpretado la historia verdadera: la que debió suceder, la que sin duda prevalecerá. Bien puede ya, tranquilo, repasar las Memorias que siguen:

Todo cambió cuando llegábamos al extremo sur. Aunque la nueva estancia —llamada Chankaike— había sido preparada para el frío, la vida era difícil. En invierno, el termómetro bajaba hasta los 28 grados bajo cero. La lucha con la naturaleza era el pan nuestro de cada día, pero todas las aventuras nos parecían pocas. Crecimos en libertad absoluta, sometidos tan sólo a la dirección y control de un viejo maestro que se encargaba de nuestros estudios primarios.

Nuestro refugio normal eran dos enormes vegas. Los vientos alisios, que en esa zona soplan a más de cien kilómetros por hora, frenaban nuestros entusiasmos camperos. Cuando había menos de veinte grados bajo cero nos recluían en la casa. Cierta vez me agarró uno de aquellos fríos terribles y se me congelaron los dedos de los pies. Al calentármelos, se me cayeron las uñas. Pero Dios sabe lo que hace. Las uñas crecieron de nuevo, mejor que antes.

Mis mejores amigos eran los perros, tan abundantes en el sur debido al trabajo con las ovejas. Algunos de ellos valen más que varios peones en las faenas de campo. Los perros han dejado en mi cuerpo un recuerdo indeleble: un quiste hidatídico que tengo, calcificado en el hígado.

Después del terrible invierno de 1904, mi padre compró dos o tres leguas de terreno en el centro del Chubut, al pie de la famosa meseta basáltica. Allí están las únicas aguadas de ese enorme paraje. Desde Chankaike regresamos otra vez al norte, a Cabo Raso, y allí nos que-

*damos algún tiempo, a la espera de que construyesen la
casa en el nuevo campo. A fines de 1905 nos mudamos.*

*Aunque vi a mi padre muy poco desde entonces, la im-
presión que me ha dejado es muy vívida. Era un antiguo
de los que ya quedan pocos. Fue comisario y juez de paz
"ad honorem" en todos los lugares donde vivió: eran cargos que se conferían a los pobladores de mayor prestigio.
Se comprenderá, pues, que mi casa fuera tanto una estancia como una oficina pública. Desde allí ejercía él su pa-
triarcado, gozando del respeto y la amistad de todo el
mundo.*

*En marzo de 1904 me enviaron a Buenos Aires para
que continuara los estudios...*

(Un concierto de gárgaras, en el baño de arriba, profana la
lectura. El General reconoce los estruendos con que López Rega
anuncia sus aseos al filo de la medianoche. A cada gárgara le sucede un desgarro de mocos y, casi de inmediato, el redoble de pe-
dos con que el secretario se alivia el estómago.

Su estómago, mi General, lo ha corregido López. Yo nada
tengo que ver con eso. Son los vientos que se le cuelan a usted en
la boca y usan después mi cuerpo para soltarse. ¿Cómo es posible?, le ha preguntado Perón. He tenido siempre una digestión
perfecta. Pero el secretario insiste: las gárgaras sí son mías. A los
otros ruidos me los transmite usted.

¿Marzo de 1904?, recapacita el General. Algo está mal ahí.
Fui en aquel año a la escuela de Buenos Aires, pero también me
acuerdo del famoso invierno que despobló la Patagonia en esos
mismos meses. Son dos recuerdos que no pueden juntarse: pareciera que uno de los dos se ha sentido incómodo y ha cambiado
de posición. López lo tranquiliza. En estas cosas, mi General, no
hay fallas de la memoria sino desaciertos de la realidad.

¿Fue en 1904 entonces? ¿O el verano siguiente? Aún podía
verse llegando al caserón de la calle San Martín, con las manos
manchadas por el azul de las moras. Llevaba una mochila al hombro, y, colgando del cinto, un jarro en cuya base la madre había
pintado flores de coirón, para que el niño jamás olvidara la tierra
de donde venía. La abuela lo recibió con indiferencia. Puso la
mejilla para que la besara, sin dejar de mecerse en la hamaca, y
las dos tías de enorme porte, con los brazos en la cintura, lo mandaron a lavarse en la pileta del fondo. ¿Fue de veras en 1904? El
General tacha la última frase y escribe en los márgenes una versión más difusa:)

*Pero las enseñanzas de mi padre y del viejo maestro
no satisfacían las ilusiones que la familia depositaba en
mí. Tuve que viajar a Buenos Aires, donde mi abuela paterna se encargaría de completar mi educación. Aprobé
como estudiante libre los primeros grados de la escuela
primaria, y enseguida me puse al día.*

(Ahora sí, en ese punto puede retomar el hilo:)

*El cambio fue tremendo. El gauchito curtido y duro
fue transformándose en uno de los tantos mozos de la Capital. A los diez años yo pensaba casi como un hombre.
En Buenos Aires me manejé solo y las faldas de mi madre
o las de mi abuela no me atraían como a otros chicos de
la misma edad. Pretendía ser una persona mayor y proce-
día como tal.*

*Mi abuela era ya viejita. Por lo tanto, yo la sustituía
como jefe de la familia. Eso tuvo enorme influencia sobre
mi vida, porque así comencé a sentirme independiente, a
pensar y a resolver por mi cuenta. No fui muy estudioso ni
aplicado. Los deportes, sí: nada me gustaba tanto.*

*Cuando años más tarde ingresé al Colegio Internacio-
nal de Olivos me aficioné bastante a la canchita de fútbol
que teníamos allí mismo. Era uno de esos institutos para
hijos de familias ricas, con grandes comodidades. En Olivos cursé hasta tercer año inclusive, con un régimen de
estudios nada común por la libertad y responsabilidad
que nos concedían. Fue ahí donde me inicié como futbolista. Eran los tiempos del famoso equipo de Alumni, cuyos jugadores nos parecían héroes.*

*Como todo "ragazzo qualunque" aprendía lo que no
me gustaba ejercitando la memoria; en lo demás, aplica-
ba el criterio. La enseñanza ordinaria se dedica más a la
memoria. Y al final de la vida,*

(Aquí el General se detiene. Muchas veces ha rondado en su
cabeza la frase que sigue. Pero, ¿alcanzó a decirla? ¿Es de veras
suya la frase o bien el secretario, leyéndole el pensamiento, la ha
dejado posar sobre la página?)

*el hombre sabe tanto como recuerda. El hombre sabe
tanto como recuerda.*

57

Pero la exacta memoria de las cosas no es lo que importa, sino lo que uno aprovecha de ella: el color con que se la tiñe.

Cuando terminé el segundo año del secundario en Olivos ya tenía que ir tomando una decisión sobre mi futuro. Pensé aceptar el consejo de mi padre y seguir la carrera de Medicina. En la familia Perón, ésa había sido la profesión dominante. Dicen que mi tatarabuelo fue cirujano en Alghero, un pequeño puerto al oeste de Cerdeña. Y mi abuelo alcanzó fama y honores como médico. Yo estaba casi convencido de mi destino. En tercer año empecé a darle duro a la Anatomía, que era la materia más exigente para entrar a la Facultad. Pero por entonces me visitaron unos compañeros que acababan de incorporarse al Colegio Militar. Me hablaron con entusiasmo de lo formidable que era esa vida y de cuánto empeño ponían los profesores en templar el carácter de los muchachos. Dije: "esto es lo que quiero". Y descubrí en mí al militar que nunca he dejado de ser. Rendí en 1910 mi examen de ingreso. Por fin, a comienzos del año siguiente me incorporé como cadete.

(Todo estaba en orden, entonces. López había podido limpiar de las Memorias el manchón de primos y tías que las empañaban. Al eludir a Vicenta y Baldomera Martirena, en cuya casa se crió el General, no era ya necesario hablar del primer matrimonio de la abuela Dominga. Una viuda que se casa por segunda vez no es mártir ni ejemplar. También se habían esfumado del horizonte las sombras de los primos Julio y María Amelia. ¿Con qué argumento, López? ¿Para soslayar el vergonzoso suicidio del tío Alberto y eliminar así toda flaqueza en la sangre de los Perón? ¿O para insistir que él, Juan Domingo, fue libre y responsable desde niño, un verdadero jefe de familia como lo había escrito con tanto tino?)

—¡López! —lo llama. Más allá de las mamparas, a la derecha del escritorio, el secretario está esperándolo de pie, en un descanso de la escalera. Lleva una bata tornasolada y desde lejos huele a colonia Lancaster—. Este primer capítulo está muy bueno, López —se alza el General—. Hay que seguir así. ¿Cómo se siente para esta noche? La conversación con Cámpora me ha desatado muchos nudos de adentro. Quiso ponerme la faja presidencial, ¿se da usted cuenta? ¡Como si bastasen los pequeños gestos para enderezar el país! Quiero ver más a fondo estas Memorias, López. Ahora que ya está seca la humedad del pasado, tengo deseos de hablar.

—Yo estoy para eso, mi General: para que lo recuerde todo —le tiende un brazo el secretario, en la negrura de la escalera: Perón se apoya en él—. Vaya subiendo despacio por aquí. Despejesé. Eso: avance. Venga poquito a poco. Así: el otro escalón. Agarresé de la baranda con aquella mano, para que pueda guiarlo. Uno, dos, uno. Concéntrese en mí. Suba. No le tenga miedo a la noche. Yo estoy arriba, en el claustro, ¿me siente?

CINCO

LAS CONTRAMEMORIAS

QUE HAYA TANTO SILENCIO EN LA CASA cuando afuera todo es fragor ha despertado a Nun Antezana. Cada vez que tropieza con el silencio, su cuerpo presiente alguna desgracia.

Y, sin embargo, ¿a qué temer? Diana duerme a su lado y hasta el menor detalle del Operativo 20 de Junio está bajo control. El Cabezón Iriarte ha revisado por enésima vez los motores y las llantas de los ómnibus Leyland, Pepe Juárez ha limpiado y engrasado el arsenal, Vicki Pertini ha bregado con una legión de costureras voluntarias para completar las letras de los cartelones, PERON O MUERTE, FUERZAS ARMADAS REVOLUCIONARIAS / BIENVENIDO GENERAL / MONTONEROS PRESENTE, y él mismo, Nun, ha recorrido antes de acostarse las concentraciones de Berisso, Florencio Varela y Cañuelas. Al mediodía de este 20 de junio, luego de marchar desde la rotonda de Llavallol, las columnas de militantes llegarán a la retaguardia del palco, en la autopista de Ezeiza. Entonces, Nun dará la orden de abrirse en pinzas y copar los primeros trescientos metros de la manifestación ante la cual el General pondrá fin a su exilio de dieciocho años, anunciando el nacimiento de la patria socialista.

¿Cómo pueden ser tan distintos el adentro y el afuera? Aquí en la casa nada se oye sino respiraciones, como si algo estuviera muriéndose. Todo ha quedado ya por el camino: el miedo, la familia, la salud, el orgullo. Todo ha ido dejándolo sólo por ver la luz de este día, por abrazar esta historia. Pero afuera, afuera: quién sabe qué está urdiendo la historia en este momento.

Nun se yergue y prende un cigarrillo. Siente —imposible no

sentir, por lejos que esté— el imperioso cuerpo de Diana. Esta odisea y ella empezaron al mismo tiempo. A fines de marzo, Nun se había comprometido ante Perón a organizar el desarme de las formaciones especiales y a prepararlas para los tiempos de paz —"Hay que ir creando escuelas de predicadores", insistía el Viejo—, y el diputado Diego Muniz Barreto, de paso por Puerta de Hierra, había propuesto a Diana Bronstein como asistente: "Es un cuadro de primer orden, Nun. Una movilizadora nata. La están desperdiciando como archivera en un sindicato de Almagro".

El propio Muniz se la había presentado en sus oficinas de la calle Florida, cuando volvieron a Buenos Aires. Desde que la vio, con el cuerpo escondido entre los acuarios de peces tropicales que coleccionaba el diputado, Nun sintió que el ser se le sumía en el más absoluto aturdimiento. Quedó inerme ante aquel matorral de pelos rojos que aleteaba con la sensualidad de las pirañas, se dejó vencer por la intensidad de unos ojos que se contradecían con la cara llena de pecas, y perdió el centro de gravedad cuando su mirada cayó entre las tetas de Diana, cuyos pezones respingados olfateaban el cielo.

Ella era hija de un sastre rumano que se había casado por correspondencia con una polaquita desabrida. En la casa no se hablaba sino idish. Apenas entró en el liceo, Diana se esforzó por desaprender aquella lengua: quería esfumarse para siempre de los recuerdos familiares, nacer de nuevo como argentina pura. Un profesor de lógica la educó en el sexo y en la revolución permanente. Al cabo de dos años, quiso casarse con ella. Diana se desilusionó.

Desde entonces no permitió que ningún hombre la eligiera. Los elegía ella, en las fábricas de tejidos y en las enlatadoras de dulces, donde se infiltraba para adoctrinar a los obreros. Desnuda, en la cama, iba leyéndoles con paciencia los manuales de Marta Harnecker y los diarios del Che, los inclinaba tiernamente sobre las biografías de Trotski y de Rosa Luxemburgo, y los ayudaba luego a descubrir las novedades del placer con una sapiencia que siempre la sorprendía. "La revolución del cuerpo no tiene por qué oponerse a la revolución de los pueblos. Si a los pobres se nos niega todo, ¿por qué también negarnos el placer?", solía repetirse, para disculpar el enloquecimiento de sus orgasmos.

En 1972, un empaquetador de bombones a quien llamaban el Angelote la disuadió de su pasión trotskista. La Cuarta Internacional era —le dijo— el último eslabón de un socialismo anacrónico y para colmo derrotado. En la Argentina, todos los caminos revolucionarios pasaban por Perón. Diana se indignó, su inteligencia se declaró agraviada: ¿en nombre de qué ideología le hablaban? Perón era un ejemplo mayúsculo de oportunismo, el imitador subdesarrollado de Mussolini. La clase obrera seguía confiando en él, eso era cierto, pero el trabajo de la revolución consistía precisamente en desenmascarar esa impostura y en destronar a la burocracia sindical que medraba a su servicio. El Angelote la mantuvo abrazada y con imprevisible autoridad le ordenó que leyera a John William Cooke, las cartas escritas a Perón desde La Habana disiparán tus aprensiones, será esta vez o nunca, Diana mi vida, la historia pasará junto a nosotros y yo no te dejaré partir sin que la hayas tocado.

Diana se mantuvo en la duda unas pocas semanas, hasta que la matanza de un grupo de guerrilleros en Trelew —que ella juzgó como inequívoco signo de un terrorismo de Estado— y los tumultuosos velorios en la sede peronista terminaron por decidirla. Aceptó ser soldado de Perón mientras le permitieran mantener su independencia crítica: nada de culto a la personalidad ni de ciego verticalismo. La misma tarde en que sepultaron a los guerrilleros empezó a colaborar con un caudillo de Almagro. El encuentro con Nun la convirtió en militante de tiempo completo.

En modo alguno había concedido a Nun el privilegio de seducirla. Fue ella quien de la noche a la mañana, tras resistir a semanas de asedio, lo llamó por teléfono y lo invitó a un hotel alojamiento por el mero placer de medir fuerzas con aquel cuerpo presuntuoso. La habitación que les tocó en suerte olía a sexo. Era imposible que persona alguna hubiera cometido allí la equivocación de amarse. La cama estaba adornada con ángeles de estuco que amenazaban caerse del dosel. Bajo los remiendos de las sábanas asomaba la humillante cubierta de plástico que protegía el colchón. A través de las ventanas disimuladas por terciopelos decrépitos se divisaban los monumentos funerarios de la Recoleta. Diana dispuso, en el momento de entrar, que apagaran la luz. Fue una revelación. Los cuerpos encajaban sin necesidad de explicaciones, entraban juntos en los mismos estremecimientos y salían hacia los mismos recuerdos.

Diana empezó a vivir la historia con una constante sensación de peligro. Temía enamorarse. Se alejaba de Nun por miedo y regresaba por lástima: lo sentía a la vez tan sólido y huérfano, tan ávido de poder y tan analfabeto de amor y de misericordia, que cuando él le contaba (siempre a regañadientes) algún rincón de su biografía, a ella le daban ganas de abrigarlo con el follaje de los pelos y de ponerlo a dormir sobre la falda, pobre mi Nun, pobrecito.

Y era verdad que Nun había crecido solo, al cuidado de niñeras que lo atragantaban de helados para que las dejara tranquilas. Los padres, que se habían separado antes de que él aprendiera a caminar, zanjaron la discusión sobre la tenencia partiéndolo por la mitad, seis meses para cada cual, aunque al fin de cuentas fue el año entero para ninguno. De repente, al cabo de interminables períodos de olvido, experimentaban brotes epidémicos de culpa y se lo disputaban para un paseo en yate por el Tigre o un fin de semana en Punta del Este. Pero una vez que conseguían apropiarse de Nun, el entusiasmo no les duraba más de una hora. Una de las pocas veces en que se pusieron de acuerdo fue para inscribirlo como cadete en el Liceo Militar. Nun estaba preparado para cualquier desdicha, salvo la de los dogmas y las disciplinas. Tardó en resignarse al tormento de que lo despertaran antes del alba, lo forzaran a despabilarse con duchas frías y lo sometieran a semanas de orden cerrado, maratones en campo abierto y saltos de rana. Poco a poco fue aprendiendo que, para imponer respeto, debía mantenerse siempre en los extremos: obedeciendo como un esclavo y ordenando como un dios. Empezó a domesticar el cuerpo. Odiaba los deportes y sin embargo se quedaba los domingos en el liceo saltando con garrocha y levantando pesas. Cierta vez, un sargento castigó a toda la clase obligándola a formar dentro de un bebedero de caballo lleno de bloques de hielo. Nun fue el único que aguantó la hora completa sin desmayarse, por amor propio y por desprecio a las debilidades ajenas. Pero juró ante su corazón que, apenas fuese oficial, buscaría al sargento para obligarlo a purgar la misma pena.

Se llamaba Abelardo Antezana y tenía una cara redonda, vivaz, en la que desentonaba un mentón abombado, con un hoyuelo tan profundo que parecía la cicatriz de un balazo. Durante su primer año de liceo, en la clase de inglés, el profesor lo mandó a escribir una lista de verbos irregulares en el pizarrón. Una hebras de sol entraron por la ventana y se le posaron en el pelo. El profesor se puso de pie y lo contempló: "Alce la cabeza, cadete". Nun obedeció, con vergüenza. "It's wonderful! You have a noon-face." ¿Cómo?, se rió la clase. "You have a noon-face. Su cara parece un mediodía", insistió el profesor.

Desde entonces le quedó el apodo, Nun. Cuando jugaban al fútbol, los cadetes del equipo rival sabían que llamándolo Noon-Face podían desorientarle la paciencia, y cada vez que él avanzaba por el área con la pelota dominada bastaba que le gritaran: "¡Te la estás comiendo, Nun!", para que fatalmente pateara desviado.

En la primavera de 1969, cuando ya estaba por recibir el sable de subteniente —cuarto de la promoción, pero el mejor entre los artilleros—, una casualidad le cambió la vida. Conoció a Juan García Elorrio en el casamiento de una prima. Juan era fogoso, brillante y terco para discutir. Caminaba encorvado y una calvicie neurasténica le ensanchaba la frente. Dirigía una revista de izquierda, *Cristianismo y revolución*. Predicaba el heroísmo y la santidad, pero no concebía que pudieran alcanzarse esos estados sino a través del martirio.

Con el índice apuntando al mentón inquebrantable de Nun, García Elorrio lo catequizó hábilmente desde el primer encuentro. El ejército de San Martín estaba renaciendo en una invisible oleada de nuevos libertadores, dijo. Eran jóvenes peronistas y cristianos, dispuestos a dar la vida en una lucha sin cuartel contra los verdugos de los pobres, que los condenaban a morir lentamente de hambre, analfabetismo y enfermedades. "¿Y quién es el enemigo?", quiso saber Nun. Para Juan no había confusión posible. Eran los ocupantes ilegítimos de la patria: los invasores de adentro, la recua de generales y almirantes que vendía el país al imperialismo.

Una memorable conferencia de García Elorrio terminó de convencerlo: "El deber de todo revolucionario es hacer la revolución", había explicado Juan, previsible pero febril. "Y el deber de un hombre de bien es no cerrar los ojos ante las espantosas violencias de arriba, no cruzarse de brazos. ¿Cómo no conmoverse ante el ejemplo de los nuevos mártires que se llaman Camilo Torres y Ernesto Guevara, nuestros hermanos en la justicia, nuestros maestros en la caridad? Ellos vivirán para siempre en los rifles de las guerrillas anónimas que combaten a lo largo de América latina, en los machetes rebeldes de los campesinos y en la dinamita vengadora de los mineros. Esos mártires llevan en la Argentina el nombre de John William Cooke y de Eva Perón, para quienes la única salvación de la patria estaba, como está hoy para nosotros, en la conciencia revolucionaria del pueblo peronista..."

Iluminado por dentro, exaltado por un ideal heroico que lo llevaría en línea recta a sublevarse contra los valores de sus padres, Nun pidió la baja en el Colegio Militar y se pasó a las filas del enemigo. Tomó la determinación con tal firmeza que nadie osó detenerlo. En diciembre se enteró por los diarios de los desfiles y juramentos patrióticos de sus ex camaradas. El, mientras tanto, había organizado ya su propia milicia juvenil y se había entrevistado con Perón.

Lo vio infinidad de veces en los tres años que siguieron. Acudía a la quinta 17 de Octubre como portavoz de los grupos más radicales, exponiendo siempre algún proyecto temerario para hostigar a la dictadura militar. Aunque los planes de guerra pareciesen intransitables, el General los aprobaba siempre. "Si cuenta usted con la gente adecuada, metalé nomás, Antezana. Que no vaya el régimen a confundirnos con ovejas de corral."

Y Nun acometía. Con la misma incansable imaginación organizaba un asalto a las garitas de la guardia presidencial en Olivos, la voladura de treinta y ocho tanques petroleros de la Fiat y el lanzamiento de globos que dejaban caer sobre las cárceles consignas de aliento a los militantes presos: "Los mártires caídos nunca tendrán olvido" / "La sangre derramada no será negociada".

En abril de 1973, pocas semanas después del triunfo peronista en las elecciones, Nun regresó de Madrid con malos presentimientos. Había encontrado al General demasiado ansioso por recuperar el poder. Cualquiera que le amenazase aquella última gloria encendía su furia. De revolución, ni hablar: quería volver a la patria como un hombre de paz. "Apagaré de un soplo todos los incendios y no tendré piedad con quien vuelva a prenderlos." Nun había apostado por Lenin y ahora resultaba que el premio mayor era Kerensky. La disyuntiva es simple, le había dicho Perón: debemos elegir entre el tiempo y la sangre. Si queremos ir rápido, necesitamos ríos de sangre. Yo prefiero más bien que caminemos sobre ríos de tiempo.

Aspiraba a que los militares volviesen a confiar en él: que respetaran su experiencia de conductor. Y, por lo tanto, empezaría imponiendo sólo mansas reformas, cambios por cuentagotas. "Míreme bien, Antezana: ¿le parezco un petardista? No, señor. Voy a enseñarles a los argentinos que las instituciones son más importantes que las revoluciones. Más de una vez lo he dicho: soy una fiera sin dientes, un viejo león herbívoro. Yo a nadie engaño, pero hay mucha gente interesada en engañarse conmigo."

De todos modos, Nun salió de allí con la certeza de que si las masas se desbordaban exigiendo la revolución, el General no vacilaría —como en 1945— en aferrarse a esa bandera. Quien primero gane la calle tendrá en el puño a Perón, reflexionó Nun. Será necesario demostrarle que los peronistas de 1973 no son tan incondicionales como los del '55, que a la doctrina justicialista le hace falta ponerse a tono con los nuevos vientos.

A fines de mayo, reunido con sus lugartenientes, Nun resolvió alquilar una quinta en el Camino de Cintura, a medio kilómetro de la autopista de Ezeiza, y dirigir desde allí la marcha de veinte mil aguerridos militantes que coparían desde los flancos la vanguardia de la manifestación y arroparían al Viejo con sus consignas insurgentes.

Un domingo, el 3 de junio, Diana y él se instalaron en aquella casona lúgubre, acorazada por bosques que destilaban bruma y en cuyos fondos apestaba una pileta hinchada de barro y hojas podridas. A la semana se acuartelaron también Vicki Pertini y el Cabezón Iriarte, portando colecciones de mapas y de guías Peuser para estudiar con detalle el campo de operaciones, pero Nun prefirió que los ensayos se hiciesen sobre una mesa de arena, como en el Colegio Militar, con banderitas celestes para designar a las tropas fieles y negras para suponer las reacciones del adversario.

Cuando se avecinó por fin el gran momento, Nun los reunió en el comedor de la casona y les explicó que no les sería fácil avanzar, pero que no les quedaba otro recurso ni método. El palco estaba rodeado de fortines fascistas: a la derecha, sobre la ruta 205, un batallón de policías curtidos, tiradores de elite, filtrarían el paso de las columnas revolucionarias; sobre los flancos, antes de los cordones de seguridad, estarían los puestos sanitarios y ambulancias defendidos por incondicionales del secretario López Rega; hacia el norte, la fila de camiones de agua conectados por radio con la central de informaciones que el teniente coronel Osinde manejaría desde el hotel de Ezeiza; y en el propio palco montarían guardia los matones más ilustres de la derecha, los ángeles custodios de las camarillas sindicales y de Isabel la usurpadora: la patria socialista tendría que abrirse a tiro limpio entre las huestes de la patria reaccionaria.

Sentada en cuclillas, Diana verificó cada detalle en su propio cuaderno de dibujos; al ensimismarse, alzaba con las manos su cascada de pelos rojos, sublevándole a Nun las venas del vientre y desordenándole la inteligencia. Vicki Pertini, cuyos sentidos eran como una tabla de logaritmos —jamás se distraían—, ocupó el silencio prestamente cambiando de posición las banderitas de la mesa de arena, mientras Pepe Juárez explicaba, con voz afónica, que las municiones almacenadas bastaban y sobraban para cualquier acción defensiva.

Diana rindió entonces cuentas sobre la estrategia de hostigamiento que habían concertado con su equipo de trabajo. Entre las nueve y las diez de la mañana, dijo, una barrita de Lanús a la que llamaban Garganta de Oro tomaría posiciones junto al palco, al pie de los atriles de los músicos, y se abriría en racimos de siete a diez personas, manteniéndose dentro del radio de los trescientos metros. Hacia las doce, cuando ya hubieran entrado en confianza con las barras vecinas, abrirían fuego con un versito suave, como para templar el clima, *Vamos a Ezeiza vamos compañero / a recibir a un viejo montonero*, poniendo énfasis —pero inocente— en la última palabra. Y de inmediato, sin apagar las brasas, un coro villero de Berazategui, el Riachuelo Azul, apoyaría a los Garganta con un diapasón más alto, *Vamos a hacer la patria peronista / pero la haremos montonera y socialista*, e incansablemente así hasta que Perón volara sobre el territorio nacional. Avisados por los transistores, avanzarían entonces los muchachos del Garganta sobre la herida que más le duele al isabelismo: *Evita hay una sola / no rompan más las bolas*, mientras los del Riachuelo Azul desplegarían el repertorio completo de amenazas, *Se va a acabar se va a acabar / la burocracia sindical*. En ese punto entraríamos nosotros con las banderas desplegadas, el General partiría en helicóptero desde Ezeiza hasta el palco, y cuando lo viésemos llegar, brotaría desde la rosa entera de los vientos la marcha que jamás se marchita, esa es la única fija de la gloriosa jornada, *Todos unidos triunfaremos*. Los Garganta y los Riachuelo, ensanchando los pechos y al unísono, injertarían entonces la estrofa revolucionaria, ¿qué les parece?, *Ayer fue la resistencia / hoy Montoneros y FAR / con Perón yendo a la guerra / a la guerra popular*. Mientras tanto, saldrán volando miles de palomas y las chicas de la Agrupación Evita soltarán globos, el Viejo abrirá los brazos desde el palco y soltará el llanto, ¿a quién no se le van a caer las medias?, también para él todo será como un sueño.

El cigarrillo que acaba de fumar Nun deja sobre su lengua una resaca de musgos y escarabajos. Oliendo a Diana, viéndola entreabrir los labios mellados por el invierno (ella dice que por la vida), Nun quisiera que todo hubiese pasado ya y que no tuviesen por delante más horizonte que el de sus confundidos calores: que se gozasen y se aprendiesen y se desaprendiesen para volver a encontrarse. Aún le sabe a mentira que allí estén, juntos: una distracción de la naturaleza, una irrepetible benevolencia de la historia.

Nun tiene la piel agriada todavía por las fogatas que ha recorrido, antes de acostarse, en Cañuelas, Florencio Varela y Berisso. Ha visto a los compañeros multiplicarse en las afueras de Llavallol, como si caminaran sobre espejos. Al pasar por un kiosco, en Temperley, ha comprado las sextas de *Crónica* y *La Razón* y una edición especial de la revista *Horizonte* dedicada al General: "La vida entera de Perón / El Hombre / El Líder / Documentos y relatos de cien testigos", con las cubiertas plastificadas y un póster gigante del susodicho, sonriente como un águila guerrera.

Al llegar a la casa, atrajo al Cabezón y a Vicki hacia el vestíbulo para que contemplasen aquellas porquerías mercenarias, pero ahora, cuando siente subir por el cuerpo la lenta quemazón del insomnio, se inclina sobre las páginas de *Horizonte*, y lee: desdeñoso al principio, luego alarmado por las erosiones que los cien testigos han ido dejando sobre el cuerpo biográfico del patriarca. Alguien ha visto de verdad a este Perón que desconozco, se repite Nun. Alguien ha ido tatuándolo con estas historias: doblándolo en el tiempo como a una sábana, transfigurándolo en su propio límite de hombre.

Y sintiendo que por fin a él, a Nun, Perón está por sucederle, Perón se dejará caer sobre su conciencia, se asoma, como al abismo, a estas páginas inesperadas.

1. IDENTIDAD DE LOS ANTEPASADOS

Mario Tomás Perón nunca pudo olvidar la primavera de 1886, cuando llegó a Lobos convaleciente del tifus. La estación del ferrocarril era tan nueva todavía que los vecinos celebraban la visita del tren acicalados como para un tedéum. Los mozos se acomodaban en los andenes desde temprano, tiesos y lustrosos, de espaldas al viento que les desarmaba la guía de los bigotes. Las muchachas paseaban del brazo con las primas, adivinando los piropos. En aquellos tiempos todos los noviazgos tenían alguna deuda con el tren.

Mario Tomás Perón, que tenía entonces diecinueve años, era de piel bronceada, alto, corpulento y poco dado a la conversación. Su orgullo era la bella caligrafía que había pulido en el Colegio Nacional; su pasión los caballos, que montaba y cuidaba con la destreza de un arriero. Había llegado a Lobos en busca de aires sanos, para reponerse del tifus.

Queriéndolo encariñar con la Medicina, el padre lo había convertido en jinete. Una vez al mes, Mario ensillaba un par de zainos y acompañaba al padre a visitar Roque Pérez, Cañuelas y Navarro, donde estaban dispersos sus enfermos. Como la vista de la sangre lo desmayaba, prefería distraerse a campo abierto, con los peones. Muchos años después, aquellos viajes encenderían en él una tenaz afición por la botánica y la arqueología. Cuando llegó a Lobos llevaba en su equipaje un herbario pampeano y un ensayo de Cuvier sobre los huesos fósiles de los mamíferos.

Era el hijo mayor de Tomás Liberato Perón y de Dominga Dutey, una oriental de Paysandú cuya familia había emigrado de Chambery, en la Alta Saboya. Ella tenía 22 años cuando se casó, a fines de febrero de 1867. Era viuda, y las hijas de su primer matrimonio, Baldomera y Vicenta Martirena, influirían sobre la vida de los Perón más que todos los parientes de sangre.

Tomás Liberato descendía de un sardo, Tomás Mario, y de una escocesa, Ana Hughes, que provenía de los alrededores de Dumbarton. Desde hacía por lo menos cuatro generaciones, todos los Perón llevaban los mismos nombres, para que las madres tuvieran siempre a un Mario o a un Tomás que les recordase al marido, y porque la estirpe —decía Ana Hughes— no se transmitía sólo a través del apellido sino también del óleo del bautismo.

Mario Tomás nació el 9 de noviembre de 1867, cuando despuntaba en Buenos Aires una epidemia de cólera. El padre, ocupado en investigar la higiene de los saladeros, ni siquiera pudo asistir al parto. En los años siguientes sólo vio a los hijos cuando lo acompañaban a visitar enfermos lejanos, cabalgando a su zaga con las alforjas llenas de víveres y ventosas.

Cuando Mario Tomás llegó a Lobos, ya don Tomás Liberato estaba consumido de languidez. Vivía semanas enteras encerrado en su laboratorio, investigando las costumbres de las langostas. Ni siquiera se dio cuenta de que el hijo mayor había dejado la casa.

A unos dos kilómetros de la plaza de Lobos, sobre el camino real, el albañil Juan Irineo Sosa y su mujer, Mercedes Toledo, vivían desde 1870 en una choza de adobe y quincha construida con ayuda de los vecinos. El piso era de tierra. Al principio, abrieron dos puertas enfrentadas para que corriera el aire, pero como una de ellas daba a un callejón de mala fama...

Todas las orillas de la realidad se desbordan entonces simultáneamente. Diana se despereza y extiende los dedos hacia la espalda de Nun con la velocidad de una araña; él oye sin ver el ardiente vuelo de la animal aquélla que lo está llamando con todas las voces de la zoología. Y en ese punto Vicki Pertini toca la puerta con timidez, pero también con apremio:

—¿Pueden venir un momentito, che? ¡Ya están cagándose a balazos en el puente! Los fachos han copado el palco.

Nun deja el ejemplar de *Horizonte* a un lado:

—¿Estás oyendo, Diana?

Ella lo ha oído tan claramente que puede hacer una composición de lugar, aún con la voz empastada de sueño:

—No son siquiera las seis de la mañana, y ya empezó la lucha por los trescientos metros.

Pero Vicki Pertini, como siempre, los ha alarmado en vano. Con el humor oscurecido por el cigarrillo, aclarado por un mate amargo, Nun Antezana pone en orden los partes que van llegándole desde el presunto frente de combate. Sigue todo en su quicio. Lo del puente ha sido apenas una camorra entre dos grupitos sin filiación. Hubo tiros, es cierto, y un hombre ha sido herido: ¿leal, ajeno? Desconocen su nombre. Con un balazo en los intestinos lo han llevado al hospital de Ezeiza. Han de estar operándolo. En lo demás, los temores de Vicki tienen cierto asidero: mil esbirros de López Rega y de la Juventud Sindical han formado una trenza de hierro en torno del palco. Ocupan una escuela, cien metros al sur, sobre la ruta 205. Y están bloqueando los accesos. ¿No era eso lo previsto? Sí, lo era, suspira Pepe Juárez. Pero teníamos la esperanza de un milagro: de una diarrea en masa o que Perón los desautorizase. Qué hacer: nunca tenemos suerte para las desgracias.

El Cabezón regresa de una ronda. Viento en popa, pregona con buen humor: el Operativo 20 de Junio está navegando a toda vela. Ha visto descender por la ruta 3 a más de mil compañeros con provisiones de leche Nido y bolsas de pan. Vienen con gorros pasamontañas y emponchados, como si la fiesta fuese a durar un mes. Cerca de La Salada, unos tres kilómetros al norte, se ha demorado en un campamento de arrieros pampeanos que improvisan payadas en homenaje al General. Me alejé de allí con susto —cuenta—: para esa gente no ha pasado el tiempo. Hablan como si Perón nunca se hubiera ido. Y he venido diciéndome qué haremos con todos ellos, en qué país vamos a ponerlos.

Sienten por fin alzarse —caer— el día. En alguna parte está brotando el sol. Nun no sabe cómo gobernar aquella luz y ordena que la obliguen a marcharse: que cierren por un momento las ventanas. Congrega en el vestíbulo a su estado mayor, junto a la mesa de arena, y resuelve comenzar, ya, la larga marcha. El Cabezón y Vicki llevarán los ómnibus Leyland a la rotonda de Llavallol; Pepe Juárez y los villeros voluntarios los seguirán a pie, por las vías del tren, hasta el Camino de Cintura. Diana y él, Nun, guiarán las columnas de Monte Grande y Cañuelas hacia la ruta 205. Al mediodía, todos se reunirán bajo la torre de agua de la calle Almafuerte, medio kilómetro detrás del palco.

Antes de partir, echan un vistazo a los fantasmas retratados en *Horizonte*; se encogen de hombros al detenerse en la foto de un documento inexplicable, desoyen las voces de los testigos que van corroyendo el mito de Perón. Y cuando salen, allí queda la revista expirando en las tinieblas, entre las fingidas ciudades de la mesa de arena.

A unos dos kilómetros de la plaza de Lobos, el albañil Juan Irineo Sosa y su mujer Mercedes Toledo, vivían desde 1870 en una choza de adobe. Al principio, abrieron dos puertas para que corriera el aire, pero como una de ellas daba a un callejón de mala fama, Juan Irineo tuvo que tapiarla. Tenían dos camas grandes, de tiento, un par de ollas de fierro, una palangana con jofainas y varias estampas de santos pegadas sobre cartulinas.

En un extremo del cuarto estaban los enseres de montar de Juan Irineo, en el otro había un espejito ante el que se peinaban las hijas. Juana era la mayor: había nacido el 9 de noviembre de 1875 y vivía una infancia suelta, de a caballo. Se pasaba las tardes cebando mate en el rancho de al lado o curioseando en las guitarreadas de la pulpería.

Ambos padres desconocían sus orígenes: los suponían confusos y enredados. Había demasiados Toledo Sosa, Sosa Toledo y Toledo a secas en la familia, con parentescos tan exageradamente incestuosos que no podían ser verdaderos. Por el pueblo solían pasar mestizos de pelo rubio a los que Juana llamaba primos. Los hospedaban sin hacerles preguntas, no por temor a que invocasen unos orígenes de mentira, sino más bien a que revelaran una verdad imposible de tolerar.

Un biógrafo de la familia presume, sin ampararse en documento alguno, que los padres de Juan Irineo eran oriundos de Castilla la Vieja. Juana contaría otra historia a los vecinos de Cabo Raso: "Los criaron cerca de Guasayán, en Santiago del Estero. Y, que yo sepa, eran indios sin mezcla".

Cuando Mario Tomás conoció a Juana, en 1890, ambos guardaban luto por la muerte de sus padres. A don Tomás Liberato lo había despenado el sueño. Un buen día, tras meses de insomnio, lo sorprendió en medio del campo la necesidad de dormir. Se tendió sobre el apero, a orillas de un arroyo, y cuando despertó, empapado, sufría unas calenturas tan violentas que la muerte no le dio tiempo ni para cambiarse de ropa.

La última enfermedad de Juan Irineo también había llegado por sorpresa. Una tarde, al volver de las chacras, le ordenó a su mujer que le liara las ropas y preparase comida para un largo viaje. "¿Adónde nos vamos?", preguntó ella. "Me voy yo solo", dijo, y allí mismo, junto a la cama, vomitó un agua negra. "Mirá cómo había sido la muerte", se quejó, mientras caía con los ojos turbios.

Las hijas quedaron tan desamparadas que debieron emplearse como sirvientas en las casas de los gringos. Allí las encontró Mario Tomás. Juana lo sedujo a primera vista. Cuando servía la mesa en casa de los Cornfoots, trataba a los invitados con más arrogancia que las señoritas de la familia. Su cara era redonda, de india. Bajo los ojos pequeños y luminosos, se alzaban unos pómulos imperativos. La nariz, tosca y ancha, no desentonaba con la boca grande, siempre dispuesta para la risa.

Entre los vecinos de Lobos hay una memoria confusa, más bien una adivinación, de sus encuentros clandestinos con Mario en la cañada de las Garzas. Muchos años después, una de las primas de Juana compararía el romance con las historias de Hugo Wast que había visto en el cine, aunque el final fuera esta vez feliz y el seductor de buena familia no abandonase a la campesina huérfana.

Al comenzar el otoño de 1891, Juana descubrió que estaba embarazada. Otra de sus primas, Francisca Toledo, contó que la muchacha sintió tal desconcierto ante las perturbaciones del cuerpo que confundía las señales de la preñez con ataques de hígado.

También a Mario Tomás lo anonadó la noticia. "Si me caso —escribió a su hermano Tomás Hilario—, le daré un disgusto terrible a mi pobre madre. Me han aconsejado aquí que arregle a la chica con algún dinerito y me despreocupe del asunto." Pero nada hizo: dejó pasar el tiempo.

El niño nació el 30 de noviembre de 1891, con ayuda de la tía Honoria y de la prima Francisca. Trece meses más tarde, la víspera de Navidad, lo bautizaron con el nombre de Mario Avelino Sosa en la iglesia parroquial. Mario Tomás, eufórico, pidió a su hermano Tomás Hilario que viajase desde Buenos Aires para servir de padrino.

Sobrevinieron en Lobos años de una modorra tan abismal que hasta el polvo, cuando lo sacudían los plumeros, se posaba sobre los muebles con el mismo dibujo. En

1896 fueron empedradas las primeras calles y se tendieron cordones en las veredas. El rumor de que habría guerra con Chile llegó muy tarde, después de que se firmaron los protocolos de paz, y para festejar aquella falta de noticias el Lobos Athletic Club organizó carreras de embolsados, riñas de gallos y torneos de salto, a los que asistieron tres mil vecinos de la comarca.

La calle real del pueblo se llamaba Buenos Aires. Allí tenían los Moore una casa con sendos balcones en los flancos del zaguán, persianas verdes, una higuera y un jazminero en el patio. A fines de 1891 Mario Tomás pidió que lo aceptaran como pensionista. Le cedieron la habitación de la derecha, sobre la calle, donde vivió casi hasta irse de Lobos.

Durante algunos meses, entre 1893 y 1894, trabajó como oficial de Justicia. Juan Torres, su amigo más cercano, solía instarlo a dejar aquel empleo que tanto le disgustaba y a formar pareja de una vez con Juana, lejos de allí, para que a ella no siguiesen atormentándola con humillaciones y ofensas cuando iba a lavar la ropa de los señoritos.

Mario Tomás, de naturaleza indecisa, no se atrevía a desatar el escándalo, pero tampoco se resignaba a separarse de Juana. A principios de 1895, ella volvió a quedar embarazada.

La noticia desalentó a las buenas familias de Lobos. Don Eulogio del Mármol, a quien el doctor Perón había pedido que "le cuidara el hijo", retiró a Mario Tomás de la escena encomendándole que administrara una de sus estancias, Los Varones. Las señoras del pueblo se mostraron menos benévolas. Ordenaron a las hijas que se cruzasen de vereda cuando divisaran a Mario, y les prohibieron nombrarlo en las reuniones. "Nada es tan contagioso como una mala reputación", solía decir la señora Del Mármol.

Mario, entretanto, disfrutaba de la soledad. Antes del amanecer salía al campo abierto, llevaba los caballos al potrero, vigilaba los cultivos y limpiaba el monte. Se prometió a sí mismo no cambiar nunca aquella vida silvestre para la que se creía predestinado.

El 8 de octubre de 1895, mientras cabalgaba hacia Roque Pérez arriando una tropilla de redomones, lo alcanzaron para avisarle que su segundo hijo estaba naciendo. Regresó al galope.

2. LOS PRIMEROS AÑOS

Sobre la cama de tiento donde había dormido desde la infancia, y asistida sólo por la prima Francisca, Juana tuvo esta vez un parto mucho más fácil que el de Mario Avelino. Los Toledo se habían preparado para recibir a una mujer. Hasta los pañales que cosió la abuela Mercedes tenían cintitas rosas. Y la tía Honoria, que había resuelto regalar al recién nacido sus aros de plata, rezó para que Dios cambiara milagrosamente aquel sexo equivocado.

La primera foto que tomaron al niño, a los cinco meses, revela cuánto se parecía a la madre: tenía el mismo pelo renegrido y fuerte, la cara aindiada, los ojos tempranamente a salvo de cualquier sorpresa. Tardaron más de dos años en bautizarlo porque el padre quería que se llamara Tomás Alberto, y la madre Juan Tomás. Como no había manera de avenirlos, la tía Honoria resolvió que le pusieran Juan para contentar a los Toledo, y Domingo por la abuela paterna. El 14 de enero de 1898 lo llevaron a las ruinas de la vieja parroquia, donde la prima Francisca y Juan B. Torres sirvieron como padrinos*.

Desde que Juan Domingo aprendió a sentarse solo, el padre lo acomodaba en la montura de un zaino y lo paseaba por la pampa, enseñándole el lenguaje de los animales, de las cosechas y de las lluvias. Don Eulogio del Mármol le regaló un petiso tordillo y encomendó a uno de sus peones, el Chino Magallanes, que acostumbrase al niño a galopar. Sisto, el Chino, era una criatura rústica, infantil, a quien encerraban bajo llave las noches de luna llena porque solía subir a la cresta de los molinos para lanzarse a volar. Pero tenía un arte singular para la docencia: con una voz arrastrada, de barítono, explicaba la razón de las se-

---

* En 1971, José López Rega reveló que el nacimiento de 1895 correspondía en verdad a la quinta vida de Juan Domingo Perón. En las anteriores había sido Per-O, una reina egipcia cuyo nombre significa "La Casa Grande" y que gobernó las aldeas del Alto Nilo 3500 años antes de Cristo; Rompe, el pez cuya nariz es una espada eléctrica y que habita en las fosas marinas situadas al este de la isla Desengaño; Norpe, un dogo que mordió en Catay a Marco Polo y pagó la afrenta envenenado con polvo de vidrio; y el sacerdote jesuita Dominique de Saints-Péres, quien fue maestro de Descartes en el colegio de La Fléche y murió fulminado por un rayo en el señorío de Perron, donde era huésped de su discípulo. En 1970, Perón admitió que había firmado algunos de sus artículos con el seudónimo Descartes "porque el filósofo usó mi apellido (Perron) y yo quiero devolverle la gentileza".

quías y la curiosidad de las lombrices como si no hubiera en el mundo verdades más simples.

Muy pronto Mario Tomás sintió el fastidio de aquella vida sedentaria. A fines de 1898 vendió aperos y monturas, liquidó en buenos términos la relación con don Eulogio, y partió con Juana y los niños hacia los campos de Juan Atucha, en las cercanías de Roque Pérez, donde arrendó una chacra y unas tierras de pastoreo. Les disgustó la casa donde les tocó vivir y el aislamiento del paraje. A los tres meses se trasladaron a la hacienda de un tal doctor Viale, quien les cedió algunas hectáreas.

En febrero —o en marzo tal vez— de 1899, Juana y la prima Francisca lavaban ropa junto a un aljibe. Juana estaba preñada de siete meses y las mortificaciones del calor la privaban de aliento. Cerca de ellas, Juan Domingo cazaba sapos y se afanaba en domesticarlos con una vara de sauce. Era mediodía. Las mujeres acabaron de torcer las sábanas y estaban tendiéndolas en las sogas del patio. "Si doy un paso más, la criatura se me saldrá por la garganta", dijo Juana.

La prima, creyendo que el parto se adelantaría, la llevó a la cama. Iba a ponerle unas compresas cuando oyó gritar a Juan Domingo. Corrió, vio la vara de sauce sobre el saliente pozo y advirtió de inmediato que el niño se había caído al fondo. Creyó distinguir el cuerpo amontonado sobre el brillo del agua. Lo llamó en vano. Arrojó el balde, buscándolo. Al segundo intento pudo rescatarlo. Estaba desmayado y con raspones.

Siguieron meses desabridos, Mario Tomás pasaba las noches sentado en la cama, sin ánimo para dormir ni para cuidar aquellos campos ajenos. Juana, que sabía dónde terminaban los insomnios de la familia Perón, tuvo miedo de que también a Mario lo fuera consumiendo el descontento. Cuando lo oía despertarse prendía una vela, se soltaba las trenzas y empezaba a coser la ropa de los niños con toda naturalidad. Y así, hablando de comidas y enfermedades, iba entreteniendo al hombre hasta que la ansiedad se le olvidaba.

El tercer hijo de Juana y Mario tuvo la fortuna de nacer muerto. Era enclenque y verdoso. En vez de ojos, padecía de dos huevos negros, sin párpados. A Juana le dijeron que había parido una tenia solitaria, y la tía Honoria jamás quiso revelar dónde estaba enterrado aquel feto maligno. La misma noche del parto, Mario Tomás tuvo el presentimiento de que alguien les estaba haciendo un maleficio. "Aquí ya no podemos quedarnos", decidió. "Voy a juntar el ganado y a llevármelo para el sur."

La casa de doña Dominga era blanca, pequeña, rodeada por cercos de ligustro. Allí conoció Mario a los señores Maupas, que tenían un parentesco remoto con los Martirena y estaban interesados en mejorar la explotación de sus haciendas en el Chubut. No tardaron en concertar un buen trato. Mario les administraría el campo de La Maciega —en Cabo Raso, doscientos kilómetros al sur de Puerto Madryn—, criaría sus propias ovejas y dividirían las ganancias.

En la primavera de 1900, Mario Tomás emprendió el insensato viaje hacia los desiertos del sur, arreando una majada de quinientas cabezas. Al partir, encomendó a su madre que cuidara de Juana.

Durante el año de soledad forzosa que sucedió, la intrusa se aficionó a pasar temporadas largas en la quinta de Ramos Mejía, hasta que doña Dominga sucumbió a tanta insistencia. Allí Juan Domingo contrajo una varicela, que la abuela mitigaba con baños de agua caliente y cataplasmas de talco. No había terminado de curarse el niño cuando lo atacó la tos convulsa, y aquella vez fue Baldomera quien lo curó con una medicina pretérita, columpiándolo en el parque antes del amanecer, cuando los árboles sueltan el oxígeno y el aire se pone azul.

En septiembre de 1901, Mario Tomás regresó a Buenos Aires. Y tal como había prometido, el 25 de aquel mes se casó con Juana, sin fiesta ni ceremonia. Ella firmó el acto con letra infantil y abierta que conservaría hasta la vejez; él rubricó su firma con una doble elipse. En el último párrafo, "los esposos reconocieron como hijos suyos a Avelino Mario (sic) y Juan Domingo, nacidos en Lobos".

Dos semanas después emprendieron viaje a la Patagonia en el transporte Santa Cruz. Apenas divisó las costas desoladas del Chubut y oyó el salvajismo con que se comportaba el viento, Juana tuvo la clarividencia de que la familia ya no se apartaría de esos parajes. En una carta a su hermana María Luisa contó que, al ver el ripio de la playa fulgurando bajo el sol helado de octubre, entre las bandadas de gaviotas, Juan Domingo le había preguntado si aquellos pájaros ponían brasas en vez de huevos.

Los Perón desembarcaron en Puerto Madryn, junto al muelle del ferrocarril, y aguardaron el tren hasta la mañana siguiente. En la pared de la estación había una placa de bronce con esta advertencia agorera, escrita en seis idiomas: DE AQUI HASTA LA COLONIA CHUBUT SON 51 MILLAS SIN AGUA. Cuando el tren se internó entre las colinas arenosas, les pareció que el horizonte se recogía bajo una enorme sábana de óxido y pedregullo, cubierto por penachos de matas duras.

Y era así hasta el infinito. En Rawson consiguieron un carretón y durante una semana fueron abriendo huella entre los médanos. A mitad de camino los sorprendió un vendaval rabioso que levantaba columnas de arena, guijarros y estiércol seco, obligándolos a desviarse para evitar los cañadones y las pendientes. A Juan lo desconcertó que en ese páramo donde los bichos vivían alertas al peligro, las ovejas siguieran pastando, indiferentes a todo; rugidos del viento, furias de los hombres y amenazas del cielo, con el hocico enterrado entre los coirones.

Mario Tomás había convertido a La Maciega en una estancia próspera, limpiándola de montes y tapando las aguadas. El campo tenía casi quince leguas, nueve a diez mil ovejas y la mejor casa de la región: de madera, con techo de dos aguas, estufas a leña y un baño con tina. Hasta los muebles viejos, rayados por las botas de los peones, tenían una mano de lustre.

Cuando los Perón entraron en Cabo Raso, un jinete viudo, el francés Robert, estaba asentándose en Camarones, treinta y cinco kilómetros al este. Había partido un año antes desde Luján, con el hijo huérfano en las ancas y un arreo de quinientas cabezas. El rigor de la travesía lo empobreció tanto que al llegar sólo le quedaban cien ovejas y el caballo escuálido que montaba.

Alberto, el hijo, contaría que vivieron en la desolación más honda: "Aprendimos a hablar solos, para que al menos la compañía de la voz anduviera con nosotros. Poco a poco perdimos los modales de persona y fuimos copiando el comportamiento de los animales que se criaban en aquellos parajes. Sabíamos retener la sed, ladear la cabeza para esquivar el polvo y adivinar las quebraduras de la tierra antes de apoyar el pie".

Los Perón y los Robert se volvieron inseparables, para conjurar tanto descampado. Camarones, el pueblo —a orillas del mar—, constaba de diez casas, un almacén y el correo. Estaban construyendo un hotel en aquellos años, pero en vano, porque los únicos huéspedes que anunciaron su llegada no se animaron a bajar del barco.

Las visitas de una familia a otra duraban muchos días. Nadie se daba el lujo de viajar siete leguas a la mañana sólo para echar un párrafo y desandarlas por la tarde. Alberto Robert ha contado que los Perón llegaban a su casa en una carreta tirada por tres caballos, precedida por el domador Pancho Villafañe, quien entraba en el patio al galope, soplando una trompeta como los postillones. Juana se posesionaba al instante de la cocina, hacía el inventario de las provisiones y emprendía la misteriosa fabricación de unos guisos de charqui que sobrevivían con puntualidad hasta el final de la visita. Adiestrada por los Toledo, era tan infalible para ayudar en los partos que las preñadas solían viajar desde la bahía Bustamante y aun desde el valle de Los Mártires, a dos semanas de camino, sólo para que Juana pusiera de cabeza a los fetos que estaban por nacer de espaldas, desenredara los cordones umbilicales y advirtiera, cuando salía la placenta, si adentro no quedaba algún gemelo.

Mario Tomás tenía también las manos hábiles. Con el tiempo, la cara se le había resbalado hacia la frente. Del mentón le colgaba una cresta como de gallo. Toda su fuerza estaba en torno de los ojos, celestes y encapotados en forma de U.

A los siete años, Juan Domingo había completado ya el aprendizaje de los caballos. Sabía pialar, galopar entre los zanjones y lavar las heridas. Su mayor pasión era cazar guanacos. Se apostaba en los mangrullos de La Maciega, observaba el movimiento de las cuadrillas distantes y trazaba el plan de ataque para el amanecer.

Aquéllos eran, como él diría más tarde, sus ensayos generales para la guerra. Los guanacos pastaban en las barrancas y las faldas de los cerros, con el cuerpo esfumado entre los matorrales ocres. El mimetismo y la velocidad eran sus únicas defensas. Cuando veía acercarse a un jinete, el guanaco jefe relinchaba, para prevenir a las hembras y a las crías, y aceptaba complacido un duelo de astucia con el cazador. Nada regocijaba tanto a Juan Domingo como desconcertarlos mediante señales falsas, desbarrancando piedras o levantando polvo, lejos de los lugares donde apostaba, con artificios de cuerdas y trampas de ramas. Se internaba en los zanjones e irrumpía por sorpresa en la planicie, atacando desde atrás a las cuadrillas, o bien las atropellaba desde los flancos, donde solía ser más lábil la vigilancia del guanaco jefe.

En la primavera de 1903 Mario Tomás vislumbró una nueva racha de mala suerte. Los hielos habían demorado una carta de los hermanos Maupas, en la cual informaban que La Maciega ya no les pertenecía. Entre abril y mayo la habían vendido a la firma Mittau y Grether, que impondría a otro administrador. Lo autorizaban a quedarse como auxiliar, con derecho a que sus ovejas pastaran en la hacienda, pero ya no a repartir las ganancias.

La noticia lo anonadó. Rompió varias cartas de reproche a los Maupas y por fin, a instancias de Juana, se sumió en una caudalosa correspondencia con el ejército de líneas y con los estancieros de la vecindad, averiguando si quedaban tierras fiscales libres que pudiera "poblar por cuenta propia".

Sintió que el instinto nómade se le había atrofiado. Y aun en aquellos días de superlativo abandono, se negó a salir de la Patagonia. El juez de paz recién llegado a Camarones lo recomendó a un amigo, Luis Linck, quien había comprado un campo salvaje noventa kilómetros al oeste de Río Gallegos, en el territorio de Santa Cruz.

Los Perón aceptaron la desventura de domesticar esas malezas. Un día impreciso de octubre, en 1903, se embarcaron en un transporte. Llegaron a destino el domingo de Todos los Santos. El rastro es claro desde entonces, porque Mario Tomás comenzó a escribir sus impresiones en una Guía Cooper. Parco para expresar los sentimientos, anotó allí sólo las mudanzas meteorológicas, los percances de la salud y las plagas que aquejaban a las ovejas. Sin precisión ni entusiasmo refirió también algunas visitas de cortesía al campo vecino de Los Vascos. Sólo una frase íntima sobresalta la hoja que corresponde al 25 de diciembre de 1904: "Cuatro años ya de muerto cumple Tomás Hilario. Dios lo tenga en su paz. Dios le haya perdonado que forzara con su propia mano las voluntades del destino. Tal es la suerte de los hombres a quienes las mujeres pagan con infidelidad. ¿Y yo, qué haría? Pero ¿y yo? ¿y yo?". Fue el único momento de la vida en que a Mario Tomás se le desbarató la caligrafía.

Las tierras a las que llegaron habían sido compradas por Luis Linck a fines de 1896. Siete años más tarde, la casa del cuidador —único refugio de los alrededores— estaba desplomándose. La nieve se había deshelado y endurecido muchas veces sobre la mesa de la cocina, y hasta los listones del piso estaban descuajados por las hachas de leñadores furtivos. Sólo el paisaje era espléndido. Alrededor de la casa se abría un arco de lomas, y más allá, entre las hondonadas y barrancas, se formaban nidos de alfileres de hielo y coronas monstruosas de piñas de araucarias. La estancia, Chankaike, medía doce leguas y ocupaba un vértice húmedo, en la bifurcación del brazo sur del río Coyle.

Mario Tomás contrató a un ovejero, Peter Ross, a quien confió la administración de la hacienda y con cuyo auxilio rehízo la casa derruida. Gastó muchas hojas de la Cooper en ensayar el dibujo de la marca para el ganado, hasta que finalmente registró una en 1905:

Juan y Mario Avelino habían abandonado Chankaike entre abril y mayo del año anterior. Escribían sus nombres penosamente. Nadie les había enseñado a leer. Mario Tomás resolvió confiar la educación de ambos a su medio hermana Vicenta, quien dirigía una escuela de niñas en la calle San Martín, en el centro de Buenos Aires, y que vivía en el piso alto del mismo solar, con Baldomera, la abuela Dominga y los hijos huérfanos de Tomás Hilario.

En la Guía Cooper consta que nadie los esperaba cuando llegaron al puerto de Buenos Aires. Con la familia a la zaga, el padre caminó a través de los muelles y ascendió a la ciudad por la calle Corrientes. Cada quien llevaba un morral al hombro, una valija de cartón y, colgados de los cintos, jarros de loza y cantimploras llenas de agua, porque los Perón ya no sabían recordar mundos que no fueran de polvo ni gentes que no viviesen a la intemperie de la sed.

Cuando estaban a unos pasos de la esquina de San Martín, Juan Domingo quiso trepar a una tapia para cortar moras. No pudo: cayó, lijándose la nariz en el revoque. Un caballero macilento, que vestía levita negra y sombrero en forma de hongo, se apresuró a levantarlo y le limpió los raspones con un pañuelo inmaculado.

Mario Tomás se volvió a dar las gracias y dijo su nombre: Perón. "¿Familiar del médico?", quiso saber el caballero. "Su hijo", contestó Mario, "pero ya no se nota porque me he vuelto campesino". "Yo también soy campesino", concedió el hombre, descubriéndose ante Juana, "y no saben cuánto lamento que ya no se me note". Con toda naturalidad cortó un gajo de moras para los niños y entregó a Mario su tarjeta. "Al servicio de ustedes", y se despidió.

Juan Domingo entró en la casa de la tía Vicenta con la boca violácea de frutas, como un enfermo del corazón, y no le dieron permiso para besar a la abuela sino hasta después de haberse bañado con cepillo. Antes de acostarse, contó a María Amelia la historia del caballero y pidió al padre que mostrase la tarjeta.

La niña conservó aquel pedazo de cartulina entre sus cuadernos escolares. Años más tarde, vio al caballero de levita desde un balcón de la avenida de Mayo. Iba solo en una carroza, y la muchedumbre lo aclamaba. María Amelia le arrojó unas alverjillas y coreó, excitada: "¡Viva el presidente de la República!". Pero no se acordó de la tarjeta ni siquiera cuando el primo Juan Domingo, en 1930, se sumó a una conspiración para derrocar al caballero, ni menos todavía cuando el caballero murió, en julio de 1933, y ella misma se obstinó en peregrinar tras el ataúd hasta el cementerio de la Recoleta, entre lavanderas con mantillas negras que no paraban de llorar.

En el alhajero que heredó de doña Dominga, bajo el anillo matrimonial de su difunto esposo y un medallón descubierto entre las ropas de su padre Tomás Hilario, la noche del suicidio, María Amelia conserva todavía la tarjeta del caballero, ya deslavada por el encierro:

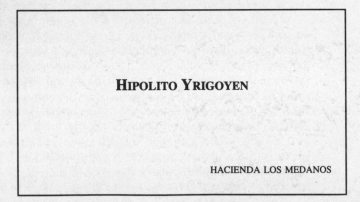

HIPOLITO YRIGOYEN

HACIENDA LOS MEDANOS

A los dos días de llegar a Buenos Aires, cuando Juan Domingo despertó y supo que los padres se habían marchado sin despedirse, abandonándolo al cuidado de aquellas señoras adustas, casi desconocidas, cayó en una desesperación inconsolable. Como el niño no cesaba de llorar y de dar puñetazos en el piso, la tía Baldomera trajo agua bendita de la iglesia de la Merced para santificarle los pensamientos. María Amelia, renunciando a sus muñecas, trató de hacerle cariños. Resultó peor. A Juan Domingo lo acometieron unos temblores de poseído. Cuando quería acostarse, enredaba las sábanas y terminaba despedazándolas. Hubo que encerrarlo con llave y esperar a que se desahogara. Por si la furia le volvía, Vicenta y Baldomera se apresuraron a cubrir con paños el reloj de péndulo que era orgullo de la casa y sobre cuya esfera estaban forjadas en bronce las figuras de unos labradores.

Durante dos días con sus noches el llanto de Juan Domingo atormentó el corazón de la prima. Cierta vez, ella despertó y tocó a la puerta: "Querés agua, Juancito?".

"Lo que quiero es que te mueras", oyó que le respondía. "Quiero que todos se mueran."

El tiempo lavó también esas tristezas. Por las tardes, el primo Julio iba con Juan a las clases de catecismo en la parroquia de la Merced. Ambos oficiaban de monaguillos los domingos, en la misa de siete. Por la mañana, estudiaban las primeras letras en la escuela de la planta baja, calle San Martín 458, que oficialmente se llamaba "Superior de Niñas, sección 7ª", pese a que nueve de los treinta alumnos eran varones.

Como era varios años mayor que los demás, Juan Domingo gobernaba los juegos. Inventaba lances de velocidad en las multiplicaciones y ejercicios de memoria con párrafos tomados del libro de lectura. Era más alto, más fuerte, más gordo, más rudo, y aprovechándose de la pasividad de Mario Avelino y de las tempranas melancolías de Julio, los abochornaba poniéndoles zancadillas y golpeándolos en las corvas con un garrote.

En 1905, María Amelia descubrió que Juan emprendía acciones que se contradecían. De pronto gastaba todos sus ahorros para comprarle una muñeca, y al entregársela le advertía: "Cada vez que jugués con ella, acordate que te la he dado yo. ¿Entendiste?: yo". Y el mismo día, o al siguiente, salpicaba con tinta los cuadernos impecables de la prima. La tía Vicenta disculpaba sus travesuras, pensando que ya las curarían los años. Baldomera, en cambio, desahogaba sus aprensiones en doña Dominga: "¿Qué podrá pasarle por dentro a ese chico, mamá? ¿Será el abandono; lo que sintió cuando lo dejaron solo? ¿O es la naturaleza, el temperamento de indio ladino que ha heredado de Juana? A veces, cuando lo miro con atención, me parece que no tuviera sangre dentro del cuerpo; como si lo hubieran vaciado de sentimientos. Pero no bien el chico se da cuenta de que lo estoy mirando, se pone un sentimiento encima como si fuera ropa: me acaricia, busca ternura, llora, suelta una carcajada. Jamás he visto una criatura así, tan oscura por dentro y con tanta luz por fuera...".

Los hombres están condenados a que se recuerden sus desmesuras, no sus trivialidades. Con Juan Perón ha sucedido al revés: el episodio más célebre de su infancia es irrelevante. La historia que le cambió la vida, en cambio, se ha mantenido en la penumbra.

Sobre lo primero, bastará saber que doña Dominga Dutey había heredado de su marido el cráneo de Juan Moreira, un gaucho legendario que fue abatido por la policía en el patio del prostíbulo La Estrella, a la entrada de Lobos. Y que al caer la noche, antes de que las tías prendieran las lámparas a querosén en la casa de Buenos Aires, Juan Domingo y el primo Julio aterrorizaban a las muchachas de servicio iluminando la calavera por dentro con candelas de sebo.

La segunda historia ocurrió entre febrero y marzo de 1909. Quince meses antes, ahuyentado por los hielos de Santa Cruz y por ciertas desinteligencias con don Luis Linck —el propietario de Chankaike—, Mario Tomás Perón había remontado camino nuevamente, hacia el norte, hasta asentarse a unos quince kilómetros de Camarones y a tres o cuatro del mar, en unos predios fiscales que cubrían media legua cuadrada. No le quedaba otro bien que una hacienda de cien ovejas, casi todas enfermas de sarna, que sobrevivían gracias a los baños de creolina de doña Juana.

Mario Avelino, devuelto a la Patagonia por una bronquitis irreductible, fue quien acertó con el nombre del nuevo campo: "¿Ya hemos llegado, papá? ¿Así que a esto le llamaba usted el porvenir?", preguntó cuando bajaban los muebles de la carreta, peleando contra el viento.

La casa de El Porvenir fue construida por don Mario Tomás con tal desgano e incertidumbre que la familia sólo entraba en ella a la hora de dormir. Era una choza de adobe, con una puerta baja, por la que debían pasar agachados. Hacia el poniente había una ventana como de medio metro, con endebles postigos de madera. La cama del matrimonio estaba junto a la entrada, a la derecha, separada del catre de los hijos por una cortina de cretona. Al otro extremo de la choza guardaban los aperos y las monturas. Para comer o para repararse del frío, los Perón preferían el albergue de los peones, donde algún comedido mantenía siempre los braseros encendidos.

Una vez por semana, don Mario visitaba en Camarones al juez de paz, y al cabo de una larga conversación sobre las pestes de las ovejas y las andanzas de los pumas, le prestaba su bella letra para inscribir en los registros oficiales los títulos de propiedad, las ventas de caballos y los nacimientos de las personas.

"Voy aprendiendo este oficio de juez", reza el penúltimo apunte de Mario Tomás en la Guía Cooper, el 6 de diciembre de 1908. "Romero ha prometido dejarme el puesto cuando se vaya de aquí. Necesito practicar más la caligrafía." Y el último, dos días más tarde: "Esperan que mañana pase la fragata *Quintana*, como a dos kilómetros mar adentro. Seguro que ahí llegará Juan de vacaciones".

Todos los años, al terminar las clases, Juan Domingo se afanaba en complicadas diligencias para viajar al sur. Debía dar vueltas por los muelles de Buenos Aires durante varios días, averiguando si este o aquel pesquero se aventurarían hasta el golfo San Jorge y si, en tal caso, lo aceptarían a bordo. O bien procuraba la hospitalidad de un barco mercante alistado para ir a Chile, cruzando el estrecho de Magallanes.

La travesía resultaba siempre borrascosa. Más allá de la península de Valdés nadie arriesgaba su nave acercándose a la costa. Y por lo tanto los pasajeros desembarcaban donde se pudiera. Juan tenía la fortuna de ser recogido por un remolcador de Camarones que conocía las corrientes y era diestro en esquivar las traiciones del oleaje. Pero ni siquiera en la orilla se terminaba la zozobra. Los viajeros resbalaban al trepar por la playa de pedregullo, y con frecuencia los atrapaba una ola, revolcándolos.

Tal como preveía el padre, Juan llegó el 9 de diciembre. Su amigo Alberto Robert lo esperó cerca del muelle con dos percherones ensillados y lo acompañó hasta El Porvenir, oyendo insaciablemente descripciones de Buenos Aires, donde los trenes corrían como topos en las honduras de la tierra y las carrozas galopaban solas.

Juan Domingo era tres años mayor y lo trataba con desdén. Alberto lo admiraba por su vista de lince, su fuerza inverosímil y su manera de insultar. A veces, cabalgando en calma, Juan desmontaba por sorpresa al tiempo que decía: "El último en pisar tierra es un pelotudo". O bien, enseñándole las vocales, lo hacía escribir: "Mamá es una pata, mamá es una peta, mamá es una pita", etcétera.

Aunque Juan era muy hábil en la caza de guanacos, debía admitir que Alberto lo superaba. El niño conocía los terrenos ahuecados por los roedores —donde tan fácilmente se hundían los caballos—, adivinaba los cominos de las cuadrillas cuando se dispersaban y a qué refugios acudían las hembras para ocultar sus crías. "Tenés", lo adulaba Juan, "el instinto de un perro".

Cierta mañana de febrero, tal vez de marzo de 1909, Juan Domingo acompañó al padre en una de sus visitas al juez Romero. De las mesetas bajaba un calor espantoso. Iban mudos en el sulky para no comer polvo. Rezagado, Alberto los seguía en una yegua mora. Habrían andado poco menos de una legua cuando, al cruzar una hondonada, Alberto presintió la cercanía de una tropa de guanacos.

A Juan Domingo se le voló el juicio. Nunca había estado cerca de tantos animales juntos. Lo que más le excitaba de esta caza era su posición de privilegio: en la cuneta, oculto. Sentía impaciencia por salir, sorprendiendo a los guanacos y por ir volteándolos con un talerazo seco. Los imaginaba con el instinto alerta, yendo desorientados por la planicie en busca del oscuro punto donde les estallaría la muerte.

Pero Alberto no se confiaba tanto. Por señas dio a entender las desventajas: Juan debía saltar del sulky a las ancas de la yegua mora, en silencio y agachado, mientras don Mario Tomás se alejaba volviéndoles la espalda, sin apurar el tranco. Y aun suponiendo que los guanacos nada maliciarían, era preciso tomar en cuenta que, cuando huyeran al galope, no habría caballo que pudiese alcanzarlos.

De todas maneras lo hicieron. Juan se pasó a la yegua mientras el padre enderezaba el sulky hacia Camarones. Por un momento, los muchachos aguardaron, inmóviles, sujetando la respiración. El viento los favorecía, trayéndoles el olor a herrumbre de los guanacos. De pronto, sintieron sobre sus cabezas el relincho de una hembra. "¡Ahora!", gritó Juan, espoleando a la yegua. Y se lanzaron a la planicie. Un chulengo —la blanda, indefensa cría de los guanacos— se les cruzó en el camino. Alberto lo desnucó. No tuvo tiempo de alzar otra vez el rebenque. En ese mero rayo del latigazo, la cuadrilla se abrió en abanico y desapareció tras unos médanos. Uno de los animales galopaba remoloneando, a la zaga. Alberto calculó: "Es la madre del chulengo y volverá por él dentro de un rato. Vamos a esperarla aquí mismo, al reparo". Juan se negó: estaba seguro de haber dañado a una presa. E insistió en seguir el rastro a campo abierto.

Avanzaron más de un kilómetro bajo un sol tan asesino que creían llevarlo dentro de la cabeza. Por fin, desde lo alto de una loma, divisaron la cuadrilla. Escopeta en mano, Juan desmontó. Cayó de bruces. El filo de una piedra se le encajó en el brazo izquierdo, abriéndole un ancho tajo. La sangre le saltó a la cara. No exhaló la menor queja, pero el rifle se le resbaló de las manos y bastó ese ruido ínfimo, ablandado por el polvo, para que la cuadrilla se espantara.

A Juan Domingo no lo inquietaba el ardor de la herida sino el caudal de la hemorragia. Se desgarró con los dientes la manga de la camisa y, ayudado por Alberto, se ligó el brazo. Pero la sangre no paraba. El sonido de la propia voz los asustó. El viento, para colmo, arrastraba enjambres de polvo hirviente. No podían galopar. La yegua desandó, al paso, la legua y media que los separaba de El Porvenir.

Cuando llegaron había un espeso, insólito silencio. Vieron a las ovejas pastando lejos. Algunos peones las vigilaban, tomando mate, a la sombra de un árbol esmirriado. Ataron la yegua en el palenque y entraron en la cocina, en busca de ayuda. No había nadie.

Juan llamó, angustiado: "¿Mamá?". Pero apenas se levantaba la voz, el silencio la iba apagando. "Y mi mamá, ¿dónde se habrá metido?"

La buscaron en el albergue de los peones. No estaba.

Corrieron entonces hacia la casa. Encontraron la puerta cerrada pero sin tranca. Alberto la empujó, respetuoso. Y lo que vio fue una de esas imágenes que no se olvidan: el parásito que por años le siguió lastimando la memoria. A la izquierda de la puerta, sobre la cola de caballo donde se ensartaban los peines, había uno blanco, de asta, con los dientes gruesos, que no era de la familia. A la derecha, sobre la cama de matrimonio, vio los bultos desnudos de un hombre y una mujer que corcoveaban. La cortina de cretona se había caído en la furia de la lucha.

"Mamá", volvió a llamar Juan Domingo.

Alberto se volvió. Y sorprendió en la cara del amigo, bajo las costras de sangre, un rictus de sufrimiento inhumano. "Mamá", lo oyó repetir. No quería mirarlo. Sintió que Juan se apartaba de la casa e iba a esconderse entre los corrales. Al rato le llegó, rabioso, un llanto.

Doña Juana salió corriendo a la intemperie, con la cabellera destrenzada. Se había puesto un poncho de hombre sobre el batón de cocinar. Detrás de ella, en la penumbra del cuarto, Alberto distinguió a Benjamín Gómez, un arriero, calzándose las botas.

La madre quiso lavar la herida de Juan Domingo, pero el muchacho no permitió que lo tocara. Se fue quitando él mismo la sangre, mientras Alberto le renovaba el agua de la palangana. Uno de los domadores vino a fajarle el brazo.

"Tengo gripe", explicó doña Juana. "Me agarraron unos chuchos muy fuertes y Benjamín se ofreció a ponerme unas ventosas y a darme unas friegas."

Juan Domingo meneaba la cabeza: "Ajá, ajá". Eso era todo lo que decía. La madre, inquieta, buscó la comprensión de Alberto: "No quiero que le vayan con cuentos a Mario Tomás. No me lo aflijan. Ni a Mario Avelino. A los hombres que hablan de las enfermedades de mujeres se les pudren las bolas y se les cae a pedazos la pindonga".

Al día siguiente, con la herida todavía hinchada, Juan Domingo guardó el talero y la escopeta en el baúl de invierno, preparó su mochila, y sin despedirse de la madre cabalgó hasta Camarones. Durante una semana estuvo dando vueltas por el pueblo, taciturno. Comía con desgano los guisos que Alberto solía llevarle y pasaba las noches en un catre del comisario.

Aquella larga penitencia terminó cuando un transporte

de carga, el *Primero de Mayo,* atracó a la vista del puerto, sobre un mar diáfano y manso, en busca de unos fardos de lana que debía llevar a Buenos Aires.

Fue la única vez que Juan Domingo, al trepar a la chata de abordaje, no volvió la cabeza para decir adiós.

SEIS

FIESTA EN LA QUINTA

"Este ya no soy yo", dice el presidente Cámpora al amanecer del domingo 17 de junio, cuando aún faltan tres, cuatro días para llevar al General de regreso a Ezeiza. "No soy yo sino el que Perón ha hecho." Noches enteras sin dormir le surcan la cara de malos augurios y fracasos. Las bolsas de las ojeras, que se le amansan en los momentos de regocijo, ahora están sumidas y negras, como si escondiesen alguna vergüenza. Viste un piyama y una bata fulgurantes, algo maltratados por las inquietudes del cuerpo. Velando en los sillones del dormitorio que Franco le ha cedido, junto a los parques de La Moncloa, lo acompañan unos pocos asesores de confianza. Todos están exhaustos. Han llegado a Madrid el viernes 15 por la mañana, al cabo de trece horas de viaje, y el protocolo español no les deja sosiego. Anoche mismo debieron soportar dos horas de discursos en el banquete de bienvenida que ofreció el generalísimo. Se acostaron a las dos. A las cuatro y media, Cámpora ha ido llamando a un asesor tras otro, en busca de consejo. Oscura, sucia de claves es la historia que cuenta.

¿Por qué nos ha dejado tan solos el general Perón? ¿Por qué nos humilla, nos desaira? Dos horas antes de salir de Buenos Aires le pregunté por teléfono si nos recibiría en el aeropuerto, si acudiría a los banquetes, si respondería él mismo a los elogios de Franco o era preferible que yo lo hiciera. Hombre, no se preocupe —me contestó—. Tenga serenidad. Y luego no apareció por ninguna parte. Qué papelón. Franco estaba molesto. Y el General, ¿vendrá?, preguntaba. Yo trataba de tranquilizarlo. Ha prometido venir. Esperémoslo un momentito. Pero nada. Y más tarde, cuando quiso saber la razón de sus desaires, ¿saben ustedes lo que hizo el General? ¡Se rió a carcajadas! Hombre, qué quiere que le diga, me palmeó. Estoy enfermo, ¿no ve? Y yo le contesté: Felizmente veo que no es así, mi General. Lo encuentro sano, gracias a Dios. Entonces él dejó de reír. Tengo (así habló) uno de esos terribles dolores de memoria. Me duelen las promesas que usted me hizo, Cámpora, y que al fin no cumplió. Y estos doce años en los que Franco me trató como a un paria, sin tan siquiera responder a mis cartas: me dan unas puntadas de memoria bárbaras. ¿Lo he desilusionado, señor?, le pregunté. ¿En qué habrá sido, en qué, para repararlo de inmediato? El no soltaba prenda: Piense, Cámpora, piense... ¿Quién lo hizo candidato? ¿A quién le debe usted la presidencia? Si fuera por mí no se lo echaría en cara. Pero hay miles de peronistas que están furiosos contra usted. Quieren sacarlo a patadas del gobierno, liquidar a sus hijos... Ah, sobre todo eso: quieren volar con un revólver la cabeza de sus hijos. ¿Yo qué les aconsejo?, me preguntó. Lo miré incrédulo. Sentí que una aguja de hielo me atravesaba la médula. ¿Aconsejarlos? ¿Cómo? (le dije). Ordéneles misericordia, mi General. ¿Ordenar? Yo no puedo. ¿Qué haría después si me desobedecen? Más bien voy a tratar de persuadirlos. Tengan calma, muchachos. Cámpora es un buen hombre. Denle un poco de tiempo para que haga renunciar del gobierno a sus hijos y se arrepienta de su nepotismo. ¿No ha declarado él mismo que es el primer obsecuente de Perón? ¿Acaso no lo llaman el tío, el más leal? Yo hablo a su favor, Cámpora. Y, sin embargo, si fuera usted, no me quedaría tranquilo. Basta que un solo peronista lo crea traidor para que nadie ya pueda salvarlo. El General hablaba como si no le preocupara nuestra suerte. Y no lo entiendo aún, no sé qué hacer, me devano los sesos preguntándome en qué le hemos fallado.

—Somos culpables de tardanza —responde uno de los amanuenses—. Eso creo: que al día siguiente de asumir el gobierno debimos todos renunciar y ofrecerle a Perón la presidencia. Eso esperaba él: que no tardáramos.

Cámpora va levantándose de la cama con pesadez. Desparramados en los sillones, los hombres a quienes ha dejado en vela fuman con ansiedad. De vez en cuando, para consolar los cuerpos, piden un poco de café: siempre les llega frío.

—No hemos tardado nada —menea la cabeza el presidente. Trata de asentar las pocas hebras de pelo que ha erizado de gomina, mientras se calza las pantuflas—. Más bien se nos ha ido el tiempo en apremiarlo. Vengasé, General. Venga, que lo necesitamos. Ya en marzo, aquí en Madrid, le dije: Señor, ¿qué le parece si en el discurso de asunción del mando presento la renuncia y convoco a elecciones allí mismo? ¿Si explico que soy apenas su delegado y que como tal el pueblo me ha votado, sin que uno solo de los votos me pertenezca? Sería prematuro, Cámpora, me contestó. Los militares le darían un golpe al día siguiente. No hay peligro, insistí. Nadie los quiere. Los militares no tendrán consenso. Pero él seguía en sus trece: Hágame caso, Cámpora. Conozco a mi ganado. Cuando los militares salgan a sangre y fuego, a los amigos suyos se les fruncirá el culo. Ni los perros se animarán a defenderlo. Le pregunté qué hacer: ¿Me quedo un mes, dos meses en el cargo? Usted sabrá, me dijo. Para eso lo he nombrado presidente.

Abren las ventanas y se cuela el relente. Oyen a los insectos despertarse. Pero la noche sigue allí, consumiéndolos. Sienten la garganta seca. "¿Un whisky, ahora?", sugiere uno de los hombres. "No. Ni pensar en eso", lo contiene Cámpora. "Debemos (yo, por lo menos, debo) comulgar mañana." Una mujer de lentes se atreve a decir por fin:

—Quiso ponerlo a prueba, doctor Cámpora. Conociendo a Perón no supongo sino eso. Pensó que usted, no bien tomara el mando, vendría a buscarlo. Y sin hacer anuncios, calladito. Con el General en Ezeiza, ya no habría golpe militar posible: a él nadie se le subleva. Entre líneas, eso es lo que le dijo. Pero usted se quedó en el cargo, jugó al billar en Flores, ordenó a la policía que se olvidara de reprimir al pueblo, mandó un cargamento de maíz a Cuba, firmó el pacto social entre obreros y empresarios, aumentó los sueldos y contuvo los precios. Hizo lo imperdonable. Se volvió popular. Perón podía tolerarle todo menos esa clase de rivalidades. Le revuelven el hígado. Y en algo usted lo desobedeció, Cámpora: sacó a los guerrilleros de la cárcel. Doce horas después de asumir el gobierno, en vez de viajar a Madrid, indultó usted a los presos políticos. ¿No le han contado acaso que el General se indignó al saberlo? Que le oyeron decir: Cámpora es un zopenco. Hasta los traficantes de drogas se le han escapado. ¿No se acuerda?

—Sí, pero no lo entiendo. Yo fui obediente, leal. Anoche se lo dije: Mi General, ante la historia juro que si erré fue cumpliendo sus órdenes al pie de la letra. Y le mostré los diarios con las declaraciones que dio en Lima el 20 de diciembre de 1972. Textuales, las recuerdo: "Un gobierno peronista tomaría, como primera medida, la de abrir inmediatamente las cárceles, donde permanecen más de mil quinientas personas...". ¿Saben qué me contestó? Que la peor de mis faltas era ser obediente.

Que yo no obedecía esta o aquella orden sino todas, a ciegas. De los siete sentidos que un hombre debe tener, a usted le falta, Cámpora, el de la oportunidad. Me dijo más: que no interpreto su hermenéutica.

—Y entonces tuvo que ponerle la faja presidencial y dejar en la quinta el bastón de mando —apunta un consejero de prensa.

—Quise devolverle todo: hasta mi primer sueldo de presidente. ¿Qué otra actitud cabía? Me dijo que quien mandaba era él y yo tuve que obrar en consecuencia.

De pronto, rompen a chillar las pájaros. Las sombras se disgregan en cantos de gallos y ladridos. Ordenan café otra vez, caliente, recién hecho.

—Tarde para volverse atrás —musita la mujer de lentes.

—¿Y ahora qué me pongo? —se inquieta Cámpora—. El General exige que comulgue con él en la misa de siete y ni siquiera sé cómo debo ir vestido. Se burlará de mí si estoy de sport. Dirá: ¿así respeta su propia investidura? Y si me pongo traje, él vestirá de sport. Me dirá: hombre, sólo a usted se le ocurre almidonarse tanto a esta hora de la mañana. No sé, me desconcierta cada vez más. Pregúntenle a mi esposa qué ha resuelto ponerse. El General quisiera que también ella comulgue. Ah, un conjunto sastre. Es lo mejor. Discreto. ¿Con sombrero? ¿Mantilla?

Se deja caer en un sillón, abrumado. Hunde puntillosamente un cigarrillo en el filtro de nácar que siempre lleva consigo. Y cuando quiere prenderlo, descubre que le tiemblan las manos. Ha fumado mucho en estos días terribles. La raya exigua de los bigotes se le ha teñido de amarillo.

Nunca, en verdad, ha pretendido Cámpora los destinos que le han tocado en suerte. En 1943 tenía treinta y cinco años y se había resignado a su rutina de odontólogo. Ejercía la profesión en San Andrés de Giles, al oeste de Buenos Aires. Era conservador, pero no faltaban vecinos que lo creían radical. Por tales méritos, el gobernador militar resolvió nombrarlo comisionado del municipio.

Cámpora hizo un trabajo irreprochable. Encabezó puntualmente las fiestas cívicas del pueblo, se conmovió ante cada izamiento de la bandera y administró con honradez los escasos dineros que le habían confiado. El 12 de octubre de 1944 subió (así lo contaría él) a "un cielo en tierra": conoció a su líder.

Lo habían invitado a la fundación de un hospital en la ciudad de Junín. El huésped de honor era Perón. Cuando los presentaron, Cámpora se mostró efusivo: "Mi coronel, no se imagina usted cuánto lo admiro". Y aprovechó para pedirle que honrara con su presencia las fiestas patronales de San Andrés de Giles el 30 de noviembre. Nada iba a desunirlos desde entonces. Cámpora estimulaba los amores clandestinos del coronel con Evita, y ella, en reconocimiento, decidió adoptarlo. Mi damo de compañía, lo llamaba. A mediados de 1948, Eva lo impuso como presidente de la Cámara de Diputados. ¿No será demasiado, señora?, se inquietó él. Usted no piense, Cámpora: obedezca. Y Cámpora, sumiso, la seguía a todas partes.

Años más tarde, cuando Evita se moría de cáncer, él la veló toda una noche. Al amanecer, mientras le ponía un paño húmedo en la frente, ella le tomó las manos con ternura. Sentáte, lo tuteó. Y por un rato, estuvieron mirándose. "¡Yo pude ser tantas cosas en la vida, Cámpora! (Estaba helada. Se le iban los ojos.) Ama de casa, chacarera, mina de vodevil... Mirá en lo que vine a parar. ¿Vos qué decís: dónde estaría esa Evita? ¿En la cama, muriéndose, o feliz, echando culo con un hijo en brazos? (Cámpora se asustó. Quería llamar a un médico.) ¿Valió la pena esto, te parece? Yo ya ni me doy cuenta. No sé ni en qué día vivo. Aquí, en esta cama, todo me da lo mismo. Que sea de tarde o de mañana, todo... (Amagó levantarse. Y de inmediato, se dejó caer. Preguntó, suspirando:) Decíme, ¿qué hora es?" Y él, en su azoramiento, contestó: "La que usted quiera, señora. La hora que usted quiera".

Cuando Perón fue derrocado en 1955, confinaron a Cámpora en una cárcel antártica. El infortunio acentuó su blandura. John William Cooke, desde la celda de al lado, contó en una carta, el 11 de abril de 1957: "Cámpora le ha prometido a Dios que jamás volverá a meterse en política. Se pasa el día rezando y aclarándonos que no es hombre de lucha". Tiempo después Jorge Antonio completaría la historia: "Nos fugamos de la cárcel bajo el rigor de la nieve. Cámpora sufría tanto que estuvo a punto de morir. Cuando se supo a salvo, levantó la mano, miró al cielo y dijo: '¡Dios mío, juro que nunca más actuaré en política!' Y se le congelaron unas lágrimas".

Durante más de trece años lo tranquilizó el anonimato. Volvió a remendar caries, modelar dentaduras postizas, a injertar variedades nuevas de tomates en su huerta de Giles. Hacia 1965 se atrevió, no sin recelos, a escribirle a Perón. La carta terminaba con una cita del Dante: *En la sua voluntade é nostra pace*. El General le respondió de inmediato: "Déjese de tantos remilgos, hombre, y apenas tenga ocasión acérquese por Madrid. Aquí lo espera un amigo...". Viajó un par de veces. Ambos se entretuvieron, caminando bajo los árboles de Puerta de Hierra, en evocar sus glorias. Perón evocaba solo, más bien, y el otro coincidía con los recuerdos.

Desde entonces, Cámpora sintió que su vida cambiaba. El seguía siendo el mismo, el de antes, pero la vida se le escapó: como a un jinete que ve alejarse a su caballo en el desamparo del desierto. Actuaba todo el tiempo por cuenta ajena, empujado aquí y allá por manos que desconocía pero en las que confiaba, porque eran manos enviadas por el General. Cierta mañana de noviembre, en 1971, López Rega lo llamó por teléfono a San Andrés de Giles, pidiéndole que viajase de inmediato a Madrid. Perón acababa de exonerar a su delegado político y quería confiar el puesto a Cámpora. Una vez más, él sintió la tentación de preguntar: ¿No será demasiado?

Comenzaron a pasarle tantas cosas que de ninguna se daba cuenta. Compró una casa en la ciudad de Vicente López, a las puertas de Buenos Aires, para que el General fuese a vivir allí cuando volviera. Abogó por la libertad de la viuda de Juan García Elorrio, el director de *Cristianismo y revolución*. (Juan había sucumbido en un misterioso accidente de automóvil; a Casiana, su viuda, la procesaban por publicar documentos subversivos.) Encabezó manifestaciones de protesta cada vez que alguno de los suyos, un militante popular, moría torturado o ametrallado. Afrontó los sablazos de la policía y los gases lacrimógenos. Se volvió elocuente. Fustigaba la opresión militar con más violencia que nadie. Los jóvenes se colgaron de su brazo. Iban con él a todas partes, protegiéndolo, arrastrándolo hacia el incendio de sus batallas. Cámpora volaba, en sueños, sobre una alfombra mágica: ¿aquello era la historia? Una noche de junio de 1972, a las puertas del hotel Gran Vía, le confió a Nun Antezana y a otros dos amigos: No es tan malo que un hombre, a veces, tenga que hacer lo que no quiere.

Ese año, en noviembre, Perón salió de su exilio por primera vez. Se quedó cuatro semanas en Buenos Aires. Convencido de que los militares no le permitirían ser candidato a presidente de la República, eligió a Cámpora en su lugar: "Lo he puesto ahí porque es de una lealtad insobornable", declaró a los periódicos. "¿Cámpora en el gobierno? Bueno, eso significa que Perón va al poder."

(Zamora escribió en *Horizonte*, por aquellos días, un artículo cenagoso, de prosa tan intrincada que nadie le prestó atención. Aludía indirectamente a Cámpora. En verdad era —como todo lo suyo— una reflexión autobiográfica. El lector puede pasarlo por alto. El novelista no.

"Todo ser, por vulgar que sea, por convencional que resulte su naturaleza, incurre alguna vez en una conducta imprevisible: una conducta que, al violentar el ser, también lo revela. Todos creemos saber quiénes somos. Ninguno de nosotros es capaz de adivinar lo que realmente hará. Pues lo que hacemos, aun contrariando la voluntad aparente de nuestra conciencia, es en definitiva lo que realmente somos. Somos, pues, lo que hacemos, más que lo que pensamos o decimos. De ahí que Cámpora está observando sus actos con asombro para ver si se reconoce en ellos.

"El error de la filosofía consiste en explicar al hombre a través de lo que piensa o percibe. El hombre es lo que es: es el tortuoso y laberíntico impulso que lo induce a dibujar una vida que rara vez se parece a su proyecto de vida. Sólo viviendo nos conocemos. La vida nos delata.")

—Denme mi traje gris —resuelve Cámpora, saliendo de la ducha—. Voy a comulgar y debo presentarme como Dios manda.

En el trayecto a Puerta de Hierro el cansancio lo enmudece. Su esposa María Georgina le acaricia las manos, infundiéndole ánimo. No son las siete de la mañana aún y el aire ya está caldeado. Apenas cruzan el portón de la quinta y avanzan entre los palomares, ven a lo lejos la silueta del General, junto al arroyuelo del fondo, jugando con las caniches bajo un fresno. También él, por fortuna, lleva traje y corbata.

—¿Han oído la radio esta mañana? —Perón sale a encontrarlos, con la mano tendida.— Puras barbaridades. Me han comparado con don Quijote. Han dicho que un presidente como usted en la Argentina es lo mismo que Sancho en la ínsula de Barataria. Otro, en la radio Nacional, supone que soy el conde de Montecristo. Que volveré a la patria sólo para cobrar las canalladas que me han hecho. Y entrevistaron a un corresponsal argentino. ¿Cómo recordar quién era? Fue tan osado el hombre que hasta me aconsejó (imagínese, Cámpora) cortarle a usted la cabeza. No hay que dar a todo eso la menor importancia. Es gente que habla por hablar... —Y cargando a las perras en los brazos, los guía hacia la capilla:— Vamos, entremos. Pongámonos en paz con Dios.

Poco antes de las nueve, al terminar la misa, la quinta es un enjambre de visitantes. En el despacho del General, jugando con los caballos de cerámica que infectan el escritorio, aguarda Giancarlo Elia Valori, *gentiluomo di Sua Santitá*, consejero de los coroneles griegos, a quien Perón supone amigo íntimo de Pablo VI. En los alrededores de Valori merodea, como siempre, don Licio Gelli: desdeñoso, escarbando en las historias de Bartolomé Mitre que adornan la biblioteca. Todos en esta casa le deben algún favor, suele decir Valori.

Entre la antesala y el comedor se desparrama una feligresía goyesca: campeones de boxeo destronados, cantores de tango, los consabidos jerarcas sindicales y un par de embajadores con trajes de rayas anchas, como los gangsters del cine.

En la cocina, doña Pilar —hermana del generalísimo Franco— se afana junto a Isabel friendo buñuelos. Desde los sótanos suben vapores salados. Perón ofrecerá a los huéspedes un puchero argentino.

Sintiéndose otra vez ajeno a todo, Cámpora vaga por el comedor. Distingue a López Rega, tras las mamparas, examinando con afán la ristra de télex que le mandan desde Buenos Aires. A veces, algún despacho inquieta al secretario. Pide un teléfono entonces, e imparte órdenes. El presidente no sabe a quién ni a dónde. Nadie le dice nada.

Y se pregunta qué está haciendo él ahí, cómo escapar de todo. Se entretiene mirando las fotografías del comedor, que pronto —al día siguiente— han de ser descolgadas y embaladas: el General en los balcones de la Casa de Gobierno alzando los brazos hacia la masa remota, el General desfilando sobre el caballo Mancha, Evita engalanada en el teatro Colón. Se ve a sí mismo en dos de las fotos, siempre sonriendo. Todo era más claro en aquel pasado: cada quien deseaba, exactamente, ser lo que era.

De pronto María Georgina, que va tomada de su brazo, se estremece. Oye la sombra de un malestar pesando sobre la casa: algo, no sabe qué, una cuchilla cortando la felicidad de aquella gente. Si las conversaciones no fueran tan estrepitosas, si en cada rincón no se atropellaran tantos brazos, y carcajadas, y saludos eufóricos, diría María Georgina que un lamento cavernoso baja como un vapor desde las molduras del techo. ¿Ella? La esposa del presidente abre la boca. Y enseguida se tapa el asombro con las manos.

—Decime. Ella... ¿No está arriba, en la casa?

Cámpora la mira con desconcierto.

—¿La difunta?

—El cadáver —asiente María Georgina—. ¿Acaso Evita no sigue aquí, en el altillo?

Cámpora se sobresalta:

—Calláte ya, mujer. Aquí nadie habla de eso. No la muestran.

No sé qué harán con ella. Más vale olvidar que hay un muerto en la casa.

Poco después del mediodía, el General —que se había retirado a descansar— baja, de mal humor, a los jardines. Ha tenido pesadillas. Cuando fue a despertarlo, llevándole una taza de té, Isabel lo encontró quejándose, con un ataque de sudores. Un hombre que sufre tanto con los sueños no debiera dormir jamás, se condolerá ella, en el almuerzo.

En la mesa del General coinciden doña Pilar, Valori y Licio Gelli. En la de Cámpora se instala López Rega con sus matones. Desde el mismo día en que lo eligieron presidente, Cámpora ha ido sintiendo la hostilidad del secretario. De un momento a otro estallará la guerra entre los dos y supone que el General, obligado a elegir, protegerá a su enemigo. Un periodista español, Emilio Romero, le ha hecho llegar sospechas terribles. López pretende colocar a Isabel en el gobierno, y Cámpora sería (dice) el único obstáculo.

Si eso es verdad, yo importo poco: lo ha refutado el presidente. El verdadero obstáculo es Perón. Romero insiste: ella, Isabel, descuenta que a Perón pronto lo anulará la muerte. Es un anciano de casi 78 años; basta empujarlo con delicadeza. Lo que voy a contarle, Cámpora, ocurrió en 1970. Y yo lo presencié. Era otoño. Unos cuantos dirigentes metalúrgicos visitaban al General. Como siempre, Isabel sirvió té. Un gordo, creo que de San Nicolás, aludió con imprudencia a la edad de Perón. Dijo que se lo veía más joven. Que a ese paso, no moriría jamás. Todos nos quedamos fríos. Al General, como usted sabe, Cámpora, no se le recuerdan esas cosas. López rompió el hielo. Dijo que, desgraciadamente, todos los hombres son mortales. Que al conductor no le importaba eso. Quería, en cambio, que su doctrina fuera inmortal. A veces, dijo López, le hace falta un relevo. No un sucesor, sino un relevo capaz de mantener la doctrina tal como es: pura, sin ningún cambio. Los metalúrgicos pensaron que López pretendía ocupar el lugar de Perón y se alarmaron: ¿Usted ha pensado quién podría ser ese hombre? Sí, dijo el secretario con la mayor frescura. Ya lo he pensado. La señora Isabel. Nadie puede custodiar la doctrina de un hombre mejor que otra persona de su sangre. En ese punto intervino Perón: ¿Chabela, dice usted? ¡López, no sea tan bruto! Gracias a Dios, no hay consanguinidad entre ella y yo. El secretario recurrió entonces a sus autoridades esotéricas: Eso es la ley de ahora, mi General, le dijo. Pero según Paracelso y otros antiguos sabios, los espíritus de los esposos se van impregnando mutuamente. La corriente sanguínea se les mezcla, como las anilinas. Perón se quedó pensando. Un año más tarde, los militares devolvieron el cadáver de Eva. El juego político se complicó. Y lo llamaron a usted, Cámpora. El tema ya no volvió a tocarse. Eso es inverosímil, Romero. No lo creo. (El presidente ha rechazado de plano las sospechas.) Me consta que Isabel actúa de buena fe. Si López Rega trata de usarla, ella se negará. Una y mil veces le oí decir que no le interesa el poder. Romero ha disentido. La esposa (opina) vive aquejada por la ambición. Es una mujer hipócrita y, por lo tanto, impredecible. Hasta ahora, hemos creído todos que López la usa. Sucede al revés. López, más bien, es instrumento de ella. Cuando ya no le sirva, también a él lo sacrificará. Esa ratita histérica es implacable. Ha destrozado a todos los adversarios. Se ha merendado aun a los más fieles. Está cebada con carne de elefantes.

Hace ya tiempo que Cámpora trata de congraciarse con los dos: con López Rega y con ella. La última vez, hace dos días apenas, en un aparte, les ha suplicado que confíen en su lealtad como en la de un hermano.

—¿Alguna vez le ha dicho el General qué opina de las lealtades? —preguntó la señora.

—Muchas —contestó Cámpora—. Le he oído decir que, luego de tantos reveses, sabe ya de una ojeada reconocer al leal y al traidor.

—Así es —confirmó López—. Pero también ha dicho que eso no es suficiente. Que la mejor manera de asegurarse la lealtad de un hombre es poniéndole otro al lado, para que lo vigile.

—¿Ah, sí? ¿Y quién es el mío? —quiso bromear Cámpora.

—Nosotros dos —dijo Isabel, muy seria—. Daniel y yo somos los otros de todos ustedes.

Ahora mismo, ante los ojos del presidente, la telaraña de esa infinita vigilancia muestra su cuerpo. López, comiendo, con los anteojos montados en la punta de la nariz, no cesa de recibir mensajes: télex, mapas marcados, estadísticas que ocultan otras claves. Los últimos partes hablan de una conspiración. Todo es aún difuso, apenas sombras de rumores. Una columna o dos de Montoneros —le han informado— trama copar el palco cuando el General llegue a Ezeiza. Tomarán los micrófonos, exigirán varias cabezas (ante todo la suya: a él lo llaman "el brujo"), humillarán a Isabel coreando que hubo una sola Evita y que es irreemplazable, pero sobre todo reclamarán que el peronismo se convierta en una revolución *moto perpetuo*, la patria socialista. ¿Son Montoneros, en verdad? Uno de los partes supone que no: más bien son ERP 22 de agosto, marxistas de la Cuarta Internacional.

Si la conjura es cierta, habrá que apagar con sangre tanto fuego. Con el General (López lo sabe) no se puede contar en estos casos. Repetirá: yo hago lo que el pueblo quiere, sin advertir que le han cambiado el pueblo. Al General hay que imponerle las realidades, darle (como ha insistido la señora) los hechos consumados.

El secretario está seguro de que Cámpora forma parte de la intriga. Los jóvenes se han apoderado hace ya tiempo de él: lo manejan, son íncubos. ¿Acaso no ha citado un par de veces al Che Guevara en sus discursos? Ya se lo han dicho varios al General: que a Cámpora le fascina el modelo cubano. Que quisiera fundar el castro-peronismo.

Aun delante de su enemigo, el secretario actúa como si estuviera solo. Exige que consigan en Buenos Aires a tal teniente coronel, para darle una orden por teléfono; que busquen al comisario cual, experto en luchas antisubversivas. Hay que soltar (decide) a todos los perros contra las columnas sospechosas. Que averigüen el nombre de los jefes, que hallen sus madrigueras pasando un peine fino.

El último télex cuenta que el parroquiano de un bar, en Monte Grande, ha dicho que atacarán al General con fusil de mira telescópica en el desorden de la llegada, cuando camine hacia el palco blindado. Pero el télex tiene un final decepcionante. La policía detuvo al parroquiano. Lo apretó. Se le hizo de todo: manicura, permanente, mojarrita. Le arrancaron las uñas, lo enloquecieron con la picana eléctrica, lo ahogaron en una tina llena de mierda. Nada se consiguió. El chisme sólo recogía un temor colectivo, era el delirio liso de un borracho.

Que ese fracaso no los desanime, recomienda López. Vigilen muy de cerca a Rodolfo Galimberti, que anda resentido con el General y es capaz de cualquier locura. Sigan a Robi Santucho, que nos tiene un odio mortal. Busquen a Firmenich, a Quieto y a Osatinsky: al primer descuido, éstos nos comerán los ojos. Y sobre todo, averigüen en qué anda Nun Antezana. Es el más megalómano. Los otros se creen con talento para reemplazar a Perón. Nun, no: él siente que lo supera. ¡Muévanse ya! (se afana López). En los tres días que faltan puede ocurrir cualquier catástrofe.

Los matones se esfuman de la mesa. Y él, desentendiéndose de Cámpora, repasa los télex una y otra vez, con los carrillos hinchados de batatas y tripas. A lo lejos, bajo el fresno, un arpista ciego deshoja el vals *Desde el alma.*

De tanto andar entre mesa y mesa, al General se le ha ido despegando la sonrisa. Ahora sólo le queda una mancha sombría en el arco de los labios. Un letrista uruguayo, con melena de cuervo, insiste en dedicarle una payada: "Más tarde, a la nochecita", lo aleja el General. El vino ha encendido a la gente. Afuera, en el porche de la quinta, los boxeadores, arremolinados, maltratan una tarantela. A pedido de Raúl Lastiri, doña Pilar Franco amaga unos pasitos de flamenco. Poco antes de las seis, con el puchero atragantado, el presidente Cámpora regresa por fin al palacio de La Moncloa. Norma, la hija de López Rega, lo despide con una frase mortal:

—¡Pobre don Héctor! ¡Tanto que lo querían y tan mal que hablan de usted ahora!

El sol se va retirando. Cuando quiere levantarse de la silla, el General no puede. Tiene los músculos distraídos. Para que el cuerpo descanse, se lame los pensamientos. Eso lo alivia. Con disimulo, consigue avanzar hacia la casa. Remonta las escaleras, rumbo al claustro: a la antesala del santuario donde yace Evita. El alboroto del parque le ha lastimado los pulmones. Pero allí, en aquel refugio, nada se oye. Toma la carpeta de Memorias, cuya lectura ha interrumpido la noche anterior. Deja pasar las páginas. De pronto, para las orejas. ¿Y eso, y eso? Ah, es el silencio que está entrando. Viene del altillo donde reposa ella, a salvo en este mundo. Eva, el ave: lo que ahora ve volar es su mudez.

Llueve un poco de polvo. ¿Ella lo vierte: polvo, un polen de nada sobre los objetos, una hojarasca sin ton ni son? Qué más podría soltar Evita sino la desmemoria que lleva encima, los tantos años sin pensamiento, la humedad de los no lugares donde ha dormido: armarios, sótanos, carboneras, almacenes de barcos. ¿Cuál es la estela que va dejando?: ¿este silencio, este olvido? Y aun así, el General envidia esa eternidad: la gloria que ya está de vuelta, que nada necesita de nadie.

Pero en verdad, ¿es lo que quiere? En otros tiempos, Perón solía creer que bastaba imaginar el pasado con fuerza para estar allí otra vez, manchado de moras y con un morral al hombro, corrigiendo los ademanes equivocados de antaño y dando las respuestas que entonces no venían a los labios; solía pensar que respirando aunque fuera sólo por un momento la salud de ayer, acaso ya no habría enfermedad mañana. ¡Es tan difícil eso!, ha escrito el General. ¿Cómo hace una persona para saber que aquél o éste son los sentimientos adecuados para comprender siquiera qué es el sentimiento, a qué le damos ese vago nombre?

Lo único que ha sentido con cierta nitidez es el miedo, y quisiera desrecordarlo: afirmar que el miedo no existe ahora y que por lo tanto pudo (debió) no existir nunca. No ha sido el trivial

102

miedo a la muerte sino a lo que es peor: miedo a la historia. Ha sufrido pensando que la historia contará a su manera lo que él calló. Que vendrán otros a inventarle una vida. Ha temido que la historia mienta cuando hable de Perón, o que descubra: la vida de Perón le ha mentido a la historia. Tantas veces lo ha dicho: un hombre sólo es lo que recuerda. Debiera decir, más bien: un hombre sólo es lo que de él se recuerda.

Tuvo también un sentimiento lejano, más real, acaso el único sentimiento con olor y tacto que haya conocido: el ahogo que le saltó al pecho cuando traspuso las puertas del Colegio Militar, en 1911, las palpitaciones del esófago, el temblor de la lengua. A la entrada había —se acuerda— barro. Un sulky le salpicó el pantalón y quiso limpiarse. Quedó con las manos oliendo a bosta de caballo.

¿Con qué palabras había contado aquello? *Dije: esto es lo que quiero. Y encontré en mí al militar que nunca he dejado de ser. Rendí mi ingreso en 1910. A comienzos del año siguiente me incorporé como cadete.* (Las dos primeras frases le pertenecen. Las otras dos son de López. Habían grabado pensamientos aquella tarde, ¿cuál tarde, habían grabado?, trataban de entender el país a lo lejos, dibujaban flores sobre un papel. Ideas de burbuja, mi General. Y un día, López las suprimió. Volaron: sus pobres pájaros de pensamiento. Debió mostrarse firme. Debió ordenar a López que más bien escribiera):

[En 1910, el desierto seguía rodeando a la Argentina por todas partes. Se le insinuaba en las entrañas. Yo venía de allí: de las profundidades del desierto. De la Argentina que no existía: éramos viento en aquellos años, polvareda. Nos hicieron estudiar, para el ingreso al Colegio Militar, las "Bases" de Alberdi. Allí aprendí que la mejor ley para el desierto es aquella que lo hace desaparecer. Gobernar es poblar, leí. Venzamos al desierto haciéndolo desaparecer. Yo era un muchachito y pensé: ¿Desaparecer el desierto? ¡Qué frase tan rara! Es como decir: lo que mejor conviene a la nada es abolirla. La mejor manera de que nadie sea es decretar la existencia de nadie. En fin, torpes divagaciones de adolescente.

Me presenté a examen el 1º de diciembre, con mi tercer año del secundario recién aprobado, y el 1º de marzo de 1911 ingresé a la vieja casona del pueblo de San Martín, que estaba en una región muy poco poblada. Cerca de allí terminaba la línea del tranway. Al frente había un al-

macén. *Tres años iba yo a pasar en aquel sitio. Tenía tan sólo quince: se podría decir que era un niño aún. Fue entonces cuando mis padres me entregaron a la patria. Y al amparo de la patria crecí, me hice hombre.*

Siento el pasado. Puedo verme en esos tiempos. Dentro de mí siento el pasado como una película que fuese trastabillando en la máquina proyectora. Me veo diciéndole adiós a la abuela Dominga. ¿Lloré? Si lo hice fue a solas aquellas primeras noches en los galpones del Colegio. Si lo hice, fue callado: que nadie lo supiera. Pensaba en mis padres, también perdidos en las soledades del Chubut. Con ellos, yo había sido alguien. Y de repente, me sentí nadie.

Muchos años más tarde, cuando vi en una serie de televisión a hombres de otro planeta confundiéndose entre las multitudes de este mundo, me di cuenta de que yo fui eso desde entonces: un trasplantado, un árbol cuyas raíces fueron cortadas siempre por el destino. Un ser sin hogar casi, con familias que se le van apagando como velas, alguien que sólo aprendió a mandar y a obedecer. Pero no a sentir. Desde niño me inculcaron que el sentimiento era una debilidad, algo femenino, una cualidad del alma que se debía marchitar antes de que floreciera.

Me veo a mí mismo sentado en el patio del Colegio, mientras un soldado peluquero me rapa salvajemente, al cero, dejándome apenas un miserable jopo; me veo vistiendo el uniforme de fajina; veo los días cuadriculados por el reglamento tal y la ordenanza cual. Nadie podía permitirse una frase de cortesía, una sonrisa, una lágrima.

A los cadetes nos instalaron con los soldados, en un galpón: "la cuadra", así lo llamábamos, bajo un techo de zinc donde repiqueteaba la lluvia. El toque de diana nos despertaba a las cinco de la madrugada, verano e invierno. Disponíamos de tres minutos para lavarnos la cara y de cinco para, ya vestidos, formar fila en el patio. Tomábamos mate cocido con leche y luego éramos sometidos a un orden cerrado muy duro, implacable, en un campito de fútbol. Yo me di cuenta entonces de que un hombre nunca sabe hasta dónde puede llegar con su cuerpo, cuál es el límite de esa potencia casi infinita que tiene el cuerpo. Es que rara vez tratamos de llevarlo más allá, hasta que ya no se puede. Uno siente que existe sólo cuando el cuerpo pide basta. En los otros momentos, ni siquiera piensa: yo soy éste, aquí estoy, he aquí un pequeño punto al que llamo mi lugar en el mundo. Tiempo después me dijeron que un filósofo judío tuvo esas mismas ideas que yo tuve, pero no supieron explicarme cuándo las escribió. No sé tampoco si él las sintió como yo, en carne propia.

Aunque la vida era muy dura en el Colegio, yo estaba preparado para toda clase de esfuerzos y sacrificios. Las mañanas heladas de San Martín me parecían un juego comparadas con las de la Patagonia, y los trabajos cotidianos del soldado acabaron por convertirse en una distracción. Salíamos sólo una vez al mes, después de la revista de los sábados a la tarde, y teníamos la obligación de regresar el domingo antes de las diez de la noche. Las faltas graves se castigaban privándonos de esa única salida: a los más rebeldes los sentaban en la sala de disciplina, con las manos sobre las rodillas, desde el toque de diana hasta el de retreta, sin derecho a levantarse más que para ir al baño y para comer.

Los estudios teóricos se hacían por las tardes. Nos dictaban Historia, Ciencias Naturales, Geografía... El programa era parecido al de cuarto año del bachillerato. Desde hacía poco se había establecido por ley el servicio militar obligatorio, con la intención de inculcar argentinidad en los millones de jóvenes inmigrantes semianalfabetos que venían a poblar nuestro suelo. Recuerdo que don Manuel Carlés, quien formaría más tarde las milicias fascistas de la Liga Patriótica Argentina, era uno de mis profesores más ilustrados. Nos enseñaba Literatura. En sus clases, que eran verdaderas arengas, solía tratarnos como si ya fuéramos oficiales con mando de tropa. "La Nación —decía Carlés— espera que ustedes sepan redimir al conscripto inculto, ignorante y perverso." Su intención era ponernos en guardia contra los anarquistas que ya estaban infiltrados en todas partes y que desorientaban nuestra vida política. La mayoría de esa gente ácrata era extranjera. Se metía en las fábricas, soliviantaba con su amarga prédica a los operarios, y allí ardía Troya. ¡En 1910 desataron casi trescientas huelgas!

Mi padre solía decir que ningún argentino lo es por completo hasta que no funda un pueblo o siembra un campo. Cierta noche de invierno, cuando yo tendría siete u ocho años, nos sentó a mi hermano y a mí junto al fogón. "El presidente Roca les quitó a los indios las mejores tie-

rras de este país y se las regaló a los amigos —nos dijo—. Los galeritas que no pudieron conseguirlas de arriba, las compraron a precio vil, con la complicidad de los militares. Mario Avelino y yo cuidaremos la poca tierra que tenemos. Juan Domingo debería hacerse militar, para impedir que nos la quiten."

Tanto mi padre como mi abuela querían que yo estudiara Medicina, pero aquellas frases (dichas tal vez en un momento de impaciencia o depresión) no se me olvidaron nunca. A veces pienso que mi futuro se decidió en el momento en que las oí. Yo abracé la carrera militar no para apropiarme de tierras —puesto que no las poseo— ni para fundar pueblos, lo que me hubiera gustado más, sino para aprender a fundar hombres: a conducirlos.

En mí no había cálculo económico ni apetitos materiales de ningún tipo. ¿Cómo podía haberlos si un subteniente ganaba entonces doscientos pesos mensuales, el mismo miserable sueldo de un maestro de escuela? Con esa suma no se podía pagar siquiera el alquiler de una vivienda más o menos decente en Buenos Aires.

Quienes nos instruyeron en el arte de la conducción fueron los oficiales alemanes. Cuando yo entré al Colegio Militar, el ejército argentino seguía rigiéndose por las viejas tácticas del general Alberto Capdevilla, basadas sobre los reglamentos y manuales franceses. Pero ya estábamos equipándonos con fusiles y cañones prusianos. Sabíamos usar los máuser y los Krupp. El tradicional quepis con que empecé los estudios de cadete se convirtió pronto en el casco alemán rematado por un largo cono, debajo del cual estaba el escudo argentino.

Nos aclimatamos muy rápido al orden nuevo. Marchábamos a paso compás y las voces de mando se daban a la prusiana. Ahí no era cuestión de pensar sino de obedecer. A veces se nos sublevaba el temperamento, pero seguíamos adelante. Para mis maestros, los nombres de Von Clausewitz, de Schlieffen y de Von der Gorz eran una leyenda tan grande como... ¿a ver?... la leyenda de Napoleón. En 1914, el general José Félix Uriburu regresó de Berlín, donde había sido incorporado a la guardia personal el Kaiser. Vino con una fiebre tan germanófila que los cadetes lo llamábamos "von Pepe". Y así ocurría con muchos otros...

Una de las impresiones más lindas que dejó en mí el

Colegio Militar fue la camaradería, la siembra de buenos amigos. He seguido manteniendo esas amistades a lo largo de los años. De los ciento doce que recibieron conmigo el sable de subteniente, ya casi todos han muerto. Argentinos de vieja cepa sólo había siete u ocho. Yo estaba entre ésos. Como vivíamos apartados de los civiles, acabamos por conformar una familia. Han dicho por ahí que jamás tuve otra, que el ejército fue mi único sentimiento verdadero. ¿Y qué hay con eso? Yo no hice distinciones entre patria y ejército. En 1955, una camarilla traidora quiso dejarme sin una cosa y la otra. Me obligó al destierro. Decidió, por decreto, que yo dejaba de ser general. Lo último no me importaba. Al fin de cuentas, yo seguía siendo Perón. Que me dejaran sin ejército, en cambio, me dolió mucho: era como si la familia me hubiese abandonado. Y en seguida pensé: soy como la Argentina, también yo tengo destino de desierto. Pretenden condenarme a la inexistencia, a la vaciedad, a la llanura sin nadie. Que no me llame, que no tenga pasado, que viva sin raíces. La dictadura usurpadora del '55 decidió que, a partir de tal fecha, yo era cero. Me puse a cavilar entonces: vamos a ver dónde ponemos el tal cero; si atrás, donde no vale nada, o adelante. Así me obligaron a luchar. Y con eso me hicieron un gran favor...

El 13 de diciembre me recibí de subteniente...]

Debió mostrase firme y ordenarle a López que lo escribiera de aquel modo tan íntimo: la familia, el desierto, tal como él lo sentía. Pero el secretario pensaba en la historia. Sea más histórico, mi General, ¿lo ve?, ponga un poco de mármol en el retrato. No se revele, no se dé a conocer. Una grandeza se hace de silencios. ¿Cuándo ha oído usted que un gran hombre sale del baño, tira la cadena, anda en ropa interior delante de la gente? La familia, ¿qué es eso? Conviértalo en olvido. Usted no era así antes. Jamás se hacía preguntas, mi General. Termine ya. Los grandes hombres sólo tienen respuestas.

No le falta razón: López es muy sensato cuando quiere.

La historia no tiene por qué saber que yo, Juan Domingo Perón, tengo derecho a las vacilaciones, a la debilidad de no poder. Que a los setenta y siete años no hallo mejor respuesta que una buena pregunta.

Muy bien: le ha dicho el secretario. Preguntesé, mi General. Ponga las vísceras sobre la mesa. Atrevasé. ¿Qué le pasó la noche de la manteada, cuando llegó al Colegio Militar? Quitesé del corazón esa espina tan dolorosa.

Y él no ha sido capaz. Hay cárceles de la memoria contra las cuales nada puede: están bien donde están, en su nido, apagándose. ¿Cómo las ha disimulado López? ¿Con qué abrigo ha tapado esas sombras? A ver, ¿cuál es la página?

> *Rendí mi ingreso en 1910. A comienzos del año siguiente me incorporé como cadete. Era costumbre que los recién llegados se sometieran a una prueba de bautismo llamada manteo. Consistía en palizas inhumanas que nos sacudían los últimos restos de soberbia civil y endurecían, de paso, nuestro espíritu. Un grupo de cadetes había sufrido antes de mi entrada la humillación de correr en cuatro patas, desnudo, sobre el patio lleno de escarcha; a otros los habían levantado en medio de la noche, obligándolos a meterse en piletones de agua helada: hubo quien fue a parar a la enfermería, con una costilla rota por los palos.*
> *Yo iba preparado para cualquier rigor. Obedecí sin chistar a los cadetes de segundo año cuando estaba en primero, y a los de tercero cuando estaba en segundo. Para adiestrarse en el mando, pensaba yo, hay que aprender primero la obediencia. Pero los manteos me parecían un encarnizamiento. En junio de 1911, a los tres meses de mi entrada, nos enteramos que los muchachos del segundo curso estaban preparándonos una zurra de padre y señor mío. Tenían la intención de hacernos fracasar en nuestro primer desfile, el día del juramento a la bandera: que marchásemos doloridos y maltrechos. El frío era terrible entonces. La temperatura bajaba de cero casi todas las noches. Reuní a mis compañeros, y les dije: Tenemos que impedir esta barbaridad. Busquemos el apoyo de los cadetes de tercero. Y así fue. Formamos una comisión y empezamos las tratativas. Vamos a terminar con los manteos para siempre, les propuse yo. Que nadie tenga jamás un mal recuerdo de su paso por este colegio. Todos aceptaron. Aquel fue mi primer triunfo político. Nos presentamos ante el teniente coronel Agustín P. Justo, que era el subdirector, y él coincidió con nuestras razones. Desde entonces acabaron aquellas prácticas salvajes.*

(Un hombre no debiera ser lo que recuerda. Debiera ser su olvido. Como la historia que acaba de leer: no es la que lleva todavía dentro de sí, marcándole con fuego el pensamiento. Las palabras han cambiado de piel cuando iban del pensamiento hacia su boca. Alguien las ha violado. ¿López? ¿O él, Perón: su voluntad de olvido?

El secretario lo ha desafiado a narrar también las maniobras que padecieron cerca de Concordia, en el verano de 1913. Y el General se ha opuesto. No tengo nada que preguntar allí, en ese pasado ha dicho: nada que responder.

Y, sin embargo. ¡Ah, las maniobras!, evoca López. Algunos de nosotros estábamos predestinados a morir aquel año. ¿Recuerda, General, el 3 de diciembre? Levantamos al amanecer nuestro campamento de Ayuí. Pensábamos marchar algunos kilómetros por la costa del río Yuquén, y luego avanzar en camiones hasta la estación Jubileo. Pero el coronel Agustín P. Justo se negó: dijo que la resistencia del cuerpo humano se puede estirar siempre un poco más, y que cuanto más lejos colocáramos la meta de nuestros cuerpos, tanto más lejos iríamos. Nos ordenó avanzar a pie por un camino de arenales, a varias leguas de la ribera donde nos esperaban los camiones. Justo tenía —recuerdo— el humor de una hiena. Prohibió los manteos por inhumanos, y ahora nos supliciaba con una sonrisa de hielo.

Al empezar la marcha, dos cadetes se desmayaron. El sol abría una boca de cincuenta grados. Usted tenía un tobillo hinchado, mi General. Yo, cada tanto, le desataba las botas y se lo masajeaba. No se divisaban árboles, ni aguadas, ni siquiera una mísera mancha verde en esa inmensidad de arena y grietas. Hubo un momento en que llovieron pájaros. ¿Usted los vio, López Rega? ¿También estaba usted en ese espanto? Yo marchaba y marchaba, responde el secretario. ¿No se acuerda? Yo era uno de ustedes: Juan Perón. Vi cómo el sol se pegaba a las alas de los pájaros y me dije: ellos van a caer. Vi cómo el sol punzaba la nuca de los pájaros y los iba volteando en los campos de arena. Es una lluvia, dijo usted. Y yo dije: será la única lluvia de pájaros que vemos en la vida. Cargábamos mochilas de treinta kilos, y algunos de nuestros camaradas se desplomaban bajo las cúpulas de fuego. Camina, Juan, camina: usted y yo nos repetíamos eso. Soy un infante, caminar es mi oficio. Fuimos de los primeros en llegar a la estación Jubileo. El tren nos aguardaba desde hacía muchas horas. El General ha meneado la cabeza: las maniobras, los pájaros. Haremos con todo eso un buen fardo de olvido. Seamos piadosos con la memoria, López. No la asustemos.)

Me recibí de subteniente el 13 de diciembre de 1913.
Durante mucho tiempo guardé en la billetera unos recor-
tes de diarios que describían muy bien la ceremonia, des-
de el redoble de tambores que hubo al amanecer hasta la
llegada del ministro de Guerra. Y nuestra formación mar-
cial en el patio... Y el discurso del director del colegio... Y
los ejercicios de los infantes, en el campamento que esta-
ba detrás del edificio... Veinte años después busqué los re-
cortes para mostrárselos a los Tizón, mi familia política.
Y de la billetera cayó sólo un polvo amarillo. Se habían
vuelto ceniza.

Aquel verano fui, como siempre, de vacaciones a la
Patagonia. Mi padre me había comprado tres libros de
regalo y me pidió que los tuviera siempre a mi alcance.
Eran las Cartas a mi hijo, *de Philip Stanhope, conde de*
Chesterfield; las Vidas de varones ilustres, *de Plutarco,*
en la edición de la casa Garnier, y el Martín Fierro, *de Jo-*
sé Hernández. A cada libro le puso mi padre una dedica-
toria adecuada. Al de lord Chesterfield, "Para que apren-
dás a transitar entre la gente". Al de Plutarco, "Para que
te inspirés en estos varones sabios". Y al de José Hernán-
dez, "Para que nunca olvidés que, por sobre todas las co-
sas, sos un criollo".

Repetidas veces he usado la magna obra de Plutarco
cuando enseñaba Historia Militar en la Escuela Superior
de Guerra. Leyendo en ella la biografía de Pericles,
aprendí el don de la paciencia. "Todo en su medida y ar-
moniosamente" era el lema de aquel conductor ejemplar.
Y ésa es la frase que les repito a los ambiciosos y a los
precipitados cuando me piden consejo.

Al Martín Fierro *me lo sé de memoria. Casi no hay*
discurso mío donde por hache o por be yo no invoque uno
de sus versos formidables. Cuando mi padre me lo dio,
aquélla era lectura de campesinos. No lo beneficiaba la
gloria que después tuvo. Más que la figura de Fierro, de-
sertor del ejército, matrero y un poco bárbaro —tanto,
que hasta llegó a convivir con los indios—, me impresio-
naba el sentido común del Viejo Vizcacha, que ofrecía
profundas lecciones de supervivencia a los gauchitos des-
amparados e incultos de aquellos tiempos.

Hernández describe a Vizcacha como a un viejo ermi-
taño: sucio, pobre y con una caterva de perros. Al menos
en lo de la pobreza y los perros se parece a mí, ¿no? Una

figura de tan mal talante no puede ser simpática para el hombre de ciudad. Pero yo, criado en el campo, enseguida malicié que Hernández quería convertir a Vizcacha en protector de los desdichados, en alguien cuyo lenguaje comprendieran sólo quienes estaban educados en el sufrimiento.

Eso es lo que yo hice. Quien lea con atención las cartas que les escribí a mis compatriotas durante todos estos años advertirá que no invoco las quejas de Fierro sino las vivezas de Vizcacha. "El primer cuidado del hombre / es defender el pellejo", he recomendado yo, porque no conozco mejor salmo de bendición a la vida. Y para completar la idea: "Hacéte amigo del Juez, / no le des de qué quejarse; / y cuando quiera enojarse / vos te debés encoger, / pues siempre es güeno tener / palenque ande ir a rascarse."

Apenas había cumplido dieciocho años cuando me destinaron al regimiento 12 de Infantería de Línea, en Paraná. Mandaba yo la primera compañía; una sección de ochenta soldados y diez suboficiales. El cuartel, cerca de las barrancas del río, era un edificio precario, compuesto por enormes galpones sin ventanas. Había sido construido para albergar a los colonos judíos e italianos. Cuando yo llegué, aquello se conocía como "La Inmigración".

Por primera vez descubrí la miseria en la que nuestro país estaba sumido. Los hijos de los peones se criaban como las bestias: a la intemperie, iletrados. Y los padres morían en plena juventud, con los pulmones llenos de caries. Vi a muchachitos cargar en el puerto bolsas de setenta kilos durante jornadas de nueve horas. Supe que las mujeres se volvían tuberculosas cepillando lana y limpiando el polvo en las fábricas de cigarros. Lo que más me impresionó fue que miraban el futuro con desdén. Más bien no lo miraban. Vivían ciegos al tiempo. Como el pasado era siempre espantoso, se les borraba casi instantáneamente de la memoria. De ahí que atribuyeran a la fatalidad sus bienes y sus males. Mejor dicho: los bienes a la providencia y los males al gobierno.

Abstraído en la lectura, el General ha olvidado que abajo, en los jardines de la quinta, sigue la fiesta. Unas voces, en la escalera, se lo recuerdan: las oye subir, apagadas, obscenas. ¿Qué dicen? El hombre, borracho, busca una cama. La mujer forcejea. Si

111

han llegado hasta allí, la casa está tomada ya, infectada su piel, sucia de sarna. ¿No vendrá nadie a detenerlos? El General se aterra. Siente los manoseos junto a la puerta, afuera. Quieren entrar, buscan el picaporte. ¿Es que tendrán la audacia de violar el claustro? ¿No saben que Eva, en lo alto, el ave podría despertarse?

—¡Bajen de ahí, malditos! —El lejano grito de López llega, salvador, hasta la caverna del claustro.— ¡Bajen y vayansé!

(Tenía que ser él: cuidando el ave, hurtándola de las profanaciones, evitándolas.) El General suspira. Se relaja. De pie junto a la puerta, oye irse a la pareja. Reconoce la voz de un guardaespaldas. Y a la mujer también: una pobre guaranga. López ahuyenta del comedor a los curiosos, limpia de rezagados los dormitorios: "¡Circulen ya! ¡Salgan de la casa!".

¿Hay música? Otra vez, nada se oye. ¿Cuánta noche habrá afuera? ¿Y cuánto de Madrid es lo que aún le falta por vivir?

El General vuelve a las carpetas, pensativo. Una mosca de yeso se ha posado sobre la página. (¿Ahora venís, tan luego, a leerme el pasado? Ella y yo nunca hablábamos de eso. A los dos nos dolía. Esto es muy viejo, ave. Aún no habías nacido):

> *Era el invierno de 1914. El mismo día en que nos enteramos del atentado al príncipe Ferdinando en Sarajevo, fundé yo el Boxing Club en Paraná. Siempre cultivé con fanatismo el boxeo, pero en aquellos tiempos peleábamos a ciegas, sin técnica. Ni siquiera sabíamos vendarnos las manos. En una de ésas me rompí los puños. Los metacarpianos me salieron para arriba, por una piña mal dada. Todavía se me notan las jorobas en el dorso de las manos.*
>
> *Pasaba yo muchas horas en soledad, mirando el río y distrayéndome con el mapa inmóvil de las estrellas. Entonces brotaron mis primeras dudas —digamos— metafísicas. Me pregunté, como en la payada del Moreno con Martín Fierro, cuál es la sustancia de la eternidad, hacia dónde va el tiempo, en qué punto del universo infinito está el principio de las cosas y en qué otro punto podemos ver el fin.*
>
> *Inesperadamente conocí algunas respuestas. Fue un atardecer, en diciembre del mismo 1914. El cielo estaba tan despejado y azul que ni los pájaros se atrevían a mancharlo. Yo me había sentado en un banco de la avenida Costanera. De pronto, en el horizonte se abrió una boca de oscuridad. Sentí el chisporroteo de una llama negra. En un segundo cayó la noche: el aire se hinchó con un*

olor a ponzoña. Parecía que las entrañas de la tierra estuvieran pudriéndose. Una descomunal manga de langostas había caído sobre la ciudad y devoraba todo el verde. Recordé a mi abuelo, que las culpaba de sus insomnios y les hervía las patas en alambiques, buscando el virus que no lo dejaba dormir. Olvidé el hedor y las turbulencias y me detuve allí, a la orilla del río, a verlas desovar. Agarré una hembra, le saqué las alas para que no huyera, y la observé de cerca: la dura cáscara de los ojos, las antenas afiebradas, las mandíbulas imponentes. Y me pregunté: si Dios está en todas partes, como dicen los Evangelios, también ha de estar en el corazón de las langostas. Traté de encontrar el corazón de la hembra, escarbando con un alfiler de corbata. Busqué y busqué. No había nada. Dejé el insecto en el suelo y me marché. Aquella tarde aprendí que Dios sólo está donde hay bien, y que no puede coexistir con el mal. Esa respuesta me ha quedado para siempre.

A fines de 1915 me ascendieron a teniente. Pocas semanas después, el regimiento 12 trasladó su sede a Santa Fe, en la otra orilla del río. Una parte de los efectivos se alojó en la vieja Sociedad Rural, a la que por entonces llamaban "La Feria". El resto (y yo entre ellos) encontramos refugio en el asilo de huérfanos.

Conocí entonces la singular fortuna de servir a uno de los mejores jefes que ha tenido nuestro ejército: Bartolomé Descalzo, quien revistaba como capitán. Fue mi Sócrates, el hacedor de mi alma. Cierta vez le pregunté si ya estaban escritos en el destino los hechos de nuestra vida y la fecha de nuestra muerte. "Sólo está escrita la muerte", me contestó, "porque no se conoce a nadie que haya muerto en la víspera. Pero la vida es otra cosa: un hombre de verdad jamás deja que el destino tome las decisiones que debió tomar él". He repetido esos conceptos muchas veces. Tantas, que alguna gente los cree míos. Pero no. Son de Bartolomé Descalzo.

Empezaron años de turbulencia. El 2 de abril de 1916 hubo por primera vez comicios democráticos en la Argentina. Yo simpatizaba con Lisandro de la Torre, cuyo bastión electoral estaba en Santa Fe, pero voté por Hipólito Yrigoyen, que representaba una gran esperanza para las clases populares.

El ejército estaba inquieto por las agitaciones anarquistas. El 9 de julio de aquel año, al terminar el desfile

del centenario de la independencia, un sujeto se abrió pa-
so entre la muchedumbre, y al grito de ¡Viva la anarquía!
descerrajó un balazo a la cabeza del doctor Victoriano de
la Plaza, que ya estaba entregando la presidencia de la
República. Por suerte, apuntó mal. La bala rebotó en un
balcón de la Casa Rosada.
  Aquello hubiera debido servirle de advertencia a Yri-
goyen, quien asumió el mando tres meses después. Pero
no fue así. Su gobierno fue saludado por una verdadera
pirotecnia de huelgas y conflictos sociales. Era lógico.
Yrigoyen había creado muchas expectativas entre los
obreros y campesinos, y tardaba demasiado en cumplir-
las. Recibía personalmente a delegaciones de ferroviarios
y textiles —algo que ningún presidente había hecho—,
pronunciaba discursos contra los empresarios, pero des-
pués se cruzaba de brazos y no impulsaba las leyes refor-
mistas que todos esperábamos. Las masas perdieron la
paciencia y se le sublevaron. Yrigoyen había sufrido en
carne propia la brutalidad de sus predecesores y no que-
ría reprimir. Pero tampoco tenía criterio para controlar
la situación. Estaba enfrentándose a un anarquismo ague-
rrido, inspirado por ideólogos de tanta peligrosidad como
Malatesta y Georges Sorel, e imaginaba que esa clase de
gente puede ser contenida con la policía. A la policía, por
supuesto, la desbordaban siempre. Entonces llamaba al
ejército. A los oficiales nos defraudaba esa impericia del
presidente, que por un lado se negaba a perder populari-
dad imponiendo la mano dura que hacía falta, y por el
otro terminaba enredando al ejército en acciones impopu-
lares.

  (Ahora que está leyéndolas, el General recuerda con claridad
el acento con que dictó cada una de aquellas frases, la inesperada
ronquera de los finales, el afiebramiento con que decía Malatesta
o Sorel y pensaba en Cohn Bendit y en Alain Krivine: Buenos
Aires de 1917 se le transfiguraba en París, mayo del '68. Eran estragos de los idealistas, ¿no?: esos años de la inteligencia, perros
del alma. A punta de disturbios, ellos diezmaron la grandeza de
Yrigoyen, la gloria del general De Gaulle...
  Ha dictado con ira lo que ahora está leyendo con tristeza. Y se
pregunta si este después desde el cual está narrándose no ha des-
truido ya para siempre el ayer donde las cosas ocurrieron.)

El capitán Descalzo tenía un infalible instinto para contener los desmanes antes de que se desbordaran. En 1917 nos llevó a Rosario para que ocupáramos las playas donde estacionaban los tranvías, en previsión de sabotajes anarquistas. En 1918, cuando me destinaron al arsenal Esteban de Luca dijo, al despedirme: "Estamos entrando en la oscuridad, teniente Perón. A las puertas de nuestra casa golpea la más atroz de las tormentas, y el presidente no quiere o no sabe oírla. En Europa, la guerra ha terminado con la derrota del mejor ejército del mundo. Los anarquistas vuelven ahora sus ojos hacia nosotros". Sus palabras me emocionaron. "Voy a pedirle un favor personal", le dije. "Cuando llegue la hora de hacerle frente a ese enemigo, llámeme. Quiero pelear a su lado, mi capitán."

En Buenos Aires tuve mucho trabajo. La pasión por los deportes, que no me abandonaba jamás, absorbió mis pensamientos. Practiqué salto en alto y garrocha. Jugué al básquet y al fútbol. Pero sobre todo me dediqué a la esgrima. En los campeonatos militares de 1918 gané la medalla de oro en el torneo de espada. Mi técnica era flexible, como si tirara con florete, y los rivales no podían pararme.

El 22 de junio cayó nieve sobre Buenos Aires. La gente se lanzó a las calles, eufórica. Yo, en cambio, estaba desasosegado. Vi el dibujo de los copos en la ventana y pensé que me faltaba poco para cumplir veintitrés años. Sentí el vacío del tiempo. Supe que pronto debería casarme. Disfrutaba de la soledad, pero necesitaba una mujer formal a mi lado. Los oficiales son mejor recibidos cuando tienen un hogar.

En aquella época íbamos a muy pocas fiestas y ni siquiera se nos pasaba por la imaginación hacerle el amor a una muchacha de familia. Frecuentábamos algunas casas de baile, pero con mujeres alquiladas. Cuando uno de nosotros quería desocupar el cuerpo, buscaba a una de esas mujeres y listo el pollo. Después prohibieron los prostíbulos, y los jóvenes, en vez de alquilar a una profesional para sus menesteres, lo que hacían era prostituir a las hijas de familia. Los hombres de mi generación no jugaban con esas cosas: puertas adentro éramos gente de respeto. Afuera, nos divertíamos y bailábamos más que nadie: pero en los cabarets, con mujeres vendidas.

Muchos años después escribí un artículo de pocos pá-
rrafos en el que hablaba de un general severo, que ni si-
quiera en los salones se quitaba el sable y el quepis. Una
francesita, desafiante, le preguntó: ¿Cómo hace usted el
amor? Y el hombre respondió: Yo no hago el amor. Lo
compro hecho. Así pensaba yo. Para que nada me distra-
jera de la profesión militar, resolvía mis urgencias de va-
rón con unos pocos pesos.

La profecía del capitán Descalzo se cumplió antes de
lo pensado. Los anarquistas volvieron sus ojos hacia no-
sotros. 1918 había terminado con unas escaramuzas de
huelga en los talleres metalúrgicos de Pedro Vasena. Al-
gunos operarios, alentados por los ácratas, exigieron sa-
larios más altos y condiciones de trabajo más relajadas.
Hubo muchos que no quisieron plegarse y el movimiento
fracasó, pero ya estaba sembrado el descontento.

El 3 de enero de 1919 se armó la maroma. Vasena
tenía la fábrica en la calle Cochabamba, cerca del ba-
rrio de Constitución. Los depósitos estaban en Pompeya,
a unas pocas cuadras del Riachuelo. Entre uno y otro si-
tio había un continuo tráfico de chatas. Debido a las
agitaciones, las chatas iban custodiadas por agentes de
la policía montada. En la mañana de aquel 3 de enero,
los huelguistas salieron sorpresivamente de un baldío y
tirotearon a las chatas. Cayó muerta una mujer que na-
da tenía que ver con el asunto. El 5 ocurrió la mismo:
mataron a un cabo. El 7, ya el conflicto se había puesto
color de hormiga: los anarquistas atacaron, la policía
los reprimió a tiros y a sablazos. Hubo cinco obreros
muertos y unos veinte heridos. Yrigoyen quiso arreglar
el problema conciliando a las partes. Ordenó al ministro
del Interior que buscara un entendimiento entre Vasena
y los huelguistas. Apretada por el gobierno, la empresa
se achicó. Ofreció pagar doce por ciento de aumento y
no tomar represalias.

Pero aquellos platos rotos ya no se componían con sa-
liva. Las muertes del 7 de enero sirvieron de pretexto pa-
ra que los anarquistas pusieran al país en un estado de
sublevación. Di Giovanni, Scarfó, Miguel Arcángel Ros-
cigna y muchos ácratas que ganarían celebridad en los
años siguientes hicieron sus primeras armas en esas tri-
fulcas. Se trataba de una conspiración internacional muy
bien montada. A tal punto era así, que en esa misma se-

mana de 1919 estallaron en Berlín las revueltas esparta-
quistas. Allá, el pleito se resolvió en pocos días con la
muerte de Rosa Luxemburgo y de su compañero Karl
Liebknecht. Al ser descabezado el movimiento, se resta-
bleció el orden. Aquí, en cambio, Yrigoyen seguía con-
fiando en la providencia.

Era un verano terrible. Buenos Aires ardía. En el pa-
tio del arsenal no corría otro viento que el de las moscas
volando. Hasta los caballos relinchaban de tensión. El 8
de enero iban a ser enterrados los caídos. Los anarquistas
convocaron entonces a una huelga general. Todos temi-
mos una catástrofe. La policía estaba mal preparada e iba
a ser fácil desbordarla. El ejército se vio forzado a inter-
venir.

Mi función en el arsenal consistía en asegurar la pro-
visión de municiones para la tropa. Tuve muchísimo tra-
bajo, porque sólo en la ciudad de Buenos Aires estaban
acuartelados entre ocho y diez regimientos. Tal como se
esperaba, los funerales degeneraron en combates calleje-
ros. Murieron más de seiscientas personas. El gobierno
convocó el 11 de enero a los jefes anarquistas, y aplacó
los ánimos.

Los obreros de la fábrica Vasena consiguieron algún
beneficio de aquella tragedia: la empresa redujo la jorna-
da de trabajo a ocho horas y aumentó los salarios en un
treinta por ciento.

Pero las heridas, cuando son profundas, no cicatrizan
de un día para otro. Hay que estar vigilándolas. Mi anti-
guo profesor Manuel Carlés fundó la Liga Patriótica Ar-
gentina, en la que se inscribieron muchos jóvenes católi-
cos y nacionalistas. Disponían de una tropa de choque
cuya misión principal era poner en vereda a los agitado-
res extranjeros. A veces usaban métodos violentos, pero
eran bien intencionados.

El censo de 1914 reveló que contábamos con 8 millo-
nes de habitantes: un tercio no había nacido en la Argen-
tina. Muchas industrias vitales estaban en manos ajenas.
En la Patagonia, los aventureros recién llegados de Euro-
pa desplumaban rápidamente a los criollos incautos. En
el norte de Santa Fe, los ingleses disponían de un imperio
casi tan extenso como su misma metrópoli. Se llamaba La
Forestal. El negocio consistía en la tala de enormes bos-
ques de quebracho colorado, del cual extraían el tanino.

117

La concesión, que llegaba desde San Cristóbal hasta las fronteras del Chaco, cubría más de dos millones de hectáreas. Adentro había siete y ocho pueblos en los que trabajaban, creo, unos diez mil hombres.

Todo lo que cabía bajo aquellos cielos era patrimonio de los ingleses: los almacenes, el agua, las selvas, los cuerpos de vigilancia y las mujeres. De las mujeres se ocupaban poco, felizmente: ellos vivían en caserones rodeados por campos de golf y jardines impecables, dando fiestas con músicos famosos que pasaban directamente del teatro Colón a esas soledades. Supe que en 1903 habían contratado a la orquesta completa de Toscanini y que en 1915 (poco antes de las tragedias que me llevaron a esos parajes) organizaron un recital de Caruso. Nuestras criollitas los indigestaban. Preferían el amor de sus insípidas rubias.

En julio de 1919, las poblaciones se sublevaron. Pedían aumento de salario y viviendas higiénicas. La Forestal organizó entonces su propio ejército de represión. Sacaron a los presos peligrosos de las cárceles, los uniformaron y les dieron armas. Empezaron las torturas y los asesinatos. Para ablandar a los huelguistas, la empresa cortó el agua y la luz. Una vez más tuvo que intervenir el ejército.

Un sábado de aquel julio, cuando las horas de guardia en el arsenal parecían más interminables que nunca, me entregaron un telegrama del capitán Descalzo. Lo mandaban a imponer orden en La Forestal y quería que yo lo acompañara. Ya lo tenía todo arreglado: mi pase a comisión y el nombramiento de mi reemplazante. El teniente Perón no podía negarse.

Descalzo me confió un destacamento de veinte soldados y me destinó al pueblo de Tartagal, donde vivían unas cuatrocientas familias. Jamás he olvidado aquellas selvas. Uno cabalgaba por la espesura y veía volar los pájaros como telarañas. Junto al sendero se abrían pantanos y unas torrecitas brillantes que parecían fogones. Eran nidos de hormigas. A lo lejos estaban los quebrachos, de quince a veinte metros, con sus ramas nudosas y atormentadas. Y sobre todo aquello volaba un polvo de color ladrillo que, al posarse sobre la naturaleza, la secaba. Era el tanino. En ese ambiente ningún hombre vive más de veinticinco años. Los ingleses hacían turnos de ocho a diez meses. Los peones criollos no tenían otro remedio que padecer ese infierno hasta la muerte. El que más ganaba recibía cien pesos mensuales, y estaba obligado a gastarlos en los almacenes de La Forestal, donde un paquete de yerba costaba dos con cincuenta.

Llegué a las vecindades de Tartagal en un tren de carga. El maquinista me señaló una brecha en la selva y me dijo que el pueblo distaba seis kilómetros. Mis hombres y yo emprendimos la caminata. No habríamos avanzado más de la mitad cuando advertí movimientos sospechosos entre los árboles. Ordené cuerpo a tierra. Empezamos a movernos en zigzag. Yo preferí quedarme de pie, inmóvil, atento al silencio. De pronto, sentí que alguien, a mis espaldas, quitaba el seguro de su winchester. Conservé la sangre fría. Descalzo me había pedido que, a toda costa, evitara una masacre. ¿Cómo hacer? Tomé la única decisión posible. Alcé los brazos y grité:

—¡Alto! ¡Alto! ¡Los que andan por ahí, descúbranse! Quedensé tranquilos. Nadie les hará nada. Soy un oficial del ejército argentino y no he venido a pelear contra ustedes. Quiero ayudarlos.

Unos peones mal entrazados, con barba de varios días, salieron del monte y se me acercaron con aprensión. Dijeron que les habían cortado el agua y que no hallaban cómo dar de comer a sus hijos. La empresa mantenía cerrado el único almacén del pueblo.

Les aconsejé que depusieran las armas y que confiaran en mí. Aquí nada se arregla por las malas, les dije. Al fin de cuentas, los ingleses de La Forestal no son ogros sino personas. Alguna sensibilidad tendrán. Dejenmé hablar con ellos.

Los llevé de regreso a Tartagal, escoltados por la tropa. Busqué al encargado del almacén, un mocito de apellido Sosa, y le ordené que despachara la mercadería. Se me quiso retobar. Sin bajarse de la cama, bostezó y empezó a limpiarse las lagañas. El almacén es de La Forestal, me dijo, y no se puede abrir sin autorización escrita de los propietarios. Tuve que levantarle la voz: ¡Obedezca mis órdenes! ¡Yo me hago responsable, en nombre del ejército argentino! El mocito quiso volverme las espaldas. Aquí no hay ejército que valga, contestó. La única autoridad en esta tierra es The Forestal Land, Timber and Railways Company.

Puede que no supiera leer ni escribir, pero hablaba inglés como un lord. Se me subió al mostaza. Desenfundé el revólver. ¡Usted abre ya mismo el almacén o no echa más el cuento! Y así me lo llevé, en calzoncillos. Serían como las ocho de la mañana. El cielo estaba rojo.

Dejé a tres soldados vigilando al mocito mientras despachaba, y con el resto de la tropa fui en busca de los ingleses. Eran dos matrimonios. Uno de los hombres tenía remendado el puente de la nariz. Malicié que había sido boxeador. Le hablé de Jorge Newbery, de González Acha y de otros grandes pegadores de la época. No los conocía. Su mundo era inglés, y vivía en aquellos quebrachales perdidos como en un arrabal de Londres. Ciertos hombres no pueden acomodarse a su tiempo. Otros no saben hacerlo con el espacio: aquel inglés era de éstos.

Lo invité a pelear unos rounds y aceptó complacido. En el fondo de la casa tenían un salón de juegos, con mesas de billar, barras para ejercicios y pesas. En seguida armamos un encordado e hicimos un ring. El inglés me prestó un par de guantes y me ayudó a vendarme las manos. Le pedí a uno de mis soldados que nos fuera marcando el tiempo con un silbato: un toque corto al anunciar el round y uno largo cuando se cumplieran los tres minutos.

Empezamos. El hombre era un profesional. Lanzaba unos jabs alevosos. Me llevó hasta una esquina y me sacudió la oreja con un zurdazo. Tropecé y me fui al suelo. Vi la cara de susto de mis soldados y aguanté como pude hasta el final del round.

En el descanso, uno de los muchachos me dijo: No se le ocurra fallarnos, mi teniente. Eso me tocó el alma. Un oficial del ejército argentino no se puede dar el lujo de perder delante de sus subordinados. Tanto menos peleando contra un civil y, para colmo, extranjero. Estaba ciego de la rabia, pero me contuve. En estos apuros, la sangre fría y la viveza son lo único que nos puede salvar. Cuando se reanudó la pelea, me mantuve a distancia del inglés, aguanté un par de piñas en los riñones y empecé a moverme como si estuviera mareado. Mi rival se confió. Vino a rematarme con la guardia abierta. Vi el claro y le encajé un tortazo en la sien. Cayó duro. Le contamos más de treinta segundos. Como no se despertaba, tuvimos que echarle agua con un balde. La inglesa que estaba casada

120

con él se puso a llorar porque le habíamos echado a perder el piso. Pero al rato, olvidamos el incidente y nos hicimos amigos.

Me invitaron a comer con ellos: una carne tierna pero mal preparada, fría. Cuando me sirvieron el postre, les dije: A ver, ¿qué dificultades tienen ustedes para mejorar la situación de los trabajadores?

Trajeron a un administrador para exponer el problema. Algunos puntos eran de fácil solución. Los peones ganaban un jornal promedio de tres pesos y pretendían cincuenta centavos más: de acuerdo. Trabajaban entre doce y quince horas diarias; pedían un máximo de setenta horas semanales: se acuerdo. Querían un pago extra los domingos: no era posible. Una semana de vacaciones: tampoco. Si se aflojaba en todos los puntos, al año siguiente vendrían con nuevas exigencias, dijo el administrador.

Uno de los ingleses insinuó que la empresa podía mostrarse más generosa si no hubiera tantos anarquistas infiltrados entre los peones. Les pregunté si tenían pruebas de lo que estaban diciendo y me mostraron unas fichas elaboradas por la policía de la provincia. Mentaron a unos tales Lotito, Ifrán, Vera, Lafuente y Giovetti.

Les ofrecí un trato. Ellos aceptaban todas las demandas de los obreros, que me parecían legítimas, y el ejército se ocupaba de los ácratas. Me abrazaron emocionados y empeñaron su palabra de honor en respetar el arreglo, por lo menos en Tartagal.

Volví caminando al almacén, donde medio pueblo estaba reunido. Me paré sobre una tarima y les conté mi conversación. Las mujeres empezaron a dar vivas. Los hombres querían llevarme en andas. Como advertí que todo el mundo estaba satisfecho, les pedí que velaran ellos mismos por su provenir y denunciaran de inmediato a los anarquistas que intentasen agitarlos. Se firmó un acuerdo entre las partes. Yo serví de testigo.

Esa noche, los peones improvisaron un baile. Acepté concurrir siempre y cuando no se bebiese alcohol. Mi tropa tenía que desandar seis kilómetros hasta la vía del ferrocarril y esperar un tren que pasaba a las siete de la mañana.

Cuando cayó la tarde me presenté con los dos matrimonios ingleses. Hasta ese momento, los representantes de *La Forestal* jamás se habían mezclado con los peones. Al principio, todos se sintieron un poco incómodos, pero yo saqué a bailar a una de las gringas y eso aflojó la tensión. Por desgracia, un buey corneta de los que nunca faltan había llevado aguardiente y lo hacía correr bajo las mesas. Uno de mis soldados bebió de más. Se achispó y le dio por cortejar a la mujer de un capataz. El marido sacó el facón, dispuesto a degollarlo. Yo distinguí el movimiento y le contuve la mano. No hay mujer que valga la cárcel de un varón decente, le dije. Ordené que metieran al soldado en el calabozo, me disculpé ante los gringos y me fui.

Algunos meses más tarde volvieron los anarquistas y se reanudaron los disturbios. La Forestal tuvo que romper el trato que yo había concertado con tanto esfuerzo. Dejó a la gente sin agua. Supe que una epidemia de viruela diezmó las poblaciones y que un obrero nervioso, en Villa Guillermina, mató a un conscripto. El 12 de Infantería tuvo que reprimir con ametralladoras. Hubo una masacre. Pero yo no estaba allí.

Fui ascendido a teniente primero y destinado, el 16 de enero de 1920, a la Escuela de Suboficiales. Recuerdo aquellos días con tanta limpidez como si se tratara del presente. Yo era feliz, pero no me daba cuenta porque la felicidad es siempre algo que hemos dejado atrás. Caminaba por Buenos Aires en un estado de absoluta exaltación. Yo había vivido tanto que creía estar de vuelta. ¡Quién me hubiera dicho que apenas estaba pisando el camino de ida!

El General abandona el claustro y baja al otro lado de la frontera. En la casa, por suerte, nunca tiene ocasión de ser él mismo. Lo que se aferra al pasamanos de la escalera, lo que se desliza por la alfombra, no es el General sino su representación. Aquel cuerpo va entrando lentamente en los gestos que ha fabricado para su personaje. Al llegar a los dormitorios del primer piso, el humo de la carne asada y la ebullición de los invitados lo detiene.

¿Y si se quitara los zapatos, encendiera el televisor y se posara al fin sobre su propio olvido? En la segunda cadena pasan un drama lacrimógeno, *Murmullos en la ciudad*, con Cary Grant: es la historia inverosímil de un tal Pretorius a quien domina su sirviente siniestro. En la primera cadena dan las aventuras de Nick

122

Carter, que tantas veces lo han entretenido. Está por ceder a la tentación. Pero no. Le quedan sólo unas pocas briznas de Madrid y quién sabe si también le queda vida. Resignado, el General camina hacia el jardín. Suspira. Y luego avanza, con la sonrisa de Perón ya puesta.

SIETE

LAS CARTAS MUESTRAN EL JUEGO

"Todos los hombres nacen con dos desatinos", sentenció don José Cresto ante los discípulos de la Escuela Científica Basilio, cuando volvió de Madrid. "Uno es el desatino de lo que somos. Otro es el destino de lo que hubiéramos podido ser. Yo acabo de perder este último a manos de mi tocayo López Rega." El auditorio del templo de la calle Tinogasta había raleado en aquel invierno de 1967. Se componía de sirvientitas granujientas, sin novio, y de viudas reumáticas que iban a conversar con el alma de los maridos. Cuando pasaba el cepillo de la limosna, don José no recibía ya sino unos míseros pesos, que no le alcanzaban ni para los cigarrillos. También él estaba viniéndose abajo. Se le habían pegado tantos años al cuerpo que caminaba encorvado, tembloroso, como un papel cazamoscas. Su lengua seguía llevándose mal con las palabras: las que no se le enredaban, le salían partidas por la mitad. Y sin embargo vivía con placidez. Dormía tranquilo. Mudar de vida le daba miedo.

Las verdaderas desgracias empezaron, como siempre pasa, con una buena noticia. Poco después del año nuevo, en 1964, su ahijada Isabelita le preguntó en una postal si no se animaría a vivir con ella en Madrid.

> *Usted está muy solo padrino, y para qué mentirle yo lo extraño. Todas las mañanas le pondero a Perón los tiempos en que usted leía las cartas sin abrir los sobres y sabía curar a la gente con unos poquitos ensalmos. Y Perón me dice que lo traiga aquí, tráelo cuando él quiera.*

125

Para tentar a Cresto, Isabelita le mandó un pasaje abierto de Buenos Aires a Madrid y un telegrama enternecedor: "Padrino ponga usted fecha. Nosotros ponemos corazón".

"Nosotros" quería decir que también el General lo convocaba. Eso terminó de seducir a don José. Del lado de acá estaba su escuela científica medio en ruinas, los desalojos en masa ordenados por el gobierno, las ollas populares, la competencia desleal de los cursillos de cristiandad. Del lado de allá lo esperaba la historia. ¿Aceptaría un hombre tan grande como Perón que se fundieran en una la doctrina de Basilio y las veinte verdades justicialistas? ¿Sería posible que las dos ideas, enlazadas en un matrimonio de inteligencia, se penetraran mutuamente y consiguieran atraer a toda la humanidad? Otra que Juan Veintitrés, Mijita Scruchó, Meao Setún y Yon Fichera Kenedy. El futuro sería de Cresto y de Perón.

Con la punta del lápiz bien salivada, don José compuso el laborioso telegrama que anunciaba, por fin, la mudanza de su destino: "Jove voy. Esperame reporeto. Josecristo".

Isabelita interpretó, sorprendiendo a su marido, que debían buscar al padrino el jueves en el aeropuerto de Barajas.

A Perón le desagradó aquel personaje desaliñado, que llevaba las uñas largas, con menguantes de luto. En el trayecto hacia Puerta de Hierro quiso, sin embargo, mostrarse cortés:

—Chabela me ha contado que usted sabe curar de palabra. Yo conozco bastante la materia, porque mi madre también lo hacía en la Patagonia, donde hay tantos desprotegidos. ¿Cómo aprendió, Cresto?

—Antes de la dientaduro bostezo. Después, ya no lo sigo más.

—La dentadura postiza parece haberle quitado el don —tradujo Isabel.

Cuando atravesaron el Paseo de la Castellana y entraron en la calle del general Sanjurjo, Perón dijo con melancolía:

—Aquí tiene a Madrid, Cresto. Le deseo la mayor suerte.

—Yo también. Y ojalá me tropiece con el ánimal de mi esposa, que me andará buscando en las Uropas.

—Ella vendrá, padrino, ella vendrá —lo alentó Isabelita, apretándole las manos.

Decepcionado por la ignorancia del visitante, el General lo depositó en la casa como si fuera un mueble y desde aquel mismo día le prestó sólo su distracción. Cresto, sin embargo, se afanaba siguiéndolo por todas partes, aunque a distancia siempre respetuosa.

A Isabelita se le alegró la vida. Con cualquier pretexto se arrojaba en brazos del padrino llamándolo papá, y solía quedarse largos ratos sentada sobre sus rodillas. Después de la cena, cuando el General ya se había ido a dormir y las luces de la casa estaban apagadas, ambos subían y bajaban por las escaleras portando grandes candelabros encendidos, en busca del alma de doña Isabel Zoila. Luego, encerrados en un dormitorio del primer piso, invocaban a los difuntos amigos y los sometían a interrogatorios que a veces duraban hasta el amanecer.

Pronto comenzaron a suceder fenómenos inexplicables en la quinta. Se oían ruidos en ninguna parte y silencios donde todos hablaban. En cierta ocasión el General abrió un aparador y de adentro brotó una tos. Otra vez, a media tarde, sintió que los peldaños de la escalera se quejaban mientras los iba pisando. Un domingo de verano, como a las diez de la noche, los ruidos les estropearon la cena. A la mesa estaban el General, José Manuel Algarbe (quien por entonces era su secretario privado), Isabelita y el padrino. Un ventarrón se deslizó como una culebra bajo el mantel y les enfrió la sopa. Otras figuras de aire empezaron a perseguirse, de un lado a otro de la casa. Algarbe, que gozaba de una sensatez a toda prueba, temió un atentado contra el General y se levantó para llamar a la Guardia Civil. Cuando alzó el teléfono, un ruido le mordió la mano y le hizo soltar una gota de sangre. Corrió entonces por el jardín y buscó al vigilante de la entrada. Entre los dos revisaron cada milímetro de la casa, desde la carbonera hasta el altillo. En vano.

Aquella noche marcó un violento cambio de humor en Isabelita. Se tornó melancólica. Pasaba horas encerrada en su dormitorio, llorando por cualquier cosa. En la mesa de luz entronizó una foto coloreada de doña Isabel Zoila, a la que todas las mañanas le cambiaba las flores. Cuando llegó el otoño, volvió a tomar la costumbre de pasearse con los candelabros encendidos, a la zaga de don José, y de invocar a los espíritus. Era inevitable que, al cabo de tantos esfuerzos, acudiera doña Isabel Zoila.

Se les presentó bajo la forma de un humito azul, advirtiéndoles que no podían interrogarla sobre el futuro, porque a los muertos no se les permite levantar esos velos. Les prometió, en cambio, abrirles de par en par el pasado. Isabelita quiso saber cómo era el paraíso. "Una sofocación", dijo la difunta. "Hay una cama estrellada donde las ánimas pasan el tiempo abrazándose y besándose." "¿Y vos qué hacés con tanto estrélago?", la interrogó don José. Pero el humito azul, estirándose, les volvió la espalda y desapareció.

Cuando el padrino buscó al General para referirle la historia, lo encontró muy turbado, con la cabeza en otra parte. "Perón no quiere que lo molestes", dijo Isabelita. "Anda con malos presentimientos."

Las visitas se sucedían entonces en la quinta y cuchicheaban en pequeños grupos, yéndose a rincones donde Cresto no podía oírlas. Pronto se supo la razón de tanto sigilo. El General había prometido que antes de finalizar 1964 regresaría a la Argentina, y como se avecinaba diciembre, estaba obligado a cumplir su palabra. En uno de los visitantes, Creso vio señales que lo hicieron maliciar. Era un hombre de mirada triste, que llevaba el pelo aplastado y sonreía de soslayo. Su nombre era Augusto Vandor. "Echelé ojo, mi General, porque a ese panqueque se lo van a dar vuelta", vislumbró don José. Isabelita tuvo que llevarlo aparte y rogarle que hablase con más prudencia.

El lunes 1º de diciembre de 1964, Perón salió rumbo al aeropuerto de Barajas, escondido en el baúl de un Mercedes Benz. A la mañana siguiente, poco antes de las diez, el avión donde viajaba llegó a Río de Janeiro. No le permitieron ir más allá. Esa misma noche, el gobierno brasileño —a instancias de la cancillería argentina— lo forzó a volar otra vez hacia Madrid.

A Cresto le pareció que, luego de aquel fracaso, había llegado la hora de que el General moviera su dama. Unos oráculos del árabe Al-Mu'tamid, que solía consultar en los momentos de confusión, le revelaron:

Somos para su mano un juego de ajedrez:
Si el caballo da jaque, la reina salva al rey.

Isabelita encontró que nada se correspondía mejor con los temores del General que aquel hermético mensaje. Confinado en su exilio español, Perón sentía que las riendas del movimiento se le escurrían de las manos. Vandor le juraba lealtad desde lejos, pero sibilinamente daba a entender, sobro todo cuando hablaba con los militares, que ya el General se había perdido entre las nubes del Olimpo. El peronismo necesitaba un conductor con los pies en la tierra: él, por supuesto.

—¿Qué recomienda usted, entonces, Cresto?

El padrino sentenció:

—Si al capitán no lo dejan diseminar la espalda, entonces tiene que diseminar el sarpullido.

Perón resolvió desenvainar cuanto antes el apellido. El 10 de mayo de 1965, Isabelita viajó al Paraguay. Llevaba una carta de su marido para el general Stroessner y la consigna de no pisar territorio argentino, fuera cuales fuesen las garantías y tentaciones que le ofrecieran. Ella se comportó con extrema discreción: descubierta por una agencia de noticias, pidió disculpas por su acento español. Alguien le preguntó en la calle si era verdad que practicaba el espiritismo. "Me indigna que digan eso", contestó, pateando el suelo. "Soy católica militante."

Cuando volvió a Madrid, un mes más tarde, Perón lagrimeó al abrazarla y le anunció que aquel viaje no sería el último:

—La próxima vez, Chabela, tendrás que ir a Buenos Aires.

A mediados de agosto llegó a la quinta la noticia de que Vandor se reunía una vez por semana con jefes militares y que tramaba con ellos un golpe de Estado. En esos encuentros había nacido una consigna de perfecta doblez, que ya estaba rodando entre los metalúrgicos: "Para salvar a Perón hay que estar contra Perón".

Había llegado, entonces, el momento. Durante un mes, el General instruyó a Isabelita en el arte de conducir, dándole cada día un par de frases para que las aprendiera de memoria. Le encareció presentarse ante todos como "el otro yo del General" y hablar en su nombre, siempre. A comienzos de octubre, cuando la sintió lista, la llevó hasta el aeropuerto y le dijo:

—Cuidáte, mija. Si te pierdo a vos, ya no me queda nadie más.

Le quedaba Cresto. Apenas estuvo a solas con el General, Cresto no quiso dejarlo a sol ni a sombra. A las ocho de la mañana, cuando el dueño de casa se guarecía en el escritorio de la planta baja para grabar las órdenes secretas a sus comandos tácticos y escribir una correspondencia que, ahora sí, exigía las palabras más sutiles de su repertorio, la silueta de Cresto se apostaba en un sillón, al otro lado de los visillos, y cada tanto cacareaba su presencia con un gargajo.

Antes de que Perón entrase en el comedor para el almuerzo, hubiera o no visitas, don José ya estaba allí, con el tenedor en un puño y el cuchillo en el otro, colgándose al cuello una servilleta salpicada de manchas. Desde que Algarbe se había marchado de Puerta de Hierro, diez meses atrás, el padrino se mostraba confianzudo y grosero. Como nadie lo desaprobaba, daba rienda suelta a su naturaleza. No le gustaba lavarse, y por donde anduviera él quedaba flotando un olor rancio, de orina fermentada.

Una noche de diciembre se sobrepasó. El General había sido invitado a comer por el periodista Emilio Romero. Ambos querían comparar los informes alarmantes que les llegaban desde Buenos Aires y necesitaban hablar a solas. Perón había preparado un par de mensajes contra Vandor y le interesaba comentarlos con el periodista:

> *Lo que estos papanatas creen es que me estoy muriendo y ya empiezan a disputarse mi ropa, pero lo que no saben es que se les va a levantar el muerto cuando menos lo piensen...*

Así terminaba uno. Y el otro empezaba:

> *Ya no tenemos por qué andar con paños tibios. Voy a ser muy claro: el enemigo personal es Vandor y su trenza. A ellos hay que darles con todo y a la cabeza, sin tregua ni cuartel. En política no se puede herir. Hay que matar.*

Pero la comida con Romero iba a ser un fracaso. A eso de las ocho y media de la noche, el General quiso desorientar a Cresto declarándose enfermo del estómago. Subió a su dormitorio. Se vistió con sigilo y caminó por el jardín en la oscuridad, hasta la entrada, donde lo esperaba una limusina. Cuando el chofer le abrió la puerta, adivinó el cuerpo menudo de José Cresto en el asiento de atrás. No le quedó más remedio que llevarlo.

El viejo devoró la comida con tanto ruido e intervino en la conversación tan indiscretamente que Romero prefirió dejar las confidencias con el General para otro momento. Cuando terminaba un plato, don José anunciaba la proeza con un eructo y se preparaba para el plato siguiente juntando gargajos en el buche y escupiéndolos en el jarrón de porcelana que estaba sobre la chimenea, a sus espaldas.

Aunque el invierno cayó como un azote la víspera de Navidad y no amenguó sus rigores hasta ya entrado febrero, Cresto no quiso privar a Perón de su compañía en las caminatas del atardecer. Salía con un palillo en la boca, y trotando a la zaga del General intentaba describirle los paisajes del más allá y educarlo en el gobierno de las pasiones. Entre la sofocación del paseo y las piruetas del palillo, casi todas aquellas enseñanzas salieron torcidas. Perón las oía con desinterés. Sentía poco aprecio por el viejo, y opinaba que era tan inteligente como un huevo de yegua.

Sucede que Cresto se manejaba con un registro diferente de la astucia. Cuando Isabelita tuvo que desplazarse a Buenos Aires, le impartió una sola recomendación: que bajo ninguna concertancia se entrevistara con la madre o los hermanos, pues le iba en ello la vida. Isabelita tuvo la mala suerte de que, a poco de llegar, su madre enfermara de cáncer y le pidiera que, por caridad, fuese a visitarla al hospital. Desesperada, llamó por teléfono al padrino, en procura de consejo. Don José le repitió: "Sabés que no se puede, bajo ninguna concertancia". Meses más tarde, cuando Isabel andaba de gira por el Chaco, le avisaron que doña María Josefa Cartas viuda de Martínez había muerto con la esperanza de que la hija fuera por lo menos al funeral. Otra vez fue no.

Entre marzo y abril de 1966, Cresto envió a dos discípulos de la calle Tinogasta una extraña carta, que parece aludir a la creación de un golem. Nadie, hasta hoy, ha sabido descifrarla:

> *Mis queridos crellentes: Ya he tenido la ocasión de infusionar Vida en Algo demasiado grande, no sé si superior a Mi. Pero es tan grande que me puede embarcar por completo y asta creser a mi rededor como la graza que anbuelve a la carne, he terminado la Hobra y en cualquier momento espero que la Hobra se buelva contra Mi. Es lógico. Aser esa tal Grundesa me u puesto devil. Pues le he dado todo lo que tenía. I eLLa no qiere asetar que Yo soy un asedor. Ya ni seatrebe ha mirarme a lacara, por tales cauzas me duelen un poco las branquias. Estoi curandome con la evitasión de la limpiesa esterna que tanto se choca con la limpiesa enterna. Bueno aDios. Lean esto en familia y después quemenló que me promete. Fdo.: JoseCristo.*

En las sordas guerras contra el vandorismo, Isabel avanzaba, mientras tanto, a punta de apellido. Soy una madre que viene a recuperar a los hijos descarriados, decía. Y cuando le aconsejaban regresar a Madrid para salvarse de un atentado, replicaba con terquedad: De aquí no me sacan sino muerta.

En marzo de 1966, Vandor trató de imponer como gobernador de Mendoza a un caudillo adicto. Perón ordenó a Isabel que viajase a Mendoza y desde allí lanzara el nombre de otro candidato. Durante casi una semana, ella recorrió la provincia en autos destartalados, besando a los niños y recibiendo cartas para el General. El hombre de Vandor perdió.

Tres meses más tarde, con su misión ya cumplida, Isabel regresó a Madrid acompañada por un guardaespaldas y mozo de mano que le había ofrecido sus humildes servicios sin aguardar retribución. Era José López Rega.

Se lo habían presentado como a un perro fiel, de absoluta confianza. Quien intercedió por él fue Bernardo Alberte, un mayor que había sido edecán de Perón. Muchas veces Alberte había recurrido a López Rega para que le imprimiera en el taller de la calle Salguero revistas clandestinas y panfletos de la resistencia. Y cuando pedía un descuento o demoraba un pago, López lo palmeaba, disimulando su preocupación: "Ya vendrá el día de la recompensa, mayor Alberte, ya vendrá. Que todo sea por la causa".

La ocasión se presentó a fines de febrero, en 1966. A instancias del General, Alberte organizó el cuerpo de seguridad que debía viajar con Isabelita a las provincias de Cuyo. Recordando que López había sido cabo de la policía, lo incluyó en la lista. Para que la señora lo aprobase, convinieron en que Alberte lo presentaría durante una reunión secreta, en su propia casa.

Sucedió a las siete de la tarde. López había exhumado el traje azul que vestía en los casamientos del barrio. En la solapa llevaba una escarapela. Cuando entró la señora, cargada de paquetes y protestando de fatiga, López se inclinó ante ella, mirándola fijamente a los ojos:

—Soy un enviado de Nuestro Señor —le dijo.

Nada más oyeron los testigos. Transfigurada, Isabelita pidió hablar a solas con aquel hombre y emergió media hora más tarde del escritorio de Alberte con una sonrisa diáfana, descansada, como si estuviera despertando de muchos años de sueño. Desde aquel momento, no permitió que nadie apartara de su compañía al milagroso enviado. Y en vez de Lopecito, empezó a llamarlo Daniel.

Cuando se acercó el momento de volver a Madrid, López pidió permiso a la señora para escribir al General: era preciso advertirle quién era él y a qué iba.

—No hace falta —dijo Isabelita—. Yo ya lo he ponderado a usted lo suficiente.

—Hace falta. Como en todas las anunciaciones, necesitamos un ángel. Aviselé al General que Norma Beatriz, mi hija, se le presentará este domingo con una carta.

A Perón le sorprendió sobremanera el larguísimo mensaje que portaba una muchachita tímida, de faldas cortas, cuyas facciones se esfumaban bajo un casquete de pelo negro y duro, erizado por la laca. Su atención se fue posando sobre unos pocos párrafos de la carta:

Soy de una LOGIA que lucha por el advenimiento del TERCER MUNDO, exhaustivamente. El TERCER MUNDO se consolidará mediante tres vértices magnéticos: en ASIA

(Pekín), en AFRICA   *(o en su defecto Libia), y la L inclinada en* AMERICA LATINA. *La obra de* ANAEL, *logia que Ud.
reconoció al saludar con dicho nombre a nuestro precursor el llamado* MAGO DE ATLANTA, *hace ya 15 años, se com-
pletará cuando entre a funcionar   la* TRIPLE A, *que se
obtiene tirando una línea recta desde Lima hasta* BUENOS
AIRES *y desde allí otra hasta San Pablo   Fui uno de los
primeros   UNIDADES BASICAS   ocupé a su lado, mi General, un humilde cargo de confianza   custodia presidencial. ¡Ya ve Ud. cómo el* SEÑOR *mantenía "capitales
reales" cerca suyo! Durante toda mi vida he estudiado el
alma de los seres humanos   por sobre todo las altas jerarquías ocultas.   LA LOGIA se compone de gente hones-
ta   Pero se vigila todo   Me estoy ocupando personalmente de la seguridad de su señora esposa   probada
eficacia y desinterés. Estoy empeñado en movimientar
cuando las cosas políticas de la* SEÑORA *se encuentren en-
caminadas más organizativamente   el objetivo de* ISA-
BEL PERON *que al parecer lo han olvidado los dirigentes
peronistas, en su afán por colocarse en posiciones que
aún no han madurado suficientemente para ellos   saludo a Ud. respetuosamente.*

Cuando Cresto abrazó a Isabelita en el aeropuerto de Barajas
y le pasó tiernamente la mano por el pelo, llamándola una y otra
vez "hija querida", advirtió en ella cierta lejanía que no terminaba
por resolverse en rechazo. Intuyó que su tutela había perdido peso
por influencia del hombre macizo y de tenebrosa mirada celeste
que viajaba con ella. A don José le admiró que su ahijada, de naturaleza tan retraída, disfrutara dando órdenes y aceptase adulaciones tan incansables: ¿Permite que le lleve el bolso de mano,
señora? ¿Le voy sacando a los periodistas de encima, señora?
Cresto advirtió de inmediato que la destreza de su rival lo superaba. Tenía que obligarlo a retirarse cuanto antes.

Antes de alejarse con el General, Isabelita pidió a su padrino
que buscara una pensión limpia y barata para López Rega, que lo
esperase mientras se aseaba y lo llevara a la quinta, para que con-
versase con Perón. Ocúpese de que me manden a mí la cuenta de
los gastos, le dijo. A este hombre le debemos muchos favores y
de algún modo hay que comenzar a pagárselos.

Cresto recordó una pensión maloliente de la calle de la Salud,
donde no permitían entrar a los huéspedes sino hasta las diez de
la noche. Se la ponderó a López en el taxi: Los dueños son insu-

ciales con el taláfono y ponen sábanas limpias todos los días, con mucha putrificación. De paso, lo sondeó:

—¿Piensa traer a la familia?

—He dejado trabajo y familia por servir a la causa. Y lo haré con toda devoción.

Don José comprendió que no le sería fácil lidiar con él. Llegaron a la conserjería del hospedaje luego de subir los tres pisos de una escalera lóbrega. Cresto inspeccionó con placer el cuarto, donde las tiras del empapelado caían vencidas por la humedad. De las colchas manaba el olor de muchos toscanos apagados. Allí, despidiéndose, el padrino mintió que Perón había prohijado las visitas durante una semana, para poder quedarse a solas con Isabel. Luego, como es verano —dijo—, se irán de vacanción a la sierra de Guamarrama. Volverán en setiembre.

—Entonces voy a llamar a la señora para disculparme —se contrarió López.

—Hagaló si quiere, pero al General le van a caer muy mal la importinencia. ¿No ve que lleva nueve meses sin verse con la hijada?

Cuando volvió a la quinta, Cresto hizo retirar el cuarto plato del comedor.

—Este sojeto es tan raro —le explicó a Isabel— que desde el mismo reporeto llamó a unos primos. Después me pidió que lo taxiara hasta la traición de Atocha. Y ahí lo dejé. Que cuando vuelva te avisa, hija querida. Así me ha dicho.

A Isabelita la desconcertó ese desvío del comportamiento: López (más bien Daniel) le había confiado en el avión que los únicos parientes en el mundo eran la esposa y la hija, a las cuales abandonaba por amor a la causa peronista.

—Yo no sé nada —se encogió de hombros don José—. Repito lo que me ha visto.

De todas maneras, quedó intranquilo. Cuando sonaba el teléfono atendía con extrema diligencia, ahuyentando a las voces que desconocía con interrogatorios casi policiales. Los malos presentimientos no lo dejaban dormir. Para colmo, su ahijada lo reprendía de continuo porque no se bañaba, y cuando él intentaba justificarse invocando el malestar de los bronquios, ella disponía que la servidumbre lo metiera en una tina de agua tibia y quemara hojas de eucaliptus a su alrededor, para limpiar el aire. "Si el padrino se niega, báñenlo vestido", mandaba. Y durante muchos días lo mantuvo a distancia, almorzando y cenando a solas con el General en los dormitorios.

El 24 de julio, dos semanas después de la llegada, don José tropezó al fin con la voz que tanto temía.

—Quiero saber la dirección del General en la sierra de Guadarrama —dijo López imperiosamente.

Sin sobresaltarse, el viejo improvisó:

—¿Cómo? Eso es discreto de estado.

—¿Secreto de estado? —lo corrigió el tocayo.

—Si me ha entendido no me lo enmierde —colgó el teléfono don José, en castellano perfecto.

Desde la noche misma de la llegada, López no había sabido qué hacer con su ansiedad. Cuando trataba de apartarla, paseándola por las recovas de la Plaza Mayor o distrayéndola en las tascas de la calle Echegaray, la ansiedad se le cruzaba en la garganta como un hueso de pollo y le cortaba la respiración. Nunca había conocido la incertidumbre, y ahora estaba caminado sobre ella. Recordó a los Gobbi con frecuencia. Ellos le habían referido que don José mantenía siempre vivo en Isabel el sentimiento de culpa, y que así la seducía. Culpa por no haber terminado nada, por no ser nadie: ni profesora de piano ni de danza, a medias argentina y a medias española, emisaria política un día y ama de casa el siguiente. Jamás podría ser una persona completa sin el auxilio de Cresto. Por ahora sólo era la esposa de. Isabelita de alguien. El antídoto usado por López Rega para infundir a la señora seguridad en sí misma se había mostrado eficaz. Usted puede, Isabel. Yo haré que usted se valga por sí sola. Que se prepare para el momento en que Perón no esté. Poco a poco: usted puede. Y así, los espíritus de López habían ido desplazando a los espíritus de Cresto. Pero el antídoto contra el viejo, ¿cuál era?

Una mañana, sentado en los jardines de Sabatini, resolvió desechar la magia y recurrir a la lógica. Hizo un llamado de larga distancia al mayor Bernardo Alberte. Le describió su situación y le pidió ayuda. Tres días más tarde, la propia Isabelita lo fue a buscar a la pensión.

Desde el momento mismo en que conoció al General, López recuperó el tiempo perdido. ¿Cuántas cintas apoyando la huelga de los portuarios quiere que mandemos al comando táctico? Mañana se las tengo listas. ¿Se le ha retrasado la correspondencia? Instrúyame sobre lo que necesita decir, para ir adelantándole los borradores. ¿La señora va de compras? La acompaño. ¿Hace dos semanas que no recibe *La Razón* ni *Clarín?* Paso por Aerolíneas y averiguo qué ocurre. Se mostraba infatigable. Conocía de memoria los libros del General y a veces lo sorprendía recitando frases que aún no estaban escritas pero que ya vendrían. Vendrán, porque usted las ha pensado muchas veces.

135

Se instalaba en la quinta antes de la siete de la mañana y no se marchaba sino después de asegurarse que nada quedaba por hacer. Se afanaba en ser discreto y silencioso. No cobraba un centavo por las diligencias. Era el reverso de Cresto. Las dificultades parecían ir esfumándose a medida que avanzaba.

En octubre de 1966 instaló en la Gran Vía una oficina de importación y exportación. Asociado con una agencia de empleos que operaba en Bonn y Colonia, despachaba sirvientes y albañiles hacia las dos ciudades y recibía durante un año el tres por ciento de los salarios. No se esforzaba por reclutar a más de ochenta campesinos, pero aun así logró ir reuniendo una pequeña fortuna. Como estaba convencido de que a la suerte sólo se la retenía pagándole sus diezmos, apartaba siempre algún dinero para imprimir tarjetas postales con la efigie de Perón e Isabelita, que luego distribuía por el mundo entero.

A principios de noviembre, López Rega comenzó a respirar ya con sus plenos pulmones de barítono. Abandonó la destartalada pensión de la calle de la Salud y se mudó a un departamento del barrio de Salamanca, donde educaba secretamente a Isabelita en prácticas de transfusión espiritual.

No todo le salía bien, sin embargo. A veces, luego de una sesión feliz, cuando la discípula se aprestaba a marcharse, adiestrada ya en la estrategia de los perfumes y en los albedríos de los colores, López —Daniel, entonces— espiaba la calle a través de los visillos para asegurar la discreción de la visita, y solía tropezarse con la desmañada silueta de José Cresto en el cafetín de la esquina, con el rabo del ojo clavado en la puerta de su casa. Sin alzar la vista, Cresto lo saludaba con una inclinación de cabeza o un movimiento de manos, como si estuviese allí sólo para hacerse notar.

Una tarde, en el jardín de la quinta, Isabelita decidió salvarse de aquella inquietud:

—Usted lo adivina todo, padrino. Habrá visto entonces que mis estudios con Daniel son de los más castos. A nadie ofenden.

—Caspos serán, hijita, pero no puros —meneó el viejo la cabeza—. Si ese hombre no te busca por la carne, será que te busca por lambición.

Y de todos modos persistió en su vigilancia.

Noviembre fue un mes en que Madrid anduvo con el humor a trasmano. Hizo calor hasta por las noches. A López le ardieron tanto los sentidos que para darles reposo escribió pensamientos debajo de los cuales anotaba las correspondencias musicales.

Y compuso una desenfrenada sucesión de cartas anunciando que ya se acercaban los volcanes del juicio final, los oleajes del diluvio, hemos llegado al exacto punto medio de la eternidad donde el Tiempo a la vez se recuerda y se olvida. La mayoría de las veces eran cartas para los compañeros de la imprenta Rosa de Libres. Pero con frecuencia se dirigía también a los grandes maestros de las Ordenes Quimbandas, en París y Porto Alegre, pidiéndoles que se aprestasen a ser testigos de sus videncias.

(Suelo asustarme de lo que siento en mí, oigo este viento que acaba de pasar por mí y le silbo: Ya no soportarás esta grandeza, viento. Prepárate. No la soportarás. A veces me quedo en el cuarto y sangro, para aliviarme. ¿Esto es la vida? ¿Vida es la sangre que sudo en la planta de los pies? Villone, Arcángelo, Prieto, Piramidami, Cacho, Nilda, óiganme. Soy una realidad por fuera pero por adentro de mí hay otra que no puedo mostrarles todavía: un trébol donde se cruzan las realidades de todos ustedes. ¿Creerán que me han revirado las alturas donde me poso? No: soy un soplo. Me dictan al oído: que soy el Bien. Y en cuanto al Mal, me ordenan: tú, Daniel, extermínalo. No lo dejes pasar.) El 16 de noviembre de 1966, hacia la medianoche, escribió a los amigos de la imprenta:

He logrado que el General sea devuelto a la vida. Está fuerte como un muchacho. Joven. En varias oportunidades lo toqué profundo y sentí temblar el edificio.

Mi tarea de hormiga comienza, lenta, definitiva.

He tardado en preparar al General. Esta semana sentí, por fin, que podía hablarle claramente. Entre otras cosas le dije que mi viaje no fue para acompañar a ISABEL ni para descansar en su mansión. Que he venido hasta aquí en busca de una definición final sobre GOBIERNO DEL MUNDO y no me iré sin ella. El General me pidió tiempo de vida para terminar de institucionalizar su movimiento y luego retirarse como patriarca y filósofo de América.

Lo he dejado con la boca abierta. De inmediato advirtió que ya nada está oculto a los ojos del SEÑOR. Que todo puede ser alcanzado. Pero no quise atemorizarlo y allí me quedé. No fui más lejos.

Comprenderán entonces lo mucho que me cuesta seguir siendo Lopecito en vez de DANIEL. Cuánto padece mi

137

paciencia por no exterminar de una vez por todas a figu-
ras sin valor. ¿Jorge Antonio? Morirá. ¿Onganía? Caerá
pronto y ya caído no valdrá un comino. Cooke y Américo
Barrios han muerto y sólo les falta saberlo. Vandor tiene
firmada la sentencia. El dedo del SEÑOR ha trazado una
cruz de sangre en la frente de Pedro Eugenio Aramburu,
el tirano que derrocó al General.

Debo rescatar a ISABELITA y ponerla completamente
de nuestro lado. Me desvelo tratando de averiguar cuál es
el mejor camino para poner en evidencia que Quien la ha
rescatado fui YO. Aún no sé si traspasarle la fuerza de la
MUERTA ERRANTE o si dejarla inmaculada en la pureza de
su espíritu. Ya el SEÑOR sabrá guiarme hacia lo mejor.

Quien perturba mi tarea es José Cresto, a quien ella
presenta como Padrino. Deben ayudarme a espantarlo de
acá. Encarguen a Valori, antes de que se vaya, que de-
nuncie a Cresto como infiltrado de la sinarquía. Hay que
buscar el modo de identificarlo con Vandor o con algún
enemigo más temible. Nunca les he pedido nada Pero
ahora les ha tocado el turno de actuar.

Que los ilumine y acompañe el SEÑOR.

Aun antes de que llegasen las primeras cartas de ayuda, López
Rega logró comprometer a Isabel en su guerra contra don José.
La noche de año nuevo, poco después de los brindis, juró solemnemente que le ofrendaría una potestad con la que ni aun Evita
pudo soñar, haré de usted la Reina Máxima, la Hija de Dios Salvadora del Mundo. Ella bajó los ojos y se sonrojó.

—Nuestro Señor me dé fuerzas para merecerlo.

Con frecuencia, las visitas se quedaban a comer. Al disponer
los cubiertos, Isabelita se preocupaba de que no hubiese jamás un
lugar vacante para el padrino. Y la única vez que el viejo intentó
colarse, la propia ahijada lo disuadió advirtiéndole que ya le habían llevado a su cuarto una bandeja con pollo.

Tanto se esforzó don José por congraciarse con Isabel que
los bronquios se le mejoraron milagrosamente. Dos veces por
semana tomaba un baño de asiento y luego bajaba perfumado
al vestíbulo, en piyama y chancletas, para que a nadie le pasara
inadvertida la proeza de su higiene. Pero el corazón le decía
que no había nada que hacer. Hasta el General le hablaba con
destemplanza, lo que resultaba insólito en alguien tan pródigo
en la cortesía.

Una mañana, poco antes del almuerzo, don José salió a tomar

sol en el parque del fondo. El calor bajaba con torpeza, como si lo hubieran envuelto en velos. Se oía, lejana, la voz del General dictando unas cartas. Las cocineras tarareaban a ratos un aire de zarzuela. De pronto, sintió una puntada en las piernas. Fue a sentarse entre las raíces del fresno y olió un vaho de humedad que le recordó a Buenos Aires. Se dio cuenta por primera vez que estaba solo, a muchas leguas de distancia, y que ninguna ternura lo abrigaba. Las perras caniches, que se distraían bajo los palomares, corrieron a lamerle la mano. Don José las acercó a su pecho para sentir algún calor y les acarició los remolinos del copete.

—¡Suéltelas, viejo inútil! —Con voz ronca, desgarrada, el General salvó de un tranco las escaleras del porche y se plantó ante Cresto—: ¡Viejo inútil! ¡Deje a la perra en paz!

—Quería... —no acertaba el padrino a disculparse. Oyó al General jadear de ira, vio sus ojos inyectados en sangre. Tuvo miedo. Habló, sin querer, con acento campero—: ¿No ha visto cómo ellas me lambían?

Perón se puso pálido. No miró a parte alguna. Asmático, alzado por el peso de una lengua muerta que resucitaba en él después de muchos años, exclamó:

—¡Fuera! ¡Deje a mi madre en paz!

¿Mi madre?, se puso a pensar Cresto. ¿Qué tenía que ver la madre con todo aquello? No tardó en saberlo. El hombre a quien más había odiado Perón en la vida se llamaba Marcelino Canosa. Era un paisano con el que doña Juana había empezado a convivir a los pocos meses de enviudar, cuando aún estaba de luto riguroso. Tenía la misma edad de Perón, y cuando hablaba de él, doña Juana decía "el hijo". Pero Juan Domingo no sufría por eso. Sufría porque una madre así no podía ser presentada en los casinos de oficiales.

Apenas López supo que aquel recuerdo atormentaba al General, consiguió unas fotos en las que Canosa, ya viejo, posaba junto a un gran retrato de doña Juana, y las hizo retocar con tal arte que la sonrisa ladeada del padrastro, la cara zorruna y los ojos encapotados coincidieron punto por punto con los rasgos de Cresto. Una vez que tuvo en las manos aquella arma letal, López Rega esperó el momento propicio para dejarla caer sobre las rodillas de Perón, dándole a entender (como quien siente horror de su propia sospecha) que don José había tomado posesión del espíritu de Canosa para sacarlo a la luz en cualquier momento.

Cresto cayó en la cuenta del ardid en Buenos Aires. Estaba prendiendo unas velas ante el altar de un difunto y de repente sintió la revelación. Pasó la tarde golpeándose la frente: ¿Tan zonzo fui? ¿Y a mí tan luego me hizo caer ese matemágico en una trampa tan sencilla? Ahora entiendo todo. Desde aquel día, Perón ya no me vio más a mí. Vio a Canosa. Y le pidió a Isabel que me sacara cuanto antes de la casa.

Lo sacaron con un engaño: signo de que aún le temían. Aunque había nacido un 7 de abril, Cresto se empeñaba en festejar su cumpleaños el 3 de febrero, al mismo tiempo que Isabel. La víspera le compró en los alrededores de la Plaza Mayor una muñeca de paño con vestido de bailaora flamenca a la que impuso un amuleto relleno con micas de Jujuy, como los que fabricaba la madrina difunta. Esa noche, después de envolver el regalo con papel celofán, bajó ufano al comedor. Isabelita, oculta entre las cortinas, se le acercó por detrás y le tapó los ojos, con una zalamería que ya don José había olvidado.

—¿Quién soy?

—¡Hija querida! —se desprendió el viejo, volviéndose para darle un abrazo.

Isabelita no se lo permitió.

—Mañana es nuestro día, padrino, ¿se acordaba? Quiero que baje a desayunar conmigo y con Daniel. A las ocho, ¿qué le parece? Ya le tengo preparada su sorpresita.

—¡Yo también te la tengo, hija querida! ¡Yo también!

Don José Cresto se durmió canturreando. A las cinco de la mañana tomó un baño con agua de eucaliptus y se perfumó de pies a cabeza. Por la ventana, vio entretenerse a los pájaros en los charcos de agua fría y sintió una emoción desconocida cuando empezó a levantarse el sol, más amarillo que nunca, sobre el cuello de las mesetas.

Durante el desayuno compitió con su tocayo en el arte de profetizar. López anunció, ceñudo, que había entrevisto a Isabel levitando sobre las muchedumbres de la Plaza de Mayo, envuelta en una capa de luto y con la banda presidencial en el lecho. A Cresto, la visión le pareció incompleta.

—Para subir, la hijada tendrá que serlo sobre la dáver de Evita.

—Ay padrino, sabrá Dios dónde han metido los militares a la pobre Evita —dijo Isabel, sirviéndose otra taza de café.

—Donde la han metido ahora no sé. Pero sí sé dónde te la van a meter. Aquí mismo, hijita: en la cima de esta casa.

Cresto engulló la enorme miga de pan que había sopado en el café con leche y cuando sintió que se desplomaba en el estómago la saludó con un eructo. Se desató entonces la servilleta, se calzó un palillo entre los dientes y amagó levantarse. Isabelita lo contuvo:

—Todavía no, padrino. Mire debajo del mantel. Ahí está su regalo de cumpleaños.

Era un pasaje de Aerolíneas Argentinas para Buenos Aires en el vuelo que salía esa misma noche.

—Necesita un bañito de patria, don José —le sonrió López Rega—. En la Basilio se quejan de que usted los tiene abandonados.

Aunque maliciaba una zancadilla, el viejo no descubría de dónde podría venir:

—Gracias, hijita, gracias —balbuceó, tanteando el sobre de la agencia de viajes, sin abrirlo. Puso los cinco sentidos en la yema de los dedos y por fin adivinó—: Lo malo es que a este pasaje me le han dado la ida solamente. ¿Cómo haigo para volver?

López lo tranquilizó:

—¿Y para qué estoy yo aquí, don José? ¿No soy el que me ocupo de las cosas? Antes de dos semanas le llegará el sobre, no se impaciente. ¡Y quién le dice: a lo mejor la señora va en persona a buscarlo!

Pero el humor de Isabel ya se había transfigurado. No agradeció siquiera la muñeca de paño ni el amuleto de ensalmo, y acercó apenas la mejilla para la despedida, sin corresponder al sonoro beso y al lagrimeo del viajero. Y ante la puerta de embarque, mientras aguantaba el último abrazo, hizo un comentario que invadió de malos presagios el vuelo de don José:

—¿Cómo es posible que la muerte de la madrina haya cambiado tantas cosas? Cuando vivíamos en Buenos Aires éramos otras personas, usted más espíritu y yo más carne. Y poco a poco la vida nos fue poniendo al revés.

Desde la partida de Cresto, la atmósfera de la quinta se distendió, como si la hubiese aliviado un estornudo. El General rejuveneció tanto que volvió a tomar café en la confitería California y a caminar por la Gran Vía sacando pecho. A veces, de pura felicidad, se daba vuelta para mirar las piernas —y los pies, sobre todo los dedos de los pies— de las españolitas. A Isabel la invadió el afán de comprarse vestidos, y cuando llegó la primavera viajó dos veces a París, con Daniel a la zaga. También los humos de López Rega se decidieron a subir. Escribió cartas a Lyndon Johnson y a Leonid Breznev proponiéndoles una Conferencia de Armonía Cósmica presidida por el general Perón e inspirada en su famoso discurso sobre la Comunidad Organizada. Ni siquiera le acusaron recibo.

Pero al menos Arcángelo Gobbi le contestó. Escribía en letras

141

de molde, separadas, con las aes y oes a medio terminar, como si una polilla les hubiese comido las barrigas. Pero en pocas líneas había tan fulgurantes revelaciones que sólo el Señor en persona podía haberlas dictado:

Debo confesarle que durante algún tiempo quedé resentido con usted porque se fue, querido Daniel, sin una sola palabra de advertencia. Pero ahora entiendo el secreto. Y estoy impresionado por las alturas a las que ha llegado.

Conforme a sus deseos, Villone le pidió a Valori que empezase la campaña contra José Cresto. Valori, que ya estaba con un pie en el avión, prometió escribir al General desde Roma presentándole pruebas contra Cresto. Y si es preciso, se moverá en la Santa Sede para pedir que lo excomulguen.

Una duda me ha quedado en el ánimo, Daniel. Creo haberle contado que cuando mi papá y yo estábamos recién llegados a Buenos Aires comenzamos a frecuentar un templo de la Escuela Científica Basilio, en la calle Tinogasta. El director espiritual se llamaba José Cresto. ¿Será el mismo? Allí solía ir una chica muy bondadosa, Isabelita Martínez...

Habían pasado tantas cosas en tan pocos años que a López Rega le sorprendió no sentir ya el recuerdo de Arcángelo Gobbi dentro de la cabeza. ¿No era tal vez aquel muchacho lleno de granos que caminaba agachado: el que soñaba con la Virgen? Claro que sí, era Arcángelo: aún se lo representaba, sufriendo por la agonía de la estrella Betelgeuse.

Tiempo atrás, López Rega había descubierto que la voluntad de poder se funda no tanto en lo que se hace sino en lo que se está dispuesto a hacer. Que todo poder reside en el conocimiento (iba a decir en el resentimiento) de los puntos débiles: en el sexo del otro, en la sien del otro, en el pasado del otro. Ahora que la providencia le había mostrado un camino de penetración tan infalible en el pasado de Isabel, ¿cómo no recorrerlo?

Aquella misma tarde, invocando los altísimos espíritus que nos unen y la noble causa que nos desvela, Arcángelo,

yo te intimo a que refieras en detalle todo lo que hayas conocido de la SEÑORA. Que nada ocultes, por insignificante que parezca. Descríbeme los cambios de olor que

142

fuiste notando en sus defecaciones, la duración de los menstruos, las enseñanzas que le impartía doña Isabel Zoila, los colores y perfumes que prefería, el tipo de vestidos que le gustaba usar, lo que opinaban de ELLA en el vecindario. Todo. Si tenés algún documento, carta o agenda donde se la mencione directa o indirectamente, mandameló de inmediato. Averiguá con quién estaba de novia y qué le gustaba comprar en al almacén. De qué hablaba con el panadero. Insisto: referíme todo. Cuanto mejor lo hagas, con más bendiciones y gracias te recompensará el SEÑOR.

Las nuevas que Arcángelo le hizo llegar superaron de lejos las esperanzas de López Rega. Pudo al fin reconstruir el itinerario de Isabelita desde Montevideo hasta Medellín e imaginar cuál había sido su destino entre Cartagena de Indias y Panamá, cuando estuvo bajo la protección de Joe Herald, el empresario a quien ella y Perón querían desrecordar completamente.

Para estimularlo en el ejercicio de la lealtad, López confiaba al Arca misiones cada vez más secretas y temerarias. Lo mandó a oficiar de correo entre los sindicatos y el arzobispo de La Plata, a infiltrarse en las células del Ejército Nacional Revolucionario (que por entonces tramaba un atentado contra Vandor), y a convencer a los místicos del Ultimo de Tramo de que Perón no era el mesías.

Avanzado el invierno de 1972 decidió que Arcángelo ya estaba maduro para sumarse a la Orden de los Elegidos. ¿De qué podía servirles ese muchacho?, le preguntó el comisario David Almirón una mañana, en Madrid. ¿Era un tirador de elite? ¿Sabía desarmar un caño? No pertenece a esa clase, respondió López Rega. Es nervioso, le sudan las manos, se le blanquean los ojos delante de una mujer. Pero no tiene piedad. Servirá. Hombres de manos diestras hay en cualquier parte. Necesitamos hombres sin piedad. Y aquella misma tarde, caminando bajo los arcos del Palacio Real, reflexionó: Lo quiero cruel, pero sin pensamiento. ¿Ha entendido, Almirón? Lo quiero incondicional. Y ya sé quién puede domesticarlo. Coba. Lito Coba es el hombre.

Apenas volvió a la soledad de su dormitorio, en los altos de la quinta, López Rega escribió:

Arcángelo: Tenés que ir preparando los recursos de tu cuerpo. El General regresará por primera vez a la patria a mediados de noviembre y deberemos defender su misión de paz con nuestras vidas. La zurda quiere comprometer-

143

*lo en su proyecto judeo-marxista y acabar después con
ISABEL, único escollo que tiene para terminar también con
la familia cristiana en la Argentina. Si bien ya les hemos
tomado a todos ésos las medidas del traje de madera, debemos dormir con el ojo abierto.*

*El viernes 6 de octubre pasará Lito Coba por la im-
prenta. Debés pedir cuarenta y cinco días de vacaciones.
Lito te dirá qué se espera de vos. Obedecélo y confiá en él
como si fuera en MI.*

Arcángelo debió pasar por ataques desesperados de celos y
por depresiones sin alivio antes de admitir que si Lito lo superaba
en las jerarquías de Daniel era porque se había preparado mejor.
Tenía las facciones angulosas, un abundante pelo castaño y una
expresión vacía pero alerta. Disponía de una filigrana de amistades importantes a las que había llevado en peregrinación hasta
Puerta de Hierro: banqueros, hacendados, gerentes de corporaciones financieras y presidentes vicarios de empresas internaciona-
les. El General los recibía siempre con la misma frase: "¿Qué
motivo pueden tener ustedes para estar en contra de mí si nunca
les fue mejor que con mi gobierno? Los pobres fueron entonces
menos pobres, y los ricos más ricos".

No eran esas relaciones de Lito lo que más impresionaba a
Daniel, sino sus conocimientos malabares de la ciencia alquími-
ca, la exactitud con que repetía las claves numéricas de Notarikon
e interpretaba las profecías de Nostradamus.

Y a la vez, Coba sabía gobernar el cuerpo con la gracia de un
atleta. En las olimpíadas de los liceos había descollado saltando
con garrocha y nadando espalda. Pero le flaqueaba la vista y sus
marcas de tiro eran una calamidad. Daniel le había enseñado la
ciencia de apuntar con el oído. Durante meses, Lito disparaba
con los ojos vendados contra blancos móviles, fracasando y reco-
menzando. Hasta que aprendió a sentir el movimiento de lo que
no se veía: a distinguir el rasguido de las orugas sobre la corteza
de los árboles. Poco antes de que Arcángelo se incorporara a la
Orden de los Elegidos, hizo una demostración definitiva de su
aprendizaje en el campito de Cañuelas que les servía de refugio.
Se apostó en una casilla oscura, con una Beretta. A cincuenta
metros de distancia, el comisario Almirón soltó una paloma y
gritó: "¡Ya!". Lito abrió de una patada la puerta de la casilla, oyó
el flechazo de la paloma en el aire y con un solo disparo le voló
el pico.

Desde el momento mismo en que Coba lo introdujo en el

campito, Arcángelo no tuvo dudas de que debería someterse a las mismas terquedades de la disciplina. Y sin quejas.

La casona de Cañuelas donde iba a vivir se distinguía desde lejos, al final de una alameda. Era rosada, con techo de tejas y galerías de convento. A la entrada había un patio de baldosas.

—Esperáme aquí, sin moverte —le ordenó Lito.

Se quedó media hora. No corría brisa y el cielo tenía el color del sol. Media docena de hombretones con anteojos oscuros salió de pronto de las honduras de una barranca y enfiló lentamente hacia el Arca. Todos le palparon los músculos babosos. Uno de ellos le auscultó el corazón.

—Desnudáte —le mandaron.

Arcángelo, sin preguntar, obedeció. Un fogonazo de dolor le atropelló los huevos. Cayó de rodillas. Le patearon la boca del estómago, le dieron un golpe de tabla en la nuca, lo sumergieron en una tina de mierda hasta que se le apagó la respiración. Despertó en lo más profundo de un pozo ciego. El aire que se filtraba era enclenque y podrido. No tenía espacio para sentarse, ni siquiera en cuclillas. Lo quemaba una sed que nada podía calmar.

Horas, siglos después, cuando lo rescataron del pozo, aún le aguardaba lo peor. Le enseñaron a trepar por murallas verticales y sin fisuras; lo hicieron trabajar con argollas y barras, en lo alto de un trapecio. Cada vez que sentía los músculos desgarrándose, le cambiaban el dolor de lugar con una picana eléctrica: en las encías, en las ingles, en las tetillas. Querían que fuese reconociendo en su propio cuerpo el lenguaje que más tarde oiría en el cuerpo de las víctimas. A la siesta, practicaba con Itakas y carabinas Beretta en el polígono, despedazando muñecos de estopa y pájaros de juguetería.

El 15 de noviembre Lito les refirió que ya Perón estaba en Roma y que al día siguiente volaría hacia Buenos Aires en un avión de Alitalia. Puede que esta misma noche comience una guerra santa, muchachos. La dictadura de Lanusse no se atrevería a matar al General aquí, en su propia tierra. Daniel nos lo ha advertido. Daniel piensa que atentarán contra Perón en Roma, antes del viaje. Somos los Elegidos, la vanguardia, la tropa celeste. Sólo uno de nosotros no ha pasado todavía por el ritual de iniciación.

—¿Arcángelo? —llamó. Voz de témpano, suave—. Tenés que desnudarte.

Con sus ojos de laguna vacía, el Arca se fue quitando las zapatillas, la chomba, los blue-jeans. Quedó en medias. Lito le acarició las bolas con grasa de carro y fue subiendo luego, poco a poco, hacia el hueco del culo. Abrí las piernas, despacito, Arca.

Una fusilería de cal viva hizo estragos en las entrañas de Arcángelo, le aniquiló de un golpe todos los recuerdos y le abrió llagas, criaderos de moluscos, avisperos, desagües. Sintió un envión más, y otro. Oyó bramar a Lito, entre jadeos.

—¿Ahora sabés cómo la tiene un macho, hijo de puta? ¿Ahora sabés por fin lo que es un macho?

Y por un instante imaginó que estaban educándolo en el odio al General. Casi en seguida vislumbró que no: que allí estaba Daniel, hablándole de heroísmo y martirio.

Cuando Lito le dijo, por fin:

—Ahora, vestíte.

Sintió el ramalazo de la humillación. Miró la cara de los verdugos, una por una, y arrojó sobre los ojos de Lito un escupitajo de hiel y sangre.

—¡Viva Perón! —gritó uno de los Elegidos.

—¡Viva Perón! —repitió Arcángelo, con las fuerzas que le quedaban.

Perón llegó a Buenos Aires el 17 de noviembre de 1972 y regresó a Madrid casi un mes más tarde, luego de pasar por Asunción y por Lima. Ahora, mientras amanecía el 20 de junio, Arcángelo esperaba que se quedara para siempre.

Despertó bajo el enorme retrato de Isabel. Pensó que ella no lo reconocería cuando volviese a verlo. En unos pocos meses, desde lejos, Daniel lo había convertido en otra cosa: ¿héroe, persona? Amanecía. Bajaba la lumbre negra del amanecer. En la orilla del cielo, Arcángelo vio (siempre veía) los espectros de la naturaleza: espumas de cometas, pechos de vírgenes, ángeles que se arrancaban el corazón palpitante para ofrendarlo al Señor.

Y sintió que también él estaba entrando en la historia. Que todo aquello era la anunciación o la epifanía de un tiempo nuevo. Y que Arcángelo Gobbi leería alguna vez su nombre en las páginas de ese tiempo.

OCHO

MILES IN AETERNUM

TODAVIA NO HAN DADO LAS NUEVE DE LA MAÑANA EN EL RELOJ de péndulo del hotel internacional de Ezeiza. Sabe Dios si las darán alguna vez, piensa el primo Julio sentándose a la mesa del desayuno con los pantalones mojados y la foto de Tomás Hilario Perón, su padre, en el bolsillo del saco. Sabe Dios si en este preciso punto de la eternidad —20 de junio de 1973— el tiempo ya no quiere moverse más y nos quedamos todos para siempre aquí, viviendo este presente, con Juan Domingo viajando sin término desde Madrid y yo sin recuerdos pero también sin muerte.

¿Acaso el reloj de péndulo del hotel no es uno que ya estaba en el pasado? Sobre la esfera, dentro de la corona de números romanos, las figuras de labradores forjadas en bronce son las mismas que vimos en la casa de la abuela Dominga. Y junto al reloj, en la repisa de la chimenea, hay una estatuilla de mujer. Se parece a la que Juan Domingo y yo admirábamos en la iglesia de la Merced, cuando éramos monaguillos de fray Benito.

¿Cómo fue aquello, Amelia? Vos qué vas a recordar. Tus sentidos han tropezado con la ópera que tan luego ahora están transmitiendo por Radio Nacional, y, ya caídos, no saben levantarse. Yo, en cambio: todavía lo veo. La vaga luz que entraba por las banderolas de la sacristía es —tal cual— la oscuridad que pasa sobre las páginas de la revista *Horizonte*, aquí a mi lado, en esta mesa de hotel. Soy el adolescente Julio Perón y soy el primo viejo: la luz, en tantos años, no ha querido moverse.

Vos tendrías que acordarte, Juan Domingo. Estabas gordo. Los dos llevábamos el pelo cortado casi al cero, con un flequillo. Simulando inocencia, preguntaste: ¿Sabrá usted, fray Benito, en qué se diferencia Nuestra Señora de las otras mujeres? Quiero decir (dijiste, mostrándole la estatuilla de la sacristía) si Nuestra Señora tiene músculos, huesos y barriga como una mortal común. Si ella puede ir al baño. Quién sabe qué ideas se le cruzaron a fray Benito por la cabeza. Se quedó mirándote muy fijamente, como si fueras un hilo demasiado grueso y tuviera que pasarte por el hueco de una aguja. Yo estaba por cumplir trece años; vos eras mayor.

El cura tomó en silencio un manojo de tizas y dibujó dos figuras en el pizarrón de la sacristía. La de la izquierda era un cuerpo de mujer cortado al través. Se le veían los intestinos, el tejido esponjoso de las mamas y las cavernas del aparato genital. La figura de la derecha era una dama casi incorpórea (como la estatuilla), con los pechos y el vientre velados por una franja celeste.

Ya ustedes son muchachos grandes y es mejor que sea un sacerdote quien les enseñe estas cosas, dijo fray Benito. A ver, Juan Domingo, ¿cómo se llama esto? Tripas, contestaste. Es el intestino delgado de las mujeres, corrigió el cura. Las mujeres mortales tienen un intestino delgado de seis a siete metros, ¿lo ven?, y otro más grueso que pasa del metro y medio, ambos llenos de excrementos y fibras malolientes. Esto que he dibujado aquí se llama... (dudó un momento) vagina. Son dos labios gruesos, con pelos, donde se queda pegado el orín. Debajo de los labios hay un diente al que le dicen clítoris. Nuestra Señora en cambio es purísima y no tiene ninguna de esas manchas propias del pecado original. Ella nació con una matriz de nubes en vez de carne, y nunca necesitó defecar ni orinar. Los senos le brotaron después de su parto sagrado y único, pero desaparecieron cuando el Niño Jesús dejó de mamar.

Los dibujos de fray Benito dejaron tan perturbados a los primos que durante meses anduvieron en busca de nuevas revelaciones sobre la anatomía de las mujeres. En las tiendas del Bajo, un armenio les ofreció por cincuenta pesos cierto libro de maravillas vaginales, donde se podía ver claramente (les dijo) que las mujeres japonesas tenían oblicuos los labios de allí abajo, haciendo juego con los párpados. Como no podían pagar tanto, no quiso mostrarles ni una sola lámina. Gastaron en cambio treinta centavos en mirar por la ranura de una lámpara cómo se iba desnudando una mujer, al compás de un valsecito de pianola. A Juan Domingo le tocó una india de pechos descomunales y al primo Julio una odalisca que se cubría las desnudeces con los oleajes de la cabellera.

Pero cuando por fin la odalisca esbozó una sonrisa, algo cayó dentro del recuerdo de Julio: una piedra de otro tiempo arrugó la lisura del agua.

Eso fue. La ópera que María Amelia está oyendo se interrumpe. Hay un silencio largo, un temblor dentro del silencio, como el de los aviones cuando atraviesan la raya del Ecuador. Y en seguida, desde la radio, un cavernoso piip anuncia que son las nueve de la mañana. Sabe Dios si las dará alguna vez. Las está dando: el reloj de péndulo suelta sus campanadas. Vuelve a moverse el tiempo: eso ha sido. En torno de la mesa del hotel de Ezeiza, la señorita María Tizón se afana describiendo, en una libretita, la felicidad matrimonial que su hermana Potota deparó a Juan Domingo. Piensa dictar esas impresiones a los periodistas hoy por la tarde, cuando ya el general se haya retirado del palco. Distraído, el capitán Santiago Trafelatti hojea el número especial de la revista *Horizonte* —La vida entera de Perón / El Hombre / El Líder / Documentos y relatos de cien testigos—: Zamora trajo, hace un momento, ejemplares de sobra. Hay un enjambre ahora sobre la mesa. El capitán mira las fotos y, a veces, cuando descubre su propio nombre dentro de un párrafo, se detiene a leer: Santiago Trafelatti.

Desde la radio, un locutor anuncia que el avión *Betelgeuse* de Aerolíneas Argentinas vuela sobre el Atlántico a velocidad de crucero, con el ilustre General a bordo. Son las nueve y dos minutos en Buenos Aires.

Vuelve a posarse la ópera sobre el corazón de María Amelia. ¿No es increíble que hayan elegido esta mañana de junio 20 para pasar por radio la misma ópera que oyeron ella y Juan Domingo en el teatro Colón hace sesenta y cinco años? ¿No es milagroso que yo la sienta, intacta todavía, entre los celofanes de un recuerdo tan largo? Era invierno, como ahora: julio de 1917. La prima va caminando hacia esa noche de su juventud, pasito a paso. Oye.

Yo, María Amelia Perón, oigo de nuevo el almidón de los fracs en la platea, me veo saltar los charcos entre la aglomeración de los carruajes, mientras brota vapor y baba del belfo de los caballos, vuelvo a encontrar mi imagen de cuerpo entero en los espejos dorados del vestíbulo: aquel vestido de tafeta verde y la capa de zorro de la abuela Dominga.

Todo está otra vez allí: la orquesta que afina en los entreactos, las viejas señoras tosiendo en la penumbra de los palcos, la maternal araña del teatro que ha puesto a secar en la cúpula sus luces mojadas. Veo dibujado el título sobre la cubierta del programa: "Manón". Y debajo la firma del autor: Jules Massenet. Diría que las voces tienen los mismos trémolos de entonces. Sólo extraño al tenor. El caballero Des Grieux, aquí en la radio, ya no es Caruso: no es el de aquella noche.

Fuiste al teatro con desgano, Juan Domingo. Habías venido desde Santa Fe trayendo unos papeles de tu regimiento, y la tía Baldomera te rogó que nos acompañaras. Tuviste que ponerte el uniforme de gala. Estabas parecido —dijo la tía— al primo de Manón. Pero la ópera te fastidió. Bostezaste, ¿vas viendo? En el momento culmen, María Barrientos, la soprano, cantó el aria que otra mujer ahora está cantando en la radio: *"Adieu, notre petite table"*.

La tía y yo ahogamos un sollozo. Vos te tapaste la boca con un guante. Después apareció Caruso con su hábito de fraile. Sufría. Se mordía las manos. Quería ir hacia Dios, y no sabía cómo quitarse a la Manón del pensamiento.

A mí se me iba el alma. Vos, Juan Domingo, empezaste a golpearte las botas con el sable. Llegó Manón, y arrojándose en brazos de Caruso, gritó: *"Je t'aime!"*.

Encendieron las luces. Te pusiste de pie con brusquedad y nos dijiste que esperarías afuera. Que te sacaban de quicio las mentiras del teatro: más aún las mentiras de una mujer como Manón Lescaut, que tan vilmente se burlaba de los hombres. Te perdiste dos actos: los mejores. ¿Volverás a perderlos esta noche y, al bajar del avión, te golpearás las botas con la espada? *"Ah mon cousin, excusez moi! C'est mon premier voyage!"*

Todavía es temprano, pero en la radio interrumpen la ópera. Se abre una nueva brecha de silencio. De pronto, ruge todo: como si el oído se posara sobre un foso de animales muriendo.

Estamos transmitiendo para todo el país desde el palco, en Ezeiza. Cadena nacional. Aquí la patria entera está aguardando al general Perón. ¡Escuchen, compañeros!

Yo soy Edgardo Suárez —dice la radio ahora—. Les hablo desde el palco. Vengo a traerles la consigna para este día glorioso. Paz y orden. Traten de no gastar energías. Aún faltan muchas horas para el regreso del General. A él tenemos que brindarle todas nuestras fuerzas y la expresión de nuestras gargantas.

Interviene una segunda voz: Animemos la fiesta con música folklórica. No más discursos. La radio transmite zambas de Los Chalchaleros. Y el clamor de los bombos a lo lejos. Y el vocerío de los vendedores. ¡A la gaseosa, a la gaseosa, a lo sánguche! ¡Compre la vincha del retorno! ¡Perón vuelve, compre la vincha! ¡Compre *Horizonte*, la especial de *Horizonte*! ¡Compre la pocho gorra, la remera con la calcomanía del macho, lo banderine, compre la emblema peronista, compre!

María Amelia se vuelve hacia las páginas que está leyendo el capitán Trafelatti, y ve pasar su propia foto de adolescente reclinada sobre una roca: sombría imagen, melancólica, desamparada de su provenir. Atrapa entre los despojos de la mesa otro ejemplar de *Horizonte*. Se busca y allí está de nuevo, sonriéndole quién sabe a quién: a los purgatorios que vendrán. Y ya sin querer casi, mordiéndose los labios, desciende a esas antigüedades de la vida. Allí lee:

4. EL MANUAL DE OBEDIENCIA

"Para un militar no debe haber nada mejor que otro militar". Juan Perón,

Carta orgánica del G.O.U.
Bases, marzo de 1943.

1909 fue el año más triste en la vida de Juan. Entre mayo y junio don Raimundo Douce, director del Colegio Internacional de Cangallo y Ombú, resolvió que los pupilos de quinto grado estudiaran un curso preparatorio para saltar al liceo sin pasar por el sexto.

Juan y Julio, que eran —de lejos— los mayores del aula, no pudieron negarse. Como ya estaban demasiado grandes para dormir en la casa de la abuela entre tantas mujeres, los dejaron internos en el colegio. Allí comían y pasaban la noche. Muchos domingos estuvieron solos en aquellos grandes patios vacíos porque la abuela, enrevesada en los quehaceres de la casa, se olvidaba de buscarlos. Se entretenían jugando a la payana y a la pelota pared. Cuando caía la noche andaban por los salones, alumbrados con una lámpara de querosén, excitándose la imaginación con las enormes láminas de los invertebrados y de las dicotiledóneas que colgaban junto a los pizarrones.

A veces Enriqueta, la sobrina de don Raimundo, se compadecía de los muchachos y los visitaba en la escuela los domingos por la mañana para calentarles la sopa. O bien, ya después de la oración, los acompañaba hasta el dormitorio y allí, sentada junto a la puerta —siempre del lado de afuera—, leía las descripciones de viajes submarinos y expediciones al Polo escritas por Julio Verne, hasta que los muchachos se dormían.

En vísperas de Navidad ocurrió un percance lastimoso. No bien empezaron las vacaciones, Juan Domingo se despidió de la abuela y de las tías, anunciándoles que se iba, como siempre, en busca de un barco que lo llevase a la Patagonia. Dos semanas más tarde una patrulla de la policía lo encontró durmiendo en los graneros de los muelles. Cuando un sargento lo despertó, zamarreándolo, Juan le dijo con voz desgarrada: "¡Mamá, mamá! ¿Y mi mamá, dónde se habrá metido?".

Lo devolvieron a la casa de la abuela, en la calle San Martín. Adujo, para disculparse, que había perdido todos los barcos y que pensaba quedarse hasta marzo en los muelles, ayudando a los estibadores y durmiendo en los refugios de linyeras. Sus padres le mandaron un par de cartas desde El Porvenir. Juan Domingo no quiso responderles.

Cediendo a los ruegos de la tía Vicenta, aceptó un día ocupar nuevamente, sólo por el verano, su dormitorio de niño. Se bañó con acaroína y se dejó rapar el pelo empiojado. La tía le puso sábanas de lino. Y aquella primera noche, al verlo casi dormido, sintió tanta ternura por él que se acercó a darle un beso. Juan estaba en guardia, como un erizo. La rechazó, manoteando. "¡A mí ninguna mujer me besa!", lloró, "¡Nunca voy a dejar que una mujer me ponga la mano encima!".

Fue hacia fines de enero cuando la abuela Dominga, luego de aplacar por telégrafo a Mario Tomás y a Juana, pensó que un nieto tan rebelde sólo podía domesticarse con el rigor. En *La Nación* leyó la noticia de que las becas ofrecidas para los estudios militares habían despertado ese año poco interés, y que el ejército se aprestaba a reclutar oficiales de reserva para cubrir las vacantes. Averiguó que un muchacho de clase media, educado en el amor a la patria, tenía excelentes posibilidades de ser becado si, luego de completar la escuela primaria, aprobaba un examen muy elemental de lenguaje, matemáticas e historia nacional. Solo necesitaba —le dijeron— una influencia modesta.

Buscó entonces ayuda entre los diputados higienistas que solían frecuentar su casa de Ramos Mejía, recordándoles los servicios prestados al país por Tomás Liberato, su marido. Alguien le prometió interceder ante Julio Cobos Daract, profesor de historia del Colegio Militar. Cierta mañana de abril, embarrándose las faldas en las zanjas abiertas para la construcción del subterráneo, doña Dominga se presentó en la oficina del doctor Cobos, con el nieto a la rastra. Hizo una larga antesala. Cobos la recibió de pie, con displicencia, y le dijo que si "este robusto mocetón" conseguía buenas notas en el examen de ingreso podía considerar desde ya que la beca era un hecho.

Juan Domingo se clasificó en el quinto lugar. A cambio de un contrato que lo obligaba a servir como oficial durante un mínimo de cinco años, recibiría instrucción y alimentos gratuitos más un sueldo de 200 pesos al graduarse como subteniente.

El 1º de marzo de 1911, cuando entró —con la mochila al hombro— en el caserón destartalado que servía de cuartel, Juan advirtió que lo marcaban a fuego, pero con la marca de nadie: que ya no existía como persona sino como obediencia, que sus pensamientos respiraban en plural: ya no soy Perón solo, soy Perón y algo menos. Poseeré lo que otros rechacen, me convertiré en lo que otros quieran. Aprenderé al oficio de obedecer y de ser nadie para ejercerlo sobre los demás, contra los demás.

Martín López, el oficial instructor de los novicios, le explicó que hasta fin de año debían verse a sí mismos como "bípedos implumes", el escalón más abajo de una compleja cadena de jerarquías. Debían obedecer a los suboficiales, a los cadetes de segundo año, y aceptar todas las órdenes, por impropias o crueles que les pareciesen. "No hay disciplina sin la más ciega obediencia", dijo. "Y nadie tendrá éxito sin disciplina."

Al día siguiente, cuando les entregaron los uniformes, Juan Domingo aprendió en carne propia la inflexible verdad de aquellas advertencias. Después de la diana y el desayuno, mientras esperaban al instructor en el patio, los cadetes del curso superior empezaron a merodearlos. Uno de ellos se acercó a Santiago Trafelatti y le ordenó quitarse los zapatos. "Párese en una sola pata, como las gallinas. A ver ese talón." Trafelatti sintió al violencia de un pinchazo en el arco del pie y no pudo reprimir un grito. El agresor exhibió una aguja de tejer ensangrentada. "Esta yegua tiene los cascos todavía blanditos", se dobló de risa. Los otros merodeadores también soltaron la carcajada. "Habrá que domar bastante a este yegua para endurecerle los cascos."

En el vestuario los hicieron formar filas y les entregaron los uniformes. Juan Domingo estaba probándose la gorra cuando uno de los cadetes de segundo año lo despojó, entregándole a cambio su propia gorra deshilachada. Otro le quitó la blusa garibaldina. Un tercero se apropió de sus pantalones y le ordenó vestir unas bombachas raídas, que olían a bosta de caballo.

Saúl Pardo, el menor de los recién llegados, insinuó una protesta. El sargento que distribuía la ropa le ordenó que diese un paso al frente y se pusiera en posición de firme, desnudo. "No le gusta, bípedo implume?" "No, mi sargento", contestó el muchacho. "Seis horas de calabozo entonces: por marica, por comemierda. Y cuando salga, quiero que le guste, ¿ha entendido, gallina?" Un oficial lo aprobó. Desde la puerta del vestuario dijo: "Grabensé bien clarita esta lección. Obediencia es obediencia. Obedecer templa el carácter y apaga la soberbia. Los que entraron aquí son gusanos. Cuando salgan, si es que salen, serán hombres". Y les ordenó formar filas, antes de cinco minutos, en el patio de tierra.

Para llegar al patio no había otro camino que un corredor de doce a catorce metros. Los cadetes de segundo año se habían apostado allí, aguardando a los bípedos implumes con lonjas, taleros, sogas y espuelas. Juan se decidió a cruzar la línea de fuego con la primera tanda. Pensó en los guanacos que corrían en zigzag, estirándose y agachándose para esquivar los golpes. Pero donde quiera se moviese, lo alcanzaban: sintió el cabo de un rebenque astillándole los riñones, los dientes de una espuela le rayaron la nuca, el filo de una lonja le abrió tajos en la espalda. Llegó al otro lado maltrecho, ardiendo, con la terrible sospecha de que aquello se repetiría diariamente. Un ínfimo consuelo le permitió dormir esa noche sin resentimiento ni calambres. Había descubierto que, mientras fingía cubrirse de los golpes, podía golpear a su vez: hundir los dedos en un ojo, partir un diente con un cabezazo certero.

En la cuadra, los cadetes se hacinaban en ochenta literas de dos pisos. La de Juan estaba junto a una de las puertas; en la de arriba dormía Trafelatti. A la semana de llegar, poco antes del toque de retreta, un grupo de diez a doce implumes logró quedarse oculto en el dormitorio mientras afuera, en el patio, los demás sufrían otro castigo ritual. Trafelatti, que se había guarecido tras unas cajas, vio de pronto entrar a Juan pálido, jadeante. Le sintió un silbido áspero que no venía de los pulmones sino de un sótano más profundo, y reconoció la respiración del miedo. En la oscuridad, sin abandonar su parapeto, Trafelatti se atrevió a preguntar qué pasaba. "Le hice saltar dos dientes a Pascal de un cabezazo", resolló Juan. "Y me ha ordenado que salga esta noche a pelear con él."

Pascal era el atleta del colegio: un oso de dos metros y ciento veinte kilos a quien nadie había podido resistir más de medio minuto en el ring del gimnasio. Su especialidad era un uppercut de zurda al que llamaban "la parca".

La pelea empezó a la medianoche, a la luz de las velas. Un cadete de tercer año oficiaba de árbitro. Veinte bípedos implumes, alrededor del ring, sostenían en alto los candelabros. A Juan Domingo le rechinaban las muelas. Con los labios aún tumefactos por el cabezazo, partidos, Pascal danzaba en su rincón, calentándose la imponente musculatura. ¡Ahora!, los animó el referí.

El gigante amagó un derechazo. Se movía con displicencia, como si hubiera dejado su fuerza lejos de allí. ¡No te confíes, Perón!, previno Trafelatti. Juan Domingo se cubría la cara con los puños y trataba de mantenerse fuera del alcance de Pascal pero los infinitos brazos del atleta estaban en todas partes, su cuerpo desbordaba la inmensidad del ring.

De repente, Pascal avanzó: tocó apenas un hombro del adversario pero dio la impresión de que se lo había destrozado. Luego se concentró en la cara de Juan: pegó un punzazo y otro en la sien, en la frente, junto a la boca, sin esforzarse, a media máquina, atrás, al centro, a la izquierda, no dejó nervadura sin castigar. Juan Domingo sintió el despellejamiento de las encías, la voladura de una muela y oyó cuando el arado de Pascal le abrió un surco en el labio y le asfixió los ojos. Las sienes le latían como el buche de un pájaro. ¡Paren esta matanza!, gritó Trafelatti, pero Pascal negó con la cabeza: aún no era suficiente.

Retrocedió hasta su rincón y allí se quedó inmóvil unos cuantos segundos hasta que vio a Juan Domingo recuperar el aliento y avanzar hacia él, ciego, buscando un claro donde poder golpearlo. Pascal estaba esperándolo. Bailó en torno de Juan con los brazos caídos, exponiendo la guardia, con un ritmo animal que no brotaba de los pies sino del cuello. Perón juntó fuerzas, tomó impulso y le

155

descargó un puñetazo brutal en la boca del estómago. Sintió que una pared de acero se le oponía. Los nudillos le crujieron. El gigante no se conmovió. Con un desdén infinito, casi con lástima, Pascal levantó la zurda lentamente. Trafelatti vio con terror el fogonazo de aquel puño de cíclope. Juan Domingo no tuvo tiempo. Sintió un temblor de tierra y todo quedó apagado. La parca de Pascal cayó entre sus cejas y el mundo se dio vuelta.

Trafelatti lavó las heridas de Perón y acostó sus huesos maltratados. Un enfermero diagnosticó que tenía una fisura en los metacarpios y advirtió que le faltaban tres muelas. Le vendaron las manos. Nadie le oyó una queja. El 12 de marzo de 1911, hacia las tres de la madrugada, Trafelatti sintió que algo se movía con disimulo en la litera de abajo. Asomó la cabeza y vio a Juan Domingo, débil aún, desfigurado, empaquetar las ropas de civil y meterlas en la mochila.

Se iba. Desertaba. Perdía la beca, el destino. Dejaba de ser nadie para empezar a ser nada.

¿Te vas, Perón?, acertó a preguntarle Trafelatti.

En ese momento sintieron, cerca de la puerta, los pasos de una patrulla. Era la última ronda, antes del toque de diana. "Acostáte, Perón", susurró Trafelatti. "Metéte vestido bajo las sábanas. Que no te vean así o yo también voy preso." Juan Domingo dudó un instante y se zambulló en la cama con las polainas puestas.

Un hombre no es lo que piensa: es lo que hace. Un país es, a veces, lo que un hombre dejó de hacer. ¿Quién lo dirá después, en la vejez de aquella noche de 1911: Trafelatti, Perón? Ninguno de los dos lo recuerda ya. Confunden las palabras: destino, desatino, Perón, nación. Se les ha vuelto un nudo la memoria, la historia.

Luego de la pelea con el cadete Pascal, Juan Domingo se aplicó a fundir su identidad con la del ejército, a desconocer los mandamientos de sus deseos y a obedecer hasta los más extraviados deseos de los superiores. El universo real murió. La vía láctea, el reloj de péndulo de la abuela, la campana del tranvía, el recuerdo de los domingos tristes en el internado de Cangallo al 2300: aquellos accidentes de la realidad se convirtieron para él en absoluta nada. Sólo existía el ejército. Y dentro del ejército, en alguna orilla de los reglamentos, se diluía su persona. Para ser obedecido tenía que aprender a obedecer. *Sí mi teniente, sí mi capitán, obedeceré tu obedeseo.*

Se aficionó a la amistad de Trafelatti. Durante los días de semana salían juntos a fortalecer las piernas corriendo por senderos de pedregullo y arena blanda y competían en los anillos y trapecios del gimnasio, para endurecer los bíceps.

Con cierta frecuencia el colegio era visitado por caballeros teutónicos, oficiales del Gran Estado Mayor Imperial que observaban la instrucción y aconsejaban cambios pedagógicos. Se rumoreaba que uno de esos tenientes coroneles, por el mero hecho de ser berlinés o pomeranio, ganaba tanto como el ministro argentino de la Guerra. A Juan Domingo le impresionaba ver desde lejos el imponente lustre de sus cascos en punta. Percibía cierto perfume de aristocracia en sus órdenes monosilábicas y guturales. Si la autoridad tenía un cuerpo, los alemanes eran el espejo que lo reflejaba. En pocas semanas la disciplina se puso rígida como una estaca. Hasta para cruzar las piernas se preveía un ritual de comportamiento. Los viejos manuales de táctica francesa fueron sustituidos por las magnas obras de Clausewitz, Moltke y Schlieffen. Cuando vestía el uniforme de gala, a Juan Domingo le fluían los pensamientos de otra manera. Se pavoneaba. No era Perón a secas sino el cadete Perón.

Vestirse, ducharse, comer, desfilar, el toque de diana, la retreta, el rancho: todo era previsible. ¿Cuántos jóvenes gozaban de tal suerte? Hasta los manteos empezaron a ser un horror necesario. Golpéame para que se me temple el cuerpo. Ya no soy el que soy. ¿Cómo no estar orgulloso de semejante diferencia?

Al atardecer del sábado, cuando les tocaba franco, Juan Domingo y Trafelatti se afanaban planchando el uniforme, se entalcaban las ingles y los sobacos, y en el espejo del casino se contemplaban antes de salir, orgullosos de aquella ropa que les moldeaba tan airosamente el cuerpo: la chaqueta de húsar con alamares y cordones húngaros en la espalda, las franjas coloradas en las costuras de los pantalones, el quepis francés.

Tomaban un tranvía y viajaban entre arrabales húmedos que olían a estiércol. Cerca de la estación de San Martín, a la puerta de un bar con farolitos rojos y flores de papel maché, estaban siempre apostadas unas hembras monumentales engullendo cerveza y platos de po-

157

lenta. Exponían unas carnes de color tiza y se reían chillando como los pájaros, sin dientes. Los cabos y los sargentos ponderaban la destreza con que aquellas hembras, por sólo cincuenta centavos, sabían explicar en sus idiomas exóticos todos los acuartelamientos del amor. A los cadetes les estaba prohibido tocarlas porque contagiaban con el mero roce una enfermedad incurable, que sólo se mitigaba con baños de permanganato y agujas candentes en la uretra. Pascal, como era invulnerable, se había atrevido a desahogarse con ellas muchas veces y hasta conocía sus fotos de otros tiempos, en las que lucían la dentadura completa.

Juan Domingo y Trafelatti buscaban diversiones menos bárbaras. Iban a los circos de los pueblos vecinos, Santos Lugares, Tropezón o Munro. No bien el empresario veía llegar los uniformes, improvisaba un agasajo. La orquesta de trombones desafinaba la obertura de la marcha de San Lorenzo. Los tonies representaban la comedia de un sargento francés al que humillaban los cadetes, en alemán, saltó de raná magrrr, nof se me dar las goanas, uajjj. Se apagaban las luces. Los trapecistas hacían la venia. Redoblaban los tambores. Y luego de algunas pruebas reumáticas en el trapecio, se apagaban las luces y un reflector delataba al empresario. Señoras y señores, estimados cadetes, se suspende la tormenta porque viene la función. Los trombones insinuaban una melodía que se esforzaba por ser campera. Dos gauchos, cuchillo en ristre, saltaban desde las graderías al ruedo. La luz del reflector viraba al rojo. Uno de los gauchos insultaba sin razón al otro. El agraviado pedía la comprensión del público: su honra herida reclamaba venganza. Empezaban el duelo. El autor de los insultos perdía el cuchillo. El otro, gallardamente, le permitía recogerlo. La escena se repetía, pero al revés: el gaucho malo entonces, entre alevosas carcajadas, degollaba al rival. Y huía, corriendo sin parar, pero en el mismo sitio. De repente se prendían todas las luces. Aparecían las partidas del ejército: cientos de soldados sofrenando un par de caballos enclenques, imaginen la pólvora y las banderas, señoras y señores, imaginen la cobardía del gaucho traicionero atrapado por las armas nacionales, veanló implorar perdón. ¿Lo perdonamos? ¡Nooo! A la cárcel entonces. El circo es Circe.

Orgulloso de sus insignias, de su capa, de la escarapela

que coronaba su quepis, Juan Domingo aplaudía. *Soy Perón, el cadete. Soy el ejército.* Y el espectáculo terminaba entre nubes de humos azules y blancos, maravillosa noche. Los domingos, Santiago y él se levantaban tarde. Chorreando brillantina, iban a lucirse al atrio de la iglesia de San Martín. Simulaban admirar los sombreros de las chicas para que ellas se sintieran libres de admirarles los uniformes. A la salida de la misa paseaban por la plaza y se detenían ante la pérgola donde los bomberos ejecutaban los valses de moda. Escuchaban con expresión de profunda gravedad y luego se retiraban, tiesos, apoyando una mano sobre la empuñadura del sable y aferrando los guantes con la otra.

En mayo de 1911 cayó sobre Buenos Aires un frío sin misericordia. Los campos amanecían blancos de escarcha. En los dormitorios de los novicios hubo que poner braseros. A todos les salieron sabañones. Las orejas de Trafelatti se ampollaron. Y además estaban nerviosos, tensos. Debían desfilar el 9 de julio ante los inflexibles inspectores alemanes y aún se enredaban con el paso de ganso y con el cambio de posición de los máuseres durante la marcha.

En junio la temperatura bajó todavía más y el incesante viento les arruinó el trabajo en el polígono de tiro. Fue por entonces que los cadetes de segundo año urdieron un manteo tan hereje que sepultó la memoria de los sufrimientos antiguos y dejó sembrado para siempre el dogma de la obediencia.

Fue Pascal quien tuvo la idea. Mantear había sido hasta entonces un juego cuya rutina dominaban ya las víctimas. Carecía de sorpresas. En adelante debía ser un rito. Se podía refinar la violencia hasta donde se quisiera. Los oficiales, de todos modos, harían la vista gorda. Eran ellos quienes hablaban del manteo como de un proceso de selección darwiniana, gracias al cual el ejército quedaba limpio de perezosos y débiles. "Así se forja el espíritu de cuerpo", había dicho en otros tiempos el ministro de la Guerra, dando a entender que así también se forjaba el cuerpo del espíritu.

Mientras arreciaba el frío, los cadetes de segundo año dejaron que los novicios se relajaran y desaprendieran la saña de los manteos. A veces, antes de la retreta, les ordenaban transportar cajas de piedras por el patio, o los hacían desvestirse y vestirse en un minuto. Pero nada más. La vida se volvió monótona. Sin el sobresalto de los castigos, los ensayos para el desfile perdían la gracia. El 28 de junio la temperatura se mantuvo a cero grado durante todo el día y los baqueanos pronosticaban que bajaría más a la madrugada siguiente. Pascal decidió que había llegado el momento de aplicar el rito.

Los novicios comieron a las ocho, jugaron a las cartas y se acostaron a las diez. Juan Domingo y Trafelatti fueron en busca, como siempre, del suboficial que les enseñaba box. Extrañamente no estaba. Hacia las dos de la mañana, vestidos con uniforme de fajina y calzados con espuelas, los cadetes de segundo año irrumpieron en la cuadra de los novicios. Todo pasó a la vez; prendieron las luces, les arrancaron las mantas, les ordenaron formar, desnudos, junto a las literas.

—¡Al patio, cadetes, al patio! —gritó Pascal—. ¡Vamos a darles quince minutos de equitación!

Aturdido, Trafelatti buscó una manta para cubrirse antes de salir a la intemperie. Lo descubrieron. Uno de los cadetes mayores, rezagado, miró de arriba abajo su cuerpo frágil y pequeño. Y le tuvo piedad.

—Póngase la camiseta y calzoncillos. ¡Vamos, rápido!

Afuera, el frío quebraba el aire. En la penumbra de los corredores, los novicios eludían la helazón de las baldosas, como si pisaran brasas. Unos pocos habían conseguido echarse la manta en los hombros; otros vestían calzoncillos de frisa. Todos tiritaban, desarmados, con las narices moqueando. Un vocero pidió tregua. ¿Por qué no esperar hasta después del juramento a la bandera?

—Agarraremos una pulmonía, señor. Capaz que hasta sufrimos una desgracia. No discutimos la orden. Vamos a obedecerla. Pero quisiéramos que la postergue hasta otra oportunidad...

Pascal soltó la carcajada:

—¿Está con miedo el cadete? ¿Tiene frío, pobrecito? ¡Salte, soldado, salte, y aprenda lo que es el coraje!

Un gordinflón con la ceja partida, que se desvivía en adulaciones a Pascal, anunció que los bípedos implumes se graduarían aquella noche de cuadrúpedos.

—Se me ponen en formación, como para el desfile. En cuatro patas. A cada uno de ustedes lo montará un superior. Paso, trote y galope. Nadie me afloja ni se me hace el vivo. El que se caiga espera en la galería, me descansa un minuto y vuelve a empezar de cero. ¿Comprendido?

Juan Domingo tenía entonces poco más de quince años. Pesaba menos de sesenta kilos. Había conseguido patear la manta con disimulo hasta el corredor, y aunque al fin logró ponérsela sobre los hombros sentía las bolas doloridas, heladas. Guarecido tras una columna, trataba de pasar inadvertido. Intuía que Pascal lo vigilaba. Lo vio ajustarse las espuelas, abotonar el cuello del capote, acomodarse el cinturón. Lo sintió acercarse, considerable, como un oso.

—Quitesé la manta, Perón. Lo quiero montar en pelo.

También Trafelatti oyó la orden de Pascal. Vio a Juan Domingo obedecer sin resistencia y con asombro, como estaban obedeciendo todos. Agradeció en silencio que la corpulencia de aquel hombre se hubiera detenido en Perón antes de alcanzarlo a él. "Le romperá el espinazo", pensó, sabiendo que nunca olvidaría ese pensamiento.

Mandaron a los novicios que formasen filas separadas por espacios de tres metros. Detrás de cada fila se aprestaron los cadetes que iban a montarlos.

—¡Riendas! —gritó el gordinflón.

Pascal hizo morder a Juan Domingo un bocado de hierro, rematado por sogas trenzadas.

—¡Bípedos implumes, en cuatro patas, maar! —La costra de hielo que cubría el patio se astilló.— ¡Cadetes, monten! ¡Adelante, al paso, maar!

Juan Domingo cerró los ojos. Sintió en la espalda el peso inverosímil de su verdugo. Sintió que el planeta entero lo doblegaba. Las palmas de las manos pasaron sobre una cuchilla de hielo. Lo penetró el aguijón de la sangre. Casi al instante, el frío lo anestesió. Las espuelas de Pascal se le clavaron en los riñones. Olió a pasto, a caballo. Avanzó.

Tengo que obedecer, se repetía, tengo que obedecer. Soy hombre, puedo más de lo que puedo.

Pascal lo urgió con el rebenque. ¡Potro, vamos al trote! Y Perón, afanándose en el gateo, siguió diciéndose: Soy hombre, ahí voy. Se le cortó el aliento. A su lado, en jauría, los otros bípedos jadeaban arremolinados. Eso le dio impulso. Yo no renuncio. No me harás desertar, hijo de puta. ¿Ordenás? Te obedezco. ¿Soy caballo? Sí, señor, soy caballo, lo que tu voluntad me imponga. Un lonjazo le estremeció las piernas, las espuelas insaciables se le clavaron en las nalgas. Yo aquí sigo, aquí voy.

Nunca supo cuándo el verdugo lo dejó en paz. Se oyeron las alarmas de unos pitos. Alguien lloraba. En los corredores retumbaron las botas de los guardias. Lo último que Juan Domingo vio fueron sábanas de hielo, ensangrentadas, en las que el cuerpo se le fue durmiendo.

Al día siguiente los novicios no acudieron al toque de diana. Tenían las rodillas en carne viva. A Juan Domingo se le habían infectado los codos. Una llagas oscuras le brotaron en la cadera. Cayó con fiebre. Pasó un día más, y otro. Santiago Trafelatti recomenzó los ensayos para el juramento a la bandera y él, Perón, no pudo. Demoró más que nadie, convaleciendo.

El coronel Gutiérrez, que dirigía el colegio, ordenó una investigación sumaria, pero como los novicios se negaron a violar el código de silencio, la cabalgata salvaje del 29 de junio quedó sin castigo y por lo tanto sin memoria. Al cadete Pascal le tocó, igual que a todos, cumplir rondas de vigilancia en la enfermería. Se paseó por los pasillos, indiferente, sin prestar atención a nadie. Todos eran ya iguales: todos llevaban su marca de ganado.

Cuanto más se fue convirtiendo Juan Domingo en el cero del cero, tanto más el ejército argentino se le volvía el universo, la realidad, la envoltura del yo. Era el porvenir, el único posible; era su cuerpo, ya tatuado por la obediencia, ya incomprensible sin el uniforme; y como necesitaba suprimir su pasado, el ejército ocupó todo el lugar del pasado.

Los novicios juraron fidelidad a la bandera el 9 de julio y desfilaron, algo maltrechos pero airosos, ante los inspectores alemanes. Luego sobrevinieron meses de rutina. Obligados a elegir un arma, Juan Domingo y Trafelatti decidieron ser infantes: cuarteleros, educadores de la plebe. Imaginaban que las batallas del porvenir no se librarían a caballo sino cuerpo a cuerpo, al cabo de caminatas infinitas.

Los sometieron a campañas que duraron cuarenta días, en los alrededores de Córdoba y al norte de Concordia, Entre Ríos. Los convencieron de que la patria estaba en ellos solamente. El milagro del *espíritu de cuerpo* se iba consumando. Para un militar no había nada mejor que otro militar.

En aquellos meses Juan Domingo empezó a ensayar su

nueva firma de soldado. Escribía solamente Juan Perón, inclinando la jota hacia la izquierda y la P hacia el otro lado, como si fuesen árboles soplados por vientos adversarios.

Por fin, el 18 de diciembre de 1913 recibió el sable de subteniente. De los ciento diez cadetes que se graduaron, Juan Domingo llegó en el pelotón del medio, *uomo qualunque*, casilla cuarenta y tres: el número del año en que volvería a empezar todo. Lo destinaron al regimiento 12 de Infantería, en Paraná. Trafelatti, que terminó rezagado, consiguió el destino que había pedido, en Tucumán.

Aquella última tarde hizo un calor intolerable. Juan Domingo, sudando bajo la capa del uniforme de gala, regresó en tren a la casa de la abuela Dominga, a través de suburbios herrumbrados por el sol. Uno de sus camaradas, Saúl S. Pardo, le había ofrendado, imprevisiblemente, un álbum de fotografías y recortes de periódicos. Juan Domingo encontró allí su propia cara de niño en 1911, vio a Pascal izando la bandera, se cruzó con la mirada perpleja de Pardo. Y se detuvo en el último de los recortes:

LA ACCION, PARANA, 10 DE DICIEMBRE DE 1913

Desastroso final de las maniobras

Los cadetes del Colegio Militar, que acamparan durante un mes en los campos del señor Soler, al norte de Concordia, regresaron ayer a Buenos Aires en un estado físico que ha motivado la reprobación de sus parientes. En julio de 1911 algunas quejas fueron elevadas a la superioridad por vejámenes que esta misma promoción de cadetes habría sufrido a manos de una promoción superior. Ahora, los responsables de los malos tratos han sido, al parecer, oficiales de alta jerarquía.

Cartas llegadas a este diario, cuyas firmas se nos pide omitir, aseguran que luego de los combates simulados de práctica entre los bandos azules y colorados, todos los cuales resultaron exitosos, el 3 del corriente mes la sección de Infantería levantó su campamento del Ayuí y se dispuso a vivaquear en la costa del Yuquén Chico, para

163

continuar desde allí hasta la estación Jubileo. El subdirector del Colegio, coronel Agustín P. Justo, ordenó que el trayecto se hiciera a pie, pese a que la jornada se anunciaba con intenso calor y sofocación. Los infantes marcharon por terreno arenoso y muchos de ellos, no pudiendo resistirlo, cayeron insolados en el camino, por lo que debieron acudir en su auxilio chatas y vagones de la Sanidad militar...

En la casa de la abuela destaparon una botella de sidra y la tía Vicenta improvisó un discurso rogando a Dios que bendijese la fortuna del flamante oficial. A la mañana siguiente, la prima María Amelia completó el álbum con otro recorte:

LA RAZON, BUENOS AIRES 18 DE DICIEMBRE DE 1913

Fiesta anual del colegio de San Martín

El mismo brillo, o tal vez mayor que en años anteriores, alcanzó (etcétera). Cuando cesó el redoble de tambores y tras un breve silencio, la señorita Mercedes Pujato Crespo, presidenta de la Asociación Pro Patria, hizo uso de la palabra en términos altamente conceptuosos para el ejército argentino, prendiendo luego sobre la chaquetilla del cadete sargento Eduardo Pascal Malmierca, el alumno más sobresaliente del año, la significativa medalla de oro...

Un telegrama de don Mario Tomás apremiándolo a viajar a Camarones empañó los festejos de Juan Domingo. En 1910, el padre había recibido en herencia el juzgado de paz. Durante algunos meses hizo a diario la travesía desde El Porvenir a Camarones. Luego, ya fatigado, dejó el campo al cuidado de doña Juana y de Benjamín Gómez, y se instaló en la casita de chapas donde los magistrados del pueblo impartían justicia.

En octubre de 1912, sin explicación alguna, renunció a todo: a El Porvenir y a los placeres de la caligrafía. Decidió buscar otro campo en los desiertos de la Patagonia, y poblarlo, si era posible, solo. Soñaba con una ciudad de almenas, cruzada por avenidas vacías, con un habitante único. Llamó entonces a Juan Domingo, para que le aprobara el sueño.

Mario Tomás aguardó al hijo en la vecindad de los muelles, con un percherón ya ensillado. Al abrazarse sintieron tristeza, como si el eco de alguna desgracia les hubiese anudado la garganta para siempre. Mientras cabalgaban hacia El Porvenir el padre casi no habló. Mantuvo el cuerpo erguido sobre la montura, pero dejó la cabeza gacha. Mencionó el sueño vagamente. A Juan Domingo le pareció que, en vez de andar buscando una vida nueva, el padre quería inventar una ciudad donde se perdieran todas sus vidas pasadas.

Encontró el campo decaído, como preparándose para el abandono. Las ovejas sufrían otra epidemia de sarna y la madre había demorado la esquila confiando vanamente en curarlas. Las chapas de la casa se oxidaban sin que nadie reparara el daño. Hasta el propio Mario Avelino, que solía perfumarse con agua de jazmines para recibir al hermano, lo saludó desde lejos, ausente. La madre dijo que, de tanto andar entre guanacos, el primogénito se les había convertido en bicho del monte.

Juan Domingo les aconsejó vender El Porvenir antes de que las construcciones se vinieran abajo. Había oído hablar (les dijo) que hacia el oeste de Camarones se alzaba una meseta ripiosa, con aguadas sin dueño. Orientando los cauces y cavando acequias se podría, tal vez, fecundar aquel suelo. Alguien había bautizado la meseta con el nombre de una utopía medieval, Sierra Cuadrada. ¿Por qué no probar allí?

—Parece un buen lugar para un hombre solo —reflexionó el padre.

—Se le ha metido en la cabeza eso —dijo la madre—: construir una ciudad para un hombre solo.

—¿Y por qué no levanta tres ciudades más bien, papá? —lo alentó Juan Domingo—. Tres ciudades para tres personas.

—Debo explorar primero los terrenos. Saldré mañana mismo —anunció el padre, quitándose las botas y metiéndose vestido en la cama.

Al amanecer tomó unos mates, llenó un bulto con ga-

165

lletas y apartó un caballo de refresco. No quiso que nadie lo acompañara.

—¿Está seguro de lo que hace, padre? —quiso saber el hijo menor.

—De una sola cosa estuve seguro en la vida y esa confianza se me acabó. Ahora dejáme ir. Salgo en viaje de penitencia.

Don Mario Tomás anduvo cien días perdido. Cuando volvió, en abril, dijo que había encontrado los minaretes de una ciudad sagrada en mitad de los páramos, atravesando el río Chico y unas lomas de sal. En esa pampa quería tirar sus huesos. Concertó con un peón la venta de El Porvenir, cargó las chatas, despachó a Benjamín Gómez con las majadas y aguardó a que se aplacaran las lluvias. Entonces se marchó de la costa para siempre, más pobre aun que cuando había llegado.

Juan Domingo lo esperó tan sólo un par de semanas. En Camarones abordó un carguero de la Marina y dio vuelta completa a la Tierra del Fuego, haciendo valer su calidad de oficial. Vio unos pocos témpanos a lo lejos. Sintió el lamento del hielo en los desfiladeros. Y oyendo hablar de las expediciones de Amundsen y Scott al Polo Sur, empezó él también a dejarse seducir por la travesía. Supo que los dos hombres habían salido casi al mismo tiempo de los glaciares de Ross, en la primavera de 1911. El inglés Scott lo hizo arrastrado por inútiles ponies. Amundsen llevó perros. Ambos, sin embargo, habían alcanzado la meta a pie. Scott, retrasado más de un mes por los vientos adversos, encontró al llegar una esquelita irónica del vencedor, junto a la odiosa bandera noruega.

En el carguero, Perón vio alguna de las fotos que Herbert Ponting y el teniente Henry Bowers habían tomado antes de la desgracia que acabó con todos. Vio la silueta del velero *Terra Nova* en el horizonte de una vagina de hielo, vio los aterradores hongos del castillo Berg a la luz de un crepúsculo, descubrió a la muerte en el rostro de Scott y de sus cuatro compañeros, desorientada ella también ante la vaciedad de un cielo blanco.

Lo hicieron a pie, reflexionó Perón. El mero impulso de la voluntad les permitió alcanzar un límite que ningún infante argentino ha tocado. ¿No podría yo ser el primero, enarbolar allí el nombre de Perón y salvar a mi padre de su penitencia? Navegando en los mares del Polo, soñó con el Polo. Lo imaginó como un volcán que se levantaba tras una cadena de ventisqueros. Se vio sorteando los glaciares y derrotando las cordilleras de hielo. Caminaba y caminaba. Iba entre espumas rígidas, descendía por cadáveres de icebergs, era flechado por estalactitas. Y sin embargo avanzaba. Por fin, ya ensangrentado, invencible, descubría las puertas de la meta, el volcán a lo lejos. Pero la madre lo esperaba allí y no le permitía pasar. Cada vez que recomenzaba el sueño, la madre se plantaba en el mismo sitio, con la cabellera destrenzada y un poncho de hombre sobre el batón.

El 12 de febrero de 1914 Juan Domingo escribió a Pardo:

Mi subteniente, no quiero tardar más en contarte que me tomé un buque y anduve dando vueltas por nuestros canales fueguinos. Tendrías que ver lo macanudo que es esto. Unos muchachos del barco me mostraron las fotos de cuando Scott vino a estos pagos y se murió. Me dicen que Amundsen, el rival de Scott, anduvo hace poco por Buenos Aires. Pienso que nosotros, como buenos infantes argentinos, deberíamos preparar una expedición como ésas. ¿Qué te parece, pibe?

La familia quedó muy bien en Camarones. Hemos tenido una esquila formidable. Mis padres te mandan especiales saludos. Con mis mejores deseos para los tuyos, te abraza Juan Perón, Stte.

La envió desde el regimiento 12 de Paraná, donde ya estaba sirviendo como instructor de tropa. Pronto, el archiduque Franz Ferdinand perecería en Sarajevo. La Gran Guerra se disponía a ensangrentar la historia. Juan Domingo no lo sabría de veras sino mucho después.

Se dejó envolver por años de no pensamiento. Le interesaron los juegos al aire libre, las razones del cuerpo: lo que llamaría él "contradicciones de la musculatura". Solía sentir que los tendones tiraban para cualquier lado, desmigajándolo, como si fuesen otros cuerpos trenzados en un combate interminable, mandándose y obedeciéndose. A veces, se sumía también en épocas de indiferencia, de lasitud, de pura nada. Aun entonces se afanaba en todas las variaciones del atletismo, jugaba al fútbol, practicaba el box y florecía en la esgrima.

Le sucedió lo inevitable: lo vieron a la misma hora en Villa Guillermina y en Tucumán, a cien leguas de distancia. Empezó a no encontrarse con los lugares donde tenía que estar. Y a la vez, se le cruzaron en el camino lugares a los que jamás iría. Tardó mucho también en descubrir la explicación de tales mudanzas. Tenía poco más de veinte años y no le importaban demasiado los dobleces del azar o de la historia. No sabía que un hombre con los espacios cambiados puede perder en cualquier momento su centro de gravedad.

NUEVE

LA HORA DE LA ESPADA

> Un conductor de ejércitos no se hace por decreto.
> Un conductor nace, llevando el óleo de Samuel
> en su cabeza.
>
> ALFRED VON SCHLIEFFEN,
> citado por Wilhelm Groener en
> *El testamento del conde Schlieffen,* 1926

> Los conductores nacen, no se hacen (...) y el que
> nace con suficiente óleo de Samuel ya no necesi-
> ta mucho más para conducir.
>
> JUAN PERON,
> *Conducción política,* 1951

ESTO NO PUEDE SER OBRA DE LA CASUALIDAD. ¿Qué instintos del cuerpo se han desatado, cuáles presagios, para que tan luego ahora, cuando faltan sólo dos días para volver a Buenos Aires, todas mis enfermedades hayan acudido a despertarme? Algún aviso me querrán traer. Les preocupará tal vez la lucha que se avecina. Durante dieciocho años he conducido a mis ejércitos desde lejos. Ni siquiera sé cómo son las sorpresas que deparan a un hombre los frentes de batalla. No se' publiquen mis vacilaciones, archívenlas, que jamás las conozca mi enemigo.

A la cuatro y media de la madrugada tuve cólicos y asfixia. Me recordé sudando. López trajo un clamante. Son engaños del cuerpo, mi General. ¿Por qué les hace caso? Yo lo veo tan fuerte como un padrillo. Duermasé. Me dijo: Desoriente durmiendo a esos achaques.

Pero no pude. El corazón hervía. Sentí una puntada. Quise ir al baño. Al sentarme en la cama, las piernas me crujieron. Se me habían vuelto hielo. ¡López!, llamé. Ayudemé a mear. Él me cargó en los hombros, ¿No ve qué bien camina? ¡Como un muchacho!, me iba tranquilizando. En el baño solté unas tristes gotas. Tenía la vejiga hinchada, me molestaba la próstata, la orina me ocupaba todo el cuerpo. Y, sin embargo, nada: sólo unas gotas de mierda.

169

Y ya es junio 18. En pocas horas dejaré todo esto. Amanece. Al menos me consuela saber que lo vivido aquí, aquí se queda. Que a los recuerdos no los pudre el tiempo. Uno puede llevarlos de un lado a otro, bajo los pies, abrazados en los fondos del cuerpo. ¿Se podrá hacer lo mismo con los lugares? ¿Qué le parece, López? Mirar por la ventana en Buenos Aires y tener a Madrid del otro lado: el clima fresco y seco, los palomares, las perritas saltando bajo los álamos. ¡Ah, entonces otro sería el cantar! Imagínese. Si yo pudiera bajar de la casa que tengo allá, en Vicente López, y salir a las sombras del Paseo del Prado por donde tanto me gusta caminar: si aquello fuera Madrid, ¡con qué distinto ánimo yo iría!

Ahora, oyendo respirar al sol afuera, el General siente que las enfermedades retroceden. Ve cómo los nogales, acurrucados, sueltan de pronto el plumaje. Con alivio, sale a dar una vuelta por el jardín a la vera de López. Recibe, desatento, la letanía de chismes. Que Cámpora trasnochó en un tablao flamenco y repartió claveles a las bailaoras. Que a las tres de la mañana desayunó un asado en Tranquilino. Que han de estar despertándolo en este instante para que visite una exposición de industrias. Ya es suficiente, hombre. No quiero saber más. Perderemos la vida en esas menudencias.

El sol, que ha ido subiendo en tropel, se descuelga de pronto sobre Perón y lo atolondra. Oiga, López: el vapor del verano. Véalo moverse entre las plantas. ¡Y ese ruido! Parece un ejército de hormigas. Vayamos al reparo de la casa.

Como no habrá visitas este lunes, y abajo los sirvientes están aireando los salones, el General sugiere ir de una vez al claustro y ensimismarse en las Memorias. ¿Cuánto nos falta, López? ¿En cuál época estamos? Quisiera irme de aquí sin ese peso. Y usted me cansa, hombre. Va muy lento.

Al pie de las escaleras los sobresalta el alboroto de los relojes dando las ocho de la mañana. Isabel, aún en bata y con ruleros, trajina con una seguidilla de mucamas entre los dormitorios y el desván. Ha guardado ya las cobijas en los baúles y todavía le queda la vajilla. Vamos, con el follón de ayer no hubo ni modo de apurar el paso. Pilarica Franco, la última, se marchó poco antes de la medianoche. ¡Que jaleo! ¿Daniel? Suban con calma. Cuídeme al General. No lo sofoque. Hombre, ¿hasta dónde van? ¿Para qué tanto al claustro? ¿Qué gusto tienen por las oscuridades? Vamos, quédense aquí. ¿No les apetece el fresco de los dormitorios?

Ya en el recodo último de la escalera, el General tropieza con unos lunares de viento que siempre rondan por allí. Hace ya mucho que andan buscando de dónde vienen esas filtraciones: si de la cámara de refrigeración, que mantiene a nivel estable la temperatura del santuario, o de la criatura que yace arriba y que cuando suspira, cuando en medio de la noche suelta sus no suspiros lastimeros, deja rastros como burbujas. Moscas de frío, las llama el General.

Sienta, López: esas corrientes de aire. La casa ya se nos vuelve inhóspita. Igualito a los perros: ladra cuando se le va el dueño.

Por fin entran en el claustro. El secretario entreteje las hojas de una carpeta y otra como mezclando naipes. Que la historia vaya de allá para acá, que la historia no vaya: eso no altera las consecuencias. A ver, López, ¿qué ha hecho? El General busca una frazada y se cubre las piernas. Usted reléveme leyendo. Tengo que descansar los ojos y la voz. ¿A dónde estábamos? Señor: en una duda. ¿Suprimimos o dejamos tal cual sus reflexiones sobre la vida militar? Son extensas. Y técnicas. Algún lector se nos podría quedar durmiendo en el camino. López, ¿y usted qué piensa: que voy a eliminar precisamente la matriz de mi doctrina? De ahí sale todo, de lo que yo digo sobre la milicia. ¿Cómo no se da cuenta? Lo demás no soy yo. Perón viene de ahí: es el *troupier*, el pedagogo de la conducción, el estratega de palacio. No tengo más sabiduría que la del conductor. Y usted pretende que no diga eso. Que ande como un mono, por lo anecdótico, de rama en rama. En lo absoluto. Me importan un carajo los lectores. Que se duerman. Que se retiren a sus invernaderos y ensordezcan. Quede bien claro esto. No seguiré adelante sin explicar qué clase de soldado he sido. ¿Me comprende?

Comprendo:

> *Todo militar debe saber que su oficio es manejar hombres. Conducir. Conducir es un arte, y como tal tiene una teoría, que es lo inerte del arte. Pero lo vital es el artista. Cualquiera puede pintar un cuadro y esculpir una estatua, pero una* Piedad *como la de Miguel Angel o una* Cena *como la de Leonardo no existirían sin ellos. Cualquiera es también capaz de conducir un ejército, pero si se quieren batallas que sean obras maestras como las de Alejandro el Grande o Napoleón habrá que buscar a un general que haya nacido igual, ungido por el óleo sagrado de Samuel. Un conductor no se hace por decreto. Nace. Tal como los artistas verdaderos.*

(Son las mismas palabras que ya hemos repetido tantas veces, mi General. Por eso dudo. Así las escribimos en aquel primer libro, déjeme ver el título completo. Ajá. "Guerra Mundial 1914. Operaciones en la Prusia Oriental y la Galitzia, Tannenberg, Lagos Masurianos, Lemberg. Estudios estratégicos", sin cambiar una coma. Después aparecieron en todos sus discursos y clases sobre la conducción, calcadas. Y en las declaraciones a los periodistas. No faltó quien nos siguiera la pista. Alguien dijo que al principio, cuando Perón citaba a Napoleón y Schlieffen, les concedía comillas, notas al pie, sinopsis bibliográficas. Y que más adelante ya se nos olvidaron esos pruritos. Que nos apoderamos de cuanta frase célebre teníamos a mano. Pienso que ahora podríamos cambiar, buscar otras palabras para la misma idea. Ser más nacionalistas. Patrocinar lo nuestro. No seguir con Leonardo sino hablar de Quinquela. Señor, ¿qué le parece?

El General se opone rotundamente. Los argentinos ni siquiera saben quién es Schlieffen, López, y con el tiempo se olvidarán de lo que Napoleón dijo o no dijo. Preguntarán: ¿Tal frase? ¡Ah, es del General! Y ahí acabará todo. No se preocupe, hombre, nadie osará mancharme, ni siquiera de plagio. A mi pobre país no le queda otra cosa que Perón. Me tiene a mí, y adiós. Yo soy la Providencia, el Padre Eterno. Déjese de macanas, López. Siga.)

En la escala de mis ambiciones, la prioridad ha sido hacer el bien y dentro de eso, a quienes más lo necesitan. Nunca he podido explicarme el amor a la patria alejado de este concepto humano, como tampoco entiendo la grandeza de la patria sin un pueblo feliz. Prefiero un pequeño país de hombres felices a una gran nación de hombres desgraciados. Comprendo a quienes sólo trabajan para sí mismos. Es más, los justifico. Me parece lógico que reciban el beneficio material de sus afanes. Pero mucho mejor comprendo a los que trabajan para los demás sin esperar nada como recompensa.

(Perón y Jesucristo un solo corazón: descubre López. Me parece preclaro. De una perfecta tonalidad celular. Y el General, desabrigándose de la frazada, suspira: Es mi sermón de la montaña, López. Mi canto de bienaventuranza.)

Cada vez que repaso el itinerario de mi vida no me arrepiento de nada. No tengo de qué. Siempre pude dormir sin culpas. Me han calumniado, han arrojado sobre mi nombre las ofensas más canallescas. Hasta matarme quisieron. Nada me ha inquietado ni me importa, porque respondo sólo ante mi conciencia. Y con ella estoy en paz.

No tuve otro vicio que los cigarros, y hasta el sol de hoy no he podido quitármelo. Fumaba Caftan, Condal, lo que viniera. También Ombú he probado. No sé de qué lo hacían. Sólo recuerdo que los pulmones oían Ombú y echaban a correr.

Puedo vanagloriarme de haber sido un buen comandante de compañía. De los ciento diez hombres que tuve bajo mi mando, a uno lo hice nombrar gobernador de Buenos Aires y a los otros los convertí en ministros y embajadores. Todos eran humildes pero leales. Se hubieran hecho matar por mí.

Eran épocas turbulentas, de profundos cambios ideológicos. El ventarrón de las inmigraciones había menguado y tanto en el lenguaje cocoliche como en las infaltables ravioladas de los domingos empezábamos a asimilar la influencia gringa. Un sainete de Armando Discépolo, Mustafá, nos convencía de que por fin la mescolanza produciría una "raza forte". Sin embargo, Buenos Aires era un nido de conventillos. Las empleadas de comercio, las costureras y las maestras ganaban apenas para comer. En las fábricas les pagaban veinte pesos mensuales a las aprendizas, y un par de zapatos berretas costaba quince.

Por supuesto, a los visitantes ilustres les mostraban una ciudad bien distinta. El príncipe Umberto de Saboya, el maharajá de Kapurtala y Eduardo de Gales, que llegaron casi al mismo tiempo, en la época de Alvear, no conocieron sino palacios suntuosos. Nadie los llevó a ver los remates de mujeres que hacían los rusos en los prostíbulos del puerto. Yo mismo vi vender a una polaquita de quince años que había llegado engañada con promesas de casamiento, por una pulsera de plata y doscientos pesos. En vez de mostrarles los mataderos, donde se respiraba la miseria, a los príncipes les exhibieron los toros campeones de la Rural, que no cagan sino soretes de dieciocho kilates.

Un episodio marcó mi pensamiento para siempre. Fue el discurso que Leopoldo Lugones pronunció en Lima, en el centenario de la batalla de Ayacucho. Desató una batahola tremenda entre los liberales y los galeritas, que le reprochaban su admiración por Mussolini, pero a los oficiales jóvenes nos dio bastante que pensar. Empezamos a tomar conciencia de que el ejército debía ser la brújula de la patria.

Los políticos estaban corrompidos y, por fortuna, no tenían el menor contacto con nosotros. Para mantenernos al margen de la corrupción, el general Agustín P. Justo, ministro de la Guerra, le pidió al presidente Alvear que prohibiese por decreto la participación de los militares en los partidos. Nuestro mundo era el cuartel, pero dentro del cuartel estaban los símbolos de la patria. Debíamos velar por ellos.

Leopoldo Lugones expuso maravillosamente aquellas ideas. En Lima dijo:

(Me ha costado un trabajo bárbaro dar con ese discurso, mi General. Tuve que ir a buscarlo a la biblioteca de la avenida Calvo Sotelo. Pero aquí están las frases que usted quería):

"Ha sonado otra vez, para bien del mundo, la hora de la espada. Pacifismo, colectivismo, democracia son sinónimos de la misma vacante que el destino ofrece al jefe predestinado, es decir al hombre que manda por su derecho de mejor, con o sin la ley, porque éste, como expresión de potencia, se confunde con su voluntad".

(Repita la lectura, López. Vale la pena. Era la primera vez que un prócer civil se alzaba para decirnos: Militares, ocupen el poder, les corresponde por naturaleza. Otros lo hicieron después en estos últimos años. Pero ya no son próceres ni nada. Son vivillos: vicarios de las empresas extranjeras. De aquel glorioso ejército sólo quedan andrajos. Mire a los generales. Están asustados. Todos tiemblan ante mi nombre. Me quitaron el título, el uniforme, y ahora no saben qué inventar para impedir mi venganza. ¿Quiere los sueldos atrasados, mi General?, me dicen. ¿Quiere una estatua en Campo de Mayo? Son unos pobres muchachos. Tienen miedo de que los deje sin la pitanza. No les importa más que la pitanza, la buena vida, la ventajita. Los conozco muy bien. A uno que vino por aquí tuve que darle un tranquilizante. Hombre, le dije, yo no haré nada contra usted. Ya estoy amortizado. No me confunda con el conde de Montecristo. Ahora, si su conciencia le reclama porque usted obró mal, ya no es problema mío.

Son gente mal acostumbrada. Van directo al acomodo. Y para colmo, no agradecen. Veo lo que hicieron con el pobre Lugones. Un civil honorable, un verdadero tribuno. Se pasó cinco años golpeando a la puerta de los cuarteles. ¡Tomen el poder!, predicaba. ¡Tomen de una vez el poder! Y cuando al fin lo hicimos, en 1930, ¿qué se le ofreció a cambio? Un cargo de maestro. Aquello fue una burla. Lugones se vino abajo. Yo quise hablar con él en el Círculo Militar, donde hacíamos esgrima. Lo encontré muy distante. Vivía angustiado por no sé qué desgracias personales. Me trató cortésmente. Convinimos una cita. Pero al día siguiente me mandó una esquela, postergándola. Desde entonces, cada vez que se cruzaba conmigo me decía: Será más adelante, Perón, más adelante. Yo entendí: será nunca. Las aflicciones lo habían vuelto inaccesible. Al poco tiempo se mató en un recreo del Tigre... Basta ya. Volvamos a la otra parte del discurso de Lima. Hombre, ¿por qué no sigue de una vez?)

"El sistema constitucional del siglo XIX está caduco...

(Tal cual. Lo que yo dije en mi mensaje al Congreso, el año '48: que la Constitución argentina era un artículo de museo. Lugones tenía razón. No era posible seguir aceptando una ley de la época de la carreta...)

"El ejército es la última aristocracia, vale decir la última posibilidad de organización jerárquica que nos resta entre la disolución demagógica. Sólo la virtud militar realiza, en este momento histórico, la vida superior que es belleza, esperanza y fuerza."
Fui de los pocos oficiales que apreció en toda su magnitud el proyecto de Lugones. Pero yo era un teniente primero apenas. ¿Qué podía hacer? El poder estaba demasiado lejos de mí. Lo único que ambicionaba era diplomarme en la Escuela Superior de Guerra y casarme con una chica decente, que fuera del agrado de mis superiores.
A mediados de 1925, después de pasar algunos meses reclutando aspirantes a suboficiales en Santiago del Estero, pedí que me destinaran a la Escuela de Guerra. Una vez más iba siguiendo los pasos de mi mentor, el mayor Descalzo, a quien habían confiado allí la cátedra de Organización. Rendí un examen sobresaliente. Cuando me admitieron, sentí que la vida volvía a empezar. Quien vive una sola vez es como si no hubiera vivido nunca. No hay otro modo de sentir la vida que comenzándola, sin esperar a que llegue el fin. Comenzándola siempre.

(Quédese quieto. López. Lea sin darle tantas cavilaciones al cuerpo. ¿Qué busca en esas fotos, hombre? ¿Para qué revolea tanta hojarasca? Son espacios en blanco, mi General. Las Memorias que usted ha mandado al purgatorio. Vea esto. Los apuntes de clase, 1926. Y aquí: una etiqueta de cigarrillos. Combinados Mezcla, los que de veras fumaba usted. Y estas cuentas borrosas: recibos de alquiler que pagaba por un bulín en la calle Godoy Cruz, con otros seis oficiales. Observe las fotografías: están veladas por una sombra triste. Usted sonríe ante la cámara y sin embargo parece que se estuviera yendo de allí. Se va desvaneciendo, cada vez más sepia. He apartado también recuerdos que le hicieron daño. Vea por aquí el verano de 1925. Usted llegó entonces al campo de la familia, en la Sierra Cuadrada del Chubut. Su padre, magro ya, no tenía más distracción que la recua de nietos. Mario Avelino se había casado con Eufemia Jáuregui. Engendraron cuatro hijos: el segundo, Tomás Domingo, llevaba el nombre que me fue usurpado. Advertí que una enfermedad mortal amenazaba a mi padre. A duras penas lo convencí de que viajase conmigo a Buenos Aires, en procura de médicos. Deténgase en la foto, mi General. Vea la meseta yerma donde vivían, enclavada entre las oscuras pirámides de piedra. Y aquí, el laberinto de acequias que fue cavando su madre con ayuda de los peones. El portal, el letrero: "Estancia La Porteña" ¿puede ver el recuerdo? Todo lo veo, López, como si fuese ahora.

Cuando los médicos de Buenos Aires examinaron a su padre ya no le permitieron volver. La arteriosclerosis se lo comía. El pobre viejo apenas caminaba. Tuvimos que comprar una casita en la calle Lobos casi esquina San Pedrito, al sur del barrio de Flores, e instalarnos allí, con doña Juana. Ella, mi General, regresaba al Chubut para la esquila. No más de tres semanas. Y luego, ¡con cuánto afán velaba junto a la cabecera de mi viejo! Sabíamos que era inútil. El cuerpo de don Mario Tomás, que alguna vez creí eterno, adelgazaba y se desvanecía.

Fue por entonces que usted conoció a Potota. ¿Recuerda cómo? ¡Qué voy a recordar! ¡Hace ya tanto! Sería en un baile de familia, en Palermo. A ver. Fue, creo, en una fiesta del Círculo Militar. Oigo la música de un vals. Saqué a María Tizón, la hermana de Potota. Y luego a ella. Conversamos de cine. La oí tocar la guitarra.

Aurelia se llamaba, mi General. Era la sexta hija de Tomasa Erostarbe y Cipriano Tizón: él era dueño de un negocio de fotografía y militaba en la Unión Cívica Radical. A ella, por el celo

176

con que cuidaba a las hijas, le decían señora Eros Estorba. Potota era la más bajita. Tenía una extraña voz ronca, bien afinada. Temple de voz quebrado, como el de Eva. Ya no me ponga en fila los recuerdos, López. Cállese. Cuenta mi vida como si fuera un inventario de Gath y Chaves. No soy yo el culpable, mi General. Son los blancos que usted quiere dejar en las Memorias. ¿Toca el blanco? ¿Puede oler los silencios? Ajá, López. Así es. Ponga de una vez fin a estos paréntesis. Que Isabel nos avise cuando sirva el almuerzo. Y mientras tanto, lea. Siga con las Memorias verdaderas):

Los estudios, que me condenaban a una vida sedentaria, aflojaron mi cuerpo. Engordé. Llegué a pesar noventa kilos. Avanzados ya los cursos, en 1927, llegó a la Escuela de Guerra el general Alexis von Schwartz, un brillante profesor de Fortificaciones Militares que había servido en el ejército imperial ruso. Después de clase, yo solía caminar con él por Palermo. Hablábamos de Moltke, de Jomini, de Clausewitz y otros teóricos de la guerra. Pero al despedirnos siempre me repetía "Ninguno es tan grande como el conde Schlieffen".

No era fácil encontrar entonces libros de Schlieffen. En la Revista Militar *publicaban sólo artículos sueltos que me acicateaban la curiosidad. Schwartz me pasó una obra sobre la batalla de Cannae, en italiano. En una noche la devoré.*

Al principio, me desconcertó el número casi infinito de planes estratégicos que había elaborado Schlieffen en el curso de su vida. Después me intrigó el hecho de que un plan se contradijera frecuentemente con otro que había sido preparado para la misma campaña. Pensé: esto no puede ser casual. Responde a una concepción original de la guerra. Vislumbré que Schlieffen era un genio y que aun después de muerto no se lo comprendía.

Veamos: año tras año, y aunque las circunstancias siguieran siendo las mismas, Schlieffen organizaba concentraciones de fuerzas en los puntos que antes había dejado al descubierto. Diseñaba una estrategia, la defendía como insuperable, y casi de inmediato diseñaba una nueva para demoler la anterior. A la vez exigía que sus oficiales preparasen un plan A de batalla, y otro B, que contradijese al anterior pero fuera también perfecto. ¿Para qué le servían esas paradojas aparentes? ¡Ah, tal era el secreto de su grandeza! Hasta en dogmas tan inquebrantables como el que impone aniquilar primero a un enemigo antes de volver las fuerzas contra el otro, Schlieffen se mostraba desconcertante. Aconsejaba luchar en todos los frentes a la vez. Su primer mandamiento era la lucha ofensiva. Al ataque, siempre al ataque, aun ante adversarios superiores.

Casi todo lo que sé hoy lo aprendí entonces. Y lo apliqué a la política. Clausewitz opinaba que la guerra es una continuación de la política por otros medios. Para mí las cosas suceden al revés: la política es una continuación de la guerra por otros medios, pero con las mismas tácticas. Años más tarde, cuando me reprochaban una frase irritante, yo podía responder, extrañado: ¿Cómo es posible, si en la ocasión tal o cual afirmé lo contrario? Nadie puede hacerme responsable de una sola idea que no cuente con su reverso. Con la Iglesia, el ejército, el petróleo, la reforma agraria, las formaciones especiales, la libertad de prensa, he mantenido siempre dos actitudes, dos o más planes, dos o más líneas doctrinarias: por mi naturaleza adversa a todo sectarismo y porque soy un conductor. No puedo andar midiendo las cosas con la vara de un solo dogma. Esa fue la mejor enseñanza de Schlieffen.

En mis archivos he conservado todas las explicaciones de la realidad: las que se veían en positivo y también las que se veían en negativo, porque tarde o temprano me servirían unas u otras. Por supuesto, ese juego con los opuestos no puede aplicarse a la bartola, sino respetando líneas muy claras de pensamiento, de las que bajo ningún concepto debe apartarse el conductor. Las mías se resumen en tres apotegmas: soberanía política, independencia económica y justicia social. Que a los ricos y pobres nada les falte. Que para todos haya igualdad de oportunidades.

En los momentos más negros de la vida, cuando mis adversarios arremetían brutalmente contra mí, confiados en la superioridad de sus fuerzas, yo respondía atacando. Ataca, me decía. Y pensaba en Schlieffen. Ataca, que algo queda.

No todas eran lecturas en la Escuela de Guerra. Se nos imponían también largas marchas de reconocimiento por terrenos escabrosos y trabajos de geodesia en la frontera. Los que debí emprender en los Andes, entre Mendoza y Neuquén, me dejaron con los ojos hambrientos de na-

turaleza. Yo no era Mahoma, pero la montaña venía hacia mí. La montaña se iba acercando a mi destino.

Me faltaba poco para cumplir treinta y tres años: la edad en que los hombres hacen su más profundo examen de conciencia. Ciertas cosas ya estaban claras: la patria era mi vida, y el ejército mi camino para servirla. Los oficiales más esclarecidos procuraban zafar al país de su fatalidad agropecuaria y exigían al presidente Alvear que organizara industrias nacionales administradas por las fuerzas militares, comenzando por la siderurgia.

Bajo el ministerio de Agustín P. Justo, el ejército se había convertido en un factor importantísimo de poder. Era el que sacaba las papas del horno cada vez que se alteraba la paz en las provincias, el que reprimía los asaltos a la propiedad privada en el Chaco santafecino y en los fundos laneros de Santa Cruz. ¿Y a cambio, qué recibíamos? ¡Mendrugos! Sólo la tenacidad de Justo forzó algunas mejoras en el presupuesto militar. Los anarquistas mataron a un teniente coronel, y a la viuda la arreglaron apenas con un telegrama de pésame.

Ya estábamos cansados de palabras. Eran tiempos de violentos cambios. Nadie ofrecía un proyecto nuevo de país aparte de nosotros. Y nadie más que nosotros podía llevarlo adelante. Pensé que pronto las fuerzas sanas de la patria vendrían a golpear a las puertas de los cuarteles. Y que debíamos prepararnos.

Recuerdo el día en que Yrigoyen fue elegido para la presidencia por segunda vez. Era una tarde, en abril. Empezaban las lluvias. Fui a la casa del teniente coronel Descalzo y a través del balcón miré a la calle: la gente que corría, las voiturettes, los árboles amarillos. Sentí que se anunciaba para la Argentina una enorme tristeza. Le dije a mi mentor: "Este país ya no será el mismo cuando se haya ido el doctor Alvear. Los políticos son una especie moribunda. Yrigoyen ocupará el gobierno, pero los militares tendremos el poder". Descalzo me oyó sorprendido: "Perón, ¿usted quiere el poder?". Y yo le respondí: "No es cuestión de querer o no querer. Es cuestión de destino".

Cuando la soledad de los estudios en la Escuela de Guerra se me hizo intolerable, comencé a buscar una chica decente, de familia, que tuviera sensibilidad y don social. Encontré esas cualidades en Aurelia Tizón, a quien

179

*por su dulzura llamaban Potota, lo que significa "precio-
sa" en la media lengua de los niños. Era maestra normal,
aficionada a la pintura y a la música. Tocaba con mucha
gracia la guitarra y el acordeón. También solía declamar
versos de Juan de Dios Peza y Santos Chocano con un ex-
presividad increíble. Advertí en seguida que su temperamento armonizaba con el mío. Ella me alentaba en los estudios y con la mayor discreción se situaba siempre en un
segundo lugar. Como su familia tenía excelentes vincula-
ciones con los radicales, Potota unía lo conveniente a lo
agradable. Pedí su mano en marzo de 1928. Pensábamos
casarnos en octubre, pero la arteriosclerosis de mi padre
se agravó y al pobre viejo lo perdimos el 10 de noviembre. Fue apagándose y murió sin una queja.*

*Debido al luto postergamos el casamiento hasta ene-
ro. Nunca he tenido buena memoria para los detalles domésticos, que suelen servir más a la chismografía que al
verdadero conocimiento de las personas. Y de Potota no
quiero recordar sino eso: el noble amor que me brindó
durante casi diez años de matrimonio.*

(Hemos dejado a la esposa sin edad. López interrumpe la lectura, en el claustro, y desempaña los anteojos con el aliento: vol-
viéndolos a empañar. ¿Púber? ¿Impúber, una lolita? Aquí tengo
un manojo de fechas confundidas, mi General? Hay quienes dicen que no llegaba ella a los veinte años cuando se casó; otros,
que a los diecisiete. Un caudillo radical de Palermo, Julián Sancerni, me ha prestado estas fotos. Véalas: 1912. Es la esposa en la
infancia. De pie, a la izquierda, Sancerni luce una escarapela. Ella
se oculta en la fila del medio, la sexta desde la derecha, con un
vestido gris de cuello blanco. Ya tan temprano le despuntaba una
sonrisa de Gioconda y en los ojos había, ¿se da cuenta?, el reflejo
de una luna en menguante: la señal de las muertes prematuras.
Ambos, Sancerni y ella, no pasaban de los nueve años. Calcule-
mos, entonces, que nació en 1903. Ha de tener razón, López. Así
sería. Vea esa expresión de la muchacha: tan alejada, oscura, como si no me hubiera conocido. ¿Esta era ella, entonces: Potota?
Nunca quiso llamarme por mi nombre. Me decía Perón. Hasta en
los momentos de más mínimo desahogo yo era siempre Perón.)

*Al regresar de nuestra luna de miel en Bariloche ya se
había publicado mi nombramiento como oficial del Estado Mayor. Supe también que, por intercesión del teniente*

coronel Descalzo, me iban a confiar la cátedra de Histo-
ria Militar en la Escuela Superior de Guerra. Me sentía
dueño del mundo.

Mi tesis sobre la batalla de los Lagos Masurianos
apareció en la Biblioteca del Oficial. Todas las ideas que
fui exponiendo en el curso de mi vida ya están expresadas
allí con claridad. Esgrimí la bandera de "La Nación en
armas", que no es sino la subordinación de las industrias,
servicios y energías del país al objetivo de la defensa na-
cional. Sostuve allí también, siguiendo a Schlieffen, que
todo ejército, por vigoroso que sea, decae, envejece y
muere con su conductor.

(El General emerge de su modorra. Aparta la frazada y se incorpora. Saque de ahí esa frase, López Rega. Ponga más bien: Un
ejército ya organizado sobrevive intacto, aun después de la muerte de su conductor. El secretario se inquieta. ¿Mover la frase? Mi
General, no es sano. Proviniendo de Schlieffen, no lo aconsejo.
Más bien sugiero completar el sentido. Decir, ¿qué le parece?:
Todo ejército podría envejecer y morir con su conductor si no tu-
viese un conductor de relevo, un heredero, un poder que llega un-
gido por el poder que se va. Punto y aparte.

No me revuelva las órdenes, López. Haga lo que le digo. Corrija de una vez esa barbaridad.)

...que todo ejército ya organizado sobrevive intacto
aun después de la muerte de su conductor. Hasta la sacie-
dad sostuve allí que el éxito no se improvisa sino que se
prepara. "El conductor ha de buscar la victoria hasta el
último extremo, soportando virilmente los golpes del des-
tino." Dediqué aquella obra a quien lo merecía: "Al te-
niente coronel D. Bartolomé Descalzo, como una pequeña
amortización de mi gran deuda de gratitud".

El país, mientras tanto, andaba a los tumbos. Yo com-
partía la decepción de todos. Mis simpatías por Lisandro
de la Torre se desvanecieron en 1923, cuando él se opuso
a las compras de armamentos que reclamaba desespera-
damente el coronel Agustín P. Justo, por entonces minis-
tro de la Guerra. Más tarde me inquietaron las ambicio-
nes de Hipólito Yrigoyen, quien, a los setenta y seis años,
cuando ya lo aquejaba una visible incapacidad senil, qui-
so ser reelegido presidente.

(Subráyeme todo eso, López. Yo a los setenta y siete años regreso a mi país lúcido y sin ambiciones. Que la diferencia quede clara.)

Y aunque Yrigoyen se alzó con el sesenta por ciento de los votos en los comicios de 1928, la inconformidad subía de punto dentro del ejército. Una de las comidillas más frecuentes en los casinos era que, apremiado por los oficiales superiores, el general Agustín. P. Justo, al que acababan de ascender, encabezaría un movimiento de salvación nacional con un gabinete de alvearistas. Tanto corrió la voz que Justo debió publicar una carta desmintiendo el infundio.

El ejército se dividía en dos alas bien definidas: a una la podríamos llamar "evolucionista". Sostenía que los argentinos debíamos echar a patadas a las hordas de Yrigoyen y acabar con el culto a su personalidad, pero nada más. Eso significaba que si el ejército intervenía en política lo hacía sólo para conservar las estructuras tradicionales del país y llamar a elecciones lo antes posible. La otra línea, de tinte "reformista", pretendía cambiar por completo la organización del Estado, adaptándola a los modelos de paz y orden impuestos por Mussolini y Primo de Rivera. Cada uno tenía sus líderes naturales. El conductor de los evolucionistas era Justo; el de los reformistas, José Félix Uriburu, un general puro y bien intencionado, hasta cuando conspiraba.

Ningún oficial sensato podía mantenerse al margen. En toda revolución sucede que un veinte por ciento se manifiesta a favor, un veinte por ciento en contra, y el resto no está con nadie. Espera y luego se pone del lado de los que ganan.

Bastó que Yrigoyen asumiera el gobierno para que nos cayera encima la mala suerte. Los precios de la carne y el trigo declinaron. Por las ciudades vagaban los desocupados, los crotos, los linyeras. Los únicos negocios florecientes eran la prostitución y el alquiler de conventillos, que estaban en manos de judíos.

Yo era un simple capitán, y como tal vivía un poco al margen de aquellos dramas de altura. Al margen, pero no insensible. Recuerdo el carnaval de 1930, el corso de la Avenida de Mayo, las alegrías fingidas de la gente. Antes, las máscaras jugaban con agua perfumada, había lances

de amor, los desconocidos se abrazaban. En aquella oca-
sión vi mucha gente sola, desentendida, que arrojaba pa-
pel picado sobre las murgas como si fuera un deber. Has-
ta un gigante apareció, disfrazado de Rey de la Locura. Y
nadie le llevó el apunte. Con otros dos capitanes solíamos
ir al cine los días de moda, a la función vermut. Siempre
había turbas de mendigos rondando junto a las puertas.
Andaban como racimos, infectados de granos, tosiendo.

Yo presentía lo peor. Y, sin embrago, desconocía la in-
tensidad de aquella desgracia.

Fui de los primeros en unirme al movimiento que aca-
baría con Yrigoyen el 6 de setiembre de 1930. Llegué dis-
puesto a dar la vida por ese ideal. Pero me preguntaba:
¿Yrigoyen vale tanto? ¿No es él un hombre de temple es-
quivo, que huirá más bien cuando oiga el primer tiro?

Tuve mi primera reunión con el general Uriburu en
junio de 1930. Allí me comprometí a conversar con Des-
calzo para sumarlo a la conjura. Mi mentor estaba tan
preocupado como yo por la proliferación del anarquismo.
Se habían formado soviets en los talleres de linotipia y en
los cuarteles de bomberos. La gangrena avanzaba.

A comienzos de agosto, hasta el ministro de Guerra co-
nocía los detalles de la conspiración militar. Nadie, sin
embargo, se interesaba en frenarla. No faltaba quien, en
aquel caos, creyera que el propio Hipólito Yrigoyen quería
ser derrocado, para irse a descansar a su casa. Cuando le
hablaban de revolución el presidente contestaba: "Nada
ocurrirá. Son agitaciones políticas pasajeras". ¡Pasaje-
ras! El 6 de setiembre de 1930 murió una Argentina y otra
ocupó su lugar. Cuál era mejor lo dirá la historia. Pero
aquel día fue como la línea que trazó el conquistador Piza-
rro sobre la arena, en su marcha hacia el Perú. Una línea
sin regreso. Ya nunca más seríamos como éramos.

Hasta el vicepresidente Enrique Martínez tenía sus
propios planes para el golpe. El pobre pensaba que los
militares íbamos a premiarlo con un ascenso. Pero cuan-
do se dio cuenta de que con nosotros no se juega, fue de
los más apurados en irse de la Casa de Gobierno.

Yrigoyen, postrado desde varios días atrás, con una
seria congestión pulmonar, tuvo al menos la entereza de
levantarse de la cama y buscar ayuda. La revolución
triunfó por milagro porque, hasta última hora, la mayor
parte de los conspiradores seguía indecisa. Temía que se

*diera vuelta la tortilla y en vez de un desfile triunfal por la
Plaza de Mayo, la fiesta terminara en el penal de Ushuaia.
¿O vamos a olvidar que el amanecer del sábado 6 de setiembre, cuando el general Uriburu emprendió la marcha
sobre la Capital, no lo acompañaban sino el Colegio Militar y la Escuela de Comunicaciones? El grueso del ejército esperaba órdenes, no se sabe de quién. Las fuerzas de
Campo de Mayo y de Palermo se plegaron al golpe sólo
cuando Yrigoyen ya estaba desplomado. Un civil ocupaba
el Ministerio de Guerra: un pobre advenedizo. Y, sin embargo, el ejército dudaba. Dividido, desorganizado, aque-
jado de susto y desconcierto, el ejército salió pensando en
la derrota. Un milagro lo salvó. ¿Cuál? La ansiedad civil,
la voracidad de cambio, el gusto por los placeres novedo-
sos que tan rápido prende entre los argentinos. Yrigoyen
ya nos había cansado. Queríamos ver qué tal nos iba con
Uriburu. Como a las diez, me acuerdo, la sirena del diario* Crítica *anunció con alborozo la revolución. A las cinco de la tarde, la Casa de Gobierno quedó abandonada.
El pueblo de Buenos Aires se lanzó a la calle y aplaudió
el desfile de las tropas. Sin esa fuerza cívica que nos impulsaba hubiéramos perdido. Íbamos al encuentro del poder en vilo, levantados en andas. Al entrar en la avenida
Callao, el automóvil de Uriburu recibió un baño de flores.*

*Yrigoyen estaba inerme. Las turbas amenazaban su
casa. Unos pocos fieles lo llevaron al palacio de la Go-
bernación, en La Plata, con riesgo de que se les muriera
en la travesía. Ojeroso, descarnado, el presidente caminó
por unos salones de hielo. En aquella ciudad ajena, in-
ventada, casi una ciudad imaginaria, todo le resultaba
desconocido. Debió de sentir miedo. Alguien le puso una
pluma en la mano y le tendió un papel con la renuncia.
Yrigoyen firmó. Era un texto breve. Decía que se iba del
gobierno "en absoluto", como si fuera también posible irse a medias. Y subrayaba eso: "en absoluto". Hasta en su
final, Yrigoyen se mostró desorientado ante la realidad.*

*Yo siempre consideré aquella renuncia como un sím-
bolo. Para los argentinos fue la primera señal de abdica-
ción civil. Con aquel documento, ya nos quedó marcado
el porvenir.*

*Veamos. Su destinatario no era el Congreso, como co-
rrespondía, ni tan siquiera el general triunfante José Félix Uriburu, sino el jefe de las fuerzas militares de la ciu-*

dad de La Plata, como si el presidente no hubiera vislum-
brado la importancia del gesto. Que al deponer el gobier-
no ante un oficial cualquiera, estaba rindiéndose no ante
la institución llamada ejército sino ante la fuerza bruta.
Hasta entonces, los militares habíamos tenido miedo de
tomar el poder. El gesto de Yrigoyen nos hizo perder el
miedo para siempre. E introdujo en los civiles la idea de
que por el mero hecho de llevar uniforme, un militar esta-
ba capacitado para lo que fuese: intervenir un sindicato,
dictar leyes, dirigir un colegio y recibir la renuncia de un
presidente.

Tanto fue así, que hasta la Corte Suprema de Justicia
se puso de nuestro lado. El 10 de setiembre, a cuatro días
del golpe, los jueces declararon solemnemente que la
fuerza era suficiente argumento para garantizar el orden
y la seguridad de la población.

Como aquí terminaban sus memorias del '30 —dijo López,
con los ojos rayados por la exaltación, en la penumbra del claustro—, he anotado al margen algunas observaciones. Todo puede
enmendarse mientras tengamos tiempo. Oiga esto, mi General: el
cuento que dio usted a publicar hace apenas tres años. Cuando le
dijo a Tomás Eloy Martínez que entró en la revolución del '30
como uno más, sin culpa, obedeciendo órdenes. Recuérdelo, Martínez, aquel de la revista *Panorama*. Déjeme que le pase la grabación completa.

De los casettes clasificados con el rótulo "Memorias para
Eloy segunda parte", López toma el segundo. Ajusta el volumen
del grabador. La voz del General invade el claustro, más vieja y
empedrada:

"El segundo gobierno de...".

Ponga el sonido más bajo, López, se inquieta el General. Y
con el dedo apuntando al techo, murmura: Respetemos. Nunca
olvide a la muerta.

La voz regresa, moderada:

"El segundo gobierno de don Hipólito Yrigoyen no resultó
tan bueno como el primero. El hombre tenía ya muchos años y el
fuego revolucionario se le había apagado. Una corte de tinterillos
y empleados de la policía lo dominaba. Estaba secuestrado en su
propio despacho. Cuando un ministro quería ver al presidente le
respondían que estaba muy ocupado. Y cuando Yrigoyen preguntaba por el ministro, le mentían que andaba de viaje por el interior. A los obispos y a los almirantes los hacían esperar durante

horas en las antesalas (¡aquellas famosas amansadoras!). Las más de las veces se marchaban sin poder verlo, porque la corte hacía pasar primero a jubilados y pedigüeños que lo entretenían.

"El ejército no era insensible a semejantes calamidades y, claro, se produjo una tremenda reacción. Los jefes plantearon su inquietud. A mí me apalabró Descalzo. Yo fui uno más, entre los muchos que se comprometieron... Lo hice sobre todo por espíritu de cuerpo. Pero la que sacó provecho fue la oligarquía. Advirtió que podía tomar el gobierno por asalto, y así lo hizo".

¿Se da cuenta, mi General? López apaga el grabador. Con tanto zigzag es fácil desorientarse. Por un lado, usted dice que fue de los primeros en unirse al golpe. Por el otro, no queda en claro si fue revolucionario por voluntad o por casualidad, si el presidente Yrigoyen le merecía compasión o respeto. He sabido también que Eloy Martínez amenaza con publicar una foto que le tomaron a usted el 6 de setiembre de 1930, llegando a la Casa de Gobierno en el estribo del auto de Uriburu, con sonrisa de triunfo. Martínez no es problema. Le damos un buen susto y se acabó. Los documentos se borran, se destruyen. Eso no me preocupa. Lo que quiero es que elija una sola versión para los hechos. Una sola: la que fuere.

Ahora el General suelta la carcajada. Tranquilícese, hombre. ¿Eso era todo? Vea cómo son las cosas. Si he vuelto a ser protagonista de la historia una y otra vez, fue porque me contradije. Ha oído ya la estrategia de Schlieffen. Hay que cambiar de planes varias veces al día y sacarlos de a uno, cuando nos hacen falta. ¿La patria socialista? Yo la he inventado. ¿La patria conservadora? Yo la mantengo viva. Tengo que soplar para todos lados, como el gallo de la veleta. Y no retractarme nunca, sino ir sumando frases. La que hoy nos parece impropia puede servirnos mañana. Barro y oro, barro y oro... Usted bien sabe que yo no digo malas palabras, pero para la historia no hay sino una. La historia es una puta, López. Siempre se va con el que paga mejor. Y cuantas más leyendas le añadan a mi vida, tanto más rico soy y con más armas cuento para defenderme. Déjelo todo como está. No es una estatua lo que busco sino algo más grande. Gobernar a la historia. Cogerla por el culo.

¿Qué groserías son ésas?, golpea Isabel a la puerta del claustro. Y abriéndola, sin pasar, protesta, con las manos en la cintura. Vean a los señoritos entretenidos en chismes de hombres mientras yo abajo chalada, ya no sé cómo hacer con el teléfono. Llaman de todas partes. Cámpora, que si viene. ¿Qué le digo? Del palacio de El Pardo, no sé cuántas veces: que si el General querrá

186

despedirse del Caudillo en La Moncloa o en Barajas. Un ministro de Cámpora, ni siquiera sé cuál, pregunta por la agenda de mañana. Y yo no he podido sentarme un segundo a elegir qué zapatos me llevo a Buenos Aires. Las maletas de todos ya están listas pero las mías son un desastre.

No atiendas más, hijita. ¡Pobre! Que nos dejen en paz. Yo estoy muy atrasado con todo este trabajo. ¿Y la guardia, qué hace? Que un guardia se siente junto al teléfono y diga: En la casa no hay nadie. El General se ha ido. López: cierre la puerta. Póngame la frazada. Las corrientes de abajo me han enfriado las piernas. Prosiga de una vez, hombre. Muévase, hacia el otro año...

> *Se han escrito muchas estupideces sobre lo que yo hice aquel 6 de setiembre. Que acompañé a Descalzo hasta el cuartel de Granaderos, lo sublevé y marché con ellos sobre la Casa de Gobierno. Son pamplinas. Lo único cierto es que pasé dos días sin ver a mi familia, afeitándome con una navaja mellada para estar presentable.*

> *Aquí hay una hermenéutica y, por lo tanto, deben revisarse los textos. Descalzo, mi mentor, había sido nombrado en la Escuela de Infantería. Yo no quería dejarlo ir solo. Una vez más, él arregló mi pase. Cuando lo consiguió, brindamos por el nuevo ejército y la nueva patria. Estábamos cayendo en desgracia, pero aún no lo sabíamos.*

> *Ya en las primeras semanas de la revolución los generales Uriburu y Justo estaban enredados en un pleito por el poder que nos convirtió a todos los oficiales en sospechosos. Se castigaron las lealtades. A Descalzo, que gozaba de la plena confianza de Justo, lo apartaron de la escuela de Infantería y lo destinaron a un distrito fronterizo en Formosa. Yo fui más afortunado. Me declararon en comisión. Y para que no permaneciera de brazos cruzados, me inventaron un trabajo de reconocimiento geográfico en el extremo norte. Involuntariamente me hacían un favor. Cabalgando por las quebradas de Salta y Jujuy, el país entró en mí como nunca. Se me encendieron los sentidos.*

> *Para el pueblo se abrían años terribles. Yo fui el único de todos los militares que no decepcionó a la gente. No reivindico para mí otro mérito que el de haber mirado y combatido. Lo que me enseñaron los ojos, luego lo ponía en marcha mi corazón.*

> *En el Chaco, en Formosa o en Misiones había miles*

de hombres que no conocían las alpargatas y se asustaban al ver un automóvil. En el puerto de Buenos Aires los crotos levantaban de la noche a la mañana barrios de latas y cartón prensado, que los turistas iban a ver como si se tratara de un espectáculo folklórico. En Avellaneda el clan conservador de don Alberto Barceló regalaba bolsas de papas y yerba a los pobres que se aglomeraban a las puertas del comité. Pero al mismo tiempo manejaba con puños de acero una cadena de garitos y prostíbulos.

Hasta Carlos Gardel, que fue un gran hombre, sufrió la confusión de aquellos años. Se hizo amigo de un tal Ruggiero, guardaespaldas de Barceló, y los domingos por la tarde, a la salida del hipódromo, aceptaba cantar en las milongas de Avellaneda. Tanta era la intimidad, que don Alberto le consiguió a Gardel el pasaporte falso que usó toda su vida. Por gratitud, al retirarse de las veladas, Gardel se despedía con el vals favorito de Barceló: "Ay, Aurora me has echado al abandono. / Yo que tanto y tanto te quería...".

A esas milongas solían caer oficiales de alta jerarquía, y si a uno lo invitaban, no había excusa posible. Yo debí acudir unas cuantas veces y hasta tuve ocasión de conversar con Gardel. Era un hombre muy simple, buenazo, con más sensibilidad que inteligencia. Un día quiso saber cuál era mi pieza preferida para incluirla en el repertorio. Se lo dije: "¿Dónde hay un mango, viejo Gómez? / Los han limpiao con piedra pómez". Esos versos lo alarmaron. Gardel, como todo artista, era un animal de cautela. Temeroso de que alguien hubiera oído, me llevó a un rincón, vichando para todos lados. "Dése cuenta, capitán", me dijo. Yo era mayor entonces. "Aquí no puedo cantar semejante cosa... Sería faltar a la hospitalidad..."

Aproveché mi ostracismo temporario para reunir en un libro las clases que había dado en la Escuela de Guerra. Así nacieron mis Apuntes de Historia Militar. Yo seguía buscando apoyo en las teorías de Clausewitz y del conde Schlieffen, pero esta vez definí con mayor claridad otras ideas. Por ejemplo, la doctrina de la Nación en armas. Y también la del comando único para todas las fuerzas, en la paz y en la guerra. Ambas serían más tarde piedra fundamental de la organización peronista.

Ya en 1934 publiqué, en colaboración con el teniente

coronel Enrique Rottjer, los dos volúmenes de La guerra
ruso-japonesa. *Un general tuvo la osadía de acusarnos de
plagio y nos formaron un tribunal de honor amañado. Por
supuesto, fallaron en contra de nosotros, obligándonos a
ofrecer disculpas. Envidias: todas eran envidias.*

*Cuando eligieron a Justo como presidente de la Repú-
blica, a mí ya me reconocían como figura de porvenir.
Uno de los jefes más probos que ha tenido el ejército, el
general Manuel A. Rodríguez, fue nombrado ministro de
la Guerra. De inmediato me mandó llamar. "Perón", dijo: "He leído sus libros con cuidado. Creo que nuestras
ideas son afines. Desde mañana será mi ayudante de campo, mi edecán".*

*Por órdenes del ministro, una comisión al mando del
coronel Francisco Fasola Castaño hizo un viaje de reconocimiento a través de las fronteras andinas, entre Las
Coloradas y Villa La Angostura, al sur de Neuquén. Yo
era el segundo de la expedición. La belleza del paisaje
nos cortaba el aliento. En la noche, el aire se volvía fosforescente. Al amanecer oíamos gemir a los jabalíes bajo
los álamos y abedules. Entre tanto esplendor, los indios
que habitaban esas soledades morían a los veinte años de
pestes y abandono. Temiendo que se extinguieran todos
como el fósforo, quise al menos salvar sus restos de la
cultura. Me pasaba días interrogándolos, con ayuda de
los lenguaraces, y aunque olvidé las leyendas tribales res-
caté las palabras, para que pudieran usarlas otros soldados cuando volvieran a esos parajes. Con ellas compuse
un diccionario bilingüe:* Toponimia patagónica de etimo-
logía araucana.

*Ya en Buenos Aires noté al ministro Rodríguez muy
desmejorado. Era el blanco de todas las fobias políticas.
Cada vez que presentaba un plan para comprar equipos
militares, los socialistas le clavaban las uñas. En lo peor
de su enfermedad tuvo que acudir al Congreso. Allí pronunció un discurso inolvidable. "El militarismo no siempre nace del ejército", dijo. "El militarismo suele ser un
mal que crean los políticos cuando utilizan el ejército para lo que no deben."*

*Un hombre así tenía que morir joven. Dicen que lo
mató el cáncer. Yo creo que fue más bien el asco. El país
estaba corrompido. Hasta los aristócratas se volvieron
delincuentes. Sin la menor vergüenza andaban enredados*

189

en escandalosos negocios con la carne, los tranvías, la luz eléctrica, los ferrocarriles. El presidente Justo, mientras tanto, exhibía la más plena indiferencia. Desde los últimos años de Yrigoyen, la Casa de Gobierno era un lugar enyetado, maldito.

En octubre de 1935, Rodríguez, ya consumido, me recibió en su casa. "Mi general", le dije, "quiero irme de aquí. Lo he servido tres años. Gracias a usted he roto el cascarón y necesito probar mis fuerzas en el mundo". Y aquel hombre que jamás sonreía, entornó los labios paternalmente. "Está bien. Váyase", me ordenó.

Comencé con tristeza el nuevo año. Cierto día de febrero me avisaron que yo sería el nuevo agregado militar en Chile. El general Rodríguez agonizaba. Apronté mis avíos y me dispuse a cruzar la cordillera en una voiturette.

(Y en este punto, interrumpe López, quise poner la máxima, el acabóse. Lo puse a usted en letras de carne y hueso.)

He recibido muchas tentaciones del destino. Movéte aquí, movéte allá, hablaba mi destino, sirviéndome ocasiones en bandeja. Yo dejaba que aquellas tentaciones se me acercaran, pero no les permitía ser mis dueñas. Iré donde yo quiera, les respondía. Cada vez que llamaba la suerte a mi puerta, quien salía a recibirla era mi voluntad. Yo he sido un rumiante del azar. Lo he masticado y masticado para que me obedeciese. Hay hombres que se dejan llevar por el destino y por los demás. Yo sólo me dejé llevar por el destino y por mí.

Y como en el teatro, Isabel espera que se agote el discurso para llamar desde un recodo de la escalera. ¡General, el almuerzo! ¡Daniel, aquí está Cámpora! ¿Qué le digo? Perón suspira: ¡Que pase, hija, que pase! Aparta la frazada de las piernas y la sacude, por si acaso un recuerdo hubiese caído allí y alguien, ajeno, pudiera levantarlo. Siente, bajo el rebaño de los músculos, un cuerpo que ya nada tiene que ver con él y que se mueve como en los sueños. Lo levanta y, volviéndose a López, repite la queja de la mañana: ¡Qué drama viene ahora? ¿Qué desgracias me traerá el próximo capítulo?

DIEZ

LOS OJOS DE LA MOSCA

El golpe de Estado que me derrocó en setiembre de 1955 fue encabezado por Eduardo Lonardi, un general temulento que ya me había traicionado en Chile veinte años antes, y al que por compasión perdoné. No duró en el poder sino unos pocos meses. Lo reemplazó un general que había sido alumno mío en la Escuela Superior de Guerra, de nombre Pedro Eugenio Aramburu. Era un hombre inepto para todo, menos para la perversidad. Al primero lo liquidó la cirrosis. Tuvo el triste fin que se merecía. Del segundo se encargará el pueblo alguna vez. El pueblo no dejará sin venganza los estropicios que nos hizo ese canalla. Aramburu entregó el país a los intereses extranjeros, fusiló sin misericordia a los patriotas que se le rebelaron y mandó a esconder o a destruir (sólo Dios sabe eso) el cadáver de Evita, para que el pueblo no pudiera venerarlo. Esos crímenes nunca quedan impunes.

PERON al autor, junio 29 de 1966.

I

YO MATE AL GENERAL PEDRO EUGENIO ARAMBURU.

Muchas veces ha recordado Zamora la orgullosa cara que dijo esas palabras en la neblina del café Gijón, Madrid, hace ya dos años. Y ahora vuelve a verla marchando por el Camino de Cintura, ahora que el fogonazo de aquella cara única penetra en él como un láser (el hoyuelo profundo del mentón, el pelo rubio), oye nítidamente las cicatrices que cada sílaba ha ido dejando en su memoria: Yo lo maté y vos nunca podrás escribirlo. Si lo hicieras, Zamora, sería tu fin. Te quedarías sin familia. Se acabaría tu

191

historia. Yo ejecuté a ese hombre. No es tan difícil entender por qué.

Las cosas pasan de dos maneras: o todas de una vez, o no pasa ninguna. ¿Cómo abarcar hasta la última entraña dispersa de la realidad, y no extraviarse? Emiliano Zamora, redactor especial del semanario *Horizonte*, siente de pronto indefensión y pequeñez. Su Renault 12 avanza entre las telarañas de la muchedumbre, a contramano. ¿Cómo hacer? ¿Simplemente narrando los tiempos y lugares tal como ellos se abren paso en las espesuras de la conciencia? ¿Cómo? ¿Con las ovejas de la razón o con la fatalidad de los sentidos?

Quién no se marearía con la opresión de tanta gente. Hasta en los atajos de lodo de la carretera florecen miles de cuerpos que peregrinan hacia el palco de Perón en Ezeiza. Un batallón de bombos cruza el campo del Tiro Federal, en Santa Catalina. Cerca de la estación de Monte Grande, los escudos de guerra de los kioscos congestionaban el tránsito. El Renault de Zamora ha ido desviándose hacia la izquierda siempre, en procura del centro de Buenos Aires. (¿Dónde ha leído que doblando a la izquierda se llega infaliblemente al patio de los laberintos?)

Mientras busca los claros del torrente, con el auto inclinado —vencido casi— sobre la zanja de la cuneta, Zamora prende y apaga la radio, incrédulo por los abusos de la imaginación con que los locutores, entre una zamba y otra, vuelven a la palabra sacra: General.

Una mosca se posa en el espejo del automóvil, afuera. ¿Una mosca volando en el frío? Tiene azul el lomo, las alas sucias de hollín y ávidos los ojos: compuestos ojos, de cuatro mil facetas cada uno. La verdad dividida en cuatro mil pedazos.

Veamos, pues. Soy Emiliano Zamora, alto, calvo, esmirriado de dientes y esqueleto, huesos manchados, hombre que fuma un Parisienne tras otro. Me he casado con infelicidad. Vuelvo, en el desamparo, de Ezeiza a Buenos Aires.

Bajo la mosca, en el espejo del Renault, cabe la entera postal del peronismo: las vinchas, los blue-jeans de ruedo acampanado, las remeras cantando que Perón Vuelve y Vence. Y de pronto, el hoyuelo en la quijada: Nun Antezana.

Yo lo maté, Zamora. Yo ejecuté al general Aramburu.

Qué opresión del gentío. Nun guía una columna montonera interminable: con anteojos oscuros y un cayado en la mano, como de obispo. Una flaca vehemente, pelirroja, pastorea la vanguardia del rebaño. En algún lado he visto esa cara imperiosa, la sangría de esos pelos. En Córdoba, tal vez, en una casa de la calle Artigas. La he visto en mayo del '69 capturando a una patrulla de policías y reteniéndola dos horas. Eran un subcomisario y cinco agentes: rehenes —la oí decir— del plan de lucha, del gremialismo combativo, del poder popular. La patrulla rehén del Cordobazo. ¿Ana, Diana? Era moishe, recuerdo. Y ahora se ha pasado al otro bando. Ya no es trotskista. Es montonera. Sigue a Nun Antezana. ¿O tal vez hoy, 20 de junio, todo será lo mismo?

Qué mierda. Pensé que la mañana resbalaría tranquila: que al cabo de mi oceánico parto titulado "Perón: La vida entera / Documentos y fotos de cien testigos" soplaría un viento de tregua. En el vestíbulo del hotel internacional, aún eructando el desayuno que devoré junto a los primos y la ex cuñada del General, yo, Emiliano Zamora, me adormecí. Vi (adiviné, más bien) a María Amelia Frene con la expresión arrobada, escuchando una ópera en la radio. Vi al capitán Santiago Trafelatti hojear con discreción un ejemplar de la revista *Horizonte*. Entendí vagamente que la señorita María Tizón escribiría la historia conyugal de su hermana Potota para leerla, esa tarde, ante la prensa. Cerré los ojos. En ese punto del azar, el director de *Horizonte* me llamó por teléfono.

—¿Zamora? —las eses crepitaron en la línea. El director sembraba las palabras de tantas eses que, aun entendiendo todo, yo me sentía extraviado en un patio de piedras de Roseta, sumido en una música de otra época—. ¿Sabés cuánto retraso tiene el avión de Madrid? Dos o tres horas. No pensarás quedarte ahí rascándote las pelotas. Poné a los viejos en un ómnibus. Que se los yeven a pasear. ¿Por dónde? Ya deberías tener vos la respuesta. Por las pistas, los bosques, da lo mismo. Que aprovechen. Hoy bajan pocos aviones en Ezeiza. En verdad, sólo bajará uno. Que te lo arregle Osinde. De parte mía: a ver si de una vez me paga los favores que me debe. ¿Cómo que no es posible? ¿Parientes de Perón, compañeros de infancia? Che, ¿te volviste tierno? ¡Son unos viejos chochos! Ya los entrevistaste, ¿no? ¿Y entonces, qué carajo te importa? Vení a la redacción. Sí, señor, ahora mismo. Me tenés que agrandar la ópera del risoryimento. Quiero la vida entera del General, segunda parte. Lo ponés en pantuflas, matando las hormiguitas del jardín, mirando por la televisión una serie de cowboys. Descifrálo, Zamora. ¿Y encima tengo que decirte cómo? Sin mí no serías nadie. Buscáte a Tomás Eloy Martínez, de mi parte. Yamálo a *La Opinión*. Si no te ayuda, decíle que recuerde lo que hice por él cuando era un muerto de hambre.

Obedecí. Mi servidumbre ya es un acto reflejo. Media hora

más tarde llegó al hotel un muchacho de mirada vacía, granujiento, con la pelambre rala. Caminaba agachado. Bajo el saco le abultaba la pistola. Adiviné: una Walther, 9 milímetros. Lo enviaba Osinde. Habló con parquedad: afuera, dijo, un ómnibus aguardaba a mis testigos. Recorrerían las pistas laterales del aeropuerto, visitarían los hangares. Tres agentes de civil custodiarían el vehículo.

Pedí que prescindieran de las armas. Los pasajeros, dije, eran personas viejas. Aclaré: Son reliquias. Pertenecen al más remoto pasado de Perón. El hombre de mirada vacía entornó los labios, nunca sabré si con sorna o asombro. Me tendió la mano. La sentí húmeda, melosa.

—Puede confiar. Me llamo Arcángelo Gobbi.

Vi desaparecer a los testigos de mi historia en un ómnibus encopetado de banderas argentinas. Y subí, enfermo de presentimientos, al Renault 12. Enfilé por detrás de los hangares hacia la ruta 205. Vi un grupo de fotógrafos en la avenida Fair, a la lumbre de unos leños, comiendo. Me crucé con el obispo Jerónimo Podestá, que había renunciado a las pompas de su diócesis porque no concebía el servicio al Señor sino en pareja. Iba de la mano de la mujer valiente que lo amaba.

Vi a mi amiga Silvia Rudni comiendo una manzana y acariciando el aire fresco. La vi diáfana, libre. En sus ojos brillaba la felicidad de los que jamás han pensado en la muerte.

Descubrí a Noé Jitrik y a León Rozitchner, ambos poetas, asomados a un balcón de la avenida Santa Catalina. Discutían, escépticos. Entre los dos, Tununa Mercado cantaba *Oh, solitude!*, meciendo a un niño.

Leí en una pared, mal escritos con tiza, los infinitos anagramas que formaban las cinco letras de Perón. Entendí sólo una letanía. OREN POR PERON, REO. PERON ROE PERO NO RONPE. PEOR.

La mosca empezó a volar entonces por el frío.

Miré por la ventana y me saltó a los ojos la humareda del café Gijón, en Madrid.

II

Zamora se sumió en la neblina del café Gijón sin saber a quién correspondía la voz que lo había despertado en el hotel, a las 2 de la mañana: "Voy a decirle quién mató al general Aramburu. Y dónde está el cadáver de Evita".

Alguien lo aguardaría entre las diez y las once de la noche en

194

una mesa junto a la ventana. ¿Le habían mentido? No. Reconocía el tizne de la mentira en las voces. ¿Entonces?

Intuyó la respuesta cuando Nun Antezana salió a su encuentro:

—No voy a preguntarte qué tal estás porque lo sé, Zamora. Te hemos visto en París: a las seis de la tarde, anteayer, en el café Bonaparte. Y la semana pasada te vimos en Gstaad, con Nahum Goldman. ¿Vas a escribir otra glorificación de los judíos?

—Estoy en Madrid de paso, Antezana. Y no puedo quedarme, Arregláme un encuentro con Perón.

Nun negó, con una sonrisa.

—Perón se ha ido a la sierra de Guadarrama. Otra vez lo molestan los pólipos de mierda. Casi no puede mear. Te ofrezco algo mejor. Ya oíste: lo que te dije por teléfono.

—Es demasiada historia, Nun. No la quiero. Y venga como venga, no la creo. Si es la verdad, no hay precio para pagarla. De modo que es mentira.

Afuera, el calor encogía los magros árboles. Un editor de pelo cano, barba desbigotada y capa negra, lanzó una carcajada tenebrosa para llamar la atención. Una mujer aplaudió. Todos fumaban.

Nun sacó un fajo de papeles. Mostró el título: "Informe al general Perón sobre la Operación Pindapoy / Comando Juan José Valle". Y tradujo unas firmas: Fernando Abal Medina, Carlos Gustavo Ramus, Abelardo Antezana.

—Es una historia de justicia —dijo—. Debería interesarte.

—¿Cuál es el precio? —quiso saber Zamora.

El editor de la capa negra esgrimió una boquilla curva y desafió al café con otra carcajada. Nun entornó los ojos.

—No hay precio. De eso se trata. Estoy aquí para evitar que la historia se vuelva mercancía. Tu drama es que sabés, Zamora, sólo una parte de lo que ha pasado. Eso te vuelve peligroso. No vas a quedarte tranquilo hasta no saber más.

Alguien apagó unas luces en la barra, detrás de Nun. La penumbra sepultó los rostros. Sólo se veía el humo.

—Te has equivocado, Antezana. Sé todo lo que necesito saber —Zamora hablaba tenso, sin señal de jactancia—. Sé dónde han ocultado el cadáver de Evita. Seguí una huella que descubrí, por puro azar, en Gstaad. Viajé hasta Bonn. Busqué el cuerpo donde me dijeron: en una carbonera de la embajada argentina. No había carbonera, sino un jardín. Supuse que allí estaba, entre los canteros de tulipanes, enterrada de pie. Pero no estaba. Tuve ocasión de revisar unos archivos. Supe que hacia 1957 había llegado a Bonn una caja de roble, con libros viejos y papeles, que nadie se tomó el trabajo de abrir. Era una caja rectangular. La olvidaron en una esquina de la carbonera: atrás de la embajada, en el sitio donde ahora está el jardín. En el verano del '58, aquel pequeño escombro de roble fue despachado en un camión, fuera de Alemania. Averigüé que al cruzar la frontera la custodiaban tres hombres: uno de ellos era un oficial argentino. Las preocupaciones me parecieron exageradas. Nadie arrumba unos papeles por tanto tiempo y luego, sin haberlos leído, los hace viajar con tanto celo. No tuve dudas. Era el cadáver.

—¿Y ahora, qué vas a hacer, Zamora? Te ha caído una brasa en la mano. ¿Publicar la noticia? ¿Darte un baño de fama?

—Ver a Perón. Ofrecerle la historia, Preguntarle cómo la escribiría él si estuviera en mi lugar.

—Para esto te he llamado, Zamora. Para que no perdás el tiempo. El General conoce hasta la última palabra de lo que vas a decirle. Que el cuerpo fue confiado al Vaticano. Que lo enterraron en el lote 86 del cementerio de Campo Verano, en Roma. Es falso. Lo hemos buscado ya. Ese lote no existe.

Zamora se puso lentamente de pie. No expresó decepción ni sorpresa. Sólo se alzó, hasta que su cabeza desapareció en la humareda.

—Entonces, todo está dicho. ¿Ya para qué hablar más?

El editor de barba desbigotada envolvió a las dos mujeres con su capa y se las llevó a la calle. Un ramalazo de insectos se filtró en el café, tras los globos de luz. Los mozos sudaban a chorros. Nun ordenó:

—Sentáte. La mitad de lo que ya sabés te costaría la muerte. Ahora tenés que saberlo todo para seguir viviendo.

—No soy un enemigo —dijo Zamora.

—No —admitió Nun—. Sos peor. Podrías ser un delator.

Las voces se acallaban en las mesas, como si fueran cajones abiertos y una mano perezosa estuviera cerrándolos.

A los oídos de Zamora empezaron a llegar palabras recortadas de toda luz, de todo sabor o forma que respondiese a las convenciones de los sentidos. Lo que oyó fue tatuándole las vísceras, como un cuerpo siamés que debería llevar a todas partes. Y que jamás podría mostrar a nadie.

—Yo maté al general Aramburu —dijo Nun—. Yo lo maté y vos no lo escribirás. Si lo hicieras, Zamora, sería tu fin. Te quedarías sin mujer, sin padre, sin hijos. Los verías caer uno tras otro y pedirías por piedad que te dejaran caer a vos también. Se acabaría tu historia. Y yo no podré hacer nada para evitarlo. Oí ahora, porque estás condenado a callarte....

III

El ómnibus se detiene por segunda vez ante un hangar. María Tizón, que ha permanecido inmóvil en su asiento, puliendo los recuerdos que leerá esa tarde ante la prensa, repasa el texto:

> *Mi hermana Potota poseía un tacto superior a sus años y estaba preparada para ser la compañera y colaboradora eficaz de un hombre tan estudioso y lleno de ideales como lo fue Perón.*
> *Tenía una gran vocación por la cultura y amaba las artes. La pintura y sobre todo la música la seducían. Estudió algo el piano y mucho la guitarra. En sus incursiones por la pintura, el retrato del marido fue su obra mejor.*

De pie junto al volante del ómnibus, Arcángelo Gobbi husmea la escritura con su cabeza de lagarto. La señorita Tizón siente que una helada señal de alarma le atraviesa la nuca. No teme al hombre. Sólo tiene pavor de la mirada que se ha posado sobre sus recuerdos como un gran lago vacío. A través de la ventanilla distingue a Benita Escudero de Toledo. La ve avanzar descompuesta, con un inconfundible dolor de pies. Levanta el vidrio entonces; "¿Benita?", la llama. "Hágame compañía, Benita. Conversemos."

> *Pero esta hermana de alegría tan contagiosa era débil ante la pérdida de los que amaba. La muerte de su madre la rompió en pedazos. Potota la sobrevivió sólo dos años. Después, ante la sospecha de su propia partida, volvió a ser una mujer valiente. En los dos meses que duró su cruel dolencia, fortalecida por la comunión que diariamente recibía y con la esperanza de una vida mejor, se marchó resignada. Murió en Buenos Aires. Perón la sintió de veras. Algunos dicen que ella fue su gran amor.*

El ómnibus rueda entre pastizales desolados, a la vera de las pistas del aeropuerto. El capitán Trafelatti narra sus aventuras de taxidermista. José Artemio habla de unos pájaros sedentarios, que anidan y se acoplan aun en el invierno. Unos helicópteros vuelan en pareja.

María Tizón quisiera saber cuánta secreta vida de Potota ha

ido a parar a manos de Benita. Qué confesiones y dolores. Pero no sabe cómo empezar, por dónde. Dice: ¿No le parece que haberla conocido es un don del cielo? Y Benita responde: Un don del cielo. Se quedan en silencio. El primo Julio se adormece. Al bajar la voz, María descubre por fin el tono donde su memoria coincide con la memoria de Benita. Cuchichean, entrando lentamente en confianza:

¿Acaso presintió usted que la pobre Potota sufriría tanto?

Sí que lo presentí, señorita María. Desde el principio vi que tenía prendido en la cara un mal destino. Nos contábamos todo. Eramos, ¿me disculpa?, como hermanas. Un día que se puso melancólica me dijo: ¿Sabés dónde conocí a Juan, Benita? En el cine Capitol de la calle Santa Fe. Fuimos a una función de beneficio y la casualidad nos sentó juntos.

¡Claro: yo lo recuerdo! Vieron *El hijo del sheik*. Potota volvió a casa temblando. Mamá le preguntó si estaba enferma y ella que nada, nada. Era pura emoción. A la noche fui a tocarla. Tenía fiebre. Enfermó de amor, Benita. Las pocas frases de halago que Perón le había dicho la trastornaron. ¿Cuántos años tenía? Pensemos: si nació el 18 de marzo de 1908, serían diecinueve años.·

¿Se puso colorada, señorita Tizón?

Por supuesto, Benita, ¡por cualquier cosa se ponía! Cuando tocaba piezas de Albéniz en la guitarra lo hacía tan bien que todas salíamos de los dormitorios a darle un beso. Y ella, ¿sabe qué hacía? ¡Roja como un clavel! A la semana, Perón pidió permiso para visitarla. Empezó a presentarse todos los sábados en casa. Salían a caminar por la vereda y nosotros los acompañábamos mirándolos desde el balcón. ¡Qué pareja! Corpulento él, con físico de atleta. Y ella, tan chiquitita y frágil. Una noche, cuando habían decidido ya casarse, Potota entró en mi cuarto y me abrazó: ¡Ay, María!, me dijo. ¡Tengo tanto miedo de quedarme sola! Intenté tranquilizarla: ¿Cómo sola, hermanita? ¿No lo querés a Perón, acaso? Porque si lo querés, ya con el puro amor te llenarás la vida. Ella me dijo: Lo quiero mucho. Pero él tiene la cabeza fuera de mí. Es un militar y no puede pensar sino en las cosas de la carrera. Vino mamá y entre las dos la fuimos consolando. Yo le pasaba la mano por el pelo, pobrecita, y mamá le decía: Así es el destino de la mujer, Potota. Quedarse sola. El hombre a su trabajo y la mujer a esperarlo. Luego, con el auxilio de Dios, vienen los hijos. Y se acabó la espera. Mi hermana se sonrojó. Pero ya sabe usted. Los hijos no vinieron.

Me acuerdo bien de aquellos meses antes del matrimonio... María. Me acuerdo mucho de la muerte de don Mario Tomás, y del luto. Los Perón entornaron la puerta de calle y prohibieron la música. Potota vendió al guitarra. Pasaba los días rezando el rosario con la tía Juana. ¿Qué hago, Benita?, me preguntaba. No quiero casarme así, en medio del duelo.

A nosotras nos decía lo mismo, hasta que mamá la convenció. A los hombres, le dijo, no hay que hacerlos esperar. Dispusieron una ceremonia íntima, en mi casa, sin fiesta. Y cuando regresaron de la luna de miel, a la pobre Potota se le cumplió el presagio. Quedó sola.

Una mosca verdosa viene a posarse sobre la cartera donde María Tizón ha ocultado de la impúdica mirada de Arcángelo Gobbi la libretita con sus notas y un par de fotos familiares.

Mire usted, Benita: una mosca volando, ¡con este frío!

Los ávidos ojos de la mosca pasan como una ráfaga: ojos compuestos de cuatro mil facetas cada uno. La verdad dividida en cuatro mil pedazos.

IV

—Fuimos —prosigue Nun en el Café Gijón— trece personas las que formamos la célula inicial de Montoneros. Diez intervinimos en el secuestro de Aramburu. Seis decretamos su sentencia de muerte. El día en que Perón regrese a Buenos Aires, las cuentas no serán ésas. Se hablará de doce y no de trece fundadores. De cinco jueces. Se omitirá mi nombre. Quedaré para siempre fuera de esa justicia. Yo aparezco tan sólo en el papel que te he mostrado, Zamora. Y ahora tengo que destruirlo. Son los designios del General.

"El compañero Rodolfo Walsh ha contado con claridad extrema las razones que nos llevaron a la ejecución. Te leeré lo que ha escrito: *Aramburu fue ajusticiado a las siete de la mañana del 1º de junio de 1970. Su cadáver apareció cuarenta y cinco días después en el sur de la provincia de Buenos Aires. Contra él se alzaron cuatro cargos graves: el derrocamiento del gobierno constitucional de Perón en setiembre de 1955 y la proscripción sin término del movimiento peronista; la matanza de veintisiete argentinos sin juicio previo ni causa justificada, en junio de 1956; la operación clandestina que arrebató a Perón el cadáver de su esposa Evita, mutilándolo y sacándolo del país; el pernicioso comienzo de la violencia económica. El gobierno de Aramburu modeló la segunda década infame. La República Argentina, que apenas remesaba anualmente al extranjero un dólar por habitan-*

te, empezó a gestionar esos préstamos que sólo benefician al prestamista, a radicar capitales extranjeros con el ahorro nacional y a acumular esa deuda que hoy grava el veinticinco por ciento de nuestras exportaciones. Un solo decreto, el 13.125, despojó al país de dos mil millones de dólares en depósitos bancarios nacionalizados y los puso a disposición de la banca internacional que ahora podrá controlar el crédito y estrangular a la pequeña industria.

—Aun así —dice Zamora—, no hacía falta matarlo.

—¿No lo entendés, entonces? —se extraña Nun.

—Nunca entiendo la muerte.

—Era algo más que la muerte. Más importante, y también más definitivo.

Nun ha colocado una ordenada línea de papeles sobre al mesa del café. Desde lejos, parecen las figuras de un álbum. Zamora las baña en humo. El calor no quiere levantarse. Sigue ahí, aferrado a la noche, como un centinela.

—Necesitábamos sobrevivir —dice Nun—, y por lo tanto necesitábamos que muriera un enemigo. Cuanto más imponente fuera ese sacrificio, tanto mayor sería nuestra existencia. Es una idea nietzscheana. Toda creación nueva necesita de los enemigos más que de los amigos. De un enemigo considerable más que de cien. Nosotros lo teníamos: Aramburu. No cabía otra elección. En mayo de 1970, antes de secuestrarlo, yo le escribí a Perón pidiéndole consejo. El General, una vez más, se lavó las manos. Usted sabrá lo que hace, Antezana. Usted habrá medido ya las graves consecuencias. Y cuando todo terminó, vine aquí a entregarle este informe: "Operación Pindapoy / Comando Juan José Valle". El General se rió del nombre: Pindapoy, una marca de naranjas.

"Comprenderás, Zamora, que leyó más de una vez cada una de estas hojas. La suerte que había corrido el cadáver de Evita era para el General un enigma exasperante. En los primeros interrogatorios, Aramburu se negó tercamente a tocar el tema. Se lo prohibía (dijo) una cuestión de honor. Por fin, a los tirones, confesó algo. El cadáver, confiado al Vaticano, estaba en un cementerio de Roma. Nos dio el número del lote. Ya lo sabés: era falso.

"El 1° de junio, como a los cuatro de la madrugada, nos retiramos a deliberar. Eramos seis y queríamos que, aun tratándose de Aramburu, funcionara la justicia. Fernando Abal Medina leyó los cargos. Yo asumí la defensa. Separé la moral de la política. Argumenté que los crímenes de aquel hombre databan de hacía ya mucho tiempo y que podíamos encontrar alguna forma de perdón. Poco antes de que amaneciera, cada uno de nosotros escribió su sentencia en un papel. Seis veces leí: muerte. "Nos quedamos un rato afuera, fumando. Estábamos en un campo de Timote, sobre la pura pampa, cinco leguas al este de Carlos Tejedor. Entre unas pailas oxidadas, hallé un hueso fosforescente. A mi lado, Carlos Gustavo Ramus ensillaba un caballo. "Vi en el horizonte la línea rojiza del amanecer. Me incorporé y dije: Lo fusilaremos a las siete. Hay que avisarle al reo para que se prepare. "Cuando me vio llegar, Aramburu se puso pálido. ¿Qué han resuelto?, preguntó. Yo hablé solemnemente: General, el tribunal lo ha condenado a la pena de muerte. Va a ser ejecutado dentro de media hora. Alguien, ya no recuerdo quién, le ató las manos a la espalda. Esforzándose por conservar la calma, Aramburu pidió que lo afeitáramos. No tenemos con qué, general, le dije. Y me toqué la cara. Con sorpresa, advertí que yo tenía también la barba crecida.

"Caminamos por uno de los pasillos internos de la casa y entramos en el sótano. Dejé un centinela cerca de la puerta. Afuera, en el patio, dos de nosotros se quedaron trabajando con herramientas de carpintería, para tapar el ruido de los disparos.

"Aramburu se detuvo al bajar un peldaño. Preguntó cuándo llegaría el confesor. Tendrá que confesarse ante Dios, general, le respondí. Las rutas están controladas y no podemos traer a nadie. Terminó de bajar por la desvencijada escalera. Nos dio la espalda y rezó el pésame. A la mitad de la oración, se interrumpió: ¿Qué pasará con mi familia?, quiso saber. Fernando le repuso: Nada. Todo lo que le pertenezca se lo devolveremos a su esposa.

"*Le pusimos un pañuelo en la boca para apagar la queja de la muerte.* Lo acercamos a la pared. Desenfundé mi Walther 9 milímetros y le quité el seguro. Lo vi estremecerse.

"General, vamos a proceder, exclamó Abal Medina.

"Cerró los ojos. En ese instante, le disparé. La bala entró directo en el corazón.

"Un mes más tarde, cuando traje a Madrid el informe del operativo, Perón reparó en un curioso error que Fernando había cometido al referir la historia, tal vez para aumentar la estatura del enemigo. Aquí está la versión, Zamora. Podés leerla."

Abal Medina tomó sobre sí la tarea de ejecutar al reo. Para nosotros, el jefe es quien debe asumir la mayor responsabilidad.

—*General* —*dice Fernando*—, *vamos a proceder.*

—*Proceda* —*habló por última vez Aramburu.*

"Esa palabra es imposible: *Proceda*, me advirtió Perón. ¿A qué hombre se ha visto hablar con un pañuelo dentro de la boca?" Dos bailarinas de flamenco entran ruidosamente en el café. Zamora se despeja el sudor de la cara, y es él quien esta vez sonríe.

—De modo que, a las puertas de la muerte, Aramburu los burló. Mantuvo su palabra de honor y no reveló el lugar donde está Eva enterrada.

—Fue lo único que no dijo —admite Nun—. Y creo que por eso yo también voté por su muerte. Hay sólo una historia más. Debí quedarme todo aquel verano en Madrid. Volví a Buenos Aires el 8 de setiembre de 1970. La tarde anterior una patrulla policial mató a Ramus y Abal Medina en una pizzería de William Morris. Resolví dejar el relato de Fernando tal cual. No voy a ser yo quien corrija la palabra final que puso él en boca de Aramburu. Ese "Proceda" que no existió quedará para siempre.

—Ahora es mi turno —Zamora posa una mano sobre el hombro de Nun—. Yo sé quién tiene a Evita. Y dónde.

—Yo sé que lo sabés —dice Nun—. Si has venido es porque vas a contármelo.

V

Cuando los siete compañeros de infancia de Perón llegan a las zanjas de alquitrán que cercan el aeropuerto de Ezeiza, las ventanillas del ómnibus donde pasean se abren a las imágenes de una fiesta sin fin, cuyos episodios van repitiéndose a intervalos regulares.

Ven una telaraña de peregrinos que marcha cantando por los atajos de un bosque de eucaliptus. Las mujeres llevan pañuelos blancos en la cabeza y niños en los brazos. Los hombres alzan pancartas con el retrato de Evita en el esplendor de su belleza: de perfil, con rodete, los labios entreabiertos.

Una fila de camiones pasa, lenta, cargada con familias que vienen de muy lejos. Algunos camiones llevan escrito el nombre de sus remotas ciudades: Aguilares, Monteros, Concepción, Choromoro. Y en la cresta de la cabina, Eva otra vez, tiznada la sonrisa por el viaje, pero intacto el peinado de rodete.

Detrás, una chatita con altoparlantes echa a rodar la música de *Evita capitana*. Y de pronto, entra Eva con su voz de otro tiempo, ronca, rayada, atropellando el aire: *El fanatismo es la sabiduría del espíritu*. Sobreviene un silencio. Y después: *Queridos compañeros, el fanatismo es la sabiduría del espíritu*.

Siguen mujeres con pañuelos blancos en la cabeza y niños en los brazos. Algunas ríen a carcajadas. Las baña el sol. Sopla un poco de viento.

—Tenemos que regresar al hotel —decide Arcángelo Gobbi, al volante del ómnibus—. Este camino ha sido copado por los zurdos.

—¿Volver ya? —se queja el capitán Trafelatti—. Al final, no hemos visto nada...

Arcángelo no responde. Mueve despacio la cabeza de lagarto, midiendo los desplazamientos de la multitud en el horizonte.

Varias veces el ómnibus ha desembocado en las zanjas de alquitrán donde se acaba el aeropuerto. Los pasajeros han señalado, sorprendidos, un enjambre de moscas revoloteando sobre los matorrales. ¿Moscas, con este frío? Y han visto filas de camiones marcadas siempre con los mismos nombres de ciudades prehistóricas: Famaillá, Burruyacu, El Chañar, Atahona. ¿Será como en la ópera?, se ha preguntado María Amelia. ¿Hay un solo paisaje y lo hacen dar vueltas?

Manteniéndose ajenas a los asombros del grupo, María Tizón y Benita son las únicas que, al dejarse llevar por los recuerdos, han logrado llegar a alguna parte. No se han movido casi del pasado. Al ir bajando la voz, al entrar juntas en esas casas de las memorias que ambas, por separado, habían compartido con Potota, un hambre de confianza las ha ido acercando.

Retomemos el hilo, entonces. Ha contado Benita:

No llevaban un año de casados cuando Perón dispuso que se mudaran a un departamento de Santa Fe y Canning. Fue ahí donde la soledad afectó más a Potota. Una vez fui a pedirle que me acompañase al cine. ¿Cómo se te ocurre, Benita?, se me negó. ¿Y si vuelve Perón y no me encuentra? Empezó a entretenerse escribiéndome cartas.

MARIA: A mí no me dejaba ni hablarle por teléfono. Siempre andaba con miedo de que cualquier ruidito distrajese a Perón de los estudios.

BENITA: Todo empezó por esa fiebre de tener un hijo. Cuando la menstruación se le atrasaba un día, Potota entonces no paraba de hablar: era pura bullanga. Y cuando le venía, eso era un mar de lágrimas. ¿Qué me pasa, Benita, qué me pasa?

MARIA: Vea lo que son las cosas. Mamá, sin darse cuenta, la inquietaba más insistiéndole: ¿Y, Pototita? ¿Para cuándo?

BENITA: Ya la noté angustiada en una de las primeras cartas. ¿Lo ve, María? Lea. Fíjese cómo, por no estorbar a nadie, ella sola cargaba el peso de su cruz.

Querida Benita:

Ante todo, me alegraré que se encuentren los dos bien de salud... y de bolsillo. Nosotros estamos muy bien. ¡Gracias a Dios!

Todos estos días he estado por ir a visitarte, pero unas veces por la lluvia, otras por el frío y otras por las fiestas que tenemos festejando la Revolución, así se me han ido pasando los días sin hacerte la visita tan anunciada y deseada.

Benita: Además deseaba verte y visitarte para que me dieras la <u>aguja</u> de levantar los hilos de las medias. Tengo varios pares sin usar, pues no quiero estropearlos cosiéndolos, así que te imaginarás las ganas que tengo de ir o de que vengas a verme. Benita: a pesar de ser yo más desocupada, me alegraría que vinieras, pues como Perón está siempre de tarde me da no sé qué dejarlo solo, pues a pesar de estar encerrado solo, de vez en cuando me pide alguna cosa.

Vení pronto a visitarme, lo mismo <u>si hubieras perdido la aguja.</u> Ya sabés que no es por el <u>interés,</u> pues siempre te he pedido que vengas, lo mismo a Artemio.

¿Y tu familia? Nosotros recibimos carta de la familia del Chubut. Están todos muy bien y nos esperan para el verano. Cuando vengas, charlaremos de todo un poco y sobre todo de <u>chicos,</u> a lo mejor vos ya tenés novedades.

Yo siempre sigo lo mismo: parece que no hay caso... ¡Paciencia! Puede ser que algún día...

Benita: Habláme por teléfono en cuanto recibas la carta, pues quiero saber cuándo puedo llegar hasta tu casa o vos venir.

Bueno Benita ojalá estén todos bien; saludos a tu familia y especiales a Artemio míos y de Juan.

Un abrazo de Potota

Buenos Aires, 10-9-1931.
El teléfono por si lo hubieras perdido es 1053 Palermo (71).

MARIA: Una vez, en verano, mi hermana Dora y yo nos presentamos de visita. El departamento de Potota me pareció de lo más lúgubre. Tenía un piano que jamás tocaba. Estuvimos un rato

204

conversando. Ella me apretó las manos: María querida, dijo. ¿Has visto cómo hasta la última mujer puede quedarse gruesa y yo no puedo? Salimos preocupadas. Mi hermana Dora empezó a llamarla seguido por teléfono para darle aliento: Mamá pregunta por vos, Potota. Que pasés por aquí a bordar un rato. Que han publicado en *El Hogar* una novela lindísima y te la quiere prestar. Y así. Dora la convenció por fin de que vieran a un ginecólogo. Con la esperanza de un milagro, a Potota le cambió el carácter.

BENITA: También Perón cargaba con sus preocupaciones, María. Siendo ya secretario del ministerio de Guerra le vinieron con el cuento de que la tía Juana y un muchacho del campo, Marcelino Canosa, andaban en amoríos y estaban viviendo juntos. ¡Aquello fue terrible! Pero Potota lo convenció de que hiciera formalizar a los concubinos antes de que se supiera la noticia en el ejército. Así se hizo. Perón viajó al Chubut y desviudó a la madre.

MARIA: Entonces fue cuando mi hermana Dora acompañó a Potota al ginecólogo, aprovechando que Perón no estaba.

BENITA: Esa semana, yo recibí otra carta. Fue la última.

Querida Benita:

Deseo que a vos y Artemio les dé Dios toda la salud que se merecen. Yo no sé qué decirte de mí, Benita. He pasado muchos sufrimientos haciéndome toda clase de análisis y tactos, esperando poder quedarme gruesa. Hoy ya se sabrá todo. Hasta le momento, el doctor me asegura que no encuentra nada, es decir que voy normal. ¡Dios lo oiga! Pero igual me han agarrado unas preocupaciones muy grandes. Benita, pues siendo verdad que no tengo nada y estoy en condiciones, no puedo explicarme que haya pasado tanto tiempo sin novedades.

Benita: No estaría de más que cuando tengas tiempo me traigas los baberitos que me prometiste. Estoy esperando que Perón regrese de un momento a otro de su viaje a Chubut, así que por favor llamáme por teléfono antes de vos venir.

Saludos especiales míos para Artemio. Recibí vos Benita un abrazo de

Potota

Buenos Aires, 10-3-1934.

MARIA: ¡Qué días tan tristes! Cuando le dieron los resultados de los exámenes, Potota no atendió más el teléfono ni quiso ver a nadie. Imagínese qué aflicción, Benita. En casa no sabíamos qué hacer. Para colmo, mi hermana Dora se quedaba también callada. Decía que el diagnóstico era confuso. Una noche, armada de valor, fui a su cuarto y la abordé: ¿Querés volvernos locas, Dora? Potota en ese departamento que parece un mausoleo, encerrada, y vos aquí tragándotelo todo. A ver, ¿qué pasa? ¿No puede tener hijos? Pues se resigna, y punto. Es peor, dijo Dora. Ella puede. El que no puede es Perón. Y Potota no se lo dirá nunca.

BENITA: Hizo muy bien, María. Yo hubiera actuado igual. No hay que ofender jamás el amor propio de un marido.

MARIA: Lo malo es que Potota no volvió a ser la misma. Una desgracia, como siempre pasa, fue trayendo las otras. Al poco tiempo, mamá murió. Todos sufrimos mucho, pero Potota más. Encaneció. Tejía tapetitos al crochet y se pasaba las horas fregando el departamento. Se olvidaba en la tarde cuál zócalo había limpiado por la mañana y lo fregaba de nuevo.

BENITA: No eran tapetitos, María. Eran escarpines.

¿Hace ya cuánto se ha detenido el ómnibus a las puertas del hotel y ellas siguen ahí, cuchicheando? Al bajar, se admiran de los cambios. Las galerías están ahora llenas de hombres adustos, barrigones, armados hasta los dientes. Llevan brazaletes blancos. Unas mulas desorientadas han ido a dar a las playas de estacionamiento, y los hombres corren tras ellas, ahuyentándolas a cadenazos.

En la recepción del hotel, grandes retratos de Perón, Isabelita y Eva cuelgan del techo. Los pasillos huelen a flores.

Fíjese qué injusticia, se lamenta María. Han borrado a Potota de todo esto. Y tomando del brazo a Benita, suelta otra confidencia: ¡Cuánto cambió Perón al casarse con Eva! Con mi hermana era un hombre agradable, de maneras finas, Después se volvió rústico, vulgar. Hay quienes dicen que era una pose para estar más a tono con el pueblo. Yo sé que no. Que lo hizo por Eva. Para que ella no desentonara tanto.

En la penumbra del vestíbulo, Arcángelo se ha enmascarado tras unos anteojos negros. Un arma grotesca, enorme, le desborda la mano. Atiende, con profundo respeto, a un hombre de pelo castaño y mirada vacía.

—No hay que perder más tiempo. El teniente coronel te necesita. Andá ya mismo, Arcángelo.

—Ya mismo, Lito —repite. Y se corrige de inmediato—: Ya voy, señor.

VI

Ha llegado mi turno. Yo sé quién tiene a Evita, y dónde. Ya esas frases no interesan a nadie. Cuando Zamora las dejó caer en el café Gijón hace dos años, ante Nun Antezana, podrían haber sacado a la historia de su quicio. Ahora, 20 de junio de 1973, nadie movería un dedo para levantarlas. Ya todos saben dónde anduvo errando el cadáver de Evita y quién le dio reposo. Pensemos en mañana. Dentro de poco, ha escrito Zamora, este país se quedará sin pasado. El pasado es aquí algo irreal, como una pantalla de cine. A cada instante, una proeza nueva (y peor) de la realidad lo sustituye. Ni siquiera es olvido.

Son más de las once y media cuando Zamora logra, por fin, atravesar al Riachuelo y entrar en Buenos Aires. A las once debía pasar por un departamento de la calle Arenales en busca de las páginas de un diario personal. Ella, la mujer que se lo ha prometido, tal vez no está. Tal vez no lo ha esperado.

Las calles de Barracas han quedado desiertas. Vuelan moscas y papeles. El sol se apaga sobre los edificios, helado como una medalla. Cerca de Constitución, dos muchachos lavan un bar. El agua jabonosa va lamiendo las persianas y arroja sobre la vereda un río de cigarrillos marchitos.

Zamora oye la risa de unas bailarinas de flamenco que entran en la neblina del café Gijón, vuelve a posar la mano sobre el hombro de Nun y se oye decir:

"Te contaré qué ha sido del cadáver. Encontré, ya sabés, unos papeles en la embajada argentina de Bonn que describían el tránsito de cierta caja rectangular, de roble, a través de Mannheim, Friburgo y Basilea, en Suiza. Averigué que, al cruzar la frontera, iban tres hombres custodiando la caja. Uno de ellos era un oficial del ejército argentino. Sentí recelo de que se tomaran tantas precauciones por un despojo de viejos papeles, y no dudé. Se trataba del cadáver. Supuse que el destinatario del envío tendría la clave. Era un tal Giorgio de Magistris, vía Cerésio 86-41, Milán. Tomé el primer avión. Las señas correspondían al cementerio Monumental, cerca de la estación de trenes de Porta Garibaldi. Imaginá con cuánta ansiedad entré. No esperaba una tumba con el nombre: *Eva Perón. Qui giace.* Esperaba una marca, un indicio cualquiera".

"Era en Milán, entonces. No era en Roma", sonrió Nun.

"Milán, la vía Cerésio. Recorrí el cementerio toda una tarde y luego, al día siguiente, debí volver. Un enorme portal, un cerco de columnas. Caminé entre las tumbas imponentes. Entré en el panteón de los héroes, el *Famedio*, donde yace Manzoni. Cuando ya estaba por caer la tarde, pregunté a los guardianes. Les mencioné a Magistris, les di todos los números que había en el papel de la embajada. *Ottanta sei!*, exclamó uno de los hombres. *Ecco lo qua!* Y me llevó a los fondos, a un edificio austero: el *Tempio di Cremazione*. Sentí mareo, desazón. Fue un instante perdido, como de sueño. Ochenta y seis lo llaman porque a la entrada piden —pedían— ochenta y seis liras por el derecho de visita."

Zamora vio estremecerse a Nun. Las bailarinas flamencas, con un jerez en la mano, les hacían señas desde la barra.

"¡Esos hijos de puta la cremaron!", dijo Nun. "¿Por qué no los denunciaste?"

"Porque no estoy seguro. No hay ni una sola prueba. Si hubiera contado la historia, todavía estarían riéndose de mí. Se han escrito mil fábulas sobre el cadáver. No quise agregar otra."

La enorme avenida 9 de Julio se abre ante Zamora, vacía. A lo lejos, más allá del Obelisco, ve pasar un camión embanderado. Siente la tibieza de su propio cuerpo en el Renault, a salvo del ridículo. ¿Por cuánto tiempo a salvo? En Buenos Aires, el ridículo amanece antes que el sol, todos los días. Tres meses después de aquel encuentro con Nun, el embajador del general Lanusse entregó a Perón, en Madrid, el cadáver de Evita. Y el rompecabezas encajó de pronto. A las dos de la mañana otra vez, pero ahora en su casa de Buenos Aires, sonó el teléfono. Era Nun.

—¿Zamora? ¿Viste qué boludos fuimos? La culpa es mía, por no ir hasta el fin.

—La culpa es mía —colgó Zamora, después de oír la historia.

Había pasado todo por sus manos: los números, el nombre, los lugares. Durante muchos años, Eva Perón había yacido en Milán bajo el nombre de María de Magistris. Su lápida llevaba, con toda claridad, la marca: *Giorgio de Magistris a sua sposa carissima.* Los datos de la tumba coincidían: estaban en el jardín 41 del lote 86. El nombre del cementerio era otro: Musocco y no Monumentale, en la vía Garagnano y no en la de Cerésio.

Se siente demolido, inservible, y no entiende de dónde le viene, de pronto, esa congoja. Fuma con avidez un cigarrillo para darse aliento y deja el automóvil ante la puerta de la persona que, a lo mejor, lo espera. ¿No ha prometido acaso la señora Mercedes darle a leer el diario que llevó en Santiago de Chile,

entre enero y abril de 1938, cuando ella y su marido intimaron
—o casi— con Potota y Perón? ¿No le ha contado ya por teléfono, en tono de confidencia, los trastornos del viaje en tren por la
cordillera, la llegada a las casas de Ñuñoa, el repentino decaimiento de Potota antes de que la fulminara el cáncer? Tocás el
timbre y es ella quien te atiende, Zamora, la señora Mercedes,
viuda del hombre que derrocó a Perón en el 1955. Mecha Villada Achával de Lonardi.

VII

Vamos, muchachos, vamos, ojo con los carteles, no los mues-
tren. Si levantamos la perdiz ahora nos escrachan. ¡A cantar!
¿Qué les pasa? ¿Les vino la modorra a la garganta? A cantar, que
hace frío. *¡Perón, Evita / la patria socialista! ¡Evita hay una sola, no rompan más las bolas!* Mirá ese moscón, Nun. Hasta las
moscas se han levantado del invierno para oír al Viejo. Día glorioso, ¿no? Mirá qué sol. Cuando era piba, una tía me llevaba
siempre al parque Centenario. Me tiraban de las trenzas, me jo-
dían: por el pelo y las pecas. Pero en la calesita había un muchacho que me agarró ternura. Cara de seis de la tarde, me decía. Cara de herrumbre. Cara de sol que se pone. Y a mí, en vez de
alegría, me entraba la tristeza.

¿Qué hacen, muchachos? ¡Vamos! ¿Y ese bombo? Che, ¿se te
ha puesto afónico? Yo de piba pensaba: quiero ser como Rosa
Luxemburgo, como la Pasionaria, como Isadora Duncan. Quiero
ser la Krupskaia leyéndole a Lenin un cuento de Jack London antes de que se muera. De grande me di cuenta que soñaba con un
amor naciendo al mismo tiempo que la historia: entre la acción,
las masas. Un amor que no quiere detenerse, ¿me explico?: como
el fuego. Quemándose en la cama y la militancia. Y al fin me dije: todo eso es Evita.

¡Ojo con ese cordón de gente que hay en aquella escuela,
muchachos: los del brazalete verde! No se dejen provocar.
Osinde y el brujo López Rega han traído provocadores de todas
partes. ¡Pero che, no se callen! Rompanlés las orejas: *¡Perón,
coraje, / al brujo dale el raje! ¡Si Evita viviera / sería montonera! ¡Si Evita viviera!* ¿Me entendés lo que te quiero decir, Nun?
Empecé a preguntarme: Diana, ¿no se siente más profundo el
amor cuando una está en el tumulto de la acción? ¿No se podrá
juntar el sexo con la historia? Y yo misma me contestaba. Diana, muy fácil: tenés que vivir el amor como una normalidad

dentro de la anormalidad, que sea el amor tu respiración, tu sueño en el desvelo. Repartir el amor como lo hacía Evita: encontrándose con el General de tres a cinco de la mañana, matrimonio de amantes clandestinos. Ser, ¿cómo te diría?, el faro de tu falo. ¿Así te gusta, no? El fato no: el faro. ¿Qué tal? El faro de tu falo. Estoy loca. Estoy enamorada. Soy mujer. Esa palabra suena hoy mejor que nunca. Soy mujer.

¡Chicas, un paso al frente! Canten la marcha, pongan el alma. ¡Más fuerte! ¿A ver? Pongan el alma. ¡Eso, eso! *Con Perón yendo a la guerra / a la guerra popular...*

Nun le pasa la mano por el hombro, abraza el imbatible matorral de pelos rojos y siente, sin pensamiento, con una pura necesidad de deseo, el fragor de ese cuerpo. Recuerda que al volver la noche última de una ronda por las fogatas montoneras de Cañuelas, Berisso y Florencio Varela, al entrar en los labios de Diana, paspados por el invierno (ella dice que por la vida), Nun ansió que todo hubiera pasado ya y él estuviese allí otra vez, acariciándola, sin apagarse nunca. Recuerda que la miró fijamente con esa fijeza que sólo permite la oscuridad y le dijo:

—No quiero que te vayas nunca, Diana.

Y ella, riéndose, empezó a desatar sabiamente los nudos que aún quedaban dentro de Nun, a liberar cada ternura oculta de sus venas, a rescatar los naufragios de sus sentimientos. Fue dibujándole con los dedos un cuerpo que ya no serviría sino para el de ella y, dejándolo entrar en la tibieza de su mar, le contestó con las palabras roncas, impetuosas, que alguna vez habían pertenecido a Evita:

—Sólo quisiera irme para poder volver. Volveré y seré millones.

Luego la vio dormirse. Sintió trepar por su apagada sangre las quemazones nuevas de insomnio. Fumó, y el humo le dejó sobre la lengua una resaca de musgos y escarabajos. Se olió los brazos, para que la fragancia del sexo lo envolviera. Y volviendo a las páginas del pasquín intratable, *Horizonte*. "La vida entera de Perón / Documentos y relatos de cien testigos", cayó en el lodo de otro capítulo.

5. Ya nunca más seremos como éramos. "Cierto domingo de 1922..."

VIII

A las cuatro de la tarde el General divisa desde la ventanilla del avión los cráteres marrones de un campo despoblado. La vista del desierto lo sofoca. El calambre de un río abre sobre la tierra vetas verdes. ¿Arboles, matorrales? Qué desamparo. ¿A este país vuelvo?, dirá después el General, esa noche. ¿A estas infinitas pampas saqueadas, exprimidas? No las reconozco. No son mías. Fue aquí donde siempre quise morir, y ahora ya no sé. ¿Algo me pertenece de todo esto? Y yo, ¿a qué pertenezco?

López Rega lo distrae con una taza de té.

—La hora se acerca —dice.

Isabel acaricia el pelo de Perón.

—¿Verdad? ¿La hora se acerca?

Sentándose junto al General, en el brazo de la butaca, López despliega otra hojarasca garrapateada de cuentas y jeroglíficos interminables.

—He ordenado a la compañera Norma Kennedy que lea, de parte suya, un informe a la prensa. Se ha movilizado de inmediato y ha reunido a unas quince o veinte personas en el primer piso del hotel internacional. Les ha dicho que, pese al tiroteo y a las conspiraciones del imperialismo, el general Perón llegará hoy a nuestra tierra, para siempre. Ha informado que llevamos una hora de atraso. Y para desanimar cualquier tumulto, ha confirmado que usted llegará al palco del Puente Doce y hablará con las masas.

—Norma... ¡qué buena chica! —murmura el General.

—Pero no bajaremos en Ezeiza —aclara López.

—Y entonces, ¿a dónde me llevan?

—A la base militar de Morón, por razones de seguridad. Solano Lima, el vicepresidente, se ha mostrado de acuerdo. Le hemos pedido a él y a los comandantes de las tres fuerzas que se trasladen a Morón cuanto antes...

Unos relámpagos lo interrumpen. El avión ha encendido las luces y al mismo tiempo ha entrado en un campo de nubes amarillas. El General, de pronto, se incomoda.

—Qué va a pasar ahora con esa pobre gente que me espera, López. ¿Son tres millones, dicen? ¿Dos millones y medio? Vaya a saber qué infiernos han vivido para venir a verme. No me gusta dejarles una desilusión tan grande. ¿Qué gesto inmenso deberé hacer ahora para conformarlos?

—Nada —responde López—. Es un acto de justicia divina. ¿Qué hicieron ellos durante los dieciocho años que usted estuvo afuera? Nadie se sacrificó. Nadie movió un dedo. Todo lo ha conseguido usted solo.

—Y Daniel —sonríe la señora.

Una mosca viene a posarse sobre la mano manchada y yerta del General. Tiene azul el lomo, las alas transparentes, ávidos los ojos.

—Una díptera —la espanta el General—. ¿Moscas aquí, tan alto?

La ven volar hacia las luces del techo y detenerse luego. Se restriega las patas.

—¡Ay, Dios mío! —suspira la señora.

—Observenlá —indica el General—. Vean esos ojos. Ocupan casi toda la cabeza. Son ojos muy extraños, de cuatro mil facetas. Cada uno de esos ojos ve cuatro mil pedazos diferentes de la realidad. A mi abuela Dominga le impresionaban mucho. Juan, me decía: ¿qué ve una mosca? ¿Ve cuatro mil verdades, o una verdad partida en cuatro mil pedazos? Y yo nunca sabía qué contestarle...

ONCE

ZIGZAG

(...) A LOS MENCIONADOS EFECTOS PERSONALES de Abelardo Ante
zana (a) Nun y de Diana Bronstein (a) la Flaca (a) la Colorada (a)
la Pecosa se acompañan recortes de la revista semanal *Horizonte*,
edición especial del 20-6-1973, artículo titulado *LA VIDA ENTERA
DE PERON - EL HOMBRE. EL LIDER -DOCUMENTOS Y RELATOS DE CIEN
TESTIGOS*, con anotaciones manuscritas de las personas antedichas.
Todos estos efectos fueron requisados en el allanamiento que se
practicó a las 16.00 horas del día de la fecha en la finca denomi-
nada "Playa de Noche", sita en avenida de la Noria, partido de
Esteban Echeverría, provincia de Buenos Aires (...).

5. YA NUNCA MAS SEREMOS COMO ERAMOS

Un domingo de 1922, cuando volvía de visitar a la
abuela Dominga, el teniente 1º Perón compró en un kiosco
de la estación Retiro cierto folleto mal entrazado, que parecía otro de los novelones por entregas tan de moda en
aquella época. En la portada se desvanecía, marchita, una
corona de laureles. Eran las ciento quince máximas de Napoleón sobre el arte de la guerra.

Juan Domingo se precipitó sobre aquellas sentencias
con la voracidad de un amor que ha esperado demasiado
tiempo. Le desataron una necesidad desconocida, y no sabía de qué.

Una de las máximas iba con él por las mañanas al polígono de tiro y sonaba por las tardes en su silbato:

*En la guerra, nada es más importante que la unidad
de mando. El ejército debe ser único, las acciones deben
tender a un solo fin, el jefe sólo puede ser uno.*

La otra se le confundía tanto con los sueños que, al
despertar, aún se le quedaba pegado el olor de la máxima
en la memoria:

*Las grandes acciones de un gran general no son el re-
sultado de la suerte o del destino. Son el resultado de la
planificación y del genio.*

Tal cual: Perón quería planificar el futuro, tomarle la
delantera, adivinarlo.

En los casinos de oficiales se hablaba entonces con reverencia y sigilo de la logia General San Martín, que parecía haber impuesto al coronel Agustín P. Justo como ministro de Guerra y en cuyas listas negras figuraban
muchos oficiales yrigoyenistas. Perón quería saber a toda
costa qué se pensaba de él en esos círculos inaccesibles y
buscó al único que podía decírselo: su protector, Bartolomé Descalzo. Lo encontró disgustado.

—He oído a un teniente coronel quejarse de usted, Perón. Es un capitoste de la logia y la opinión adversa de ese
hombre podría malograrle la carrera. Cuídese, che.

—Yo hago todo lo que se me ordena, mi mayor. ¿Cómo voy a cuidarme de la injusticia?

—Si fuera una injusticia no se la hubiera contado. Ese
teniente coronel ha dicho que usted pasa el día metido con
los deportes. Y que no entiende cómo, ya casi a punto de
cumplir treinta años, no se preocupa por sentar cabeza. La
logia desconfía de los oficiales solteros.

Perón acusó el golpe. Llevaba varios meses dándole
vueltas a la idea de casarse. En sus andanzas no había conocido sino a mujerzuelas gritonas, impresentables, que se
arrojaban sobre los divanes con las piernas abiertas y
echaban escupitajos en el piso. Le rogó a Descalzo que lo
ayudase a encontrar una candidata decente.

—Precisamente —dijo el protector— mi señora y yo
tenemos puesto el ojo en tres o cuatro chicas que le con-
vienen. A la primera ocasión se las vamos a presentar.

Pero el infortunio cayó en aquel momento sobre la fa-

milia Perón. Juan Domingo lo esperaba. La madre le había
enseñado desde muy niño que los destinos son cíclicos, y
que la suerte obedece a una ley de compensaciones: toda
felicidad se paga, tarde o temprano con desdichas. Perón,
que para no exponerse se había esmerado en mantener los
sentimientos siempre tibios, no imaginó que también el
éxito tenía su reverso. Era campeón militar de esgrima,
profesor de cultura física, autor de unos consejos sobre higiene y moral para uso de aspirantes a suboficiales. Al año
de ascender a capitán, lo aceptaron en al Escuela Superior
de Guerra. Demasiada bonanza en poco tiempo. Hacia fines de marzo de 1926 la llegó un telegrama de la madre:
"Papá muy delicado. Favor esperarnos lunes tren Bahía
Blanca".

A duras penas reconoció a su padre. Don Mario Tomás
sufría de temblores, se arrastraba sobre los puros huesos y
balbucía palabras apelmazadas, que sólo doña Juana era
capaz de traducir. Estaba enfermo de arteriosclerosis y en
las soledades del Chubut ya no encontraban remedio que
lo aliviara.

Durante unos días se hospedaron en la casa nueva de
la abuela Dominga, cerca de la estación de Flores. Luego,
con la providencia de un subsidio que concedieron a Juan
Domingo en el ejército, compraron en la calle Lobos un
viejo caserón donde también el hijo dispuso de un cuarto
propio en el que desembocaron los mapas y los banderines
acumulados durante quince años de vida nómade y cuarte-
lera.

Doña Juana se entretenía criando gallinas y amasando
fideos. Por las tardes sacaba las sillas a la vereda y depositaba allí a don Mario Tomás mientras ella chismorreaba
con las vecinas. Juan se presentaba los fines de semana
con un sombrero de paja y un terno de color siempre oscuro. Y cuando se anunciaban retretas en el parque Chacabu-
co, vestía el uniforme de gala e iba del brazo con la orgullosa madre a dar unas vueltas por las pérgolas.

En vísperas de la primavera de 1926, interrumpió el
calco de unos mapas napoleónicos para atender por teléfono al teniente coronel Descalzo.

—Encuentrese conmigo a las diez de la mañana en la
puerta del cine Capitol —dijo el mentor—. Y vengase preparado. Perón. Mi señora y yo tenemos ya lo que usted anda buscando.

Salió dos horas antes, de punta en blanco. Quería mostrarse tal como era —atildado, simpático, seguro de sí— y deslumbrar a la candidata, pero en ningún momento se preguntó cómo era ella. Si Descalzo la recomendaba, para qué perder el tiempo. Siempre había desdeñado el inútil gasto de fuerzas que los hombres comunes ofrendan a los sentimientos en vez de aplicar las mismas energías a misiones de poder o de trabajo. Necesitaba casarse, y Descalzo le presentaría a la persona adecuada. Nada más sencillo.

Desde la ventana de una confitería, Juan Domingo vio llegar a la esposa del teniente coronel con una muchacha bajita y menuda, que hablaba sin alzar la mirada y se reía tapándose los dientes. Antes de que se la presentaran supo, sin la más leve incertidumbre, que ella lo aceptaría como novio.

El cine estaba lleno de oficiales jóvenes y de señoras adornadas con casquitos y moños en las caderas. Perón fingió interesarse en la complicada conversación sobre volados superpuestos, faldas tableadas, cortes a la garçon y escotes en V que propuso la esposa de Descalzo. En la butaca de al lado, la candidata expresaba su admiración con obedientes vaivenes de las pestañas. No bien se apagaron las luces y el pianista desgranó una obertura que pretendía ser oriental, Juan Domingo se inclinó hacia ella discretamente:

—Señorita Tizón, ¿me permite que la llame Aurelia?

—Potota —corrigió la muchacha, mirándolo por primera vez.

—Potota. Le ruego que no baje los ojos nunca más. Tiene una mirada tan profunda que da escalofríos.

—¿Escalofríos? Disculpemé, capitán. Lo siento mucho.

—Ah, no. Capitán, no, Llámeme Perón.

Hacia el final de la película, cuando el jeque enamorado de la bailarina volvía grupas para rescatarla de un simún exterminador, Juan Domingo murmuró, valeroso:

—Le doy las gracias por haber venido. Desde hace mucho quería encontrar a una joven... amiga... como usted. ¿Me permitirá visitarla? Espero no haber llegado a su vida demasiado tarde.

Ella no despegó los ojos de la película. Vacilaba entre imponer un freno al atrevimiento del capitán o darle alas, discretamente. Un codazo alentador de la señora Descalzo la decidió:

—Para mí, cualquier cosa que pase pasará temprano. Tengo dieciocho años.

Perón la deslumbró, en la oscuridad del cine, con una sonrisa párvula, trabada por la melancolía.

—Yo voy a cumplir muy pronto los treinta y uno. Es una triste sorpresa para usted, ¿no es cierto?

El pianista electrocutó al auditorio con un trémolo. El jeque suspiró lascivamente sobre una oreja de la bailarina. Luego, con descaro, le lamió la mejilla. Se oyeron unas toses escandalizadas.

Dos semanas después, cuando volvieron a la misma sala con las hermanas Tizón y desde las mismas butacas vieron aquella osada simulación de beso, Juan Domingo rozó por primera vez, con la punta de los dedos, las manos enguantadas de Potota.

Durante los dos años puntuales de noviazgo, ella creyó que era locamente amada; es decir, con respeto, visitas infalibles y cartas de cumplido. Pero el último día de la luna de miel la introdujo en una rutina tan espesa que las señales del amor se le confundían.

A veces —contaría muchos años después—, iba yo hacia Perón en busca de ternura y él me rechazaba sin herirme, aunque con terrible firmeza. Siempre con tus chiquilinadas, me decía. ¿No te das cuenta de que sos una mujer casada?

Y aunque la dejaba sola casi todo el día, estaba pendiente de sus más triviales salidas. No le gustaba que hablara con nadie, ni aun con las hermanas, como si temiera que incubasen en Potota caprichos e ilusiones que luego él debería enderezar. A tales extremos llevó su afán de posesión que una tarde, cuando más abstraído estaba, redactando unos apuntes sobre el complot militar de 1930, ella salió en puntas de pie hacia la verdulería, y al darse vuelta imprevistamente para buscar uno tomates, descubrió a Perón espiándola tras un poste de alumbrado.

Sólo después del sexto año de matrimonio Potota pudo agradecer una señal de cariño. Fue obra de la casualidad. La madre, doña Tomasa Erostarbe, había muerto de cáncer. El mayor Perón, distrayéndose de sus obligaciones en el Ministerio de la Guerra, acompañó a la familia durante la noche del velorio, asistió a los responsos en el cementerio, pero de inmediato se esfumó. Durante los novenarios y misas funerales que sucedieron estuvo ausente. Llegaba tarde a dormir y se levantaba tan temprano que Potota no conseguía jamás alcanzarlo con el desayuno. Ella, para no molestarlo, se tragaba las quejas.

Las raras ocasiones en que Perón la llamaba por teléfono previniéndola que iría a comer Potota se refrescaba los ojos con algodones y se coloreaba un poquito las mejillas —lo máximo que permitía el luto— para mostrarse feliz y despreocupada.

Cierta vez el mayor olvidó unos mapas en la casa y tuvo que pasar volando a buscarlos. Cuando abrió la puerta de calle, el silencio y la oscuridad lo sobrecogieron. Entró con sigilo, mientras en su imaginación se entreveraban las más funestas sospechas. De pronto, oyó brotar del dormitorio un canto tenebroso, que semejaba tanto una letanía de monjas como el desperezo de un gato. Empujó con brusquedad la puerta y prendió la luz. Vio a Potota de bruces sobre la cama, llorando, con una foto de doña Tomasa desteñida por las lágrimas.

Tanta pesadumbre le ablandó por fin el corazón. Le ofreció su pañuelo y le dio un beso en la frente. Ella esperó a que se le deshicieran los nudos de la garganta, disipó todos los sollozos con un esfuerzo de la voluntad y con los ojos avergonzados como antaño, le dijo:

—Disculpame, Perón. Soy una tonta.

El mayor esbozó una sonrisa.

—No importa. Ya pasarán esos dolores de mujeres. Ahora dejáme que busque unos mapas. Tengo que irme.

Quizá tanto zigzag en la vida de nuestro héroe desoriente al lector. Como en la historia se avecinan hechos de índole militar (¿o tal vez política?): se avecinan inundaciones donde aguas de las más variadas especies habrán de confundirse, parece prudente hacer un alto y recordar ciertos detalles de interés.

1926: El héroe se instala con sus padres en un caserón de la calle Lobos 3529 (ahora Gregorio de Laferrère entre Quirno y San Pedrito) e inicia su noviazgo con Aurelia Tizón, hija de un conocido fotógrafo de Palermo, de filiación radical.

1928: En noviembre, don Mario Tomás Perón muere tras una larga y cruel enfermedad. Nuestro héroe debe postergar la fecha de su enlace hasta enero de 1929. Al regreso de la luna de miel, la flamante pareja reside en la casa de los Tizón, Zapata 315.

1930: En procura de intimidad, se mudan a un amplio departamento en la avenida Santa Fe 3641, tercer piso. Amueblan el dormitorio con un ropero estilo Luis XVI, una cama de altísimos respaldares y un toilette. Hay un par de espejos enfrentados, de dos metros, que multiplican el cuerpo hasta el infinito. En el comedor, el mueble principal es un aparador cuyos últimos estantes sólo se alcanzan con escaleras; las patas de la mesa reposan sobre cabezas de leones. El centro floral es un perro San Bernardo de cerámica sobre el que cabalga una aldeanita tirolesa. En el living se amodorra un piano que Potota no llegará a tocar.

1933: Una misión de frontera devuelve a nuestro héroe a los imponentes escenarios de su luna de miel. Es una excursión al volcán Lanín, lo acompaña su esposa.

1935: Fallece doña Tomasa Erostarbe de Tizón. A fines de año, nuestro héroe parte como agregado militar a Santiago de Chile. En vísperas del viaje, José Artemio Toledo lo visita: admira la voiturette colorada en la que hará el cruce de los Andes y pondera el coraje de Potota, quien llevará en el bolso una pistola calibre 22, previendo cualquier emergencia.

1936: Ya en tierra extranjera, nuestro héroe se anoticia de que el general Francisco Fasola Castaño, quien fuera su jefe en el Estado Mayor del Ejército, ha sido retirado del servicio activo por difundir una proclama contra "las ideologías exóticas que pretenden enturbiar nuestra ideología y quizá mancillarla". Encendido de patriotismo, le remite una esquela de solidaridad: "Mi querido general (...) Tengo fe en su estrella y en su persona, destino y hombre. Nada más se necesita para triunfar".

Nuevo zigzag. A comienzos de 1930, el capitán Perón era más un oficial de gabinete que de acción. Las jerarquías ciegas del cuartel lo seducían ya menos que las intrigas tuertas de palacio. Jamás se dormía sin leer alguna página del conde Schlieffen y sin repetir en voz alta una máxima de Napoleón, como quien reza. El tema de casi todas sus conversaciones era un libro del general alemán Colman von der Goltz, *La nación en armas*, que acababan de traducir en la Biblioteca del Oficial con cuarenta años de retraso.

Enseñaba Historia Militar, y cuanto más discutía en clase a sus autores favoritos, más sumisamente aceptaba las verdades de todos ellos como dogmas de fe. "No hay peor crimen contra el espíritu que desaprovechar una oportunidad", explicó a sus alumnos. "Cuando un estratega de genio propone por escrito una nueva fórmula ofensiva, ¿con qué fin lo hace? ¡Para que otros estrategas lo imiten! Y si él nos sirve semejante posibilidad en bandeja, ¿por qué perderla? Tanto en la guerra como en la política no hay sino una moral: la moral de lo útil. Y solamente los idiotas tienen en la mano lo que que es útil y lo dejan volar." A Napoleón lo recitaba como al Credo. Schlieffen era en cambio su santo Tomás de Aquino: la traducción de todos los enigmas sobrenaturales a las luces del orden natural. Al invocar a Napoleón, lo recreaba. Partía de una frase modelo y la iba dando vueltas: *El hombre es todo, los principios son nada. / Cuando los principios son todo, el hombre es nada. / Un hombre es todo, todos, todos los hombres son nada.* Las ideas de Schlieffen, en cambio, lo seducían a tal punto que, en vez de modificarlas, prefirió olvidar de quién eran. Al principio las reprodujo entre comillas; luego las subrayó; más tarde insinuó que podían pertenecer a Jenofonte, Plutarco, Tito Livio, criaturas que se alejaban en la noche de los tiempos y que finalmente se resumían en Perón.

El lector nos permitirá un último zigzag acelerado. En la primavera de 1970, casi cuarenta años después de los hechos que estamos a punto de narrar, el poeta César Fernández Moreno y el incipiente novelista Tomás Eloy Martínez interrogaron al general Perón en Madrid sobre la cuartelada que acabó con el gobierno democrático de Hipólito Yrigoyen en la Argentina e inició una seguidilla de protectorados militares.

Los guardias civiles a la entrada de la quinta, las perritas caniches, el palomar, el fresno: ya conocen ustedes el escenario. La voz ronca del General invitando a pasar, López Rega disponiendo los grabadores, Isabel ofreciendo a los caballeros una tacita de café: ahorraremos todo eso. Recogeremos sólo el desnudo diálogo donde las voces se entremezclan y rearman el pasado (ese pasado) tal como fue.

Los visitantes llegaron bien pertrechados, con fragmentos de discursos, opiniones que Perón había dejado caer en el curso de los años y hasta el erudito mamotreto de un profesor gringo a quien el General se obstinaba en alterarle las vocales del apellido. El dueño de casa no disponía de más arma que su memoria, pero en ella había un fermento de vivezas largamente rumiadas.

—Permítanos decirle que a principios del '30, General, si bien era usted un oficial oscuro todavía, gozaba del respeto de los superiores. Se mostraba discreto, servicial, confiable, tenía una demoledora capacidad de trabajo y, en tiempos de tan desbocados apetitos de poder, su talento político era como una muela de leche. Por lo tanto, usted no parecía peligroso. Al presidente Yrigoyen le pesaban los años. Hablaba poco, escuchaba menos, y un cerco de aduladores lo apartaba de la realidad a tal punto que hasta de sus sentidos sanos empezó a desconfiar: no creía en lo que veía. En 1930, el aterrador silencio que bajaba desde el poder puso a pensar a ciertos militares. Ya que nadie da órdenes, ¿por qué no empezamos a darlas nosotros, que sabemos? Un elenco de coroneles viejos sintió escrúpulos: se quería derramar sangre de conscriptos —sangre de civiles— para voltear a un gobierno legítimo, violando los reglamentos y códigos que habían jurado respetar. A los tenientes y capitanes, en cambio, se les caía la espuma de la boca. Iban a participar del primer ensayo general para los golpes de Estado. Les permitirían contemplarse, aunque fuera sólo por un instante, en el espejo del poder. Usted, Juan Domingo Perón, se cruzaría muchas veces con ellos en el camino: Ossorio Arana, Julio Lagos, Francisco Imaz, Bengoa, todos esos tenientes y cadetes de 1930 se volverían más tarde contra usted. Eran como unas grandes maniobras de entrenamiento contra la razón histórica.

—Ah, no señor. Yo en ésas no quise meterme. Fui de los últimos en desayunarme. En las mismas vísperas del golpe, el 5 de setiembre, había pedido mi pase a Uspallata porque no quería saber nada con aquellos traidores a la Constitución.

—¿Cómo pudo escribir usted entonces, en los apuntes que le confió al teniente coronel Sarobe, que fue de los primeros: que José Félix Uriburu, jefe del cuartelazo, lo apalabró en junio de 1930? Uriburu anunció —usted lo cuenta— su intención de sustituir la democracia por un Estado corporativo. Como era capitán, usted no se animó a contrariarlo. Pero se ofreció a comprometer a otros jefes de prestigio en la conjura, reuniéndolos bajo una misma tendencia y orientación.

—Esa fue la inquietud que siempre tuve: organizar. En 1943 las cosas se hicieron bien porque ya estábamos organizados. Pero en el 30...

—A usted lo incorporaron al Estado Mayor revolucionario, sección Operaciones. Le pidieron algunos trabajos menores. A pesar de sus esfuerzos, General, aquel golpe de Estado era un caos.

—Como el país, muchachos. La Argentina entera se hacía pedazos. Tener un presidente tan viejo nos envejecía. Eramos pobres, pero no dábamos lástima como damos ahora. Más del treinta por ciento de los campesinos que se revisaban para el servicio militar venían enfermos de tuberculosis. Todo el mundo vivía de prestado, tirando la manga como decíamos entonces. Cada manguero se reservaba un café o una confitería para sus chanchullos, como sucede con los mendigos en el atrio de las iglesias. Cerraron los quilombos y nació un negocio nuevo, el de las amuebladas. Por dos pesos, una manicura prestaba el servicio completo: no dejaba uña sin tocar. Los jovencitos de familia se acostumbraron a debutar con las pobres sirvientas. Todos los días llegaban a Retiro vagones llenos de muchachas para todo servicio, que se conchababan cama adentro por veinte pesos mensuales, y que si se negaban al apremio del patrón o de los hijos, adiós pirula. Esas desdichas no tenían más entretenimiento que ir al zoológico los domingos y oír a Nick Vermicelli por la radio. Yrigoyen era popular, claro, pero ya estaba muy viejito. El fuego revolucionario se le había mojado. No quedaba más remedio que voltearlo. ¿Pero quién lo volteó? ¿El ejército? ¡No! Fue la oligarquía, que había sido desalojada del poder en 1916 y esperaba su oportunidad para pegar el zarpazo.

—Sin embargo, General, óigase decir el 8 de abril de 1953, déjese ir hacia su pasado y oiga: "A Yrigoyen no lo echó abajo la revolución sino sus propios correligionarios. Esos que andan haciendo ahora discursos por ahí: ésos lo traicionaron...".

—¿No ven, muchachos? Al pobre viejo lo derrocó la oligarquía en alianza con los radicales. ¡Si hasta el propio Alvear, que era como hijo de Yrigoyen, brindó con champán cuando le dieron la noticia del derrocamiento! La gratitud humana es como el pájaro que pasa: no deja otro recuerdo que la bosta.

—¿Usted lo admiraba, entonces?

—¿A Yrigoyen? ¡Claro que lo admiraba! ¡Si él pensaba lo mismo que pienso yo!

—¿Por qué se metió entonces en el golpe?

—Porque me engañaron, muchachos. Me dijeron que el gobierno robaba, que tal ministro mantenía una querida vendiendo los durmientes del ferrocarril y que tal otro negociaba con los lápices del Consejo de Educación. Y el gobierno, calladito: nada decía. ¿Qué más pude haber hecho yo, un capitán de morondanga?

—Usted describió las muchas cosas que hizo. Narró cómo, al caer la tarde de aquel 6 de setiembre, se abrió paso en un auto blindado, siguiendo a los escuadrones de granaderos. Dijo que a su alrededor la gente saltaba de alborozo y arrojaba flores desde los balcones. ¡Viva la patria! ¡Muera el peludo Yrigoyen! Contó que, al llegar a la Plaza de Mayo, vio en las azoteas de la Casa Rosada un mantel que flameaba como bandera de parlamento.

—Así fue, muchachos. Y oí a Enrique Martínez, el vicepresidente, pedirle a Uriburu que lo matara. El pobre hombre, arrinconado, se puso histérico. ¡Yo no renuncio, mi general! ¡Matemé si quiere! ¿Saben por qué lo vi? Porque dejé a los granaderos como a las cinco y media de la tarde, caminé hasta la calle Victoria y allí di alcance al auto del general Uriburu. Me subí al estribo y entré con él en la Casa de Gobierno. Fin del zigzag. Comienza un nuevo capítulo con música del tango que Discépolo escribiría cinco años después: *Cambalache...*

(...) Se reproducen a continuación anotaciones efectuadas por la antedicha Diana Bronstein en los márgenes del ejemplar secuestrado del semanario *Horizonte.*

NOTA DEL OFICIAL SUMARIANTE: Las frases al pie son prueba concluyente de la ideología extremista imperante en los cabecillas inculpados. Elévense a la Superioridad a título informativo.
El Viejo tenía olfato napoleónico.
Tenía un gran naso. ¡Oh, naso!
"Ya nunca más seremos cono éramos." Rebusque plagiado de Las Alas de la Paloma. *Henry James, frase final.*
Zigzag. Zigzag.
Fasola Castaño, también conocido como Fa Sol La Tacaño, precursor de la patria nacional-fasolista.
Pasáme un faso, Nun. Pasáme un Te quiero.

DOCE

CAMBALACHE

ZAMORA LA HA IMAGINADO COMO YA NO ES. Ha esperado encontrarse con el rostro frágil e imperial que asomaba en las fotografías de 1955. No ha pensado que el tiempo la embellecería. Cuando Mercedes Villada Achával de Lonardi le abre la puerta, Zamora se pregunta si no estará, tal vez, confundido de sitio. El tiempo ha ido empujando la belleza de la mujer hacia adentro del cuerpo, como si ella hubiese tenido pudor de mostrarla y fuese ahora sólo la crisálida transparente que la cobija. Ha enviudado hace más de quince años. Los hombres que sucedieron a su marido en el poder han sido ingratos con ella. Extrañamente, la ingratitud le sienta: vierte una luz apagada, como de otoño, sobre un porte que debió de ser demasiado altivo. Se ve que no ha dormido. Bajo sus grandes ojos negros se abren valles violáceos.

—¿No me esperaba ya? —se disculpa Zamora.

Ella se mantiene en la penumbra, a la defensiva:

—Jamás espero a nadie. —Y sin embargo, cuando le franquea el paso, aprieta las manos de Zamora con calidez—. Tengo malos presentimientos. Es lógico, en un día como éste. Siéntese, hombre, siéntese. ¿Quiere un poco de te? —Ella se pone de pie, en tensión—. Oiga: el silencio. Han dejado desiertos estos lugares. Hace un momento, cuando me asomé al balcón y vi las calles, sentí que una tragedia se nos venía encima. Ya habrá oído usted, Zamora, lo que repite la gente: que las masas van a quemar el barrio norte apenas Perón ponga los pies en Buenos Aires. Una familia de aquí abajo se fue ayer a Mar del Plata. Llevaron las joyas, los cuadros, los animales. Estaban aterrados.

225

—Usted no debe preocuparse —la consuela Zamora, él también levantándose—. El propio Perón no permitirá que nada pase... Ha dicho que viene en prenda de paz y no creo que esté mintiendo. Ya pronto va a morir. Le interesa pasar a la historia con limpieza.

A medida que sus ojos van acostumbrándose a la oscuridad, Zamora descubre que la casa está en desorden y que, en verdad, doña Mercedes Villada Achával de Lonardi ha vacilado, durante algunas horas, entre irse o quedarse. En un rincón de la sala hay dos pequeños baúles abiertos, vacíos. Detrás, presidiendo un horizonte de muebles enfundados, cuelga un retrato al óleo del general Eduardo Lonardi, con el bastón de mando y la faja presidencial. De un samovar de plata afloran los vapores del té.

—La historia, la historia... —ella menea la cabeza, escéptica.

—Nada se ve desde aquí. Tal vez, no sé, haya gente en la Plaza de Mayo. Pero las orillas, señora: eso es un río. He tardado más de una hora entre Lanús y el centro. Al salir de Monte Grande, mi coche quedó trabado por una orquesta de bombos que medía dos kilómetros. Omnibus, camiones, chatas destartaladas están regados por las calles, de cualquier modo, bloqueando el paso. Es como si el país entero estuviera hipnotizado.

—Las vísperas del Milenio... —insinúa ella.

—Tal cual. La Argentina asomándose a los abismos del fin del mundo. ¿Ha oído usted la radio?

—Prefiero no oír —contesta ella, mientras sirve el té—. La radio me deprime.

—En un informativo han dicho que el almirante Rojas ha puesto trampas en su casa, para defenderla contra un ataque de las masas. Está instalado en un sillón, frente a la puerta de entrada, con un revólver de seis balas. Si los asaltantes consiguen romper el cerco, disparará las primeras cinco y con la última (dicen) se suicidará. Ha dado unas declaraciones muy pomposas, llenas de ira —Zamora consulta un mugriento cuaderno de notas—. Oigalás, es una cita textual: "El tirano que hoy regresa para infamar al país representa la farsa del hijo pródigo, trayendo nuevos errores y peores designios en el fondo de su insondable perversidad...".

—¡Mamarracho! —se le escapa a doña Mercedes. Y como si la invectiva la hubiese despertado de pronto a otra realidad, clava la mirada en Zamora—. ¿Qué busca usted? Dígame la verdad. ¿Qué hará con todo lo que yo pueda decirle?

El ha estado esperando esa pregunta:

—Y usted, ¿qué me dirá? ¿Se quedará callada, temiendo la

venganza de Perón? Soy yo el que le pregunto: ¿Es de las que prefiere que la historia se escriba sola?

—Yo nada importo ya. Pero el general Lonardi es sagrado. A él nadie me lo toca. Tantos periodistas han contado cosas que no sucedieron, tantos han armado y desarmado la historia con mala fe, que ya no sé, no sé... Es difícil creer que usted será distinto.

—Tengo que ser distinto, señora. No escribo una biografía, como los demás. No busco explicaciones. A nadie juzgo. ¿Quién soy yo para decir que éste obró bien o mal? Lo mío es más sencillo: me interesan las causas, no los fines; las fuerzas que empujaron a los hechos. Fíjese en este número especial de *Horizonte*: hay un enorme hueco. El título promete la vida entera de Perón, y no es la vida entera: sólo una parte. El General queda suspendido en el apogeo de su gloria, subiendo al paraíso con Evita. No lo verá vencido allí, ojeroso, con pánico, aguardando casi diez años después, en una cañonera paraguaya, la piedad de Lonardi. ¿Sabe por qué no llegué hasta el final? Porque me faltaba el principio. Lea estos párrafos de la revista: no hay una sola línea sobre la tragedia griega que vivieron su marido y Perón el 2 de abril de 1938, en Chile. En ese punto se dibuja un blanco.

—Los hermanos enemigos... —suspira doña Mercedes, fatigada, sentándose.

—Esa es la tecla que me interesa tocar —apunta Zamora—: Caín y Abel. Rómulo asesinando a Remo para que la ciudad (la historia) lleve la marca de su nombre. El Asvin rojo y el Asvin negro de los Vedas galopando a la par, uno en la luz y el otro en las tinieblas, como si el carro que conducen corriera por la perpetua margen del crepúsculo...

—Déjeme saber qué ha escrito usted, Zamora. Quiero entender a dónde va, qué pretende con esto.

Zamora le tiende un ejemplar de la revista. Vacila. Siente una brumosa inquietud por dentro, pero hacia afuera sólo exhala calma.

—¿Me permite ver la televisión, señora? Sólo un instante. Ezeiza estará hirviendo ya. Y podremos ver el palco de cerca...

Doña Mercedes se encoge de hombros.

—Véala usted si quiere. Yo no. Y discúlpeme ahora. Voy a darle la espalda.

Va hacia el escritorio, en la penumbra. Se pone los anteojos, se refugia bajo la luz de un quinqué, y en *Horizonte* lee:

> Después del golpe de 1930 los militares se pusieron de moda. Casi todos los sábados las niñas de sociedad daban

227

un baile para honrar a los heroicos cadetes que las habían salvado de la chusma. Un signo de que los uniformes ablandaban hasta los corazones más conservadores fue el matrimonio que concertaron por entonces Mercedes Villada Achával, cordobesa de vetusto abolengo, con el teniente de artillería Eduardo Lonardi, hijo de un músico italiano que tocaba en las retretas de los pueblos.

Pero entre bambalinas, la enfermedad del poder desgarraba al ejército. Ansioso por aplacar los apetitos del general Justo, el presidente Uriburu lo eligió comandante en jefe. Durante un par de semanas ambos fingieron una luna de miel. Justo ubicó a sus hombres de confianza en los puestos de mando y entregó la renuncia, esperando su turno. El capitán Perón, que aún navegaba entre las aguas de un bando y otro, fue destinado a la Secretaría de Guerra. Le confiaron misiones de importancia durante pocos meses. Luego cayó en desgracia. Descalzo, su mentor, había sido alejado de la escena: era jefe de un remoto distrito militar, en Formosa. Sarobe, otro teniente coronel que lo trataba con simpatía, fue despachado a la embajada en Tokio.

A medida que el prestigio de Uriburu se desmoronaba, Perón iba exhibiendo con mayor desenfado sus flamantes simpatías por Justo. En mayo de 1931 lo retiraron de la Secretaría de Guerra y lo mandaron a investigar si todo estaba en orden en las fronteras patrias. Como quien dice: Salí a ver si llueve.

Caminó desde Formosa hasta Orán entre ciénagas que por la noche devoraban a los animales y por la mañana se convertían en campos de flores pestilentes. Anduvo en mula desde La Quiaca hasta San Antonio de los Cobres por unos desiertos lechosos cuyos habitantes vestían pieles de guanaco y hablaban en un idioma de gárgaras y mocos entreverados.

Cierta mañana de calor terrible le avisaron que lo habían ascendido a mayor, lo que no significaba una simple mudanza de jerarquía. A partir de aquel momento era un jefe: tendría que mandar más que obedecer...

Doña Mercedes saltó la barrera de algunas páginas que abundaban en descripciones de paisajes patagónicos y en reflexiones retóricas sobre el "tejido siamés" que unía, según Perón, los destinos del ejército y de la patria. Se detuvo en las referencias a Chile. Eran sólo paréntesis dentro de una larguísima cronología:

1937: Nuestro héroe ha conquistado Chile. Los agregados militares de cien países lo eligen para que los represente ante el mandatario Arturo Alessandri en las fiestas de la Independencia. Una ovación premia su elocuente discurso. El presidente de la república lo invita a la fiesta íntima que dará dos días más tarde. Allí, Perón se gana para siempre la amistad de Alessandri. A los postres, canta con voz desafinada pero vívido sentimiento el tango *Cambalache*, al que califica de rapsodia ética del alma argentina. El funcionario chileno Luis Villalobos, quien conoció a nuestro héroe en aquel ágape, recuerda que al final del tango confundió la letra y que el doctor Alessandri, cortés, se lo hizo notar. Con acompañamiento de bandoneón a cargo de Potota, nuestro héroe habría cantado:

> *¡Siglo veinte, cambalache*
> *problemático y febril...*
> *El que no llora no mama*
> *y el que no mama es un gil!*

(Y el presidente le apuntó: *el que no afana es un gil, / el que no afana.*)

Los sólidos afectos que Perón —ya con el rango de teniente coronel— siembra en Santiago se ponen de manifiesto en marzo de

1938: cuando es objeto de innúmeros agasajos con motivo de su regreso a Buenos Aires, donde el ministro de Guerra le ha reservado un trascendental destino...

—Esto no es serio, Zamora —se vuelve doña Mercedes, quitándose los anteojos—. ¿Y usted quiere complicar al general Lonardi en una chismografía del mismo estilo?

Zamora no la oye. Por discreción, ha reducido a cero el volumen del televisor. Aun así, brotan unos sonidos tormentosos que tal vez sean los cánticos de la muchedumbre o el vozarrón del locutor.

La cámara merodea entre la muchedumbre, desorientada: cruza unos pastizales desiertos, desfila sobre campos de letras como si trazara las huellas de un hormiguero, se congela sobre la fotografía incompleta de Isabelita, que unos obreros se apresuran a rellenar: la falta el hombro aún, un pedazo de oreja, el moño del rodete. Unos camiones descargan, a la vera del palco, cestos llenos de palomas. Los músicos de la orquesta sinfónica pretenden afinar sus instrumentos. ¿Zamora?, repite doña Mercedes, y esta vez él la mira con azoramiento, como si desembarcara de un mar prohibido. *C'est fini?*, pregunta ella, ofensiva. *Fini, la mascarade degoûtante?* Y desde la penumbra del quinqué le tiende un fajo de manuscritos.

—Tenga, Zamora —ordena, agitando los papeles—. Aquí tiene la historia que Eduardo y yo vivimos con los Perón en Chile, hace treinta y cinco años. La he copiado de mis cuadernos durante toda la noche. Hay allí más de lo que usted espera.

Ella se pone de pie y camina hacia la luz, gallarda. Por un momento, la edad parece desprendida de su cuerpo, como si se hubiese roto la crisálida de su belleza y la luz de antaño se pusiese a volar.

—Publicaré tal cual su historia, línea por línea.

—No vaya usted tan rápido, Zamora. Hasta muy tarde, anoche, mis hijos me aconsejaron que no le entregase nada. ¿Por qué a ese hombre, por qué tan luego a él?, me dijo Marta, la mayor, que está escribiendo un libro de homenaje a su padre. Y la verdad es que yo tampoco lo sabía: por qué a usted, Zamora. Ahora, mientras leía esta sucia revista, tuve la revelación. Porque usted conoce el otro lado de la historia, el lado de Caín. Porque si me ha llamado, fue por algo. Dios es justo, ¿se acuerda? Dios es justo: el santo y seña con el que Eduardo derribó a Perón.

Su lenguaje de cólera avanza con serenidad, como si fuera un dogo amaestrado al que tiran de una traílla, hasta que algo la traiciona: toma la taza de té y una gota le cae sobre la falda inmaculada. En ese punto, Zamora y ella sienten la oscuridad de un trueno en la plaza San Martín, a dos cuadras. Ambos han pensado en una lluvia profética, pero no lo dicen: la lluvia roja del fin del mundo. Doña Mercedes se asoma a la ventana y aparta los visillos. Hay sol. El trueno cae otra vez con la torpeza de un animal agonizante. Ahora el trueno se enreda con un zumbido monótono, da un salto de langosta, se vuelve voz, grazna con la inequívoca melodía, qué grande sos, Perón, Perón.

Zamora está preparado para el trueque. Ha traído una carpeta llena de viejos recortes y la despliega.

—No le voy a contar el otro lado. Voy a mostrárselo para que se sorprenda. Pocas veces oirá en un solo drama tantas pasiones que se contradicen. Empiece por aquí. Lea este informe de los corresponsales de *Horizonte:*

ACTO I. Perón llegó a Santiago en marzo de 1936, por el paso de Uspallata. Hasta diciembre de 1937 vivió en el barrio de Providencia —y no en el de Ñuñoa, como suele decirse—, acaso en la calle Diego de Almagro. A las siete de la mañana comenzaba su trabajo en una pequeña oficina del pasaje Matte, cuyas ventanas daban entonces a los jardines privados del embajador argentino. Vale la pena describir este pasaje donde se desencadenará el drama que selló los destinos de Perón y Lonardi. Está ubicado frente a la Plaza de Armas. Sus cuatro bocas de salida dan a las calles Huérfanos, Ahumada, Compañía y Estado. Las tiendas exudan humedad. En sus escaparates rancios se ofrecen artesanías de las provincias: pailas de cobre, riendas de cuero, ceniceros de greda. La embajada argentina se concentraba allí, en un quinto piso, sobre la calle Ahumada.

Afuera, se abría una ciudad mísera, entorpecida por falanges de pordioseros. Roberto Arlt, que pasó por Santiago en 1937, la describió así en una carta a su madre:

Esto es peor que África. La gente no come prácticamente. Para nosotros los argentinos que traemos dinero, la vida es barata; para los nativos sumamente cara. Las estadísticas demuestran que un chileno come ocho gramos de carne al día. Las dos terceras partes de la capital están formadas de conventillos coloniales. Conventillos de una cuadra de largo, con tejas de la época de San Martín...

Para los agregados militares era entonces trabajo de rutina —tanto en Santiago como en Buenos Aires— conseguir planos, mapas, estadísticas, informes de maniobras y documentos estratégicos del otro país. Jugaban a la guerra, al espionaje, al patriotismo. El presidente chileno Arturo Alessandri, hombre de izquierda, no aceptaba con buen humor esos cambalaches militares. Desde comienzas de 1935 el ejército y la marina lo asediaban con peticiones de dinero para modernizar el armamento. Necesitaban pretextos: un enemigo ilusorio, un espía incauto, la sombra chinesca de una guerra proyectada sobre el indefenso Estado. Perón, que preveía esas amenazas, tejió su telaraña en la penumbra, retrocediendo una vez y otra en el momento de actuar. Lonardi con inocencia, quiso hacer méritos y mordió el anzuelo.

Hay tres versiones de la historia, y las tres son implacables con Lonardi. Los diarios de la época omiten a Perón. Cuentan (no hay que perder de vista los detalles) que desde por lo menos un año atrás los servicios de inteligencia militar chilenos seguían la pista de un ex oficial del ejército, Carlos Leopoldo Haniez, a quien se creía interesado en vender documentos secretos.

El jefe de los servicios, coronel Francisco Japke, urdió una sucesión de trampas. Ordenó a dos antiguos camaradas de Haniez que reanudaran la amistad con él y se fingieran cómplices. Hubo —relata el semanario *Ercilla*— "vinos maravillosos, alegres comidas, brindis interminables".

Los documentos debían ser vendidos a través de Guido Arzeno, un argentino que representaba en Chile los intereses de la compañía Artistas Unidos. Arzeno vivía en el departamento 311 del pasaje Matte. Japke ordenó que le intervinieran el teléfono y se disimularan micrófonos en el vestíbulo.

Alentado por sus camaradas, Haniez soltó la lengua. El agregado militar de un país vecino —dijo— se interesaba por comprar documentos inútiles a precio de oro. Ofrecía setenta y cinco mil pesos por el plan de movilización del ejército chileno y veinticinco mil más por el informe secreto sobre las últimas maniobras. Un capitán ganaba doscientos pesos por mes. Los argentinos les pondrían, sin esfuerzo, una fortuna en las manos.

Los amigos de Haniez simularon conflictos de conciencia. Dijeron al fin que sí. Fijaron una cita para el sábado 2 de abril, a las ocho de la noche, en el departamento de Arzeno.

Aquí es preciso detenerse y recapitular. Quien había seducido a Haniez era Perón. A mediados de marzo, Perón regresó a Buenos Aires. En una cita última con Haniez, le habría dicho: "Hombre, no se preocupe. Mi sucesor, Lonardi, ya tiene órdenes de cerrar el trato. A donde vaya usted con los documentos llevará él la valija con el dinero".

En la noche del viernes 1°, el oficial traidor recibió un juego falso de mapas y estadísticas, amañado por Japke. Al día siguiente, una patrulla policial irrumpió en el pasaje Matte. Lonardi fue sorprendido cuando fotografiaba los papeles con una máquina Contax. A sus pies estaba la valija repleta de dinero. Los detectives incautaron sesenta y siete mil pesos.

Tres días más tarde, el gobierno argentino dispuso el inmediato regreso del agregado militar y le formó un tribunal de guerra. El matrimonio Arzeno fue expulsado de Chile. Haniez purgó su pena en una prisión militar durante dos o tres años. Alguien lo vio en Lima en 1941, vestido como un dandy, saliendo de una boîte.

ACTO II. *Declaraciones de la señora María Teresa Quintana, hija de quien fuera embajador argentino durante los sucesos.*
Conocí a Perón muy de cerca. Mi padre, Federico Máximo Quintana, le profesaba un espontáneo afecto, y lo invitaba un par de veces por semana a banquetes y almuerzos. Aún retengo su imagen, fresca y patente. Era un hombre chispeante, sumamente refinado. Llegó a Santiago en los primeros meses de su viudez y se comportó con especial devoción católica. Cuando debió partir, se le brindó una despedida excepcional en la embajada, a la que asistió el propio canciller chileno.
Por esos días llegó el nuevo agregado militar, mayor Lonardi. No era tan brillante como Perón y mi recuerdo de su estampa es vago. Por candidez o torpeza se vio enredado casi de inmediato en una historia de espionaje que afectó mucho a papá...

ACTO III. *Declaraciones de doña Enriqueta Ortiz de Rosas de Ezcurra, esposa de quien fuera cónsul general en Santiago entre 1933 y 1942.*
¿A Perón? ¡Cómo no! ¡Claro que lo recuerdo! El día en que me lo presentaron le comenté a mi marido. Andrés: ¿Viste a ese tipito? Piensa que puede llevarse a todo el mundo por delante. Se cree superior.
La embajada era por entonces un club de buenos amigos. Estaba Ludovico Lóizaga, Tulio de la Rúa, Adolfo Béccar y Federico, el embajador, con quien Perón tuvo un horrible incidente a la semana de llegar.
Federico lo invitó a comer. Las mujeres fuimos todas vestidas de soirée. La mujer de Perón, ¡pobre!, resultó un fiasco. Era una cosita... ¿qué le diré?, insignificante. Yo, de pura curiosa, le pregunté a Perón qué impresión se había formado de nuestro cuerpo diplomático. Me contestó con una guarangada. Dijo que a nuestros maridos los mandaban al exterior más por sus apellidos y relaciones

233

que por sus reales conocimientos. Hay muchos asnos sueltos, dijo. Yo los arreglaría con un mes de instrucción militar.

Imagínese cómo pudo terminar aquello: ¡un hielo! Con un ademán elegante, Federico nos insinuó que pasáramos por alto el atropello. Supe que la embajadora, disgustadísima, dijo que si se repetía la guarangada, ella misma lo echaría de la mesa.

Perón debió de sentir el vacío porque sólo de vez en cuando se presentaba en las recepciones de la embajada. Me dijeron que alternaba con militares chilenos y que hasta intentó embaucar a uno de ellos en no sé cuál misterio de espionaje...

ACTO IV. *Declaraciones de Carlos Morales Salazar, autor de un* Estudio exegético de la doctrina justicialista.

El periodismo chileno se despreocupó del caso. Todos sabemos que los agregados militares no cumplen otra función que la de espiar: cuando van a un país, van sólo a eso. ¿A qué más podría ser? A espiar y a buscar armas. Perón le sirvió a Lonardi una breva en bandeja y éste se dejó atrapar. ¿Por culpa de Perón? ¡No! Por imbécil. Es lógico que Lonardi no perdonara nunca el terrible traspié y le echara la culpa a quien, siendo su hermano, acabaría por ser su peor enemigo.

Perón es muy astuto, muy hábil. Si algo hizo, nadie le probó nada. Y la historia chilena ya le extendió patente de inocencia. La prueba está en que cuando vino de visita, siendo mandatario, mi país lo recibió con toda clase de honores y a nadie se le ocurrió mentar el desdichado episodio de 1938.

—¡Dios mío! —suspira doña Mercedes, cubriéndose con una mano el cuello—. ¿Así, con esta clase de harapos, escriben la historia ustedes: los periodistas? —Se incorpora. Unas ojeras púrpuras le han envejecido la mirada.

—¿Con estas indecencias? Voy a perder en el trueque con usted Zamora. Debí haberlo previsto. Le daré la verdad a cambio de una sarta de mentiras. No es culpa suya, no. ¿Cómo podría culparlo? La culpa es de Perón. Todo lo que ha pasado por sus manos se infecta. Los hombres, el ejército y este país de... —iba a decir: de mierda. La palabra se agota en un zumbido y no sale de

su boca— ...este pobre país. Y ahora estamos dándole una segunda oportunidad. Fijesé usted...
Se vuelve con tristeza hacia el televisor. Flamea una bandera. Un cerco de hombres emponchados, con anteojos oscuros, sube lentamente por el terraplén hacia el palco, en Ezeiza. La cámara se acerca lentamente hacia la imagen descomunal de Perón, fotografiado de civil, adusto. Una brizna de sorna le aviva la mirada.
—Han completado a tiempo la foto de Isabel —descubre Zamora—. Ya le han puesto el codo. Y ahora, vea: la envuelven en banderas.
Doña Mercedes no lo escucha. Con la mano en el cuello, como defendiéndose de la oscuridad que ahora tatúa los silencios del aire desde infinitas partes.
—Nadie ha tenido aquí una segunda oportunidad. Ni San Martín, ni Rosas ni Lonardi. Este país es cruel. Es insensato. Sólo hay segunda oportunidad para los canallas.

De los papeles que ha tomado Zamora se desprende un malestar físico, la rémora de una enfermedad que debió de durar toda la noche y que sólo ahora, extenuada, se disipa. Son papeles que han sentido mucho y han quedado convaleciendo de sus sentimientos. Se les nota. En la primera hoja del diario de doña Mercedes las palabras están cortadas por el borrón de un dibujo —¿el perfil de una mujer, una ciudad vista desde arriba?—, y sobre las dos últimas se descascaran sendas memorias fúnebres: la cartulina con la fotografía de Potota que recuerda su muerte, y el aviso del diario *El Mundo* invitando al entierro. Mientras hojea los papeles, cae sobre Zamora la irrefrenable glotonería de los chismosos. Quisiera hincarles el diente ahora mismo.
—¿Puedo? —dice, y de inmediato se turba, ¿qué hago en el medio de todo esto?, nada me pertenece, he llegado a esta historia como un intruso. Deja caer una disculpa desatinada:
—Lo siento.
—Aquí no hay suficiente luz —advierte doña Mercedes, con las manos sobre la falda, ocultando la mancha nimia de té—. Es mejor que se acerque a la ventana.
Lee Zamora:

Santiago, Santiago: Cordillera, páramo, paso. Dios mío, qué lejos. Qué terrible si viajáramos de noche por estos parajes. Páramos, pasos. Envidio a Eduardo, mi marido. Cuánta confianza en el destino. En estas inmensidades, cordilleras, no sé confiar. Dios nos ampare. No sé confiar.

Doblan unas campanas, a lo lejos.

—¿Campanadas a esta hora, en este día? ¡Qué raro! Vienen desde la iglesia del Socorro... —Zamora se precipita hacia el televisor—. ¿Será el avión que llega, tan temprano?

—Si está preocupado, venga, oiga las noticias —consiente doña Mercedes desde un sillón, en la penumbra. Está de espaldas a las ventanas y a las imágenes, pero en verdad pareciera darle la espalda a todo.

Los helicópteros zumban sobre la muchedumbre. El televisor profiere un llamamiento asmático: "¡Ensayemos!... Momentito, compañeros. A ver, a ver... ¿Cómo vamos a recibir a nuestro General cuando llegue? Ensayemos... Uno, dos... ¡Tres! Loos muchachos peronistaas...". La voz enronquece.

Zamora comprende. También las campanas han tenido un desliz, una súbita descortesía. No saben qué hacer con el silencio de la mañana: tan espasmódico, cavernoso. Apaga el aparato y vuelve a la lectura del diario de doña Mercedes:

(Dibujos: círculos, flechas. ¿Una ciudad o una montaña?) El viaje resultó muy cansador. Sucedió algo ridículo, pero terrible. La más chiquita de mis hijas perdió el chupete. Crucé la cordillera encerrada en el baño, para que los otros pasajeros no sufrieran su llanto.

Llegar a la estación de Santiago fue un alivio. Olvidamos todas las molestias cuando pisamos tierra chilena. Mi marido y yo estábamos llenos de ilusiones. El puesto de agregado militar significaba un cambio completo de vida. Durante un par de años tendríamos cierto bienestar económico: un paréntesis en esa rutina de contar los centavos y andar restringiéndonos en los gastos.

Desde mediados de 1937, Eduardo —que tenía ya el grado de mayor— esperaba que lo mandaran en una misión al extranjero. Al principio lo eligieron para una gira de estudios por Alemania. Era la usual antesala de quienes, al regresar, enseñarían en la Escuela Superior de Guerra. Pero se movieron algunas influencias en su contra y fue desviado a Chile.

Perón nos esperaba en el andén con Potota, su esposa. Yo no los conocía. Me impresionaron muy bien. Eran simpáticos, amabilísimos. Ya nos habían conseguido un departamento en el residencial Lerner del pasaje Subercaseaux, y ellos mismos, para que nos sintiéramos menos

*solos en los primeros tiempos, habían dejado su casa en
el barrio Providencia y se mudaron allí. Todo estaba previsto para recibirnos: el vestíbulo lleno de flores y frutas
heladas para mis hijos.*

*Nuestros maridos trabajaban juntos. Potota y yo éra-
mos vecinas. Por las tardes, salíamos en el auto de Perón
a visitar la ciudad. Acababa de cambiar su voiturette por
un Packard nuevo e insistió mucho en que no desaprove-
cháramos la ganga del status diplomático para comprar-
nos un coche. "Metanlé, que así sale regalado", nos decía. Los sábados salíamos a bailar, yo siempre con
Eduardo. Era lógico, entonces, que termináramos enla-
zando una fraternal amistad.*

*Advertí de inmediato que los Perón eran un matrimo-
nio muy unido. Cada vez que Potota se refería a él, la boca se le llenaba de orgullo. Un atardecer, recuerdo, caminábamos juntos detrás de nuestros maridos. Los dos iban
de uniforme. Estaban imponentes. Potota me dijo, con expresión vivaracha: "Mirá qué figura tienen. Qué buenos
mozos son. No descuidés a Eduardo. Las mujeres chilenas
son unas águilas. Inteligentes, atractivas. Y sobre todo,
entradoras". ¡Potota era celosísima! Y Perón también: a
los dos les gustaba la vida hogareña. Ella cocinaba y
arreglaba la casa; él se la pasaba leyendo papeles.*

*Eduardo y yo veíamos por entonces a muy poca gente.
Como éramos recién llegados, no conocíamos casi a nadie
en la embajada. Alternábamos con los matrimonios Ezcurra y Lóizaga y, por supuesto, con el embajador Federico
Quintana, cuya mujer, Clementina Achával, era parienta
mía. La vecindad y la gentileza de los Perón nos iban acercando a ellos naturalmente. Los veíamos a diario.*

*Releo mis apuntes de aquellos tiempos y paso por alto
una sarta de anécdotas menudas. ¿A quién podrían im-
portarle? Veo por aquí un recuerdo del 7 de febrero.*

*Potota se ha quejado de malestares. Trastornos de
mujeres. ¿Qué te dicen los médicos?, pregunto. Bah, nunca me encuentran nada. Hablamos de los Quintana. Según ella, detestan a los agregados militares. Dice: Cada
vez que van a dar una fiesta me duele la cabeza. Desde
los dormitorios, en los altos de la casa, los chicos nos tiran zapatos y papeles. Les han enseñado a mostrarnos
mala voluntad. La tranquilizo. No será para tanto, Potota.*

Eduardo se sorprendió bastante cuando Perón le dijo que tenía órdenes de permanecer dos meses más en Santiago. No era lo acostumbrado: un oficial debía ceder su puesto casi de inmediato a quien lo relevaba. Nos pareció un detalle trivial. Faltaban pocas semanas para que Justo entregara el mando al nuevo presidente, Roberto M. Ortiz. Yo pensé que se trataba de una cuestión protocolar. No era así. Sin saberlo, Eduardo y yo avanzábamos hacia una enorme desgracia.

Una noche salimos a bailar. Hacía calor. Los hombres confiaban en nuestra discreción y hablaban libremente delante de nosotras. A Eduardo le inquietaban los malabarismos ideológicos de Alessandri, que tanto se entendía con los conservadores como con el Frente Popular. A Perón le divertían muchísimo esos enjuagues. Dibujaba flechas en los manteles para marcar por dónde iba la táctica y por dónde la estrategia. No sé en qué punto se desvió el tema.

—He descubierto algo muy grave —dijo Perón—. El gobierno chileno está interesado en provocar un incidente fronterizo con la Argentina. Si el truco da resultado, habrá movilización de tropas. El Parlamento ha rechazado aquí una nueva partida para la compra de armas. Pero ante la inminencia de una guerra, tendrá que ceder. Alguien se ha ofrecido a venderme por una bicoca todos los documentos: el plan del incidente, las maniobras de movilización. Como es lógico, el Estado Mayor argentino está informado de todo. Ya hemos comenzado a negociar la compra.

Le preguntó a Eduardo qué órdenes había recibido del ministro de Guerra, general Basilio Pertiné.

—Colaborar en todo con usted —respondió mi marido.

—Voy a ponerlo en contacto con un argentino gauchazo que se llama Guido Arzeno —dijo Perón—. A través de él haremos la operación.

Aquella noche nos quedamos hablando hasta muy tarde con mi marido. Yo tenía la impresión de que a Perón no le gustaba ser relevado de su cargo. Había empezado un difícil trabajo de espionaje y seguramente deseaba completarlo él. Nuestra llegada era un estorbo. Eduardo me disuadió. Me dijo que no fuera ingrata. Que recordase con cuánta cortesía nos habían atendido, con cuánto afecto. Pero desconfiaba de la facilidad con que su predecesor había conseguido los planes. ¿No será una trampa?, me dijo. Estaba incómodo porque Perón había metido a un civil en un asunto delicado, que comprometía la seguridad del país.

El 20 de febrero Roberto M. Ortiz asumió la presidencia. Pertiné fue sustituido en el Ministerio de Guerra por el general Carlos Márquez. Una tarde, salimos a caminar por la Plaza de Armas. Nos detuvimos en una confitería.

—Me han ordenado volver a Buenos Aires —anunció Perón, de repente—. El 5 o el 6 de marzo nos vamos en el Packard.

—¿Cómo? ¿Y aquel asunto de los documentos? —se inquietó Eduardo.

—Lo he dejado ya listo. Lo único que debe hacer usted es abrir las manos, y los documentos le caerán como una breva pelada. Lo que sí le recomiendo es que no use la embajada para la operación. Use la casa de Arzeno.

Un hombre siempre recibe avisos de la conciencia: no hagás esto o aquello. Algunos le llaman presentimientos. Otros, escrúpulos. Eduardo tenía oprimido el corazón. No le gustaba nada entrar en aquella telaraña, pero a la vez no quería que lo confundiesen con un cobarde. Para colmo, por aquellos días nos enteramos de que Perón, con el pretexto de controlar la seguridad de la embajada, revisaba los papeles que los funcionarios arrojaban a los cestos.

Sentimos un cierto alivio cuando se fue. Hubo algunas despedidas en las que todos fingíamos cordialidad, pero ya no hablábamos con la misma confianza, ya entre los Perón y nosotros nada era lo mismo. A mí me daba lástima Potota, que amanecía cada vez más demacrada. Poco antes de irse, me dijo:

—Estoy sangrando todo el tiempo, Mecha. Y ningún médico me descubre nada.

—Ya vas a ver cómo se te cura todo en Buenos Aires —la consolé—. Estás así de pura melancolía.

Todos ya saben lo que pasó después. El 2 de abril, a las ocho de la noche, Eduardo fue detenido por oficiales de inteligencia chilenos mientras fotografiaba los planes que un ex teniente, de apellido Haniez, le había ofrecido a Perón. Allí cayó también el matrimonio Arzeno. Allanaron mi casa. De la caja fuerte se llevaron los quince mil pesos argentinos con que se pagaría el trabajo. A la tarde siguiente Eduardo recibió un telegrama desde Buenos Aires. Debíamos regresar con urgencia. El viaje terminaba.

Pocas veces una mujer habrá sentido, como yo, que sus ilusiones se perdían tan injustamente. Llevábamos en Chile poco más de dos meses. Eduardo se había comportado con extremo tacto y honor. ¿Y así tendríamos que marcharnos. con la cabeza gacha?

No soy de las que se dejan derrotar con facilidad. Resolví entrevistarme a solas con los Quintana y pedirles ayuda.

—Mi marido ha cumplido con su deber —les dije—. Pero el gobierno chileno se ha excedido. Mi casa fue allanada. Corresponde que ustedes hagan una reclamación diplomática.

Federico me miró con extrañeza, como si yo estuviera loca.

—No me diga eso, Mecha. ¿Cómo pudieron allanar su casa? Piénselo bien. ¿No lo habrá soñado? A veces, en las crisis, la imaginación de las personas se descontrola...

Salí desesperada. A la mañana siguiente, encontré la respuesta en El Mercurio. El Ministerio de Relaciones Exteriores chileno no presentaría reclamaciones diplomáticas a Buenos Aires. Y Buenos Aires, por su parte, se callaría la boca. El pacto se había sellado a costa de mi felicidad y la de Eduardo.

Quince días estuvo mi marido arrestado en el hotel Savoy de Buenos Aires. A mi hermano Clemente le dijeron que lo darían de baja. Una vez más, decidí actuar. Si toda esta horrible historia empezó con Perón, debía terminar con él. Dios (me dije una vez más) es justo.

Llovía a cántaros. Las calles de Buenos Aires estaban inundadas. Tomé un coche de plaza y me presenté en el departamento de los Perón, que vivían por entonces en la calle Arredondo casi esquina Obligado. Me abrió la puerta él, con mal disimulada sorpresa. Jamás lo olvidaré. Vestía una robe de chambre a lunares y unas pantuflas combinadas, blancas y marrones. Mis nervios se quebraron y a duras pensas contuve los sollozos.

—Usted es el único que puede salvar a Eduardo —le dije—. Cuente la verdad en el Estado Mayor. Adviértales que usted y mi marido cumplían órdenes de Pertiné. Que

240

usted urdió la trama: habló con Haniez, consiguió la plata e hizo el contacto con Arzeno. Que usted lo dejó a Eduardo con todo listo ya, para que le cayeran los documentos como una breva pelada. ¿Lo recuerda?

—No tengo nada que ver —me contestó con sequedad. *Estaba de pie, y yo también, empapada—. Si su marido echó a perder las cosas no es culpa mía. Yo fui claro con él. Le previne que no fotografiara esos documentos fuera de la embajada.*

Me sorprendió tanto cinismo:

—¡Perón! ¿Cómo puede hablar así? *Yo misma estaba delante cuando usted le aconsejó a Eduardo que no metiese a la embajada en esto. Por la seguridad de nuestro país, le dijo. Y no había confusión en su tono: usted se lo ordenó.*

—No entrevere las cosas, Mecha. Yo jamás hablé así. *Y ahora, por su bien, váyase. Las mujeres no deben meter la nariz en los asuntos del Estado.*

—Entonces, ¿no hará nada?

—Váyase —*repitió él.*

Y yo, de tonta, mientras salía, saqué fuerzas de no sé dónde y le pregunté:

—¿Cómo sigue Potota?

Aquella misma tarde vi a Eduardo en el hotel Savoy. Lo encontré muy deprimido. Y las diligencias que yo había hecho a escondidas de él lo pusieron peor. Me recriminó con ternura. Luego se atormentó pensando qué habría querido decir Perón con aquella amenaza. Váyase, por su bien. Por su bien. Mi marido rara vez perdía los estribos. Pero esa tarde, la cólera fue, poco a poco, subiéndole a la cara. Me pareció que el cuerpo se le llenaba de ceniza: era él, pero por dentro sólo tenía ceniza. Me dio miedo. Se levantó del sillón y miró a través de la ventana. Llovía espantosamente. Yo sentí que los huesos se me helaban. Eduardo levantó un puño contra el cielo de Buenos Aires.

—Dios lo hará tragarse las palabras —*dijo, con los dientes apretados—. Dios se las cobrará, una por una.*

Un amigo, Benjamín Rattenbach intercedió por Eduardo ante el ministro de Guerra y le salvó la carrera. El tiempo nos fue aplacando la ira. En setiembre, supe por un aviso fúnebre que Potota había muerto. Fui en silencio a su tumba y le llevé unas flores. Me quedé largo

rato, rezando y meditando. Salí, sin darme cuenta, toda
bañada en lágrimas.

Recordatorios, polen de margaritas, recortes amarillos: las memorias que ha copiado doña Mercedes llegan a las últimas páginas con la lengua afuera. Hay borrones que inclinan sus rayas como los árboles, y abajo un río de palabras o de sauces tristes. Ella sigue de espaldas. Ha encorvado el cuerpo para que se refugie por completo en la penumbra, y sólo las manos van y vuelven bajo la intemperie del quinqué, hojeando las fotografías de *Horizonte*. El cuerpo se ha desentendido de lo que tocan las manos, como si temiera que los recuerdos ajenos —los recuerdos de Perón— pudiesen clavarle sus aguijones de garrapata en al sangre.

Zamora sepulta los papeles en los ajados nichos de la carpeta que ha llevado consigo, y por última vez se vuelve hacia el televisor. Lo que ve ahora lo decepciona: tediosas placas de bienvenida.

AL GRAN ARTIFICE DEL REENCUENTRO NACIONAL /
ACLAMA SUPE AL SIMBOLO DE LA UNIDAD /
LA COOPERATIVA POPULAR CANGURO SALUDA JUBILOSA-
MENTE
AL GENERAL DE LA LIBERACION ARGENTINA Y LATINOAME-
RICANA /
PADRE Y MAESTRO PATRIO LIROFORO PATRIARCA, MAGICO
PATRIMONIO DE LA CELESTE BARCA / / / NACIONAL / / /
HOMENAJE DE AUTOMOTORES ROT-AR.

Es poco más de mediodía. Nada pasa en Ezeiza.

TRECE

CICLOS NOMADES

SI EL TENIENTE CORONEL PINTA LA RAYA COLORADA en el pizarrón y ordena que por ahí no pueden entrar los zurdos, no entran y se acabó. ¿Para qué, si no, está el palco, ah? Para que lo cuidemos con la propia sangre, digo yo. A uno por uno va el teniente coronel pidiéndonos un estimado de la situación. ¿Y voz cómo la vez, Arcángelo?, dice ceceando (no termino de acostumbrarme a eso: que cecee). Yo la veo fácil, digo. La veo absolutamente dominada.

No tendría que haber llegado tarde a la reunión, pero ha llegado. Cuánto de tarde, no sé. Ya la explicación del operativo ha comenzado pero el teniente coronel me la repite porque me sabe de fierro, tiene fe ciega en mí. Me acomodo atrás, al lado de la puerta. En seguida se ha llenado de humo el cuarto pero ni siquiera podemos abrir las ventanas. Reserva máxima. En el hotel internacional no hay cuarto que no esté podrido para siempre, el tufo a pucho se ha pegado a las cortinas, a las alfombras, a todo. Cuánta nicotina suelta. El pulmón del fumador (decía Daniel, me acuerdo) es como un panal de cucarachas. Aquí estamos los doce que llaman Elegidos. Lito, que ha venido detrás de mí, se sienta en la cabecera de la mesa, presidiendo, a la izquierda del teniente coronel. A la derecha está una compañera muy nerviosa, medio jovata ya, pura fibra, comiéndose las uñas. Es la única mina por la que Lito Coba se saca el sombrero. Norma se las ha jugado enteras en la resistencia, me ha contado más de una vez. Tiene unas pelotas así de grandes.

Lito es muy piola, un compinche, cuando lo veo me da... no

sé, como un sudor en el corazón. Fue un poco bruto al principio conmigo, pero con la experiencia que tengo ahora comprendo que esas iniciaciones fuertes son necesarias para un hombre, lo templan a uno, le van enseñando a que uno se tenga más confianza. Al entrar me ha guiñado el ojo y me ha pasado un papelito que dice: *Azí ez Ezeiza, Azieze ze iza,* capicúa. Y me quedo riendo solo, porque nunca el teniente coronel se queda con Ezeiza y punto. Siempre la letanía, Azí ez Ezeiza. Y ahora vengo a caer en que a lo mejor es como una cábala.

El palco está dibujado clarito en el pizarrón, con los accesos bien marcados y los puntos débiles por donde pueden infiltrarse los zurdos dentro de un círculo de tiza roja. Desde lo alto del palco se domina el abanico de la multitud. A las tres de la tarde tendremos ya dos millones y medio de personas, calcula el teniente coronel. Presten ahora la mayor atención, nos dice. Y yo copio:

—Zituémonoz en el palco. En la parte de atraz no hay nada: ez un área reztringida de kilómetro y medio con trez cordonez de zeguridad. Impazable. Eztudiemoz el flanco derecho: a dozientoz metroz eztá el Hogar Ezcuela Nº 1... (Círculo verde: ese bastión nos pertenece.)

...que ya eztá zirviendo como punto de abaztezimiento. Comidaz, zentro de primeroz auzilioz, arzenalez, ahí eztá todo. Zi alguno tiene la mala zuerte de caer herido, ze refugia en la ezcuelita. Fijenzé aquí, junto al terraplén...

(Otros círculos verdes y una barra.)

...el pazo eztá bloqueado por una ambulanzia. No hay médicoz adentro. Hay quinze zuboficialez pezo pezado que a la menor alharaca zalen a reventar. Zon lo que llamaremoz fuerza de dizuazión. No tienen armaz. Zólo pedazoz de manguera con rellenoz de plomo. ¿Ven ezta barra de tiza?: ez un cordón de militantez emponchadoz, con diztintivoz verdez. Bajo loz ponchoz llevan una ferretería completa...

(A la izquierda la cosa es igual: una pared de acero. Tenemos un Dodge blindado, un camión que podemos usar como tronera, una guardia de Halcones armados con escopetas de doble caño, y en la zona de riesgo, los famosos trescientos metros que debemos defender con la vida, ya se han tendido barreras con alambres y cables para que ahí se aposten los sindicatos de mecánicos y de la carne y los durañones de la Unión Obrera Metalúrgica. El punto neurológico es, como vuelve a insistir el teniente coronel, el palco. Ahí se jugará todo):

...Azí ez Ezeiza, muchachoz. Cuando la vemoz en el pizarrón noz pareze que la tenemoz dominada. Pero no la tenemoz. Vamoz a enfrentarnoz con un enemigo de mucho calibre. Gobbi ez el rezponzable del palco. Como a ezo de laz doz, una columna de treinta mil zurdoz intentará copar la cabezera de la manifeztazión metiéndoze por loz flancoz. Ya lez conozen la conzigna. La patria zozialista. Avanzarán dezde atráz del palco con un movimiento de pinzaz...

(El teniente coronel dibuja unas flechas coloradas que se incrustan en las defensas verdes.) Alguien pregunta:

—¿Y cómo van a meterse por atrás si está previsto que no pasen?

—Azí ez Ezeiza. Dejándoloz entrar evitaremoz un prematuro derramamiento de zangre. Loz enzerraremoz dentro de nueztro zerco. Una vez adentro, ze identificarán elloz zoloz y loz podremoz neutralizar con mayor fazilidad... Uzaremoz la eztrategia de Aníbal en la batalla de Cannaz... Zólo muertoz pueden zubir al palco. Hay que rechazarloz a cadenazoz, con mangueraz, piolaz... Diztraerloz zoltando laz palomaz y loz globoz. Y zólo zi haze falta, dizparar. Conviene que ahorremoz munizión. Ya he trazado un cuadro máz o menoz completo. ¿Preguntaz, dudaz?...

(Nadie habla.)

—...¿Gobbi? —reclama el teniente coronel.

—Para mí todo está claro. Yo la veo fácil —digo.

La jovata se pone de pie.

—Manos a la obra, entonces. ¡La vida por Perón!

Eso. La vida por Perón. No hay otra. Yo me pregunto qué vienen a buscar los zurdos. Para mí la cosa es volver al '55 y chau. Patria peronista. Un pueblo, un jefe. Con el General mandando, en menos de un año somos de nuevo Argentina Potencia. Por eso me dan los zurdos tanta bronca. ¿A qué viene tanta franela con Fidel Castro y Salvador Allende? Eso del socialismo irá con los subdesarrollados muertos de hambre, no con nosotros que comemos carne todos los días. Otra que palomas y globos les daría yo. Plomo. Corte de alas. Este país sólo se arregla con una mano dura. Horcas. Una hoguera en el medio y que arda todo el zurdaje. Limpieza. Purificación. ¿Cómo fue que dijo el General? El día en que se lance a colgar el pueblo, yo estaré del lado de los que cuelgan. Eso. A los amigos, todo. A los enemigos, ni justicia. Lito me ha dicho: de vos se pide que no tengás piedad, Arcángelo. Cuando llegue la hora de amasijar, con nadie tengás piedad. Si fuera necesario, ni siquiera conmigo. Lito, ¿con vos? ¿Cómo podés hablar así?

Y me ha vuelto a sudar el corazón.

Esta noche, sea como fuere, el cuerpo de Evita quedará vacío para la eternidad. Cuando llegue la hora de la Rèsurrección Universal, otra será su estampa, por otro nombre la llamará el Señor, las notas musicales de su signo astrológico estarán ya cambiadas. Vacío quedará el cuerpo, pero no habrá mudado de apariencia. En sus venas descansará el mismo río de formaldehído y nitrato de potasio que la mantiene incorrupta, su corazón despertará en el mismo punto del cuerpo cada mañana de la historia, nada empañará la beatitud de su cara. Pero su alma deberá entrar, esta noche sin falta, en el alma de Isabel.

Ya todo está dispuesto en el santuario. Antes de que amanezca, Tauro hallará reposo en la casa de Agua. Es propicia la Luna. En una sola línea se concentrarán Urano y Mercurio, los planetas regentes. Los cuerpos deberán quedar orientados hacia el nortenoreste. La hora del tránsito, dicen los astrolabios, ha de ser la intermedia entre la puesta y la salida del sol: once minutos antes de la una de la mañana, 19 de junio de 1973. De las siete palabras que habrá de pronunciar, López conoce cuatro: la bengalí, la persa, la egipcia y la aramea. Aún le faltan la china y la sumeria. La séptima —lo sabe— se forma combinando *ad infinitum* los sonidos de Eva: Vea, Vaé, Ave; sólo le falta establecer el orden en que deshojará las letras.

Es preciso, por lo tanto, cambiar los planes del General: pasar por alto la siesta, sumirlo en la lectura de las Memorias hasta que caiga la noche, y luego distraerlo con visitas que no pueda esquivar. A las once, después de las noticias, López le dará un té y lo pondrá en la cama. Necesitará un cómplice ciego y sordo, alguien que no malicie ni pregunte. Ya lo tiene: nadie mejor que Cámpora.

El secretario baja las escaleras del claustro con agilidad de oso, casi colgado del pasamanos, avanzando más rápido que los suplicios de sus callos plantares. Al pasar por la cocina, ordena que demoren el almuerzo. (Yo chasquearé los dedos cuando estemos listos.) Y ya, en el escritorio, descubre a Cámpora: de pie y engominado. Con efusión, se le prende del brazo.

¿Cómo vamos a permitir que se vaya el General sin una reunioncita a solas con los amigos más íntimos? Está esperándola desde hace días y no se atreve a pedirla. Armelé una sorpresa, presidente...

(¿Presidente?: Cámpora enarca las cejas. López, que ha entrado en el gabinete como ministro de Bienestar Social, jamás le ha concedido semejante trato.) Yo le arreglo el intríngulis doméstico. Por ese lado quedesé tranquilo. Llame a doña Pilar Franco. Aviselé al embajador Campano...

246

(Cámpora cierra los puños, en guardia. Nada bueno presiente. ¿A qué vendrá toda esta gentileza del secretario después de una semana de relaciones frígidas y desplantes contra su autoridad de mandatario? Poner distancias es lo mejor. Tiene un pretexto incontestable.) Hoy, Lopecito, no. Hagámoslo mañana, la noche antes del viaje. ¿O se ha olvidado ya que el General y yo hemos pautado para las nueve y media el agasajo a Franco en La Moncloa? No podemos fallar. Sería un desaire de órdago.

Presidente: ya hemos llamado al Pardo para disculparnos. No iremos. Ellos han comprendido. Habló conmigo el jefe del protocolo español y dijo: Nos parece muy lógico que el general Perón prefiera no salir. Un conductor enfermo es un Estado enfermo. Que Dios Nuestro Señor le dé muy pronta cura. Imaginesé, Cámpora. La verdad es que hoy el General amaneció de nuevo con una fiebre de 37,4. Tiene casi ochenta años. Se nos olvida eso. Vaya usted a su fiesta de La Moncloa, qué remedio le queda. Pero mandemé aquí a doña Pilar, a don Licio Gelli, a Valori con la mamá... Y dígale a sus hijos que vengan, Cámpora. Ellos no han saludado al General todavía.

El presidente se desarma: ¿Mis dos hijos?

Hombre, claro que sí. Son de confianza. Encarguelés que a eso de las diez se lleven a los invitados para otra parte. Es bueno que hoy acostemos al General temprano. Voy a esconder la música. Si a doña Pilarica le tocan el flamenco ya no hay quien la detenga. Esa mujer es pólvora. Mañana, con más tiempo, podré ir con usted a un par de ceremonias. Como ministro me correspone, ¿no? Anoche mismo el General me dijo: López, ¿por qué lo tiene tan abandonado a Cámpora? Ya que yo estoy enfermo, acompáñelo usted. Mire cuándo me viene a dar la orden: ¡faltando sólo un día para que nos vayamos!

Emocionado, el presidente ya no duda más. Algo ha ocurrido. El humor de la casa, hasta ayer tan adverso, sopla de pronto a su favor. Se le humedecen los ojos y aprieta un hombro del secretario: Yo sé que usted ha hecho mucho. ¡Se lo agradezco tanto!

Una vez más, todo sucede a un tiempo, como en el teatro. El secretario chasquea los dedos. Isabelita bate la puerta del comedor y llama: ¡El almuerzo, el almuerzo! Se quedará con nosotros, ¿verdad, Cámpora? Y al General la voz le viene resbalando desde los dormitorios: Hombre, ¿qué le ha pasado? Lleva ya casi un día perdido. Lo extrañábamos... Poné un cubierto más, Chabela.

¡Ay!, no, señor. Imposible quedarme. (Al presidente le tiembla la barbilla.) Por mí, yo estaría más aquí que en cualquier otra parte. Usted lo sabe. Pero me tienen de un lado a otro, desfirmando los tratados y cartas de colaboración que firmó el régimen militar antes de nuestra victoria. He venido tan sólo por una consultita de emergencia. ¿Cómo hará el protocolo en Barajas con nuestra despedida? Usted es el poder, mi General, pero no tiene rangos oficiales ni títulos. Cuando el Caudillo se dirija a usted, ¿cómo habrá de tratarlo? Yo he mandado una nota confidencial, pidiendo que le den jerarquía de jefe de Estado. Y a mí, lo que les plazca. Soy, como todo el mundo sabe, un servidor. Pero aquí son muy puntillosos. Ya me han mareado las consultas y tuve, una vez más, que recurrir a su seriedad, señor. ¿Qué camino seguir?

A las tres de la tarde, sentado entre los hocicos de sus Memorias y mamotretos, solitario en el claustro, con la frazada ovillándole las piernas tiesas (ya un poco varicosas, tan de repente azules: como si les cayera encima, adelantado, el frío de Buenos Aires), el General se conduele de aquel pobre vicario que ahora está librado a lo peor de la borrasca. Decidalo usted, Cámpora. Finja su protocolo como le dé la gana. ¿Yo qué tengo que ver con estas infecciones del poder? Estoy en otra cosa. Me amortiza la edad. Me he jubilado ya hasta del exilio. Trénçese usted con los turiferarios del Caudillo. Y a mí dejéme aparte. Con que me lleven hasta el avión me basta. Y es de sobra. De Buenos Aires no espero sino trabajo y sufrimiento.

Abre al azar una de las carpetas de Memorias y el pasmo de la guerra se le viene a los ojos. Lee:

> *Cuando volví de Chile ya la tensión se respiraba en todas partes. Se veía que el planeta estaba por estallar de un momento a otro...*

(Mi destino insistía en los ciclos nómades. Yo emigraba, la historia retrocedía. Ya estaba acostumbrándome. Si me acostaba río, me preparaba para amanecer laguna. ¿Acaso desvarío? A ver la página de atrás, qué dice):

> *...y en las últimas cartas que le mandé al teniente coronel Enrique I. Rottjer le planteaba mi afán de circunvalar el país a pie, reconocer el desierto desde el lago Vilama hasta el salar de Arizaro, avanzar luego por la línea de las altas cumbres a través de los lagos, y una vez en Cabo Vírgenes, atravesar en un transporte de nuestra*

Marina de Guerra el estrecho de Magallanes. Me aquejó la viudez. Se postergó el proyecto.

(Me confundo. ¿Qué fue después, qué antes? Ahora que pienso en cuántas veces entré en los cementerios de Milán cuando la Eva todavía no estaba allí enterrada, me trastabilla el tiempo en las entrañas. ¿Por qué la eternidad no sucede completa en un instante? ¿Por qué no es ya un asunto terminado lo que debiera suceder mañana? ¿O es que las cosas pasan así, en ráfagas: es que ya todas las cosas han pasado y uno ni se da cuenta?

Un mes llevaba de viudez. Era octubre de 1938. El ministro de Guerra me ordenó hacer un viaje de reconocimiento por el sur patagónico. A cargo de la expedición estaba el coronel Juan Sanguinetti, quien venía de servir dos años en la embajada de Berlín. Desembarcamos en Comodoro Rivadavia y avanzamos por tierra hasta el lago Argentino, en unos automóviles destartalados. A Sanguinetti lo había impresionado Hitler vivamente: es un volcán, decía. Arrasará con todo. ¿Aníbal, Napoleón? Son aprendices a su lado. No ha estudiado estrategia: ha nacido sabiéndola. Es el Pentecostés de la política: no conoce otra lengua que alemán y sin embargo, un japonés lo entiende. Hablábamos y hablábamos a través de los desfiladeros y glaciares. Yo imaginaba que Hitler era un héroe de dos metros: un coloso de Tebas. Sanguinetti me dijo: su aspecto es infeliz. Hitler es un petiso. Abre la boca y crece.

¿Por qué habrá suprimido López Rega estas fermentaciones ténebres de aquel tiempo? A ver, a ver. Por dónde le habrá dado):

A principios de 1938 me llamó a su despacho el ministro de Guerra, general Carlos Márquez, uno de los mejores militares que he conocido. Tenía bastante confianza conmigo. En mis tiempos de cadete, él había sido instructor del Colegio Militar, y luego fue mi profesor en la Escuela de Guerra.

"Vea, Perón", me dijo. "La guerra mundial ya se nos viene encima. No hay poder humano que la evite. Hemos hecho todos nuestros cálculos, pero la información de que disponemos es muy insuficiente. Los agregados militares nos dan más o menos cuenta de lo que pasa en su esfera, pero cuando estallen las hostilidades, el noventa y nueve por ciento de lo que suceda será un fenómeno político: un asunto de los pueblos más que de los ejércitos. Usted es profesor de Estrategia, Guerra Total e Historia Militar.

No hay hombre más adecuado para enviarme la información que necesito. Elija un lugar para ir."

Alemania o Italia: otras opciones no había. Pedí veinticuatro horas para pensar. Veamos, me dije. Hitler había convertido al Reich en un reloj perfecto. En menos de cinco años, las obras públicas y la industria de guerra habían bastado para liquidar la desocupación, aumentar la reserva de divisas y poner en marcha una industria pesada. Yo había leído Mein Kampf *por lo menos dos veces y conocía otros buenos libros sobre Hitler y su doctrina. En Italia, después de la ocupación de Abisinia, el Duce se aprontaba para invadir Albania. Su popularidad y su carisma encendían la imaginación de toda Europa. Hitler mismo admitía que Mussolini era su maestro.*

Pero lo que me decidió a favor de Italia fue mi dominio del idioma. Puesto que debía entrar en contacto con el pueblo, en Alemania poco tenía que hacer. Yo hablo el italiano tan bien como el castellano, y si me apuran, hasta mejor.

Caí primero a Merano, donde aprendí en pocos meses los secretos de la guerra alpina. Luego asistí a unos cursos de ciencias puras en Turín y de ciencias aplicadas en Milán. Se me aclararon muchos conceptos y se me disiparon muchos prejuicios, especialmente en economía política.

Todo me apasionaba. Yo vivía deslumbrado. Me sentía en el corazón de una experiencia histórica tan importante como la toma de la Bastilla. Tal vez más. El modelo de sociedad que se forjaba en Italia era completamente nuevo: un socialismo nacional. Veamos cómo es eso.

La revolución de los soviets había ejercido una influencia profunda en Europa. Lenin y Trotski, sus ejecutores, hubiesen querido que la mecha encendida en Moscú prendiera de inmediato en Berlín y Madrid. Pero no. Las ideas bolcheviques encontraron en las fronteras de Europa occidental una muralla infranqueable. Lo que pasó al otro lado, en cambio, fue el socialismo de Lasalle y Marx, pero con las características propias de Italia, Francia y Alemania. Justamente hay que buscar allí la verdadera causa de la Segunda Guerra: en la evolución acelerada que provocaron los movimientos ideológicos de Occidente. Yo veía ya los nubarrones de la tormenta cuando se firmó el tratado de Munich. Me dije: Esto es apenas un paréntesis, *Los maratonistas se han detenido para tomar aliento. Lo peor se avecina.* Y así fue.

A los pocos meses de llegar yo, el Duce invadió Albania y los alemanes firmaron un tratado de no agresión con los soviéticos. La guerra se desencadenó casi en seguida. Yo aproveché para estudiar el frente oriental. Viajé a Berlín en tren. El pueblo alemán trabajaba unido y los enemigos de Hitler, que luego fueron tantos, no se veían por ninguna parte. Los oficiales de la Wehrmacht se mostraron muy amables conmigo. Yo conversaba con ellos un poco en francés y otro poco en italiano. A veces champurreaba unos gruñidos en alemán, pero a ese idioma sólo el diablo y los alemanes pueden hablarlo.

Me llevaron a la línea de Loebtzen, en la Prusia oriental. Al frente, los rusos tenían la línea de Kovno-Grodno. Los jefes eran amigos entre sí y yo iba de un lado al otro con entera facilidad. Me interné bastante por la Unión Soviética en vehículos militares.

Ya de vuelta en Berlín, leí algunos comentarios mal intencionados que los corresponsales norteamericanos publicaban en su país. Describían el fascismo y el nacional-socialismo como sistemas tiránicos, lo que tal vez fuera cierto: pero no se detenían a observar la magnitud del cambio social que estaban produciendo.

En Italia me propuse desmontar el proceso y ver cómo se iban ajustando las piezas. Verifiqué un fenómeno muy interesante. Hasta el ascenso de Mussolini al poder, la nación italiana iba por un lado y el trabajador por otro. Nada tenían que ver. El Duce sumó todas las fuerzas dispersas y las movió en una misma dirección. Las corporaciones medievales resurgían, pero ahora como auténticos motores de la comunidad. Los sacrificios del pueblo no eran vanos: se trabajaba en orden, al servicio de un Estado perfectamente organizado. Y pensé para mí: esto es lo que Marx y Engels han estado buscando por caminos equivocados. Aquí se dan, de modo más realista y acabado, las utopías de Owen y Fourier. Esta es la verdadera democracia popular: la igualdad, libertad y fraternidad del siglo XXI.

Yo no conocía entonces los campos de concentración en los que Hitler domesticaba, con una cierta crueldad, a las minorías insumisas del Este. Pero en Italia, donde todo el mundo es como nosotros —sentimental y un poco barullero—, no eran necesarios los rigores teutónicos.

251

Viví casi dos años esa experiencia de oro. Vi a España desolada por las hambrunas de la guerra civil. Y me quedé algún tiempo en Portugal, que era entonces un foco de espionaje. Pero no podía dejar Europa sin conversar con Mussolini.

El 10 de junio de 1940 Italia entró de lleno en la guerra. Varios batallones de "bersaglieri" se internaron en Francia. El Duce habló desde los balcones del Palazzo Venezia para dar la noticia. Yo lo escuché, confundido entre la inmensa muchedumbre. Vi a campesinos calabreses con los ojos fijos en aquel gran hombre, como si fuera un cometa que pasaba. Vi a las mujeres del pueblo abrazarse y llorar del entusiasmo, todo a un tiempo. Oí cantar Giovinezza, *dar vivas a la patria, al Imperio y al Duce. Arrastrado por aquellas fiebres de júbilo, canté también unas estrofas: "Eia, eia, alalà".*

Al día siguiente, a través de la embajada argentina, pedí una audiencia. No me la dieron sino para el 3 de julio, cuando el Duce volvió de una inspección por el frente occidental. Entré directamente a su despacho. Estaba casi a oscuras. Un quinqué alumbraba de pleno su cabeza imponente, afeitada. Escribía. Por un momento, no levantó la vista. Luego me vio, y vino a mi encuentro con la mano tendida. Me preguntó por la moral de las tropas alpinas. Le dije la verdad: que no había ejército mejor preparado para combatir en la montaña. "E vero, e vero", sonrió. "Sono bravissimi i miei Alpini." Tuve ganas de abrazarlo, pero la solemnidad del lugar me contuvo. Junté mis tacos y, por única vez en la vida, en vez de hacerle la venia, lo saludé con la diestra en alto, a la manera fascista. Hoy se interpretaría mal ese gesto. No lo hice con intención política, y podría no contarlo si quisiera porque no hubo testigos. Pero me importa reivindicarlo como un homenaje de militar a militante, de incipiente a sapiente.

Gasté mucha saliva en explicar, cuando volví a Buenos Aires, el régimen complejo de todos esos huracanes. En una conferencia que di la víspera de Navidad, en 1940, recurrí a la metáfora del agua. Los pueblos —dije— avanzan como el agua: con esa misma táctica. Una vez que toma el agua la línea de máxima pendiente, corre. Si se construye un dique, trata de infiltrarse. Si el basamento del dique no le deja paso, entonces se cuela por los costados y rebasa los muros. Si nada puede, pega. Hora-

da y pega, hasta que un día lo destroza todo. Cuando Alemania perdió la guerra, fue como si el dique se hubiera roto. Avanzó el agua por Europa. Y ahora la marea la trae hacia nosotros. Tal es la época que nos toca vivir.

(López, ¿qué lo impacienta? ¿A qué tanto trajín en el santuario? Yo esperaba estar solo. ¿Ahora qué hace, urdiendo de cuclillas entre las soledades de ahí arriba?

Nada es, mi General. Que pongo en orden todo antes de irnos. Quito el polvo, reviso los fusibles, inquiero por el techo buscando filtraciones. Si hago ruido, discúlpeme. Por leve que uno baje, la escalera de caracol porfía en crujir. Y no me dan descanso estos pies planos.

Huele a yerba usted, López. A canela. ¿Y aquellas serpentinas que anda cargando? Dejemé ver: la otra, la violeta. ¿Qué han escrito en el borde, con letritas tan chicas? Suena como catinga: "Saravá Oxalá / Saravá Oxum Maré / Que assim seja!". ¿Marroquí, eh? ¿Galaico?

No sé, mi General. Son cintas que andan perdiendo las criadas cuando limpian. Las riegan por la casa. ¿Cómo va su lectura? Ya son más de las tres.

Algo le falta a estas Memorias, López. No sé qué puede ser. Ya los recuerdos que fueron a la Segunda Guerra no son míos. Los leo y me parece que siguieran viviendo por su cuenta. Vea esto, por ejemplo: ¿quién soy aquí, diciendo lo que sigue?):

En 1941 tuve varias reuniones secretas para informar a los oficiales superiores sobre los cambios que se avecinaban. El nuevo ministro de Guerra, Juan Tonazzi, me comprendió de inmediato, pero los generales cavernícolas que lo secundaban me acusaron de comunista.

Intentaron sacarme de circulación. Sin darse cuenta, me hicieron un favor. Fui a parar al Centro de Instrucción de Montaña, en Mendoza. El país se pudría y entre tanto yo, quedándome a un lado, conservaba mi prestigio intacto.

Las corruptelas desgarraban al ejército. Un sector de oficiales nacionalistas quiso sublevarse, pero la conspiración se desinfló sola, víctima de modorra. El país entero parecía dormido, roncando con lentitud catamarqueña. Sólo se despertaba para la inmoralidad y el fraude. Nuestro sagrado uniforme había caído tan bajo que hasta algunos cadetes del Colegio Militar aparecieron en una re-

dada de homosexuales. Fue un gravísimo escándalo. Se tapó como pudo, pero la institución salió de allí con un ala dañada.

Mi prédica empezó a dar frutos en el verano del '41. Diez o doce coroneles jóvenes que habían oído mi última conferencia secreta se presentaron en Mendoza y me ofrecieron su adhesión.

"No hemos perdido el tiempo", me dijeron. "Hemos organizado ya una fuerza monolítica dentro del ejército. Si usted quiere, podemos tomar el poder en veinticuatro horas." Era el núcleo inicial del GOU, Grupo de Oficiales Unidos o Grupo de Obra de Unificación, como también se llamaba. Por su idealismo, por su pureza, por el desinterés de sus miras, aquel conjunto de hombres pudo fundar una de Argentina indestructible, justiciera, capaz de bastarse a sí misma por mil años. Contábamos con una ventaja que ya no se repitió: no había entre nosotros ni mentores ni aliados civiles. Y por lo tanto, disfrutábamos de orden, discreción y jerarquía. Fue la piedra materna del poder militar en el más sano sentido de las palabras: poder es lo que pone algo en marcha; militar viene de "militaris": aquello que pertenece a la guerra. Eso buscábamos: resucitar la idea de la Nación en Armas.

(¿López? Ya basta, hombre. Bájese del santuario. ¿Qué menjunjes le oigo? ¿Qué músicas son ésas? A esta hora no me temple con gárgaras, que desconcentra el tiento de la lectura. ¿No ve? Me ha perturbado hasta en lo que hablo. La señora está en paz. Déjela que descanse. Ya le han dado trajines incontables para su poca eternidad. La Eva, pobrecita. ¿Qué le reza? ¿Qué dice? Ya voy, mi General. Ahora termino y bajo.

> *OGUN CHEQUELA UNDÉ*
> *CHEQUELÉ*
> *CHEQUELÉ UNDÉ*
> *OGUM BRAGADA E A*

Véase la mano, López. Se ha lastimado. Vea cuánta sangre.)

El pueblo la imaginaba rubia y de ojos celestes pero Evita Duarte no era como la pulpera de Santa Lucía cuando llegó a Buenos Aires en 1935: no cantaba como una calandria, no reflejaba la gloria del día. Era (dicen) nada, o menos que nada: un go-

254

rrión de lavadero, un caramelo mordido, tan delgadita que daba lástima. Se fue volviendo hermosa con la pasión, con la memoria y con la muerte. Se tejió a sí misma una crisálida de belleza, fue empollándose reina, quién lo hubiera creído.

Ni a mí, que la tuve tan cerca, se me pasó jamás tal cosa por la cabeza (dijo la actriz Pierina Dealessi, que la refugió en su compañía de teatro, le fue enseñando a caminar, le pulió la dicción). Cuando la conocí tenía el pelo negro, el cutis nacarado y unos ojos de tal vivacidad y asombro que por eso la gente no se acuerda cómo eran: porque miraban mucho, muy hondo, no se les veía el color. Pero en lo demás la carucha de Evita no decía nada: la nariz era fuerte, medio pesadona; los dientes un poco salidos, y aunque lisa de pechera, su figura impresionaba bien. Sólo tenía unos tobillos gruesos que la acomplejaban. Linda chica, pero nada del otro mundo. Y ahora, cuando me doy cuenta de lo alto que voló, me digo: ¿Dónde pudo aprender a manejar el poder esa cosita tan frágil, cómo hizo para conseguir tanta desenvoltura y facilidad de palabra, de dónde sacó la fuerza para tocar el corazón más dolorido de la gente? ¿Qué sueño le habrá caído adentro de los sueños, qué balido de cordero le habrá movido la sangre para convertirla, tan de la noche a la mañana, en lo que fue: una reina?Esa es la mujer que López Rega quiere instalar en el cuerpo de Isabel ahora, 19 de junio, once minutos antes de la una. Que un alma ocupe a la otra. Pero no es tan sencillo. Son almas desiguales: ¿cómo hará el océano para caber en un río? Y luego, no todas las turbulencias de Evita deberán pasar a Isabel. Si pasaran, López no podría manejarla. De nada le servirían el don de lenguas, el caudaloso amor de la difunta. Pondría un huracán en marcha, pero desobediente.

Toda la vida ha estado preparándose López para este desafío supremo a las leyes de la providencia. Una y otra vez se ha repetido que, sobrándole los conocimientos, le ha faltado la ocasión. Evita yace ahora indefensa, en un féretro de roble, a la luz de seis lámparas rojas torneadas como antorchas. En la bohardilla que le sirve de sepulcro, a la que Isabel ha dado el nombre de santuario, no entran ruidos, ni las mudanzas de la temperatura, ni los tropiezos de la oscuridad nocturna. La luz es uniforme siempre, las estaciones no van ni vienen: el aire que los purificadores depositan allí se sabe condenado a ser aire de ninguna parte. A la cabecera de la difunta, López ha ordenado que pongan un crucifijo de madera con rayos de metal, idéntico al que hace veintiún años estaba en la capilla ardiente del Ministerio de Trabajo. La imitación es admirable por fuera: el relleno de adentro es de plástico.

Ahora, cuando ha llegado casi el momento de dar el salto y saborear el triunfo, López vacila. ¿No me habrán engañado las fuerzas celestiales y estoy donde no estoy? ¿No será que subieron al santuario tan sólo mis deseos? Y aun cuando fuese real esta fingida alquimia de las almas, ¿qué me sucederá si el espíritu de Evita rechaza el trasplante? ¡Hay tantas sustancias inarmónicas en la naturaleza: las aceitunas y el pepino, el mango y el arroz, el aceite y el agua! Bien podría suceder lo mismo con estas dos criaturas tan dispares: la una que se alzó de la nada y terminó siendo todo, la otra que pudiendo ser todo está terminando en nada. López se pellizca. Estoy aquí. Aquí. Nada me duele. Entonces, ¿sueño?

A los matones que lo custodian les ha confiado su excitación: Voy a tener mi golem, muchachos. Todo lo que Isabel diga de ahora en adelante, saldrá de mi cabeza. Cuando la oigan hablar, miren cómo se mueven mis labios. Voy a ser su ventrílocuo. Los matones asienten. A duras penas han entendido que el amo, ya poderoso, ahora se tornará invulnerable.

A los pies del ataúd, en una palangana, yace degollado el picaflor que López sacrificó a la tarde, mientras el General leía las Memorias. Ha verificado ya que cuando a estos pajaritos se les clava un alfiler en el buche, la sangre brota rápida como el fósforo. Hay que estar muy atento, porque no se puede recoger sino medio dedal. Otro picaflor, vivo, espera su turno en una jaula, con las patas amarradas. A medianoche, López convocó a Isabel en el santuario. Beba una taza de té, señora, y disipe su miedo con unas gotas de hipnótico. Póngase una bata de seda, baje los pensamientos hacia el yo profundo, incorpórese y rece. Bien sabe usted que sufriremos en Buenos Aires los más terribles contratiempos, que allí morirá Perón y cuando quedemos viudos caerán los buitres sobre nosotros. Vamos a prepararnos. Nos hace falta auxilio de un ánima sagrada para escapar sin daño de los peligros. Tiéndase sobre la camilla, señora, junto al ataúd de la difunta, y trate de dormir. Repose con cuidado. Los sueños son aquí muy frágiles y cualquier traspié los puede hacer pedazos.

Cuando siente a Isabel ya relajada, punza el gaznate del otro colibrí y pinta los párpados de la durmiente con la sangre fresca. Mancha los labios de Evita con una huella de sangre. Y se sienta a esperar la hora. Ha dejado su propio cuerpo en varios lugares a la vez. A través de la ventana del dormitorio de la señora descifra las señales del cielo, oye latir a Sirio, desperezarse a Marte, siente la colosal agonía de Betelgeuse: todo presagia muerte y retorno, arca y ascenso, diluvio y vida. De pie junto a la cama del Gene-

256

ral, le vigila el sueño. Las visitas se han marchado temprano, felizmente. Y aquí, en el santuario, hueles los olores de tu ansiedad, López Rega, te secas con el pañuelo tu terror al fracaso. Si sólo estás soñando, si estás vistiendo apenas de bulto bello a unas formas sin fondo, pronto se desbaratará tu representación, López, te correrán con burlas de todas partes.

Ya no me queda tiempo. Ahora me concentro. ¿En qué orden haré que fluya el moira de Evita hacia el otro cuerpo, cómo pasar a la ignara Isabel los árboles de soma, las alegrías de Kinvat? Húndete, sueña, húndete: aprende a ser, como la muerta, puente entre el General y los descamisados, abanderada del verticalismo.

A la una menos cinco reza López la primera invocación: BA, en egipcio antiguo, la vocal larga, la consonante respirando a medias para no desgajarse, B A, o sea la potestad de un alma que regresa para vaciarse dentro de una nueva apariencia, B A, soy tu cuerpo, Isabel, te lleno. La discípula, dormida, arruga el entrecejo, exhala un aire amarillo: es el dolor de las agujas que le cosen el alma.

López sigue: la palma izquierda sobre la frente de Eva, la derecha en el corazón de Isabel, médium, cuerda de cobre, López de agua, va recitando en sumerio An - An, en arameo bájar, en bengalí samsara, en chino dóongo, en persa fravasi, ángeles del cielo y de la tierra, penes sagrados del universo, vean a esta elegida encontrar el fin de sus existencias sucesivas, óiganla, imprégnense de su música de musa, mañana cantará la masa: *Isabel Evita la patria es peronista / Evita Isabel Perón un solo corazón.*

A la una en punto, seca ya la sangre del colibrí. López aspira el aliento de la difunta y lo vierte sobre los labios de la viva. Jamás ha sido más diáfana la expresión de Evita. A Isabel, en cambio, la cara se le ha llenado de rasguños y ronchas que titilan. Se le transparenta la tensión de los sueños. Parece una guitarra.

De pronto, López se contorsiona y hunde la cabeza dentro del tronco. Asoma sólo el verdor malicioso de los ojillos, como un lagarto. Y vuelve a levantar el cuello. Y a hundirlo. Se calla un instante. Se yergue. Extiende los brazos y lentamente va envolviendo a las dos mujeres con las oraciones rituales de umbanda, las amortaja con las mariposas hipnotizadas de una letanía candomblé, *salve Shangó, salve Oshalá,* va evaporándose la pintura de sangre de los párpados de Isabel, *salve a lei de quimbanda, salve os caboclos de maiorá, ogum maré ogum,* la huella de sangre desaparece de repente de los labios de Evita. *Que assim seja!*

Al mediodía siguiente López se acerca lentamente a Isabel en el dormitorio del primer piso. Afuera ladran las perras. El sol se atropella en las ventanas. Retirado en algún ultramundo de la casa, el General sigue leyendo las Memorias. Isabel revuelve atareada en unos cajones. Todo está en desorden. Hay papeles de seda tirados, enredaderas de ropas, tripas de cosméticos.

En el sopor de aquel revoloteo, López suelta la última invocación que le ha quedado en la garganta, la definitiva, la que probará para la eternidad cuánto del ánima inmortal de Evita se ha instalado ya en Isabel. Ella tendrá que responder tan sólo *Que assim sejá!*, y entonces se sabrá por fin si los dos espíritus son uno.

—¿Eva? —la llama López—. Ave, vaé a e, aev a, la morte è vita, Evita. ¿Ah?

Isabel se vuelve hacia él.

—¿Cómo dice, Daniel? Venga, hombre, un momentito. Ayúdeme. No puedo encontrar por ninguna parte las chinelas rosas.

CATORCE

PRIMERA PERSONA

He contado muchas veces esta historia, pero nunca en primera persona, Zamora. No sé qué oscuro instinto defensivo me ha hecho tomar distancia de mí, hablar de mí como si fuera otro. Ya es tiempo de mostrarme tal como soy, de sacar mis flaquezas a la intemperie. Vea estas fotografías. Somos Perón y yo, un día de primavera, en Madrid, conversando. Lea estos manuscritos corregidos por la mano del General. Eche una ojeada a esta correspondencia untuosa con Trujillo, Pérez Jiménez y Somoza que me cayó en las manos. Advierta los vocativos con que Perón se dirige a esta santísima trinidad de gobernantes: Hijo Ilustre de América, Héroe Bolivariano, Señor Benefactor. Oígalo hablar aquí contra las conspiraciones del comunismo internacional, y allí adular a Castro y al Che Guevara. El General es una interminable contradicción de la naturaleza, un cuerpo de oso con hocico de búho, una cosecha de trigo en el mar. Carece de dibujo. Es un hombre de mercurio. Creo conocerlo bien y sin embargo llevo más de siete años desconociéndolo.

(Zamora escucha. Es poco más de la una de la tarde. En el último piso del diario *La Opinión* hay una calma de mausoleo. Se oyen truenos. Tomás Eloy Martínez deja de hablar. ¿Lloverá? Recuerda que afuera el cielo está claro, el aire es cristalino, se avecina el invierno con mansedumbre. Tal vez sean bombos. Todo ruido, en estos días, es un presagio. Y hoy más aún, 20 de junio de 1973: los ruidos que salen de sus cuevas es porque algo insinúan. Martínez se siente desabrigado. Quisiera —dice— tener a mis amigos un poco más cerca. Los extraño. Y a mis hijos.

259

Viven lejos de aquí. Hoy me gustaría saber que me aguardan en el cuarto de al lado para levantarme y besarlos. Ninguno está. Me hacen falta.)

Voy a seguir contándole todo en primera persona porque ya es hora de que las máscaras bajen la guardia, Zamora. El periodismo es una profesión maldita. Se vive a través de, se siente con, se escribe para. Como los actores: representando ayer a un guapo del novecientos y anteayer a Perón. Punto y aparte. Por una vez voy a ser el personaje principal de mi vida. No sé cómo. Quiero contar lo no escrito, limpiarme de lo no contado, desarmarme de la historia para poder armarme al fin con la verdad. Y ya lo ve, Zamora: ni siquiera sé por dónde empezar.

En junio de 1966 una revista que ya no existe me mandó a España para describir en qué había ido a parar aquel país treinta años después de la guerra civil. Peregriné por los pueblos muertos de Andalucía, fui a una corrida de toros en Toledo, gasté las noches bebiendo litros de manzanilla con un poeta extremeño que había perdido un brazo en la batalla de Guadalajara. El 28 de junio llegué a Madrid. Tarde ya, me avisaron desde Buenos Aires que Arturo Illia, el presidente constitucional, había sido derrocado por los militares. Mi revista quería que yo entrevistase a Perón.

Lo encontré al día siguiente. Me recibió en las oficinas de su amigo Jorge Antonio, cerca de la plaza de Castelar. Sobre el escritorio había, recuerdo, un gran retrato del Che Guevara.

¿Perón habló del Che?, quiso saber Zamora.

Poca cosa, y hasta donde sé, nada que fuese cierto. El Che, dijo, era un infractor a la ley de enrolamiento, un desertor. Si caía en manos de la policía, iba a ser incorporado cuatro años a la marina o dos al ejército. Cuando lo estuvieron por agarrar, los muchachos de la resistencia peronista le pasaron el santo. Entonces compró una motocicleta y se fue a Chile. Yo le dije: Qué raro, General. Esa versión no coincide para nada con la historia. ¿Con cuál historia?, me cortó. La que cuenta el Che. ¿Cómo que no coincide?, dijo. Tiene que coincidir.

Estuvimos a solas poco más de dos horas. Al principio, yo me sentía intimidado. Supongo que las manos me temblaban. Era como entrar en una fotografía de ningún tiempo. Todo me sorprendía: sus pantalones de tiro alto que le tapaban la barriga, los zapatos combinados blancos y marrones, los Saratoga que prendía con unos fósforos Ranchera de papel encerado. Me pareció de pronto que lo estaba viendo en la pantalla de los cines, le oí voz de Pedro López Lagar y Arturo de Córdova. Me sonó adentro un tango de María Elena Walsh:

¿Te acordás hermano
del Cuarenta y Cinco
cuando el que te dije
salía al balcón?

Tal vez estos detalles le parezcan frívolos, Zamora. No lo eran para mí. Yo estaba fumando un Saratoga con El Que Te Dije. Por primera vez en la vida podía darle la mano a una estampita de Levene o de Grosso, sentir que un personaje de la historia era algo más que escritura. No me crea tan inocente. Yo había conocido antes a Martín Buber, a Fellini, a Gagarin. Pero aquello que coexistía conmigo dentro de un cuarto de Madrid, a solas, se llamaba Perón. No era un simple hombre. Eran veinte años de Argentina, en contra o a favor. Veía las manchas de su cara, la picardía de sus ojos chiquitos, oía su voz agrietada. Mi país entero pasaba por su cuerpo: el odio de Borges, los fusilamientos de la Libertadora, los gremios revolucionarios, la burocracia sindical, y aunque no lo supiera entonces, también pasaban por allí los muertos de Trelew. Pensé: Aquí está el hombre a quien millones de argentinos le ofrecieron la vida en los rituales de la Plaza de Mayo, ¿se acuerda?, Perón o muerte; el coronel de quien Evita se enamoró tan perdidamente como para llamarlo mi sol mi cielo / la razón de mi vida. ¿Cómo se puede aguantar semejante peso?, me dije.

Entonces, me le acerqué. Le oí decir exactamente lo que yo esperaba que dijera. Sentí que él siempre adivinaba cómo lo veía el otro; que él se adelantaba a encarnar esa imagen. Había sido ya el conductor, el General, el Viejo, el dictador depuesto, el macho, el que te dije, el tirano prófugo, el cabecilla del GOU, el primer trabajador, el viudo de Eva Perón, el exiliado, el que tenía un piano en Caracas. Quién sabe qué otras cosas podría ser mañana. Tantos rostros le vi que me decepcioné. De repente, dejó de ser un mito. Finalmente me dije: él es nadie. Apenas es Perón.

Bebimos té y jugo de naranja. Me pidió que fuera discreto con sus declaraciones. Vivía en Madrid como asilado, sujeto a reglas muy estrictas. No le permitían hablar sobre política. Encendí el grabador.

Lo que mandé a Buenos Aires aquella noche no fue un artículo; fue la puntual, escrupulosa repetición de sus frases. Imagine mi desconcierto cuando a las dos de la madrugada un periodista francés me llamó por teléfono al hotel para decir que Perón había desmentido la entrevista. ¿Qué hubiera hecho usted, Zamora?

Mostrar las grabaciones, ¿no es cierto?: destejer la desmentira. En efecto, no tuve otro camino. Un par de horas más tarde las agencias de noticias escucharon mis cintas y reconstruyeron en el despacho número veinte los hechos que habían revelado en el despacho número cinco y luego negado en el número diez. El sentimiento de la razón histórica se me atragantó. Mis nociones sobre la verdad se volvieron un nudo. Recuperé el aliento en la estación de Atocha, cuando subí a un tren que iba para cualquier parte.

Con el tiempo fui atando los cabos sueltos, Zamora. El día del golpe militar contra Illia, el General necesitaba dar una demostración de fuerza en la prensa de Buenos Aires. Confiaba en que los sublevados llamarían a elecciones de inmediato y entregarían el gobierno al ganador legítimo. Yo estaba a mano y me usó como altoparlante. Pero no podía violar las leyes españolas de asilo. Entonces me desmintió sin asco. Sabía que por arrogancia profesional yo sacaría las cintas a relucir. Que sus declaraciones acabarían leyéndose en la Argentina como él quería. La moral política está siempre en las antípodas de la moral poética. Es en ese abismo donde los hombres se desencuentran: es allí donde el político Stalin no puede comprender al poeta Trotski, ni Fidel Castro al Che, ni el fascista Uriburu al fascista Lugones. Si Eva no hubiese muerto a tiempo, también ella se hubiera desencontrado con Perón. Eran aves de distinto pelaje.

Déjeme volver al cuento. Poco a poco fui descubriendo que aquella noche de junio, hace siete años, yo había sido el pequeño instrumento de un gran juego. Que así como el General decía exactamente las frases que los otros esperaban de él, también lograba que los otros actuasen como él disponía.

No era una estrategia disimulada. Perón mismo me lo advirtió con franqueza, cierta vez que hablábamos de Evita: "La utilicé, por supuesto, como a todas las personas que son utilizables y valen". Un conductor era, para él, la encarnación final de la Providencia. ¿Se ríe, Zamora? Yo también me reí cuando le oí decir que a la Providencia la manejaba él. Pensé que se trataba de un chiste. Pero empezaron a sucederme percances muy raros, y no me reí más.

En marzo de 1970 llamé al General desde París y le pedí una entrevista. Me sorprendió que aceptara. Desconfié. Le pregunté si podía ir con un amigo. Dijo que sí.

La noche antes de partir caminé sin rumbo por los laberintos del Barrio Latino. Cuando pasé frente a la catedral de Notre-Dame, oí gritos, vi correr a unas monjas despavoridas, tropecé con un cordón de policías frenéticos. Un viejo acababa de suicidarse lanzándose desde lo alto de las torres. Al caer, había aplastado a una pareja en luna de miel. El mal presagio me lastimó los sueños. Tuve pesadillas. Me brotaron unas manchas rojas en la espalda, como a Perón.

Hice la travesía en automóvil hacia Madrid con un amigo maravilloso que tiene el don de convertir en poemas todo lo que toca. Encontrar un pajar dentro de una aguja no es algo que le sorprenda. Lo alboroza. Atravesamos muy tranquilos las cumbres heladas de los Pirineos. Pero en un momento dado, el viento entró en el auto y se puso a zumbar. No es el viento, son moscas, dijo mi amigo. Aquello se puso insistente. Abrimos las ventanas. Fue peor. Sentimos unos tajitos en el cuello. Tuvimos que detenernos para secar la sangre. Harto ya, mi amigo recitó un conjuro contra el mal de ojo. En aquel preciso instante se marchó el viento. Cuando retomamos el camino, se nos rompió a los dos la pechera de la camisa. Mi amigo dijo: Es Perón.

Llegamos a la quinta 17 de Octubre un viernes, hacia las tres de la tarde. El General estaba en el jardín, espolvoreando los rosales con veneno contra las hormigas. Se fue a lavar las manos y nos abrazó. Mientras ayudaba a mi amigo a desembarazarse del sobretodo, le dijo que sobretodo y hombre libran un eterno combate, y que si nadie acude en auxilio del hombre, éste pierde fatalmente. Nos reímos. Mi amigo le comentó: Eso podría ser un poema, un hai-ku. ¿Se le ha ocurrido ahora, General? Sí, respondió Perón. A cada rato me brotan las parábolas y las alegorías. Pero después leímos que la misma frase aparecía en una entrevista del año pasado, y de siete años atrás.

Nos sentamos. Por distracción mencioné a Vandor, el dirigente metalúrgico que fue su enemigo. Meses atrás, a Vandor lo habían reventado en la guarida de su propio sindicato: dos balazos en el pecho y tres en los riñones, mientras iba cayendo.

Ahí tienen ustedes un tema para pensar, nos dijo. El pobre tenía que terminar mal. Era un individuo inteligente, hábil, pero volaba muy bajo. Cuando quiso volar de veras se hizo trizas, como el mago Simón.

Otra parábola, comentó mi amigo. Simón el Mago: el que se creyó Dios. Está en las Actas de los Apóstoles y en los escritos gnósticos del siglo III.

De allí salió la metáfora: de los gnósticos, dijo el General. Pues bien. En 1968, Vandor quiso verme. Le di cita en Irún, al norte, cerca de Francia. Me confesó sus errores. Se había vendido al gobierno militar argentino y a la embajada norteamericana.

Tenga cuidado, Vandor, le aconsejé. No saque los pies del plato. No es por mí. Yo perdono a todos. Pero usted se ha metido en un lío. Lo van a matar. Está entre la espada y la pared. Haga lo que haga, lo van a matar. Si mantiene sus conexiones con la embajada norteamericana, el movimiento peronista le ajustará las cuentas. Y si en cambio se arrepiente y quiere retroceder, la CIA lo terminará de liquidar. Vandor me miró a los ojos y lloró. ¿Qué hago ahora, General?, me dijo. ¡Sálveme usted! Le contesté que no fuera idiota. Que si se había metido en un lío tan grande, ni el mismo Dios lo podría salvar. Volvió a Buenos Aires, y ya ve, casi en seguida se la dieron. Yo no sé quiénes fueron las personas que le pegaron los tiros. No necesito saberlo, porque sé quién los mandó pegar. En todo caso, claro, había mucho dinero de por medio, muchos intereses sucios. No era cuestión de ser hábil. Era cuestión de ser decente. Y Vandor no lo fue.

Ah, Zamora. Me sentí levitar dentro de una historia cuyos signos se me escurrían de la inteligencia. Jamás había oído a nadie describir la muerte violenta de un prójimo con tanto impudor, tanta lejanía. Extremé mi torpeza. Le pregunté al General si le había dolido aquella muerte.

Un militar mira la muerte con naturalidad, me dijo. Tarde o temprano, a todos se nos va la vida de la misma manera.

Omitiré las conversaciones que siguieron: durante todo el viernes hasta que cayó la noche, y el sábado por la mañana. Tampoco vale la pena contar, Zamora, los percances del regreso: la lluvia de pájaros que vimos en Soria y el accidente que sufrimos al entrar en París. Me volví paranoico. Empecé a imaginar que mis desgracias obedecían al designio de Perón. Me tranquilicé cuando leí en un libro de Américo Barrios que la cultura del General sobre Simón el Mago no provenía de los tratados gnósticos sino de una película de Jack Palance.

Sólo quiero que sepa cómo fue nuestro último encuentro, dos años después. Era verano. Anochecía. Caminamos por el jardín, hasta la puerta de la quinta. Hablamos sobre perros y árboles. De pronto, Perón se detuvo. Me miró con fijeza, como si al fin me hubiese descubierto y fuera yo el último sobreviviente del universo.

Tomás, me dijo. Usted se llama como mi abuelo. Yo también debí llamarme Tomás.

Me confundí. Dejé caer una frase trivial. Luego, sin razón alguna, le aclaré que yo no era peronista. Sonrió. Me preguntó qué significaba para mí el peronismo. Qué recordaba yo de todo ese pasado.

Lo único que recuerdo es lo que no he visto, respondí. Algo que jamás podré ver. Lo recuerdo a usted abriendo los brazos y saludando a las multitudes en la Plaza de Mayo. Veo los estandartes que flamean, los coros de obreros que no paran de cantar *Perón, Perón*, mientras usted sigue saludándolos, largo rato. Por fin, su mano contiene el vocerío. Nadie respira. Miles y miles de personas alzan los ojos en éxtasis hacia donde usted está, en los balcones de la Casa Rosada. En el hueco de aquel gigantesco silencio. se abre paso su voz: ¡Coompañeeros! Le oigo esa sola palabra y luego vítores otra vez, clamores. Mi recuerdo es algo que conocí en los cines, que oí por la radio. Nada que haya pertenecido a mi realidad.

Lo vi sonreír otra vez. Se me enredaron las imágenes y el General, en ese instante, volvió a tener cincuenta años.

Todo se puede recuperar, me dijo. Oiga el griterío en la plaza.

Lo sentí. Oí cómo se agitaba la multitud, encendiendo a la ciudad como un torrente de lava. Sobre mi memoria llovieron las cenizas incandescentes.

En el jardín se hizo de noche. El General abrió los brazos y exclamó:

¡Coompañeero! Su voz era ronca y joven, la de antaño.

Yo le estreché las manos. Y me fui de allí, como quien se desangra.

QUINCE

LA FUGA

NUNCA PUEDO LLEGAR A NINGUNA PARTE. A Zamora se le des
prende la frase como el botón de una camisa. Ha dejado el Re
nault 12 a las puertas del diario *La Opinión* para no repetir en
el regreso a Ezeiza los tormentos de la ida. Ha tomado un taxi
que cobra tarifa triple por acercarlo "hasta donde se pueda" y
ahora descubre que donde se puede es allí mismo: en la mera
entrada de la autopista, diez kilómetros al sur del palco. Los
camiones, los kioscos y las caravanas de bombos saturan el ho
rizonte. Ni siquiera luz puede verse a la distancia: sólo un foso
de tinieblas humanas.

Avance poco a poco, le sugiere al taxista. Ponga en el parabri
sas este permiso de libre tránsito. En algún momento llegaremos.

Si llegamos, se resigna el hombre.

Tenemos que llegar, dice Zamora. Y se arrincona en el asien
to, fumando. Un antiquísimo poema zen empieza de pronto a ron
darlo:

> *Veinte años peregriné,*
> *fui al este y al oeste.*
> *Por fin regresé a Seikén.*
> *No me había movido nada.*

Como Perón: veinte años para volver a lo mismo.

El viaje a *La Opinión*, al fin de cuentas, he rendido sus frutos.
Tras largas vacilaciones, Martínez le ha confiado unas pocas ho
jas sueltas que reconstruyen los años del General en Europa. Son

267

mapas quemados, fragmentos de una monografía sobre la guerra invernal en los Alpes, ruinas de un artículo sin terminar, y las narraciones de un teniente coronel, Augusto Maidana, que convivió con Perón entre 1939 y 1942.

Zamora echa una ojeada:

1. EL RETRATO, SEGUN MAIDANA

(Desgrabación. Averiguar qué quiere decir bunraku, en caso de que la palabra esté bien escrita.)

Hombre no parecía. Perón era un autómata, un golem, lo que los japoneses llaman un bunraku. Varias veces lo vi distraído. Eso no le ha pasado a casi nadie: ver distraído a Perón. Quedaba desenmascarado. Era una figura vacía, sin alma. Luego, al volver en sí, se iba llenando con los sentimientos y los deseos de los demás, con las necesidades. Usted salía en busca de un caballo y ya Perón se lo traía ensillado. Encontraba un refugio en la nieve y él lo esperaba dentro. Distraído, no se le veía odio ni tristeza ni felicidad ni cansancio ni entusiasmo. Se le notaba el vacío. Atento, entonces sí: los sentimientos de los otros se reflejaban en él, como si en vez de cuerpo tuviera espejo.

2. APUNTES DE DIARIOS

(Vísperas de Navidad, Tucumán, 1971. Alguien, al cruzarse conmigo en la calle, no me llamó Tomás sino Nucho, como a mi padre. Me perturbé. ¿Será que uno va cambiando de nombre con los años?)

Hoy descubrí a una persona que conoció a Perón hace mucho tiempo, cuando aún no tenía historia y actuaba sin cuidarse de las miradas. Confío en que haya podido ver en aquel pasado lo que ya el presente no sabe mostrarnos: que haya descifrado en 1941 el enigma que los argentinos no hemos aprendido a descifrar treinta años después.

Es amigo de mis padres. Conversé con él por la tarde, en el patio. Se llama Augusto Maidana. Habla dándole vueltas a las palabras, como si fueran un sombrero en la mano.

Cuando se fue, me quedé pensando en el teorema de Kurt Gödel. ¿Cómo transformar las fórmulas de Gödel en palabras? Acometamos la empresa imposible. A ver. En todo sistema de lógica matemática. No. Por ahí no. En toda verdad, por evidente que sea, siempre hay algo que puede no quedar demostrado. Así está mejor. Que un hombre tenga oídos, uñas, nariz y que camine no significa necesariamente que tiene oídos y camina. Sin embargo, lo que quiere decir Gödel es aun más complejo.

Pensándolo bien, yo hablé del teorema con Perón, en abril del año pasado. Le pregunté: ¿Se le ha ocurrido, General, cómo podría haber sido la historia sin usted? Imagínese. Que todo fuese igual a lo que es ahora: Madrid, el cielo, la muerte de García Elorrio entre las ruedas de un coche, Franco declarándose desengañado de su ex ministro Fraga, las caniches, los palomares. Que todo esté sucediendo, pero que usted no haya sucedido nunca. Me contestó: Un hombre que piensa eso tendría que salir afuera de sí mismo y tirarse por la ventana.

Exactamente eso es el teorema de Gödel.

3. NOTAS PARA UNA NOTA

(Work in progress: ¿Obra muerta? Las fuentes provienen todas del teniente coronel Maidana. Buscar otras. En la guía turística que me prestó hay apuntes de Perón, escritos en los márgenes. Aparece subrayada la línea (traduzco): "Media hora tarda el ómnibus hasta Tirolo (592 metros) y veinte minutos más hasta el Castillo". Al lado, leo: Andare! Uno de los mapas, el de la ciudad de Trento, está quemado por la brasa de un ¿cigarrillo? Las chispas han salpicado el río Adigio, llenándolo de islas carbonizadas. Donde había una flecha que señalaba la piazza Dante ahora sólo quedan las letras carcomidas: A pia Da te.)

A fines de mayo de 1939, cuando llegó a Merano, Perón se instaló una casita de la via del Portici: tres habitaciones, un corredor, un vestíbulo con chimenea. Las ventanas daban al Duomo.

La primavera tardaba. El monte Benedetto mostraba

unos brotes de nieve todavía, y las aguas del río Passirio solían arrastrar perros y pájaros helados. La radio de Milán transmitía noticias alarmantes. Chamberlain declaraba en Birmingham que Inglaterra debía prepararse para lo peor. Ciano firmaba en Berlín el pacto de acero con Alemania. En la División Tridentina, donde revistaba Perón, el inspector Ottavio Zoppi ordenó pegar un bando que los oficiales interpretaron como una declaración adelantada de guerra.

Da questo momento, secondo l'articolo del Patto Bipartito, l'Italia e legata al destino del Terzo Reich

El teniente coronel Perón decidió preparar la inteligencia, adiestrar los sentidos. Llegaban media hora temprano a los campos de tiro para ejercitarse en el manejo de las ametralladoras pesadas Hotchkins y conocer el efecto de los morteros Brandt sobre los blancos fijos.

A mediados de junio apareció el capitán Maidana. Perón lo alojó en el cuarto más apartado, para protegerlo del cotorrero callejero. El nuevo compañero lo ayudó a mitigar las tristezas de la viudez, que tanto lo habían deprimido al comienzo del viaje. Siempre había un poco de soledad dando vueltas por la casa, pero ya no con la prepotencia de antes.

Se puso tibio el aire. Perón empezó a vestir el uniforme de seda blanca de los oficiales alpinos. Seguía con fruición los proyectos del Duce para convertir las playas de la mísera Albania en un escaparate de la flamante grandeza imperial. "El tiempo de los utopistas ha llegado", vaticinó Perón en una conferencia con el Estado Mayor de la División Tridentina. "Un hombre común acepta su destino. Un utopista lo inventa, y luego consigue que el destino le obedezca."

De pronto, Merano se pobló de turistas y de orquestas tirolesas que alborotaban las plazas hasta el amanecer. Presintiendo la guerra, todos querían vivir de un sorbo. Maidana y Perón caminaban al atardecer por el corso del príncipe Umberto. Sólo regresaban a la hora en que las matronas se apartaban de los balcones, amodorradas, para digerir, a la vera de las radios, sus ovillos de spaghetti.

Se volvieron inseparables. El teniente coronel adiestró al capitán en las tretas de la diplomacia refiriéndole cómo había esquivado en Chile a los oficiales de inteligencia que le seguían los pasos:

"Puse arena en la terraza de mi departamento y en el zaguán de mi oficina", dijo Perón. "Dejaba un pedacito de hilo de color siempre distinto sobre los documentos para verificar si, a pesar de las precauciones, alguien me los escrutaba. Dos intrusos quisieron meterse a revisar mi casa una mañana. Mi mujer oyó las pisadas en la arena y los corrió con una escoba. Enviaba yo mis informaciones a Buenos Aires en una valija de doble fondo. Cierta vez, en una carta reservada a nuestro ministro de Guerra, escribí que el comandante en jefe del ejército chileno era más bruto que zapato de gallego. Yo había tenido relaciones cordiales con ese general, pero desde que mandé la carta lo noté hosco. Cada vez que podía me esquivaba. Advertí que le había echado mano a mi correspondencia. Resolví encararlo. En una recepción le dije: 'Lo que opiné sobre usted en la valija diplomática eran mentiras, mi general. La verdad fue a Buenos Aires en otro correo'. El hombre se quedó mirándome, de una pieza. ¿Se acuerda de un refrán que repartían los organillos en los barrios? El que decía: No le hagás caso al desaire / con que te trate la suerte. / Todo argentino es un vivo / aunque sea de mala muerte. Pues así son las cosas en la diplomacia, Maidana. El que no tiene mañas, las inventa."

La realidad sucedía tan rápido que nadie podía seguirla. En julio, ambos viajaron a Roma para enterarse de sus nuevos destinos. En la embajada les prometieron una entrevista con el Duce, pero debieron conformarse apenas con una audiencia colectiva del conde Ciano, a la que éste acudió demorado y distraído. Le oyeron unas pocas frases insustanciales sobre la guerra ya inevitable, en cuya trampa (dijo) Italia no caería. Ciano se les esfumó entre flashes de magnesio antes de que se dieran cuenta. No tuvieron ocasión ni de hacerle preguntas.

Durante los diez días que permaneció en Roma, el teniente coronel no se puso el uniforme. Andaba con pantalones de golf abrochados al tobillo y unas medias de lana grises, insólitas en época de tanto calor. Luego de muchos rodeos, Maidana se animó a declarar su extrañeza.

"Es que así me confunden con un inglés", dijo Perón. Y consigo informaciones mucha más precisas sobre lo que está pasando."

"Cómo, si usted no habla inglés", se sorprendió el amigo.

"No lo hablo, pero lo gesticulo. Y nadie se da cuenta."

Después se desencontraron. Perón regresó a Merano, y a Maidana lo acantonaron en Bassano del Grappa, treinta kilómetros al norte de Venecia. No bien se acostumbraban al oxígeno de una ciudad los distraían con el folklore de otra, como si la víspera de la guerra fuera tan sólo eso, dispersión y embriaguez. A fines de noviembre de 1939, Perón tuvo que desplazarse hacia Pinerolo, cerca de Turín. Tres meses más tarde atravesó la península y se afincó en Chietti. Esos irracionales saltos de canguro por una geografía desconocida no lo adiestraban para otra cosa que para el puro y simple movimiento. Con tal de sentirse ocupado se afanaba en los menesteres más inútiles. Traducía reglamentos del italiano al español y los devolvía luego al italiano sólo para poder más tarde retraducirlos. Cometía errores gruesos en las dos lenguas, entreveraba el ardor de los *arditi* con el ardimiento de los *alpini*, pero no le interesaba la perfección sino el estado de alerta de los sentidos.

A mediados de la primavera lo trasladaron a un batallón de Aosta. Sintió que aquella ciudad lóbrega, sembrada de ruinas, era la encrucijada final del mundo. A veces, caminando desde el arco del emperador Augusto hasta la Collegiata de San Orso, se detenía junto a la tumba del conde Tomaso de Saboya repitiéndose que toda esta calma pastoril sería pronto desarmada y aventada por la tormenta. Los cañones triunfales del Reich iban cerrando todos los cercos, a paso de relámpago. Para ponerse a tono, Perón volvió a leer, infatigablemente, *La nación en armas*.

El libro de Von der Goltz le hablaba ahora con la voz del Duce: repetía que un pueblo dividido, mal dispuesto al sacrificio, desgobernado por míseros políticos de comité, incapaz de forjar para sí una industria de guerra, era un pueblo de vasallos. Sólo la fuerza del padre, del militar, del conductor podría salvarlo: sólo el poder de un jefe que se ha ejercitado para poder, el mando del que sabe mandar, la voluntad providencial del providente.

Supuso que la mano de Dios se le posaba en el hombro cuando lo llamaron de Roma. La oscuridad europea ya descendía hasta los ojos. Pronto no permitiría respirar y todos ellos, los observadores extranjeros, serían obligados a partir. El 14 de mayo de 1940 los ejércitos de Hitler cruzaron el río Meuse y avanzaron sobre Amiens. Francia se deshacía como un fruto corrompido. Exaltado, el Duce quería ocupar cuanto antes las provincias del Mediodía. Algunos generales trataron de contenerlo: "Non siamo pronti. Il popolo italiano non vuole questa guerra". El Duce demostraría que una sola voluntad era suficiente para impulsar a miles hacia cualquier abismo. El 10 de junio sucedió. Maidana y Perón, vestidos de oficiales argentinos, se confundieron con la muchedumbre de la plaza Venecia y asistieron, incrédulos, a una ceremonia casi religiosa. Al caer la tarde, el Duce se asomó a los balcones de un palacio. Miró a izquierda y a derecha. Poseyó a la masa desconectada con el imperio de su mandíbula. Le infundió seguridad, la tornó incandescente. Empezó a dialogar con ella y a quebrar poco a poco el miedo y el pasmo que sus palabras desataban. El hablaba de muerte y la masa respondía ¡viva! Maidana sintió a su amigo levitar, beber el espectáculo con todos los sentidos, y aprender de una vez para siempre que el arte de la conducción no estaba sólo en lo que se decía sino en el cómo: el liso y llano cómo era más fuerte que todas las otras razones juntas.

Se quedaron casi tres meses en Roma. Los alimentos estaban racionados, pero ellos, como diplomáticos, disponían de tarjetas dobles. De vez en cuando, se aventuraban por los laberintos del mercado negro en busca de cigarrillos y licores. Pasaban la mayor parte del día inclinados sobre mapas, urdiendo itinerarios seguros para cruzar la frontera, llegar a un país neutral y regresar a Buenos Aires en un barco de pasajeros a través del Atlántico infectado de flotas adversarias.

Las tropas italianas invadieron Grecia y Libia. Avanzaban humilladas, sin otro respiro que el de sus continuas derrotas. En noviembre, Perón supo que a sus amigos de la División Tridentina los estaban aniquilando. No tuvo tiempo de compadecerlos. Tenía que irse de la guerra, aunque fuera sin verla. Salió en una caravana desde Génova, munido de abretesésamos y salvoconductos. Atravesó la frontera en Ventimiglia y siguió el arco de la Costa Azul hasta Marsella. Dos semanas vivió Perón entre azares y sobresaltos hasta que, la primera mañana de diciembre, entró en Barcelona.

E via dicendo. *"Tal fue toda la experiencia europea de Perón, salvada sea la fuga que no he contado aún"*, resumió Maidana.

¿Y las visiones de Berlín que dictó a por lo menos tres visitantes? ¿Y el viaje a los lagos Masurianos, de los que hizo a otros dos un cumplido relato? ¿Y la entrevista con el Duce, de la que tanto se vanaglorió ante Pérez Jiménez y Trujillo?

Nada de eso ocurrió, dijo Maidana. Y sin embargo, Perón no mintió al contar esas historias. Eran mentiras, sí, pero las contó tantas veces que terminó creyéndolas.

ANCLADO EN EZEIZA

No llegaremos a ninguna parte, se desalienta Zamora cuando el taxi, varado en una banquina de la autopista, descubre al fin que no puede avanzar. La coraza de camiones que lo precedía en formación cerrada se ha detenido ante los monobloques del Hogar Obrero: coraza en huelga, en mora eterna, síncope de motores.

La orden que tenemo e' de aguantar aquí, y aquí se la aguantamo, informa uno de los camioneros, incontrastable, con una pochoimagen afirmando su autoridad en el corazón de la remera.

Ponga otra radio —clama Zamora, mareado por los tangos sempiternos del taxista—. Colonia. Rivadavia... Vea si en Belgrano pasan las noticias. A lo mejor Perón hizo ya cuerpo a tierra y vamos a perdernos el discurso. ¿Siente? El himno. ¡En los altoparlantes están soltando el himno!

A la izquierda del dial hay apoteosis de tangos. A la derecha, un estribillo de bienvenidas nacionales y populares al Grande Hombre. Y en el centro, Leonardo Favio llora *Fuiste mía un verano*. De pronto, una voz grave cruza la sintonía de punta a punta:

"...Y considerando la gravedad de los hechos que han sucedido en el lugar fijado para la recepción de nuestro máximo líder, las más altas autoridades del gobierno estudian la posibilidad de que la aeronave donde viaja el general Perón sea desviada hacia una terminal militar alterna. En unos minutos, más noticias...".

Zamora prende otro cigarrillo.

¿Busco un desvío?, inquiere el taxista.

Quedesé. De un momento a otro se abrirá el paso. Nosotros no somos los únicos que hoy no llegaremos a ninguna parte.

Para mí es lo mismo, contesta el hombre. Total, usted paga.
Una luz gris cae sobre las últimas hojas que ha rescatado Zamora.

4. LA FUGA, SEGUN MAIDANA

Desgrabación. Literal. Salvar las traiciones de la sintaxis

Por fin fuimos a descargar los equipajes. A mí me tocó acompañar a Perón. Tarea larga, uf. Me quedó por aclarar que nosotros viajábamos en trenes, ómnibus y camiones, pero los equipajes no: por barco, directo desde Génova. Pasamos ahí el día entero. Perón decía: "¡Viene cayendo: el cajón de Bonell!". Y sentíamos el ruido de los cristales rotos. "¡Sucumbe Maidana!" Y la grúa me destripaba un baúl con ropa.

Habremos estado menos de una semana en Barcelona. A partir de allí, quedamos todos en libertad de acción. Yo me allegué a Perón, que se había mostrado sagaz y astuto ante los desafíos del viaje. Viajamos hasta Madrid en tren, vía Zaragoza. No veíamos sino ruinas de guerra y campanarios desportillados. Hambre. Comíamos a escondidas, para no exponernos a la codicia de la gente. En Guadalajara una cuadrilla de mendigos rapados, sin brazos, con enjambres de moscas en las heridas, quiso asaltar el tren. Vinieron los guardias civiles y los mendigos fueron corridos a balazos. Perón dijo: lo que vimos en Italia fue terrible. Pero esta contienda que ha terminado en España debió de ser mucho peor. Nunca el odio es tan grande como entre los hermanos de sangre.

Pues bien: en la misma estación de Madrid rumbeamos para Lisboa. Y allí, a esperar. Dos semanas, tres, lo que quisiera la fortuna. En tiempos de guerra, todo es paciencia y muerte. Muerte para que se apacigüe la paciencia o paciencia para desembarcar en la muerte. Al fin, conseguimos un barquito portugués, el *Zarpa Pinto*. Y zarpamos. Había músicos a bordo. Pero el mar de fondo no les dio ni ocasión de tocar. Dos días tardamos en llegar a Madeira, y en ese lapso nadie se vio con nadie. Todos al reparo, aguantando el mareo. De pronto se calmó la marejada. Entonces, la gente salió a cubierta, ojerosa. Perón, no: El siempre de punta en blanco. ¿Tormenta?, preguntó. ¡Yo no he tenido tiempo ni de sentirla! Me las he pasado trabajando.

Zorro el varón. En la enfermería nos dijeron que los corcovos del agua le habían entreverado hasta los pensamientos. Que le había quedado el hígado a la miseria. Y el estómago duro de tanto vomitar.

Volví a verlo en Mendoza. Terminaba el verano de 1941. Era oficial de Estado Mayor en el Centro de Instrucción de Montaña, y el aire libre lo rejuvenecía. Sentí que algo en él estaba cambiando. Lo noté menos tenso, más dispuesto a vivir. En Europa se había portado como un asceta. Ahora se desquitaba. Cualquiera lo encontraba por las tardes tomando naranjada en la confitería Colón, siempre rodeado de chicas. Les describía las ciudades invisibles que Hitler había construido, según él, en los países ocupados. Les refería entrevistas secretas en las que el Duce le pedía consejo. Yo creo que los desvíos de la realidad le vienen de aquellos años, cuando andaba con la imaginación demasiado prendida. Me cuentan que ahora repite a quienes van a visitarlo a Madrid que la única verdad es la realidad. Entonces le gustaba decir, en cambio, que para cada hombre había una verdad, y que no conocía dos verdades iguales.

Una vez, cerca de Uspallata, un viejo montañés le cedió la hija para que se la criara. La chica iría para los catorce años, y, según las malas lenguas, ahí nomás Perón se amancebó con ella. A lo mejor es la misma chica que apareció con él en Buenos Aires, y a la que presentaba como ahijada. No me consta. De lo que sí me acuerdo es que aquélla y ésta se llamaban Piraña.

De tales cosas sé porque muchas veces me pidió que lo acompañara, ya en 1942, al cabaret Tibidabo de Cangallo y Carlos Pellegrini. Allí entraba como en su casa. Era simpatía del dueño. Echaba un vistazo a las coperas, separaba dos o tres de su gusto, y le preguntaba al dueño cómo era ese ganado para el rebuzno. Nada le gustaba tanto como dormir con los pies de la chica en la oreja.

Me agarró de confidente. Soñaba con resucitar la logia General San Martín, tan poderosa en otras épocas, pero Justo era entonces el dueño del ejército y nada se hacía sin su permiso. Si Justo hubiese vivido un par de años más, no habría Perón. Quién sabe adónde estaría hoy cada uno de nosotros. Pero el destino se olvida de lo que pudimos ser. Sólo se aferra a lo que fuimos. Ya coronel, Perón empezó a cobrar confianza. Trabajábamos juntos en la Inspección de Tropas de Montaña. Desde que amanecía, él hablaba y hablaba. Era una máquina de palabras.

Nos distanciamos por cualquier cosa, una zoncera. Se le había metido en la cabeza la costumbre de no permitir que cada quien pagara sus cuentas, y con eso nos tenía sometidos. Cierta noche, en el Tibidabo, me retobé. No quería que me siguiera extorsionado con un par de copas. Yo pago, dije. No me dejó. Usted no paga, quiso mandarme. Al coronel Perón nadie le costea los vicios. Al mayor Maidana, mucho menos: le volví la espalda. Puse mis billetes en el mostrador y me alejé. Ya no fui más al Tibidabo. Preferí cruzar la esquina y quedarme como ahora, en la vida.

REFLEXION ULTIMA DE ZAMORA

Este maldito poema zen no me quiere dejar en paz. Sigue zumbándome dentro de la cabeza:

> La luna es la misma vieja luna
> las flores siempre son como eran.
> Yo he llegado a ser lo que queda
> de todas las cosas que veo.

Tal es ahora mi teorema de Gödel. El único movimiento posible es salir afuera de mí y tirarme de cualquier ventana. Salir del taxi y caer en la vida. Pero ni siquiera así llegaré.

DIECISEIS

LA CARA DEL ENEMIGO

¿Cómo habra sido el viejo en la cama?, preguntó Diana Bronstein cuando ella y Nun recalaron en la lúgubre quinta del Camino de Cintura, ya casi a medianoche, el 3 de junio. Tiraron en el suelo un colchón de estopa, Nun prendió la estufa, Diana tendió las sábanas de flores amarillas, y mirándose los cuerpos desamparados, se tuvieron amor y lástima, buscaron calor en las fogatas que les brotaban de cada poro, se abrazaron y se libaron hasta que les cayó encima el amanecer. Afuera, para variar, los árboles destilaban bruma.

(Ahora los gallos rompen el día con otras gargantas. A la cabeza de la columna sur, Diana y Nun avanzan tomados de la mano entre los eucaliptus. La excitada muchedumbre que los sigue ha dejado atrás las casas últimas de Monte Grande y cubre todo el anchuroso piélago de la ruta 205, cuya desembocadura es el altar del palco, en Ezeiza. Hay más de veinte mil y van creciendo. En las encrucijadas les llueven limos, islotes, manantiales, afluentes de toda laya. Cantan, vuelan a la luz de los bombos, dejan que la felicidad les salga por donde quiera. Y vos sos otra, Diana. No la que preguntaste):

¿Cómo habrá sido Perón en la cama? Claro que no te hablo de estos últimos años, che, bruto, cara de vidrio molido, por burlarte así te meto la punta de la lengua en el ombligo. Te quiero decir antes, cuando él estaba en la flor de la edad. ¿Con quién se había enganchado entonces? Aquélla, Nun, la que tenía un apodo de lo más sensual. Eso: la Piraña. Vaya a saber por qué la llamarían Piraña. Tendría el apetito abierto entre las piernas.

Pero eso no te da derecho a tocarme. Quieto. Voy a untarte con chocolate frío y a derretírtelo. Mirá cómo te has puesto. Ni siquiera se puede hablar con vos. Pará un cacho. ¿Te lo representaste al Viejo alguna vez así, tieso, acariciando, boyando con la lengua? Qué querés. Son lujos que hasta el más desgraciado puede darse pero no un personaje de la historia. A ellos sólo se les escribe la virtud. Los libros no se acuerdan de Freud en ese punto, como si el sexo fuera mierda, Nun. Error, error. Sin la libido no llegás a ninguna parte.

Así, milico frustrado. Acariciame despacito. Gracias a Dios frustrado. Si fueras un milico realizado ya me estaría muriendo de aburrimiento. Cuando soñaba con el infierno, era la esposa de un milico. Fregaba y fregaba sables el día entero, quiero decir el sueño entero, sólo para consolarme. O era la esposa de un historiador, con toga, rascando con la uña la última verdad. Yo era una ratita con un gorro frigio y me sentaba en la puerta de la vereda gritando: Que nadie pase, porque adentro está mi marido y la verdad no se comparte. Y yo que comparto cualquier cosa que no seas vos, me despertaba sudando hielo. Ahí, tocáme ahí. No te movás de ese lugar. Vení. Ahora.

A las tres de la mañana, el olor a sexo sublevó a Nun otra vez, y como Diana estaba ya recostándose sobre los sopores de su lava roja, volviéndose un ovillo dentro de los larguísimos hilos de su lava, Nun le lamió la oreja y la fue atrayendo con un susurro artero: No creo que sucediera nada especial con el viejo en la cama. Lo cual bastó para poner a Diana en súbita disposición de amor, enhiestos los sentidos, e ir desperezándose de su deseo bajo el follaje cada vez más tierno de Nun, así, cuidáme. Bueno, enloquecéte de una vez, ya, todavía no te vayás, ahora, todavía no, quedáte hasta mañana.

Diana se propuso estar alerta y acordarse de cómo avanzaba en ella la felicidad pero cuando llegó a puerto no tuvo nada para recordar, el límite de la felicidad era un río, un desconocimiento de sí, una orilla de olvido, una levitación hacia la propia hondura. Y cuando empezó a recobrarse, lo único que sintió fueron versitos de caramelos y letras de tango. Estupideces como:

Que no renazca el sol, que no brille la luna,
si un tirano como éste siembra nueva infortuna.

Se lamió los malos pensamientos como una gata y sentándose contra la pared, brazos cruzados, ceño amenazante, volvió a la carga:

Pero vos me contaste que al Viejo lo erotizaban los pies, y eso ya es una señal de imaginación. Que se acostumbró a dormir con la Piraña poniéndole los pies en la cara y viceversa. ¿Haría lo mismo con Evita? Che, despertáte. ¿A vos qué te parece? Yo qué sé. Depende. A lo mejor los pies de Evita no eran lindos. Eran perfectos, resolvió Diana. No hubo nada en Evita que no fuera perfecto.

Se mantuvieron en vela, navegaron toda la noche con las carabelas prendidas, entraron y salieron de sus mutuos mares lamentándose de que aún les quedara tanto por explorar, que Nun se hubiera perdido las Siete Ciudades de Diana y ella el César Blanco de Nun, que no me tocases un poquito más el Dorado, que no te haya bebido la Fuente de la Eterna Juventud.

Cuando amaneció se bañaron juntos, Nun enjabonó los pies de Diana y emergió con una burbuja en la punta de la nariz. Ella suspiró, batiendo el cobre del pelo derretido por el agua: Suerte que no somos próceres. A dónde iríamos a parar si los libros de historia nos condenaran a un sexo de ángel como a Manuel Belgrano, a morir vírgenes como Paso y Moreno, a tener hijos por un descuido de la naturaleza como le sucedió al pobre San Martín...

(En la lontananza, Vicki Pertini y el Cabezón Iriarte aparecen con las banderas desplegadas, a la vanguardia de una flota de Leylands. Detrás, sobre las sequedades del arroyo Las Ortegas, se oye rugir a otra multitud procelosa, el cielo sigue azul, la verdad en estado puro no ha sido corrompida por la falsía de los documentos, la vida empieza, siento un entusiasmo tan grande que hasta las ganas de fumar se me han ido de la cabeza. Todo se me ha ido menos vos, Nun, alcornoque con ojos, gato de albañal.)

Vamoz a ver la cara del enemigo.

Hay dos helicópteros aprontados en el sector militar del aeropuerto, con los motores calientes. En torno, una guardia de infantes va y viene bajo el sol. Las órdenes de los walkie-talkies se entretejen y se encabalgan en el aire donde la gasolina llueve, intermitente, y el humo raya los entendimientos.

Zoldado, avize que vamoz a zalir.

El teniente coronel monta en el helicóptero mejor artillado. La guardia se abre en abanico. Las aspas se despeinan. Lito Coba, de un salto, se instala junto al jefe. Tras los asientos hay cajas de granadas lacrimógenas, municiones, varias Itakas, dos Magnum.

La guerra, murmura Lito.

El helicóptero alza vuelo.

Zon elloz loz que la quieren. En la cabeza de un zurdo no entra maz penzamiento que la guerra.

No bien despegan, el viento va llevándolos hacia el palco. El teniente coronel viaja vestido ya con ropa de ceremonia: traje de solapas anchas y una corbata ornada de caballos. Tan férrea es su coraza de gomina que ni los ventarrones del helicóptero se han atrevido a despeinarlo.

A la vista de la muchedumbre, el piloto no puede reprimirse: ¡Dios mío, son millones!

Un río de peregrinos corre por los campos, qué fiebre. Nunca se ha visto a tantos rodar por el enorme cauce de la autopista, vadear los arroyos con los zapatos en la cabeza. Las leyendas de los estandartes no inquietan ya al teniente coronel: enarboladas, se mezclan y se anulan. Desde su tabernáculo blindado, Perón sólo podrá leer un remolino de letras. Y la acústica de los estribillos se confundirá con la melodiosa batuta de Leonardo Favio. Ahora mismo, por los altoparlantes, se oyen, abajo, los redobles del animador: *Fuiste mía los muchachos / un verano unidos triunfaremos.*

Las pocas carpas que aún no han sido recogidas bailan, abombadas por el viento. De los kioscos brotan lunares de humo. El olor de los chorizos asciende al cielo en cuerpo y alma. En el horizonte del ancho río una flota de camiones cierra el paso. Detrás, caravanas de taxis desesperados socavan la banquina en busca de una salida. Imposible moverse.

Lito ha ido registrando cada zumbido sospechoso en el enjambre. Con los prismáticos, ha identificado bajo los carteles de Montoneros a un coro revoltoso de Berazategui, el Riachuelo Azul, que rompe la armonía de la concentración con estribillos hostiles al difunto general Aramburu. Y sabe que al pie del palco, junto a los atriles de los músicos sinfónicos, una barrita de Lanús, la Garganta de Oro, lleva largo rato incomodando a los cordones de la juventud sindical. Que canten. Están ya condenados. Son cisnes de moribundo plumaje. Cercados por todas partes, vierten sus consignas dentro de un bolsón acústico. Nadie los oye. No son esos oponentes los que alarman a Lito. El enemigo al cual teme es el que no se ve: los zurdos emboscados que se guarecen al fondo de las cunetas, los que han de estar cavando trincheras entre las raíces de los eucaliptus, los que se aprestan a saltar desde quién sabe qué oquedad propicia contra el palco.

Ahora vuelan sobre casitas chatas, apagadas. Bordean los campos desde Tapiales hasta Llavallol. Nada parece fuera de su quicio. Detectan sólo brotes de caminantes inofensivos, con globos en alto, niños al hombro, radios portátiles. Y, sin embargo (piensa Lito), los invisibles han de estar ya muy cerca. Es casi la una y media. El General aterrizará poco antes de las cuatro. No les queda sino un par de horas para copar los primeros trescientos metros y afirmarse dentro de los reductos conquistados. Si los dejan. Porque apenas se internen en la zona roja, dentro de los cordones, los asfixiará un corsé de hierro. El problema será qué hacer con ellos. ¿Disuadirlos tan sólo? ¿Amedrentarlos para que se vayan? Ya no es posible. Desde hace varios días es tarde. No queda (piensa Lito) otro recurso que aniquilar: con todo y a la cabeza, como manda el General.

Dentro del helicóptero, los trémolos del motor les trepanan los tímpanos. Sólo se hablan por señas, con los pulgares y los índices. Muerto el oído, lo único humano que les queda es la vista. Son águilas, gaviotas, buches rapaces. Al volar sobre el palco, Lito hace un rápido censo de sus fuerzas. Las ambulancias, el Dodge blindado, los cordones de ponchos, la guardia de halcones con escopetas de doble caño: todo está en su lugar, afilados los picos, erizadas las garras. A la izquierda, divisa los cestos de mimbre con dieciocho mil palomas, a punto ya para la suelta fabulosa, mil palomas al viento por cada uno de los años de exilio que ha sufrido el Grande Hombre. Hasta Leonardo Favio está diciendo lo que se ha programado que diga en este preciso instante: "Jamás nadie, en toda la historia de la humanidad, consiguió recibir un homenaje así. Ni Julio César ni Alejandro Magno ni Pedro de Mendoza cuando descubrió Buenos Aires. Nadie. Sólo Perón". Dentro del hormiguero del palco, una sombra se aparta, maltrecha, sin cogote. La ven saludar al helicóptero, con la Itaka en alto. Lito la identifica con los prismáticos: Es Arcángelo Gobbi. Qué imprudente. Y el teniente coronel grita: ¡Láztima!

La nave se desvía hacia el oeste. Inclina las aspas, escruta los bosques de eucaliptus desde las orillas lodosas del río de la Matanza hasta los edificios de la Comisión Atómica. Ningún vestigio del enemigo. Las gárgaras del motor parten la tarde en dos. De pronto, a la derecha, Lito avizora un golpe de oscuridad en el horizonte. Una serpiente torva viene por ahí. ¿Serpiente? Loz zurdoz, señala el teniente coronel.

Ven avanzar un vapor compacto, un hipopótamo. El animal marrón se bambolea desde la avenida Fair, apuntando con el hocico al barrio de Esteban Echeverría. Ha superado ya todos los cordones de vigilancia. Se acerca a la escuelita, donde el paso está bloqueado por barreras dobles. Pero antes de llegar, el hocico se desvía, las patas se hunden en las ciénagas del barrio, las ancas se mimetizan con los pastizales secos. Son más de veinte mil: no tantos como el teniente coronel había calculado. Y, sin embargo, atenti. Lito descubre a tres o cuatro mil más que vienen avanzando por los flancos de las piletas olímpicas, bajo las troneras de los hoteles y de las colonias de vacaciones, donde los metalúrgicos han dejado tropas de refresco. Pero que avancen, vamos (Lito aprieta los puños), que caigan en la boca de la tormenta. Zon elloz (se alboroza el teniente coronel). Vea. Caminan en zilenzio, como a hurtadillaz, huronez, en manojoz de nervioz. Llevan arriadaz laz banderaz. Zaben que loz zeguimoz y quieren engañarnoz con zu dezarmamento.

La patria zozializta, ahí la tenemoz. El teniente coronel los va marcando con el hierro de los prismáticos: Nun, Iriarte, la Colorada, Juárez, la Pertini. Y se relaja en el asiento. Vienen dizpueztoz a la pelea. Loz huelo. Loz conozco. Vamoz a darlez el guzto. Rápido, bajemoz. La patria zozializta.

Se restrega los ojos. Echa la cabeza hacia atrás y ríe a carcajadas, hasta las tortugas de la gomina se le descascaran con la explosión de risa. El piloto ríe también, sin saber por qué. Y Lito, con las mandíbulas apretadas, las alas de la nariz batientes, se pone tenso. Grita:

Mírelos, mi teniente coronel. Van derecho a la trampa. Zí, van derecho. Zinco por uno, no va a quedar ninguno.

Che, mirá qué increíble, se exalta Diana, y sin embargo es absolutamente creíble que Pepe Juárez y el Cabezón Iriarte aparezcan allí, a la sombra de la torre de agua, en la calle Almafuerte. Pero ella, dale con lo increíble. Se desprende de la mano de Nun y corre a besarlos como si no los viera desde hace siglos, de dónde carajo vienen, mirensé, a la miseria, qué par de muertos de hambre. Rasca la nuca de Pepe, trata de abarcar la obesidad del Cabezón y no puede, nunca te llego, pibe, sos un baobab. Vicki Pertini asoma el perfil egipcio por la ventanilla de un Leyland. La recorre un vaho de tics. Vamos, qué esperan, interrumpe. Golpea las manos. La revolución empieza hoy o no empezará nunca. La frase ha sido largamente pensada. Vicki siempre sorprende con esas florescencias del cacumen.

Cada día está más flaca. Amanece arrugada y enana. En los ratos de humor malévolo, Diana dice que Vicki duerme dentro de un frasco de nicotina y kerosén. Como es ya piel y huesos, los nervios le florecen a la intemperie, mezclados con los pelos. Tiene la nariz afilada, los labios fruncidos siempre por la huella de un pucho. Sólo respira cuando se mueve. La quietud le da asfixia. De un salto baja del Leyland y secunda a los villeros voluntarios

284

en febril montaje de los cartelones. Mastica las palabras. Despacito, muchachos. Abran la tela con cuidado. Que las letras parezcan almidonadas cuando las vea el General.

Diana, en cambio, no cesa de besar y abrazar. Siembra el despelote. Los peregrinos toman la torre de agua por asalto, como en las Cruzadas. La torre tiene almenas, simulacros de claustros, cañerías medievales. Cuando abren los grifos, el agua baja por las canaletas. Los villeros están exhaustos, sucios de la mostaza y los chorizos del camino. Apoyado en la torre, el Cabezón no disimula el decaimiento. Se siente raro. Su consuelo único es la cercanía de Vicki, aunque sin esperanzas. La mira con sus ojos de vaca, oscuros, lacrimosos. Para ella no hay más sol que Nun. Los gordos no le mueven el piso. Y el Cabezón Iriarte es gordo sin remedio.

En la primavera de 1970, cuando el Cabezón decidió unirse al grupo, Nun le dijo: "Tené cuidado con las depresiones, che. Un depresivo no se banca esto". Y aunque las viarazas de tristeza lo agarraban dos por tres, el Cabezón no aflojaba. Para cualquier misión estaba disponible. Se curaba solo. Encerrado en el garaje, descargaba las pálidas en los carburadores y los diferenciales. Cuando volvía a la superficie, no le quedaba ni la cicatriz.

Su padre había sido pianista de bar en Bahía Blanca. Al año siguiente de la muerte de Evita, lo llevaron a Buenos Aires para que amenizara una fiesta en la quinta presidencial. Conoció a Perón y eso le cambió la vida. Serían las diez de la noche cuando el General se acercó a él para despedirse. En ese momento, el padre estaba tocando *La Morocha*.

Iriarte, lo felicito, dijo Perón. Nunca he oído a nadie aporrear tan bien esa música.

El padre no supo cómo agradecer.

Entonces, mi General, voy a batir el record mundial de piano tocando *La Morocha* en su homenaje.

Perón le tomó la palabra y le ofreció el Palais de Glace para la prueba. El padre se entrenó obsesivamente. Al fin, un día de octubre se declaró listo. Durante ciento ochenta y cuatro horas ejecutó *La Morocha* con variaciones rítmicas, para no dormirse. Al principio había mucho público. Unas señoras le regalaron al Cabezón chupetines y cajas de bolitas. Pero al cuarto día, los visitantes comenzaron a ralear. Quedaron sólo la madre y los fiscales. Al Cabezón le armaron una cuna en la tarima, junto al piano. La noticia del record mundial salió en los diarios. Uno de los ministros recibió al padre y en nombre de Perón le ofreció una medalla. Ese verano, pasaron dos semanas gratis en una colonia de Claromecó. Conocieron un tiempo de bonanza.

Pronto derrocaron al General, y el padre se quedó sin trabajo. Figuraba en las listas negras de todos los bares. Tuvo que ir a tocar en los prostíbulos. Varios años vivieron como nómades en los pueblos del sur de Buenos Aires. El Cabezón nunca podía terminar un grado en la misma escuela. Por fin, lo emplearon como aprendiz en un taller mecánico. Limpiando carburadores, tenía tiempo de sobra para pensar. Un día, se dijo que si de niño había conocido la felicidad con Perón, Perón era el único que podría devolvérsela. Ahorró hasta el último centavo que ganaba para viajar a Madrid y conocerlo. Se alimentaba con las sobras de las pizzerías. Engordó. Un sábado a la noche, en el taller, alguien lo desmayó con un golpe de cachiporra y le quitó la plata que llevaba cosida al forro del pantalón. Pasó una semana en cama, desolado. Al levantarse, decidió buscar trabajo en Buenos Aires.

Tuvo suerte. Lo conchabaron en seguida, cerca de Retiro. Al mes, Pepe Juárez lo presentó a Nun. Entonces conoció a Vicki. El Cabezón era sedentario como una vaca y el frenesí de abeja con que ocupaba ella todos los espacios lo deslumbró a primera vista. Empezó a soñarla. Amanecía con los calzoncillos empapados de deseo. Pepe le aconsejó que se metiera en la cama de Vicki sin tantas vueltas. Con tal de no dormir, a ella le daba lo mismo cualquier actividad. Pero el Cabezón sintió pudor y la invitó al cine. Intentó acariciarle las manos. Vicki las retiró, iracunda, y siguió con la mirada fija en la pantalla. A la salida le dijo: No te hagás el vivo, Cabezón. La próxima vez voy a encajarte un sopapo.

Cuando Diana apareció en el horizonte y se convirtió en el centro de gravedad del grupo, Vicki comenzó a gastar los días fregando las unidades básicas y cosiendo ropa con las villeras. El Cabezón, fiel, volvió a la carga. En vano. Para ella era un asunto de principios: acostarse podía, con el que viniese. Pero que nadie la jodiera con historias de amor.

En una de las grabaciones que Nun trajo de Madrid, el General contó la fábula de los perros y los gatos. Todos la encontraron cínica y se divirtieron. Al Cabezón, en cambio, lo dejó taciturno. Decía el General:

"Los pueblos están formados por un noventa por ciento de materialistas y un diez por ciento de idealistas. Los materialistas son como los gatos. Si uno les quiere pegar, no los alcanza. Y cuando los arrincona, los gatos se ponen en guardia y hacen frente. Reaccionan por desesperación. Los idealistas se parecen al perro. Reaccionan por instinto. Si se les pega una patada, retroce-

den, y luego vuelven para lamer al que los pateó. El único modo
de sacarse a un idealista de encima es matándolo. Y aun entonces,
el perro es capaz de dar las gracias. Observen a los gatos. No es
que sea un animal de siete vidas. Es que quiere profundamente la
única vida que tiene. A mí los perros me gustan más, pero a quienes admiro es a los gatos".

El Cabezón sintió la fatalidad de ser perro un sábado, cuando
Vicki se quedó con él casi hasta el amanecer, tomando mate a la
luz de una vela. Hacía frío. Del techo colgaban flores grises, telarañas de humedad. Disponían de una sola frazada y ella lo cobijó:
Vení, acercáte. Podemos estar juntos, pero platónicos, ¿eh? Se
sintió incómodo porque su corpachón era un ovillo de ternura y
no sabía cómo separar una cosa de la otra, en qué rincón esconder
la ternura. Ella le preguntó qué papel jugaría Nun en la reorgani-
zación de los cuadros dentro del gobierno popular, y el Cabezón,
lamiéndola con sus ojos de vaca, le ofrendó un organigrama mi-
nucioso, trató de acercársele a través de los pronombres, primero
fueron ellos y después vos, finalmente la trenzó con nosotros, pero Vicki se mantuvo a distancia, logarítmica. Insistió en saber cómo disolvería Nun las estructuras del movimiento que ya estaban
penetradas por el lopezrreguismo, enredó a la pobre boa con su
espuma de sapo, lo fue cercando con su jerga de manual revolucionario, hasta que al baobab se le prendieron las luces y se dio
cuenta de que Vicki no estaba en aquel cuarto sórdido para oírlo
sino para recoger de su boca los ecos de Nun, las sobras de Nun
que el Cabezón traía pegadas a la memoria. Y aunque le dio una
rabia infinita, aunque se sintió enmierdado y vejado, el pobre boa
nada le reprochó: se puso de pie, dijo que lo vencía el sueño, y al
irse subrayó que su corazón le reclamaba quedarse pero no puedo, Vicki, tanta franela platónica sólo me trae sufrimiento.

Ahora están juntos, al pie de la torre de agua y en las orillas
de la muerte, como si no tuviesen historia en común y perdiesen
la última ocasión de tenerla: Vicki sumida en sus berretines de orden, ya ordenada la frente con una vincha azul y blanca que de-
clara su credo, Montoneros, encolumnando a los villeros voluntarios en brigadas de a doce, todos del brazo, férreos, alcemos los
carteles y marchemos.

El helicóptero agorero vuelve a pasar. En el campanario de la
iglesia, a un par de cuadras, el viento arrebata unos tañidos. Nun
ordena esconder la ferretería en las mochilas y adelante, muchachos. Le ha crecido la barba. A su lado, Diana salta como una pi-
ragua, los ojos frescos y ardientes, vaya a saber hacia dónde uno
va, cuántas muertes se salvarán ahora de la vida.

Al desviarse hacia la placita del barrio descubren un caserón descascarado a cuyos balcones se asoma una ristra de chicos impávidos, con uniformes grises. Huérfanos, murmura el Cabezón. Y se acuerda de las flores mohosas que caían del techo mientras él tomaba mate con Vicki. Huérfanos, dice Diana. ¿Quién los ha traído aquí? Los chicos agitan banderitas patrias. Unas monjas espían detrás, en los refugios de la penumbra. Mala espina me da todo esto, se queja Nun.

El helicóptero ha desaparecido. El cielo, sin embargo, está lleno de manchas. Globos, humo, gorriones: un poco de noche pasa por allí. Vamos, muchachos, empecemos a cantar, se anima Nun. El griterío, a lo lejos, lo tranquiliza. Nadie puede adivinar que la lengua del hipopótamo se abrirá en dos cuando llegue al palco. Que las brigadas de Pepe Juárez y de Vicki lamerán el riñón derecho, y las de Nun y Diana el hígado izquierdo. El Cabezón, al mando de la escuadra villera, se quedará atrás, en las amígdalas, amparándolos en la eventual retirada y desplegando sobre la autopista, en el área vedada, un descomunal cartel de bienvenida montonera.

El señor nos ilumina. La hora llega. Desde las barandas del palco, Arcángelo Gobbi ve cómo se aproxima, en cámara lenta, la cara del enemigo. Y se siente invencible, histórico, sediento de ser ya mismo lo que será mañana, héroe o mártir, Perón o muerte. A sus espaldas, el cortejo de los Elegidos vigila, Itakas en mano, con un repertorio de cadenas punzantes al pie del tabernáculo blindado. Arriba, como un ave nueva, la foto jubilosa de Isabel deja caer sobre el Arca el diluvio de su protección. Ella se acerca. Todos vienen. Y esta vez no es un sueño.

DIECISIETE

SI EVITA VIVIERA

EL DESTINO ES INJUSTO, DICE PERON. Eva estuvo apenas siete días en Madrid y la cubrieron de honores. Yo me quedé a vivir trece años y sólo he podido dejar la huella de mi nombre en una calle.

Al amparo del crepúsculo ceniciento, oculto entre unos arcones que tapian las ventanillas del Mercedes, el General ha conseguido esfumarse de la quinta sin ser visto. Lo que creía difícil era fácil. Ha encontrado en el comedor a Lucas, el jardinero marroquí, y le ha dicho: Quiero salir. ¿Se anima usted a manejar el auto? Eso, y no más. La telaraña de corresponsales y fotógrafos, afuera, no les ha prestado atención. ¿Quién hubiera previsto lo evidente? Para cualquiera es impensable que el General, oficialmente enfermo, se arriesgue a la intemperie. Aun para Lucas. Desconcertado, el jardinero quisiera que lo autorice López a salir. Pero no lo ha encontrado por ninguna parte.

En la encrucijada del camino a El Pardo y la autopista de La Coruña, Lucas ha detenido el auto para guardar los arcones. Aliviado por fin del disimulo, Perón puede, a sus anchas, despedirse de Madrid.

Las calles huelen a beatas. Cae un relente pringoso, como esperma de vela. En los laberintos que dan al Depósito de Aguas, unos viejos de negro, ensombrerados, llevan con extrema reverencia, en angarillas, unos ángeles de cementerio. En la calle de Espronceda, el Mercedes se desvía hacia el norte. La oscuridad del verano cae con pesadez, como una mosca.

Dos de las carpetas de Memorias van con el General en el

asiento. Sabe que ni siquiera les echará una ojeada, pero tampoco quiere separarse de ellas.

Desde que regresé de Europa sentí la necesidad de una revolución. Estaba impaciente por hacerla estallar. Nadie se había preparado mejor que yo para mandar en la Argentina, y sin embargo el instinto me decía que aún estaban verdes las uvas y que mi cosecha debía esperar. Necesitaba que un general mandase por mí. Entonces pensé en mi jefe, Edelmiro J. Farrell, con quien trabajaba en la Inspección de Tropas de Montaña. Era un buen hombre, algo timorato, aficionado a la guitarra y a los animales. No le sobraban cultura ni entendimiento. Estaba hecho a mi medida. Con unas cuantas charlas que le fui dando, lo puse más o menos a la altura de las responsabilidades que se le vendrían encima, pero no le quise adelantar nada, para no asustarlo.

¿En qué perezas se le ha caído la memoria? No la memoria de las carpetas, que ya por volverse palabras ha dejado de pertenecerle, sino la íntima, la que le sirve para saber a quién ha mandado esto y prometido aquello. Esa memoria se le ha vuelto zángana y dura, como la próstata. Y en el consultorio de los médicos no hay quien sepa resucitarla con baños tibios ni deshollinarle sus humaredas. Siempre le ha sido leal, y ahora se le distrae la memoria, de a ratos se le pierde. Hubiera sido mejor domesticarla, tenerla sujeta a la correa. ¿Pero se puede acaso, con un animalito tan errático? Porque cuando el recuerdo es viejo, entonces sí, deja señales hondas en él: la cabeza del General es una rejilla de recuerdos mohosos, en cada panal las caras se mantienen patentes. Hasta los olores siguen años y años en su mismo quicio. En cambio, lo que le ha sucedido hace un instante, no: ese recuerdo vuela. Viene alguien de Buenos Aires y lo abraza: Gracias por lo de ayer, mi General. Y él no sabe a quién está apretando contra su cuerpo. De nada, mijo, de nada. Siempre contesta lo mismo, para no equivocarse. Los recuerdos inmediatos son lisos: un desierto; los lejanos, al revés, se le pegan. Eva, por ejemplo. El viaje de Eva a España es un viaje que no ha vivido y que sin embargo no puede quitarse de la imaginación. Qué molestia: el engrudo del recuerdo ajeno.

La mandé aquí como mi mensajera, Lucas, hace veinticinco años. Los madrileños todavía no han podido olvidarla. Era junio, como ahora. Se visitó con capas de pieles bajo un sol de chicharra. Y aun así, a destiempo del tiempo, Eva los enamoró.

290

Pero yo pienso: ¿no me corresponde a mí esa gloria? Cuando vine a buscarla, desterrado, los españoles no quisieron dármela. Trece años esperé. Y nada. Yo tenía mi calle: existía. Franco no me contestaba las cartas. Los ministros me negaban las audiencias. ¿Soy un paria? Eso quería saber yo. Pues nada: sordera en los palacios. Fui adquiriendo un cuerpo nuevo en mi país, donde ya no estaba, y aquí adentro me volví fantasmal. Es lo que dice López: que por fantasma he vivido más. Que así, niebla como soy en Madrid, no me han podido atrapar las enfermedades ni las desgracias.

Fíjese, Lucas: ésta es la calle que me han dado. Achaparrada, hosca, en los lindes de una cancha de fútbol. Para que el vocerío de los hinchas me atormente en el ultramundo. Y para que las masas gaseosas, cuando salgan de estos rediles, me manoseen el apellido. Maldades que me ha hecho Franco, pujos de su ingratitud y de su envidia. ¿Ha visto el barrio donde me ha puesto? Chamartín. Burla de nuestro santo libertador y de mi desterrada persona. Che San Martín, te chaman. Es inicuo. Soy el único argentino de fuste que se ha resignado a vegetar aquí en este andurrial de Europa. El libertador tuvo el buen tino de retirarse al paso de Calais para morir. Y al benemérito Rosas le fueron más llevaderos los últimos años de pobreza porque no se movió de la bahía de Southampton. Ya en 1940, cuando pasé por esta ciudad descapital, me trajeron a Chamartín. No había sino prostíbulos y ciénagas. Franco los entreveró y sacó de allí los conventos calavéricos que ahora pululan en mi avenida, Lucas. Pare la oreja: con este calor no se oyen sino los borborigmos de las novenas. Ya lo predije yo en mis Memorias: que los argentinos debíamos apagar las luces de Madrid y no volver. Pero volví. Todos volvimos. Hasta Eva, la pobre, me ha seguido los pasos.

La guerra cambió el carácter del género humano. Volvió a los hombres ansiosos y efervescentes. Yo era de los pocos que mantenía la cabeza fresca. En 1942, no estaba el horno para bollos. El general Justo pretendía suceder a Castillo como presidente constitucional, y para que no le saliera torcida su ambición, frenaba todos los intentos conspirativos del ejército. La mayoría de los oficiales quería que la Argentina se mantuviera neutral en la guerra, y Justo era un furioso aliadófilo, por razones de conveniencia política. Al pueblo le resultaba indiferente que venciera un bando u otro.

En aquellos meses que comenzaron en el otoño de

1942, el horizonte se mostraba sombrío. El ejército había
caído en el descrédito. Hubo irregularidades en la Dirección General de Material. Se abrió un sumario que arrojó
escandaloso resultado. Y luego estaba el episodio de los
cadetes homosexuales. Sentí la necesidad de unirme a
cualquier logia de coroneles capaz de restañar la moral
herida. Debíamos prepararnos. El país reclamaba un
conductor de mano férrea, que obligase a los terratenien-
tes a reinvertir sus ganancias en la industria. Ansiábamos
la paz, y si queríamos conservarla, era preciso estar listos
para la guerra. El próximo presidente no podía ser sino
un militar. Los muchachos insistían en que fuera yo. ¿Pero qué ambiciones se podía tener en un país donde dos ti-
burones pantagruélicos se disputaban el cardumen? La
Providencia, como siempre, me hizo llegar sus señales: a
fines de marzo de 1942 murió el primero de ellos, don
Marcelo de Alvear; el 11 de enero de 1943, al otro, el general Agustín P. Justo, lo fulminó una hemorragia cerebral. Casi de inmediato, el presidente Castillo puso en acción sus zarpas para imponer la candidatura de
Robustiano Patrón Costas, un capanga feudal, salteño,
cuya lengua malolía a trasero inglés. Ah, me dije. A éste
sí que no lo dejo pasar. Y entonces llamé a los muchachos
que me habían estado buscando. ¿Quieren una revolución?, les pregunté. Pues ha llegado el momento. Contac-
temos a los oficiales, y al que se retobe o se haga el loco,
lo tiramos por la ventana, ¿eh? Así empezó todo.
    A fines de febrero, comenzamos a tener reuniones se-
cretas en mi casa. En marzo ya estábamos organizados y
contábamos con un severo reglamento, que nos consagra-
ba como apóstoles de una nueva doctrina militar, adver-
saria de los políticos tradicionales y del comunismo. Eramos diecinueve, y entre nosotros nos llamábamos los
hermanos del GOU. Ya se sabe que a la sigla se le atribu-
yeron tantos significados como intenciones. A mí, con
GOU me basta: es una onomatopeya de fuerza, como el
"eia, eia, alalá" de los alpinos.
    Yo seguía sin informar a Farrell cuáles eran nuestros
planes. Lo mantenía como figura de reserva. Quien se
comprometió con nosotros fue el ministro de la Guerra,
general Pedro Pablo Ramírez, a quien llamábamos Palito
por su flacura y por su afición al whisky. En los preludios
de la revolución, Ramírez ubicó a nuestros hombres en

puestos de comando y los liberó de las tareas administrativas.

No teníamos intención de dar el manotazo hasta setiembre, antes de que Patrón Costas fuera elegido presidente en comicios fraudulentos. A mí se me ocurrió entonces una alternativa salvadora, para evitar derramamientos de sangre. Si Ramírez era el candidato del ejército, había que convocarlo y decirle sin rodeos que presentara su fórmula él también. Cuando se anoticiaron de la idea, los radicales, que andaban como perro en cancha de bochas, se me colgaron de la chaqueta y me dijeron que si Ramírez era el hombre, ellos lo apoyarían. Tuvimos varias reuniones. El ministro de la Guerra nos esquivó el bulto. No sabía qué hacer. Manducaba todo el whisky que había en mi casa, pero seguía coqueteándonos como niña bonita.

Quien decidió las cosas fue (sin querer) Castillo. Alguien le fue con el cuento de que Ramírez le estaba por escupir el asado a Patrón Costas, y el presidente se ofuscó. Le pidió la renuncia. Nosotros adivinamos el peligro y le prohibimos que firmase nada. "Bueno", dijo Palito. "No me voy a poner contra ustedes, pero tampoco a favor. Busquensé a otro general." Un muchacho de los nuestros, inexperto y ambicioso, apalabró al comandante de caballería, Arturo Rawson. A mí Rawson no me gustaba, y si lo dejé avanzar, me dije para mis adentros que no sería por mucho tiempo.

El 4 de junio amaneció llovisnando. Me levanté sumamente cansado, porque durante toda la jornada anterior tuve que andar comprometiendo en el golpe a oficiales indecisos. Lo mejor de todo fue que los civiles no metieron esta vez ni la punta de la nariz. Teníamos el apoyo espiritual de filósofos como Nimio de Anquín y Jordán Bruno Genta, pero nada más. Era un movimiento puro: la Nación en armas.

A eso de las cinco fui al Círculo Militar y lo levanté a Farrell de la cama. "Usted no se puede perder esta revolución", le dije. "¿Cuál revolución?" El pobre no entendía nada. "La suya, mi general." "Ah", se sorprendió él. "Me visto en seguida, entonces."

La marcha empezó a las siete, desde el cruce de las Avenidas San Martín y General Paz. Avanzamos sin incidentes hasta la Escuela de Mecánica de la Armada. Allí

293

nos abrieron fuego y les contestamos con artillería y mor-
teros. Cayeron el jefe de la guardia y unos cuantos solda-
dos. En el acto se rindieron.

Cuando vio que todo resultaba fácil, Rawson se calzó
la capa de mosquetero y se puso al frente de las tropas. A
las seis de la tarde, ya se nos había instalado en el sillón
presidencial. Esa noche nos traicionó. Salió a comer con
dos civiles y les ofreció cargos en el gabinete.

La revolución fue obra de los coroneles, y como era
yo quien había dado la cara, mis camaradas vinieron a
reclamarme con toda razón: "Che, ¿qué hacemos ahora
con Rawson? A ver si se te ocurre algo". Yo los tranquili-
cé. "Esto se arregla fácil, muchachos. Voy a su despacho
y le pido la renuncia. Si no me la quiere dar, lo tiro por la
ventana."

Y así fue. Entramos a la Casa de Gobierno varios co-
roneles, creo que seis o siete, con una pistola 45 bajo el
capote. Lo encontramos en la oficina presidencial, ha-
ciendo dibujitos. "Usted se va de aquí ahora mismo", le
dije. Rawson quiso entretenernos, amparándose en su
amistad con el general Ramírez. "Dejenmé que lo piense
hasta mañana, muchachos. Les conviene a ustedes y me
conviene a mí." Yo me le puse firme: "¡A nosotros no nos
conviene un carajo! Este sillón de presidente nos pertene-
ce, y ya veremos quién va a sentarse ahí. En todo caso,
usted no". Entonces aflojó. "¿Y qué hago ahora? ¿A dón-
de voy?" A mí se me ocurrió que lo mejor sería despa-
charlo como embajador. "¿Qué país le gusta?", le pre-
gunté. "Lo más cerquita que se pueda", dijo. "Vaya
metiendo las ropas en la valija, porque la semana que vie-
ne se irá para Brasil", le prometí.

Los muchachos insistieron en que me quedase yo co-
mo presidente. Pero no fui tonto. Les encajé una lección
de historia: "Toda revolución devora a sus hijos. Y yo es-
toy demasiado crudo. No quiero que la revolución se indi-
geste. Busquemos a Palito Ramírez". Lo mandé a traer y
le puse la banda. "Mañana lo acompañamos a prestar ju-
ramento", le dije. "¿En qué condiciones?", quiso saber.
Le respondí que podría nombrar a un solo civil como mi-
nistro y que debía confiar a Farrell la cartera de Guerra.
Aceptó de inmediato.

Tuve que afrontar unas cuantas embestidas de solapa-
dos enemigos, celosos de la influencia que iba cobrando

el GOU dentro del gobierno. Un par de veces intentaron desplazarme, pero no pudieron. Por el contrario, las ideas patrióticas del GOU conquistaban cada día nuevos adeptos entre los oficiales jóvenes. En setiembre de 1943, harto ya de las intrigas, le pedí a Ramírez que me nombrase director de Trabajo.

"¡Cómo, Perón!", se extrañó. "Eso no es para un hombre de su talla." El organismo era entonces insignificante, y cumplía funciones casi exclusivamente burocráticas, desviando hacia los oídos del gobierno, siempre sordos, las tímidas demandas sindicales.

"Se equivoca, mi general", le dije. "Desde ahí puedo poner en vereda a los agitadores comunistas y crear una base más amplia de apoyo para la revolución."

Cuando llegué al Departamento, me topé con una recua de ganapanes que ni siquiera conocían las leyes de trabajo. Los puse a ordenar los archivos y a limpiar la polvareda de los expedientes. Y llevé conmigo a un estadígrafo que valía oro: el catalán José Figuerola. Era un experto que había estudiado a fondo las organizaciones corporativas de Italia y que ya estaba fogueado en gobiernos revolucionarios como el del general Primo de Rivera. "A ver, Figuerola", le dije. "Analice los planes económicos y laborales de los gobiernos anteriores y propóngame las reformas que hagan falta." A la semana me buscó, pasmado: "No hay planes", exclamó. "¿Cómo que no hay planes?" "El único plan que hubo en este país fueron Las Bases de Alberdi, y ya se han vuelto inservibles", dijo.

Fue otra señal de la Providencia. Yo había iniciado una revolución, pero en un país sin identidad, sin forma, con demasiados caminos y ninguna meta. Catorce millones de argentinos vivían al garete. Entonces me dije: A esta tierra sin destino, le daré un destino. Yo. ¿Está hecho de cartílagos? Pues le daré mis huesos. Seré su azar, su necesidad, su profecía.

Para que al cabo de los años vengan a suceder estas desmemorias, Lucas. Detenga el auto. Vea estos balcones escuálidos, enlutados. Y a la izquierda, esas rejas. Todo vestido de oscuridad, en agonía perpetua. Así ha sido Madrid para mí, Lucas. Conventual, incensaria capitalita. Dios me ha librado de la humedad, pero me ha ido a la vez asfixiando en el humo de la edad. Sequías tuve de sobra. Se me secó la próstata, sufro de hielo en los pies y de sofocaciones en la cabeza. Se me acalambran las falanges. Y ningún funcionario de Franco ha mostrado interés por mi salud. En Eva gastaron toda la lumbre que me debían a mí. ¿Sabe cómo fue aquello, Lucas?

El jardinero menea los rulos. No, señor. Y mantiene los ojos oliváceos fijos en la estatua de la Cibeles.

Pues con Eva fue lo contrario, Lucas. A ella la eduqué yo en el recuerdo. Cuando vino a Madrid, en 1947, encontró engalanada esta lóbrega calle de José Antonio. Brotaban salvas y claveles de los balcones. Eran casi las diez de la noche, como ahora. La muerta España resucitó. Escondieron a las beatas. Soltaron los chorros de agua en el retozo de las plazas. Cuando Eva pasó bajo el arco de Alcalá, le dio alcance el alcalde y la alumbró de flores. Dos condecoraciones recibió aquella noche, amén de llaves de honor, honras de la guardia mora y besamanos del gentío que se le postraba para darle las gracias: a ella, por los favores que yo, el ausente, había otorgado. Tan desorbitada fue la fiesta que antes de retirarse a sus aposentos de princesa, en El Pardo, Eva juzgó prudente hablar por radio. Se declaró abrumada, ebria de felicidad. Un poco abruptamente, al final me nombró. "Soy apenas la mensajera", dijo. Al día siguiente me llamó por teléfono para pedir perdón. "No te merezco", repetía. "No te merezco." Yo no le di la menor importancia. Pero ahora me pesa. ¿Por qué me turba hoy Eva esta despedida que sólo es mía? Ya todo se me da vuelta. No sé si estoy yéndome o si más bien me llego. Si es ella la que me va y yo el que me le quedo.

La conocí entre las locuras del terremoto de San Juan. Un sábado sucedió la catástrofe, el 15 de enero de 1944. Al día siguiente, movilicé al país entero en auxilio de la ciudad devastada. Mi oficina se había convertido entonces en un poderoso ministerio. Yo era el secretario de Trabajo y Previsión.

Despaché aviones y trenes de ayuda, fleté camiones con víveres y carpas, organicé comisiones de beneficencia que recorrieron el país en busca de fondos. Era una terrible desgracia. Entre las ruinas, quedaron ocho mil muertos.

Los artistas se ofrecieron a colaborar desde el principio. Muchos, sólo para hacer pinta. Otros, sinceramente, se quedaron a trabajar. Eva fue la más fervorosa. Al sábado siguiente del terremoto, hubo en el Luna Park un festival a beneficio de las víctimas. Alguien la sentó a mi

lado. Ella me clavo los ojos castaños, profundos, y con
dulzura me dijo:
   —Coronel...
   —¿Qué, hija?
   —Gracias por existir.
   Gracias por existir. Esa frase me desbarató el alma.
Yo quería seguir hablando con ella, pero las agitaciones
del momento no lo permitían. Por primera vez la miré, in-
tensamente. En el escenario, Libertad Lamarque cantaba
Madreselva. Eva era pálida y nerviosa. Vivía despierta,
en tensión. Me impresionaron sus manos, finas, ahusadas.
Sus pies eran iguales, como una filigrana. Tenía los cabe-
llos largos y los ojos febriles, De figura no estaba bien:
era una de las típicas criollitas flacas, con las piernas de-
rechas y los tobillos gruesos. No fue su físico lo que me
atrajo. Fue su bondad.
   Le pregunté dónde trabajaba.
   —En la radio de Yankelevich. Radio Belgrano. Estoy
ahí, en una compañía de rascas.
   Siempre se quitaba importancia con la palabrita ésa.
"Yo no soy artista. Soy una rasca." Pero la verdad es que
cumplía una noble misión educativa. En su programa se
narraba la vida de mujeres célebres como Lola Montes y
Madama Lynch, y Eva las representaba con profunda
convicción, como presintiendo que en la vida real las su-
peraría a todas.
   A la semana siguiente me di una vuelta por la radio.
Llamé a las revistas y pedí que nos sacaran algunas fotos
juntos. El ruso Yankelevich no la trataba bien, y yo quería
darle a entender que, si se pasaba de vivo, tendría que
vérselas conmigo.
   Evita se mostró de lo más agradecida. Vino a verme a
la Secretaría de Trabajo, para seguir colaborando con las
víctimas de San Juan. Le di carta blanca. Ella tomó en-
tonces un avión ambulancia, recorrió la ciudad destruida,
y volvió de allá con una lista de necesidades que satisfice
de inmediato.
   Era tan inteligente y sensible que no podía quitármela
de la cabeza. Irradiaba la fuerza de una catarata. Ni entre
los hombres que me secundaron hubo alguno que la igua-
lase. Yo me dije: "A esta piedra en bruto debo tallarla,
convertirla en un diamante de ley".
   Y así fue. Eva Perón es un producto mío. Tenía un co-

razón enorme y una noble imaginación. Cuando un hombre sabe cultivar esas cualidades, la mujer aprende a servirlo mejor que el más sofisticado de los instrumentos. Claro que también es preciso darle un poquito de cultura, y con Eva no era fácil. Rechazaba todo lo que oliese a barniz.

Cuando nos hicimos amigos, le pregunté:

—¿Por qué no venís a la Secretaría de Trabajo y nos ayudás un poco?

Aceptó de inmediato, sin sueldo ni condiciones. Le di una oficinita y la nombré secretaria femenina. Aunque al poco tiempo comenzamos a intimar, los dos nos pusimos de acuerdo en que lo político y lo social debían estar primero.

Y cuando sobrase tiempo, lo demás. Para Eva, su nueva misión era un asunto de vida o muerte. No se arreglaba mucho. Sólo cuando teníamos una fiesta con la gente pobre: entonces sí, pasaba horas ante el espejo y se adornaba con las mejores galas, "Quiero demostrar que una mujer de pueblo tiene también derecho a vestirse con lujo", explicaba. No se lucía por vanidad. Se lucía para enorgullecer a los demás.

A mí me interesaba limpiar de comunistas el movimiento sindical. Los comunistas lo infectaban todo. Y Eva resultó una colaboradora inapreciable. Cierta vez se nos presentó un bancario que se proclamaba socialista. Era un disfraz.

Abría la boca, y ya en los dientes le brillaban la hoz y el martillo. A Eva le tocó atenderlo. El hombre la vio débil, se le avivó, y ella lo echó a carterazos. Yo salí de mi despacho, asustado. Jamás había oído un rosario de palabrotas de tal calibre. Cuando quería, Eva tenía una boca de miel. Pero quien la provocaba debía cuidarse. Cuando esa colmena se despertaba, brotaban unas avispas muy ponzoñosas.

Era una mujer especial. No con cualquier otra se hubiese podido conseguir tanto. Con ella ejercité a fondo el arte de la conducción. A veces me desanimaba, porque su temple indomable no admitía frenos ni sensateces. Si Evita hubiera estado viva el 16 de junio de 1955, cuando se produjo la primera sedición gorila, no hubiese tenido piedad. Para ella, un rebelde no merecía otro destino que el pelotón de fusilamiento. Siempre fue así, peronista sectaria; in-

*capaz de transar con nada que no fuese peronista. Y a mí
me daba mucho trabajo aplacarla. En la política, el sectarismo es negativo. Resta simpatías. A Eva no le importaba
eso. Ella era ella, y que se viniera el mundo abajo.*

*Al poco tiempo de conocernos, ya no había para qué di-
simular. Nos fuimos a vivir juntos. Ramírez había fracasado, y tuve que poner a Farrell en su lugar. Como el ejército
no confiaba mucho en la lumbrera del nuevo jefe, me obligó a que aceptase yo la vicepresidencia de la República y
el Ministerio de Guerra. A mí me interesaba más la Secretaría de Trabajo, y también me quedé con eso.*

*Pronto, la envidia nos clavó las garras. Los militares
se asustan cuando ven una falda suelta. Quieren a las mujeres atadas y con la pata quebrada. Eva no era de ésas.
Me vinieron con planteos zonzos. Que un militar de mis
kilates no podía enredarse con una bataclana. Y me llena-
ron la cabeza de chismes sucios. Los tuve que parar en seco. Un día los reuní en el ministerio y les dije: "No soy un
hipócrita. Siempre me han gustado las mujeres y me seguirán gustando. No veo en qué consiste la inmoralidad.
¡Lo inmoral sería que me gustaran los hombres!".*

El destino es injusto, dice Perón. Fui yo quien la hice, pero
ella es la que se ha quedado con lo mejor de mi gloria. Infortunios de quien no muere joven, Lucas. En la memoria de la gente,
Eva estará siempre de ida. La recordarán por lo que pudo hacer,
no por lo que hizo. Mireme a mí, en cambio. Yo estoy de vuelta.
El tiempo que pasa es tiempo que me pierde. Sáqueme de aquí.
Lléveme al Palacio de Oriente. A Eva la recibieron allí como a
una reina. Yo, en cambio, nunca he podido entrar.

*Yo no sé si de veras me enamoré. En mis tiempos, los
hombres no se rebajaban a decir "te quiero". Las intimi-
dades sucedían o no sucedían, sin necesidad de palabras
empalagosas. Sólo sé que cuando una mujer nos ama mucho, como Eva me amó, no hay forma de resistirse.*

*En las agitadas semanas del terremoto de San Juan yo
vivía en un departamento de tres piezas, frente a la Cerve-
cería Palermo. Mis ocupaciones me retenían en la calle
hasta la medianoche. Y siempre, al volver a casa, Eva estaba de pie, apoyada en la puerta, esperándome. ¿Qué
podía decirle? La invitaba a pasar, tomábamos un vermut
y nos quedábamos conversando.*

299

Poco a poco me fue metiendo cremas de mujer en el baño. Una noche traía un cepillo de dientes, a la otra noche me llenaba el botiquín con unos maquillajes de Le Sancy. A la semana tuve que cederle un placard para que colgara las batas de seda, los vestidos de plumetí y los trajes de cuadrillé que usaban las actrices en aquella época.

Desde hacía un par de años, una chica mendocina me atendía la ropa y la comida. ¿Piraña? Sí, supongo que fui yo quien le puso el apodo, por burla de unos dientes grandotes que le avergonzaban la cara. Pero que tuve amores con ella, no. Son embustes. ¿Cómo, si era mi ahijada? El padre, un resero pobre de Uspallata, me la confió cuando la pobre todavía se orinaba en el catre. Hombre de instintos fuertes sí soy, hasta donde se debe. Pero las degeneraciones no se acomodan a mi temperamento. Es verdad que a veces la Piraña me acompañaba al Luna Park. Juntos, disfrutábamos mucho de las peleas del negro Lovell. Nos veían felices y eso bastaba para que publicasen los peores chismes. A mí nada me importaba. Yo estaba más allá del bien y del mal. Y ella, la Piraña, ni se daba cuenta. ¿Qué aprensiones podía tener una chiquilina montaraz que no había ido más de dos años a la escuela? Y sin embargo, esos infundios se colaron en los libros de historia. Uno vive sin sentir el peso de los pequeños actos, y los olvida. Pero de pronto llega el provenir y ahí están todos, en fila, perteneciéndonos de nuevo.

Una tarde, al volver del ministerio, ya no encontré a la Piraña. Fui a su cuartillo, y ni la cama vi. La ropa, las muñecas, el disfraz de Colombina que yo le había regalado: ya nada estaba.

—La fleté para Mendoza —me dijo Eva—. Una mujer basta y sobra para ocuparse de un hombre.

Tanto para bien como para mal, Eva era terca, enconada. Cuando se le prendía una idea en la cabeza, se desahogaba de la idea sin medir las consecuencias. Será por eso que a muchos hombres les daba miedo. A mí no, porque conmigo se amansaba.

En su cuerpo esmirriado, de marfil, había más fósforo que carne. El que no sabía tocarlo se quemaba.

Pocas veces ha estado más oscura la plaza de Oriente que esta víspera del verano. La luna en menguante se apaga detrás de los nubarrones. Siempre los desarreglos del tiempo han sido un mal presagio en la vida del General. Llovía cuando Lonardi le juró venganza. Y la mañana en que lo derrocaron cayó un diluvio. ¿Cómo era?: "El cielo de Buenos Aires, bajo y oscuro, presionaba sobre los techos de las casas. No había en torno (como ahora en Madrid) ningún signo de vida...".

—¿Volvemos? —pregunta Lucas, el marroquí, durmiéndose al volante del Mercedes.

—Quedesé tranquilo, hijo. Dejemé divagar.

Allí están los arcos del Palacio Real, en la pereza de la noche. Alguna vez, Eva le describió los fulgores de la escalera ornada de leones y castillos, donde se hizo fotografiar con los ministros de Franco. La maravillaron los mármoles, las piedras de Colmenar, los cristales de Venecia. Anduvo como en sueños por los treinta salones del palacio, haciéndose repetir una y otra vez las historias de Trajano, Hércules y el Angel Bueno que aparecían pintadas en los gobelinos. Luego, en la galería de Occidente, se volvió hacia doña Carmen Polo, la esposa del Caudillo, y le preguntó de improviso:

—Decíme, tú, ¿cuántos huérfanos de la guerra quedan todavía en España?

—Doscientos mil, calculo. Tal vez algunos más.

—¿Y por qué, con tantos cuartos vacíos como los que tienen aquí, no les ofrecen un hogar decente?

A doña Carmen se le encasquilló la lengua.

—No esperen más, mujer. Transformen esto de una buena vez en colonia de vacaciones. ¿Para qué, si no, somos presidentes?

Cuando Eva vino a España —¿se lo contaron al General o lo vio en el cine, hace veinticinco años?—, había una enfebrecida muchedumbre en aquella plaza tan nocturnal ahora, tan desierta. Franco, vestido con uniforme de gala, le ofreció el brazo con emoción para ayudarla a bajar de un carruaje dorado. En el salón del trono la condecoró con la Gran Cruz de Isabel la Católica. Hacía un calor de lava, pegajoso. Poseída de su majestad, Eva sudaba a mares, sin pestañar, bajo un abrigo de marta cibelina y un sombrero de plumas de avestruz. Después de los discursos, se quitó el abrigo y salió al balcón. Un huracán de aplausos se desmandó en la plaza. Los hombres se arrodillaron. Los niños de los asilos agitaron banderitas. Acordándose del teatro, Eva saludó a la multitud con una reverencia, la cabeza inclinada. Se oyeron vítores histéricos. Unas campesinas de negro rompieron a llorar. "Jamás he visto un entusiasmo tal", le dijo Franco al oído. Eva ni siquiera le prestó atención. "¡Gracias!", gritó por el micrófono.

301

"Gracias, mi pueblo de Madrid..." Se puso rígida, y saludó con el brazo derecho en alto, a la usanza falangista. Luego, desapareció del balcón.

Tardó más de dos meses en volver a Buenos Aires. Su efigie triunfal apareció en la tapa del semanario *Time* el 14 de julio de 1947, y al día siguiente los diarios argentinos divulgaron, alborozados, la buena nueva. "No es tan sólo por ella. Es también por él."

"Es por mí", admitió el General. Ahora, entre las sombrías estatuas de la plaza de Oriente, sabe que era por ella, no por él. Y el frío de los celos le muerde el alma.

Cierto amanecer de domingo, en la mitad del viaje, Eva lo llamó por teléfono desde Lisboa y le dijo entre sollozos que lo necesitaba, que lo extrañaba, que la felicidad, sin él, carecía de sentido. El General se quedó pensando después de colgar el tubo, y por fin se animó a ver qué decía el *Time*. Leyó la traducción que le había preparado un amanuense:

> La semana pasada, en la imperial y amplia avenida Alvear de Buenos Aires, los obreros municipales estaban levantando una enorme tribuna. "¿Y esto para qué es?", preguntó un periodista. "¿Para festejar el día de la Independencia o tal vez por la visita del presidente de Chile?"
>
> "Es para recibir a la señora", respondió uno de los obreros. "Su viaje ha impresionado a todo el mundo. En Europa no se habla sino de ella. Un milagro, ¿verdad?"
>
> Sí, es un milagro.

No podemos agasajarla menos que los de afuera, decidió el General. Le ofreceremos una bienvenida mitológica. Y dijo a los ministros: La gloria de mi mujer es de todos nosotros. Es argentina.

A pesar del invierno, Buenos Aires se aprestó a recibir a Evita con una lluvia de flores. Cuando el vapor de la carrera que la llevaba desde Montevideo entró en la dársena, todos los otros buques echaron al vuelo sus sirenas. Hacia las tres de la tarde, el General la divisó entre los hálitos de bruma. Estaba en la cubierta del vapor, imponente y enjoyada.

Ella lo saludó con el pañuelo, como en las películas, y le sopló un beso. Impaciente, saltó al muelle antes de que los marineros terminaran de poner la planchada. De inmediato la envolvió el tumulto. Sintió que la llevaban en vilo, de un lado a otro. El General, desencontrado, no aparecía por ninguna parte. ¿Dónde te has metido, Perón?, preguntaba, llorando. Por fin lo vio. Mareada, cayó en sus brazos. Los fotógrafos se agolparon para atrapar la imagen de la reina inmortal que se había vuelto de pronto adolescente, indefensa.

No soy nadie sin vos, Perón, le dijo Evita cuando llegó la noche y al fin los dejaron solos en la residencia de la calle Austria. Adonde quiera vaya, sin vos soy incompleta.

El General se había sentado lejos de ella. Estaba incómodo, envarado. Llevaba la pretina del pantalón más alta que de costumbre. Que su mujer anduviese otra vez por la casa, hablando sin parar, lo desorientaba. Era otra, todos lo decían: regresaba convertida en diosa. Fumando sin parar, el General demoraba el momento de ir a la cama.

—Ahora tenés que descansar, Eva —dijo—. Tantos desarreglos van a matarte.

¿Cómo voy a descansar si soy la única que puede ayudarte?

Avasallado por la furia de aquel amor insaciable, el General no sabía dónde poner el cuerpo para que el entusiasmo de Evita se aplacara.

¿Algo te pasa conmigo, Perón? ¿Te causé algún daño? ¿Cuál daño podría ser, si no te separé de mí ni un solo instante? Vení, no te resistas. ¿Qué te duele, decíme? ¿Lo que yo he sido alguna vez? Ya no merezco tu desconfianza. Soy tuya. Vos me has hecho. Soy tuya.

Era cierto. Yo la hice. Yo la redimí. Evita había sufrido mucho con las desgracias de su hogar. Cuando era una criatura de un año, el padre, un hacendado que se llamaba Juan Duarte, abandonó a sus cinco hijos y se fue a vivir a Chivilcoy con otra mujer. Antes de que Eva empezara la escuela, el padre se mató en un accidente de auto. Los hijos abandonados se presentaron en el velorio. Los recibieron mal. Ese desprecio marcó a Eva. Soy una guachita, solía decirme, una pobre guachita de campo. Cada vez que se acordaba de esas historias la sacudían unas terribles desgarraduras de llanto. Sufría pesadillas y se despertaba con escalofríos, empapada en sudor. Yo la tranquilizaba: no hablés más de eso ya. Enterrá tu pasado para siempre. Sí, sí, me prometía. Pero en un momento cualquiera, poniéndose un traje o abriendo un cajón, esos malos recuerdos volvían a buscarla.

Eva completó el sexto grado en 1934, cuando tenía quince años. Doña Juana, una mujer emprendedora, había puesto una fonda en su casa de Junín para mantener a la familia. Las hijas mayores se le fueron casando con dignos abogados y oficiales que pasaban por allí. A Eva, en cambio, no le gustaba la vida rutinaria. Quería ser actriz. Cierta vez me contó que al lado de la casa, en Junín, inventó un circo bajo unos grandes paraísos. Saltaba por las ramas como si fueran trapecios y recitaba para los hermanos los diálogos de las películas. Su actriz favorita era Norma Shearer. La vio más de diez veces en María Antonieta, y siempre salía del cine llorando.

Tanta insistencia puso en ser artista que a la madre no le quedó más remedio que presentarla en una radio de Buenos Aires. Ahí la pusieron a declamar, para medir su temple. Eva conmovió a todo el mundo con unos versos de Amado Nervo que, ya casada conmigo, solía repetir por las noches, cuando se bañaba: "Adónde van los muertos, Señor, adónde van".

Pero aquello fue sólo el principio. Pasó años muy duros. No faltaron los canallas que se quisieron aprovechar de su inexperiencia y de su candor. Eva los esquivaba con astucia y se clavaba los daños en la memoria, para cobrarlos algún día. Al revés que yo, era rencorosa, de las que no perdonan.

La primera noche que se quedó en mi casa me miró intensamente, con sus grandes ojos castaños.

—Van a contarte cosas muy feas de mí —dijo—. Nada es cierto, Todo lo que te cuenten será una vileza.

—No me importa nada, chinita. Nada —la calmé.

Al principio le daban ataques de melancolía. Se acurrucaba sobre mi pecho, llorando, y me pedía perdón.

—Voy a seguir queriéndote hasta después que me muera —me decía—. Todo lo mío, hasta lo que estuvo mal, te pertenece. —Se sonreía entonces con tristeza y me envolvía otra vez con la dulzura de su frase más inolvidable—: Coronel, gracias por existir.

Ahora, de espaldas al viejo Teatro Real, junto a la estatua encabritada de Felipe IV, Perón vuelve a verla tal como era cuando amanecieron juntos, aquella primera vez: oscuro el pelo, en bucles; las manos transparentes, onduladas de venas. A Evita, entonces, no le gustaba su cuerpo. Tengo, decía, un cuerpo desobediente: mis nervios son rebeldes, me arman unas trifulcas espantosas bajo la piel. No me mirés por las mañanas, Perón. Sin maquillaje se me notan las ojeras. Por dentro soy más bonita. Y más feliz. Tanta felicidad no es justa para una sola mujer.

Una noche, cuando ya se habían mudado a departamentos contiguos, en la calle Posadas, ella dijo al oído del General lo que pregonaría después a los cuatro vientos, en las plazas y en las radios: "Hubo un tiempo en el que yo no supe mirar la desgracia, el infortunio, la miseria. Cuanto más ciega estaba, más me rodeaba la injusticia. Por fin llegaste vos, Perón, y me abriste los ojos. Desde aquel día te amo tanto que ni siquiera sé cómo decirlo. Te siento aquí, a mi lado, príncipe azul, y pienso que estoy soñando. Y como nada tengo para ofrecerte sino mi alma, te la doy toda. Pertenecerte es una gracia de Dios".

A tal punto quería negar su pasado que antes de que el General dijera "Yo la hice", ella dijo "Perón me hizo". No era cierto. Todas las personas son, a cada instante, otras. ¿Pero cómo podrían ser otras si, en el fondo, no siguieran siendo las mismas? Eva ya era Eva cuando Perón la conoció.

Vivía entonces en la calle Carlos Pellegrini, a pocos metros de la Avenida del Libertador. Por las mañanas, cuando salía para la radio, solía tropezar, en las escalinatas del pasaje Seaver, con una retahíla de niños monstruosos, escapados de los cotolengos. Les acariciaba las crenchas y los miraba con tristeza.

Cierta vez les habló: "¿No tiene casa? ¿Qué comen?". Y descubrió que todos eran mudos. Aquel día le tocaba encarnar a Lola Montes. Lo hizo distraída, sin convicción. Una tos nerviosa le cortó la voz en mitad de un diálogo amoroso. Se fue casi corriendo de la radio, en busca de su amiga Pierina Dealessi.

Quiero alquilar un cuarto para estas pobres criaturas, le dijo. Pagarles la comida. El abandono en que viven no me deja dormir tranquila.

Pierina conocía una pensión del Bajo, donde recalaban los músicos de provincia. Supuso, certeramente, que la dueña cuidaría de los huérfanos por una módica propina. Aquella misma tarde, Evita cerró el trato.

Cuando Pierina llegó al pasaje Seaver con su amiga y vio a los fenómenos entresacándose las liendres en las escalinatas, no pudo reprimir la náusea. No eran niños sino enanos albinos, apergaminados, que se vestían con bolsas de arpillera y estaban cubiertos de sarna.

Procuró disuadir a Eva. Le argumentó que sus protegidos serían menos felices en la pensión que librados al salvajismo de la intemperie. Fue inútil. Con una inquebrantable testarudez de samaritana, Eva gastó casi medio sueldo en acaroínas, colchones y ajuares de enanos, y no pasó mañana sin que los visitara en el nuevo hogar. Les curaba las ampollas, les controlaba el peso, les enseñaba a comer con cuchara, y a gritar. Sobre todo eso: gritar. No perdía las esperanzas de que la voz les brotara en cualquier momento. Se asomaba con ellos a los balcones y les ordenaba: ¡Griten, chicos! ¡A ver: griten para que los oiga Evita! ¡A e i o u! ¡A a a a a! Los mudos esforzaban las gargantas, tensaban el cuello, se ponían rojos, pero nada. Habían nacido sin cuerdas vocales.

Tan orgullosa estaba de los leves progresos de sus fenómenos, que no bien conoció al General, Eva lo guió hasta la bohardilla de la pensión para que los viese. Resultó una catástrofe. Cuando abrieron la puerta, los descubrieron desnudos de la cintura para abajo, entre los cubrecamas blanquísimos y recién almidonados, ensuciando las paredes con rayones de mierda fresca.

Al General lo estremeció una arcada.

—Con tanto huérfano sin familia, Evita, ¿por qué perdés el tiempo con gente que ya no tiene cura?

Una chata del ejército recogió a los mudos esa noche y los trasladó al cotolengo de Tandil. El suboficial que los arreaba se distrajo en un paradero de Las Flores, comiendo pizza. Fue allí tal vez donde se le volatilizaron. Los maizales estaban altos en los campos, y aunque varias brigadas se afanaron en la búsqueda, los monstruos quedaron perdidos para siempre.

Con Eva no se podía. Era desaforada para todo. No bien comenzó a trabajar en la Fundación de Ayuda Social se me escurrió de las manos. Nos encontrábamos cada tanto, por muy poco tiempo, como si viviéramos en ciudades distintas. A ella le gustaba trabajar de noche. Regresaba cuando amanecía. Yo, como viejo soldado, vivía al revés: salía para la Casa de Gobierno a las seis de la mañana. A veces nos cruzábamos en la puerta de la residencia. Ella siempre alardeaba de su fatiga.

Entre las muchas hazañas que se le conocen hay dos que todavía me conmueven. Una parece un tango. Sucedió en invierno. Para variar, llovía en Buenos Aires. Era el amanecer. Desvelada, insatisfecha de sí, Evita cruzaba las desiertas calles, de regreso a casa. A las puertas de la

*galería Güemes vio a una mujer macilenta que a duras
penas esquivaba el aguacero, con tres hijitas agarradas
de la falda. Hizo detener el auto junto al cordón de la vereda y asomó la cabeza:*

—¿A dónde quiere que la lleve, señora?

*Por la oscuridad o la neblina, la mujer no advirtió
quién le hablaba. Cargó a las hijas y fue a sentarse junto
al chofer. Con la cabeza gacha desahogó ahí nomás la
historia de sus infortunios. El marido estaba preso, los
pocos enseres que le quedaban habían caído en las garras de los acreedores, y no la sostenía sino una esperanza: ver a la Señora y aguardar su compasión. Sollo-
zaba sobre un pañuelo mugriento. Las chiquitas tosían.
Ni a Evaristo Carriego se le hubiera ocurrido una escena más patética.*

*Entonces sucedió el milagro. Eva tocó el hombro del
chofer, y con la cara iluminada por una súbita energía,
ordenó:*

Volvamos a la Fundación. Tengo que arreglar esto.

*La mujer oyó aquella voz inconfundible, y dejó caer el
pañuelo, con estupor y encantamiento:*

—¡Dios mío! —exclamó, abrazando a las hijas.

*Allí mismo la nombraron celadora de una escuela de
huérfanos, donde pudo ahorrar suficiente dinero para
comprar una casita.*

*La otra historia también pasó de madrugada. Eva lle-
vaba meses durmiendo sólo un par de horas. Cuando los
ayudantes le insistían que descansara, los rechazaba,
ofendida. La interminable fila de gente humilde a las
puertas de su despacho la mantenía en vela. Era como si
el tiempo, yéndose, la quemara. Hacia las cuatro se le
coló en la oficina, reptando una mujer de pesadilla, cuya
cabeza se prolongaba en una joroba dentada, prehistóri-
ca. Tenía para colmo, unos bracitos parásitos que le colgaban de las axilas, cortos, con los dedos apelotonados.
A Eva, siempre tan segura de sí, aquel monstruo infernal
le causó desconcierto. Uno de los ayudantes la oyó mur-
murar:*

—Son ellos... Ellos que vuelven...

*Vaciló. Pensó, sin duda, quién podría querer a tal
aborto, quién sería capaz de soportar su presencia. Y sintiéndose impotente ella misma, se arrancó unos magnífi-
cos aros de brillantes.*

—Tomá. Comenzá otra vida —se los regaló.
Será por eso que la querían tanto.
Para que se distrajera un poco la mandé a Europa.
Allí está el origen de su famosa gira: yo quería salvarla
de la extenuación que la estaba desplomando. La invita-
ción del gobierno español fue para mí, no para ella. Pron-
to, también Italia quiso que yo viajara. Ambos países me
debían grandes favores. A fines de la Segunda Guerra, los
aliados resolvieron aislar a España, y allí no quedó sino
un embajador: el mío. A los italianos los salvé del hambre
de 1947, regalándoles medio millón de toneladas de gra-
nos. ¿Cómo no iban a rogarme que fuera? Pero yo no po-
día. Cuestiones importantes de gobierno me reclamaban
en Buenos Aires. Entonces, pensé: si mando a Eva, mato
dos pájaros de un tiro. Cumplo con los países que me
quieren agasajar, y a ella le impongo las vacaciones que
tanto necesita. Así se hizo. Eva era una mujer habilidosa y
me representó a la perfección. Desde Roma, creo —¿o tal
vez fue desde Lisboa?—, me mandó una conmovedora
carta dándome las gracias. Se pasaba la vida dándome
las gracias.

—Ahora vamonós, Lucas —musita el General, súbitamente
abatido—. No quiero que nos extrañen en la casa.
Afanoso por esquivar el tránsito de la plaza de España, el
Mercedes se interna inadvertidamente en las tinieblas de la Rosa-
leda. Es medianoche y Madrid huele, como siempre, a fritangas.
A lo lejos se mueve una procesión de antorchas. Unos caballeros
de golilla y hábitos negros pasean entre los árboles, flanqueados
por una guardia de alabarderos. La ciudad, una vez más, se ha dejado caer en el pasado, y si no fuera porque los chopos brillan con
su verdor intacto, si no aparecieran en las ventanas tenues cabezas vivas, el General sentiría que Madrid, este refugio último de
su vejez, está desapareciendo en el maelstrom de los tiempos; que
Madrid retrocede hacia las oquedades de la historia, llevándoselo
a cuestas. Esta ciudad soy yo, dice Perón. De repente lo atrapan
unos buitres de frío. Aprieta las carpetas de Memorias contra el
pecho, y, a duras penas, se abriga.

Esa penúltima noche, antes de la partida, el General vuelve a
soñar con la expedición al Polo. Se aventura en el sueño con in-
comodidad, porque gracias al ancla de sensatez que lo mantiene
uncido a lo real —siempre, hasta cuando duerme— sabe que con-

quistar el centro de los hielos es ya una hazaña sin sentido. Otros infantes argentinos lo han hecho antes por él, en el verano del '65. Avanzaron —lo ha leído— por mesetas erizadas de torres y cavernas, oyendo a cada paso los lamentos de sus antepasados muertos. A la entrada del Polo no vieron ningún volcán sino coartadas de la naturaleza: ardientes moscas blancas que zumbaban sobre una pampa enceguecedora.

Aun así, el General se precipita desde el sueño, tosiendo, sobre la mar de Weddell. Y camina, camina. Una vez más, su cuerpo flota sobre la espuma rígida de los desfiladeros y es desgarrado por las estalactitas. Por fin, pegajoso de sangre y de babas amnióticas, divisa en la lejanía el volcán del Polo: la señal que nadie sino él conoce. Los instrumentos, de pronto se le sublevan. Brújula y teodolitos le señalan que allí no hay un volcán sino una inmensa vagina erecta, en vilo. En la cúspide, la madre monta guardia, con la cabellera destrenzada y un poncho de hombre sobre el batón. Pero a su lado, ¿quién está? Es López, ataviado por el vestido de gro y encaje que la abuela Dominga solía ponerse para las veladas de la ópera. López se ampara en la madre y lo rechaza:

"¡Regrese, Perón, ándese al mar de Weddell! ¡Usted aquí no entra!".

Y como él, con el aliento trunco, intenta protestar: "Sólo un momento, por favor, mamita...", el secretario- abuela lo ahuyenta con unos salmos del averno, *Pe pe orupandé / Oxum maré coroo Ogum te,* le desparrama los huesos por los confines de aquellas heladas penitencias, *salve Shangó / salve Oshalá.*

Sudando, el General abre los ojos. Es ya de día. López, desde los pies de la cama, en quimono y chancletas, le tiende un vaso de agua y unas aspirinas. Para variar, ha presentido los deseos del General: está salvándolo de las vendas de hierro que le oprimían la cabeza. Ahora, lo ayuda a levantarse. Prueba en la bañadera la tibieza del agua. Y luego, desde la otra orilla de las cortinas, le tiende un toallón.

—Qué me haría sin usted, López —agradece el General.

—Y sin la señora, que vela por los dos.

—Eso. Qué sería de nosotros sin Chabela.

Cuando termina el desayuno —sólo café cargado y una galleta de agua—, el General se siente mucho mejor, con afán de trabajar. En la cara se le dibujan los recuerdos de lo que está por leer: un pasado que se le fue antes de que pudiera gozarlo, como el de los niños, tejido con los fugaces hilos de lo que mañana haré, mañana seré.

—Nos iremos de aquí sin haber corregido ni la mitad de las Memorias, López, ¿se ha dado cuenta? —resuella, mientras sube con lentitud las escaleras del claustro—. Eso me da mala espina... ¿Cómo haremos después, en Buenos Aires, para tener una o dos horas de soledad?

—Ponga usted el alma, mi General, que yo pondré su cuerpo. Ya verá. Para todo habrá tiempo.

Arriba, sobre los reclinatorios, López ha desplegado copias de los Proyectos de Nación que borroneó el General hace treinta años: en uno están las reformas a las Leyes de Trabajo y las listas de Individuos Afines elegidos para ejecutarlas; en otro, los mapas con las mudanzas de Nomenclaturas y el almanaque de Nuevos Aniversarios Patrios; colgado en la pared, el Tablero de Plazos y de Metas; y sobre la mesita, entre las fotos de Eva, los rollos de Ejercicios Mnemotécnicos para las escuelas. Ahora, a la vista de esos herbarios que se pulverizaron antes de que pudiera usarlos, el General se conmueve:

—Trate con mucho cuidado estos recuerdos, López. Por fuera se han calcinado en sus cenizas pero por dentro están vivos. Lo que uno deja sin terminar, da miedo. Muerde. Mejor es no menearlos. Abra más bien aquella carpeta. ¿Qué le encuentra? ¿Está húmeda? Será que hasta en los altos de la casa se nos cuela el relente... Léame, ¿qué nos dice?

En la Argentina todos los hombres son lo que son pero rara vez son lo que parecen. A nuestro país no se lo puede conocer a través de los poderes visibles sino de las fuentes —siempre disimuladas y subterráneas— que alimentan esos poderes. En 1943, la revolución que derrocó a Castillo se encarnaba en una logia, el GOU. Y el GOU era el ejército. De los tres mil oficiales que componían la institución, sólo un grupito ínfimo de aliadófilos pretendía que hipotecásemos el destino del país yendo a la guerra. Los demás éramos neutralistas. Nos sentíamos unidos por un pacto de sangre. En las bases mismas del GOU se disponía que cada oficial, al entrar en nuestras filas, firmase la solicitud de retiro, incondicionalmente y sin fecha, para responder así de su conducta y de su honor. Yo guardaba esas renuncias en mi despacho de la Subsecretaría de Guerra, a disposición del ministro Farrell y del presidente de la República. Ya se sabe que el dueño del paraíso no es Dios sino quien tiene las llaves, san Pedro. En aquel tiempo, el san Pedro del ejército era yo.

310

En octubre de 1943, cuando la revolución no estaba todavía bien asentada, el ministro de Hacienda Jorge Santamarina dio unas declaraciones imprudentes que pusieron en jaque la neutralidad. Indignado, llamé al presidente Ramírez por teléfono y le advertí que si no se apuraba él en echar a Santamarina de una patada, el ejército lo haría sin asco. Ramírez no sólo aceptó la queja. También quiso que yo eligiese al reemplazante.

Varios nombres me dieron vueltas por la cabeza. A todos les encontré reparos. Resolví desocupar la imaginación y me fui a comer con unos periodistas al restaurante Scafidi, en la calle 25 de Mayo. Iba por la mitad del bife cuando se me prendió la luz. ¿A cuántos argentinos conocen ustedes que hayan construido una fortuna partiendo de la nada?, les pregunté. No lo sabían. Uno de los reporteros fue al archivo de La Razón y me trajo una lista. ¿Para qué la quiere?, se sorprendió. Muy sencillo, le dije. Alguien que ha sabido hacer dinero para sí mismo no puede fracasar haciendo dinero para el país.

Cuando leí quién encabezaba la lista, pegué un brinco. ¡A este hombre lo conozco muy bien!, me reí. Gracias a mí, ganó los primeros mil pesos de su vida.

¿Cómo? Permítanme retroceder veinte años. Cierto domingo de 1924, mientras remontaba la calle Viamonte, rumbo a la casa de mi abuela, descubrí un negocito mísero, tiznado, al que se le adivinaba la ruina. Exhalaba un perfume tan dulce y violento que parecía un gavilán acechando el olfato de los caminantes. Me sorprendió ver tras el mostrador no al típico matrimonio viejo de los kioscos dominicales sino a un joven ansioso, moreno, de ojos brillantes y despiertos. Me detuve, por curiosidad y por lástima, y le compré cincuenta centavos de picadura. Caté la mezcla.

—Es tabaco turco —diagnostiqué.

—Es griego, de Esmirna.

No hacían falta las dotes de Sherlock Holmes para deducir, de aquellas cuatro palabras, toda la biografía del joven. Por el acento era griego; por la referencia geográfica, un patriota, puesto que Esmirna había caído un año atrás bajo el dominio turco; por el temor, un refugiado sin documentos; por los modales, un comerciante de buena familia. Se lo dije. Y como en todo acerté, quiso completarme la historia.

Tenía veintitrés años. Fugitivo de las atrocidades de Mustafá Kemal, había saltado de Trieste a Nápoles y de ahí a Buenos Aires, con pasaporte falso. Era obrero a destajo de *la compañía de teléfonos River Plate. Comía mendrugos. Procurando ayudarlo, el padre, vaya a saber con cuánto sacrificio le había mandado una encomienda de tabaco. Para rescatarla de la aduana, el joven tuvo que gastar sus ahorros de un año. Y ahora no sabía cómo venderla.*

—En este país nadie hace negocios sin relaciones —le dije—. Voy a recomendarte.

Uno de los gerentes de la fábrica Piccardo me debía favores. Allí mismo, en un papel de estraza, le escribí una esquelita.

—¿Cómo te llamás, pibe? —quise saber.

—Pos me léne? —me contestó, en griego.

Caímos en un extraño y cómico malentendido. Yo supuse que me preguntaba si el largo de la melena era el correcto para la entrevista con el gerente, y le contesté que se la dejara tal cual: con un poquito de gomina quedaría perfecta. Pero él sólo estaba repitiéndome: ¿quiere saber mi nombre? Finalmente me lo dijo:

—Aristóteles Onassis.

Meses más tarde vino al cuartel a verme, ya con polainas y cuello palomita. Se había nacionalizado argentino. Le compraban tabaco por miles de dólares. Discutía los precios directamente con el dueño de Piccardo. "Las ideas sencillas siempre son las mejores", me agradeció: "Como el huevo de Colón".

El destino lo había signado para el comercio, no para la política. En su familia todos llevaban nombres mitológicos: un tío era Homero; la hermana mayor, Artemisa; el padre, Sócrates Ulises; la madre, Penélope. No hay quien escape a los cerrojos de la casualidad, y menos cuando son tantos.

En 1943, mi telegrama ofreciéndole el Ministerio de Hacienda lo sorprendió en Nueva York. Recibí una respuesta generosa y gentil: "Cuente conmigo para todo, pero no para gobernar. Yo, argentino. Ari".

Creí que lo perdería de vista para siempre. No fue así. En 1946 me llamó por teléfono y me preguntó quién podría venderle barcos en Buenos Aires. Lo puse en contacto con Alberto Dodero, que poseía una flota enorme, y con Fritz Mandl, un fabricante austríaco de armamentos que se había refugiado en la Argentina huyendo de su esposa, la actriz Hedy Lamarr. No llegaron, creo, a ningún acuerdo, pero los tres sellaron una firme amistad. En aquella ocasión, Onassis me visitó en la Casa de Gobierno. Yo le recordé el esquinazo que me había dado en 1943.

—Y por fin, ¿a quién puso en mi lugar? —me interrogó.

—No puse a un hombre. Puse a una filosofía. Todos los ministros que tengo ahora vinieron de la nada, como usted.

Lo noté ojeroso y sombrío. La opulencia lo había convertido en un coleccionista de celebridades. Los personajes de la historia entraban y salían de su vida con toda confianza. Cuando Eva fue a Europa, en el séquito figuraba Dodero. A través de él, Onassis la persiguió con tal afán que mi mujer terminó invitándolo a comer en una villa de la Riviera italiana, donde se había refugiado, harta del protocolo.

Onassis llegó puntual, impecable, con un ramo de orquídeas. Eva, que se había puesto un delantal de entrecasa, lo hizo pasar a la cocina. Estaba friendo ella misma unas milanesas.

—Una persona que sabe dar tanto como usted, señora, tiene derecho a pedir mucho más —la piropeó el griego—. Ordéneme lo que quiera. Estoy a sus pies.

Mi mujer, que luego me contaría la historia, temió que se le tirara un lance, y con mucha elegancia lo paró en seco:

—Conmigo es fácil quedar bien. Hágame un cheque por diez mil dólares para los huérfanos de la Argentina.

Cada vez que pienso en la cara de angustia que debió poner Onassis, no puedo contener la risa.

¿Ve? Todavía estoy riéndome con el recuerdo, López. Hablábamos del GOU y vaya usted a saber cómo vinimos a caer en estas trivialidades. Travesuras de la memoria. ¿Será mejor quitarlas, le parece? ¿Me dañarán la estampa? No, déjelas. Si no fuera por las pequeñas cosas de la vida, nos moriríamos de patetismo. En el frío de las alturas, un hombre no tiene más remedio que vivir contrariando sus sentimientos. Se goza del poder, pero de nada más. Y la vida se nos va yendo de las manos como agua. Cuando uno quiere averiguar cómo son las otras cosas, ya todo se acabó. No queda tiempo para conocerlas. Por eso es bueno sentarse sobre los recuerdos sin importancia y dejarse ir envolviendo por ellos. Antes, por la mañana, yo jamás me levantaba sin practicar unos cuantos ejercicios de memoria para despejarme. Ahora, hasta de eso me he olvidado.

Uno de los relojes del claustro, que sólo en ocasiones da la hora, esta vez suena: una campanada oscura, de mal agüero. Las nueve y media.

—Cámpora ya está en el escritorio, mi General, esperándonos. Ha venido a buscar las instrucciones finales para el gobierno. Y luego, tal como usted me ordenó, tendré que acompañarlo a las ceremonias florales en que lo han enredado esta mañana: flores para San Martín en el parque del Oeste, para Colón en el museo de América, flores para los fusilados de 1808. Qué sacrificio, mi General. Tardaré varios días en quitarme el polen.

—Que suba, López. Dígale que venga.

—¿Aquí, al claustro? —se asombra el secretario.

—Sí. Que vea estos ornamentos viejos del gobierno. Si no los aprendió antes, cuando Evita era su maestra, a lo mejor puede aprenderlos ahora. Duro como es, en el claustro abrirá los poros de las entendederas.

El presidente Cámpora llega más lustrado que de costumbre. Antes de que haya puesto los pies en la escalera, ya están arriba el brillo de los zapatos, la raya filosa del pantalón, el casco de gomina, el perfume Paco Rabanne. Aparece con los brazos abiertos pero reverentes, tendidos hacia el General en un amago de sumisión más que de abrazo.

—Qué alegrón les ha dado a los periodistas esta mañana, mi General. Tantos días montando guardia para verlo, preocupados por su salud, y de repente, sin advertencia previa, usted sale dos veces a la puerta, sano y salvo...

—¿Yo he salido? —se intriga el General.

—Sí —lo tranquiliza López—. Su cuerpo... Ellos lo han visto y así han tenido tema para escribir.

—Los muchachos de Télam me han pedido que le muestre los boletines de hoy. Quieren que usted los apruebe antes de mandarlos a Buenos Aires. A ver, mi General, qué le parecen:

7.30: Luego de levantarse, Perón desayuna su habitual café negro con una galletita de agua.

—No fue así esta vez —tercia López—. Corríjalos: "Sintiéndose mejor, el General hoy desayunó té con pan tostado y mermeladas".

314

Cámpora sigue:

8.00: El caudillo peronista aparece en el fondo del chalet, a unos veinte metros de los portones de acceso (de allí no pueden pasar los corresponsales). Se sienta en una reposera y permanece meditando un rato. Viste una camisa beige, chaleco amarillo, pantalón gris claro y zapatillas deportivas. En su cabeza, un gorro Pochito (como los que popularizara durante su gobierno), de color rojo con bandas negras.

—¿No era ésa la ropa que yo llevaba anoche, López? —se extraña el General, que sigue aún en piyama y bata.

Los ojillos del secretario avizoran alguna nube de malestar en el aire del claustro. Los ajetreos de la madrugada le han desmantelado la inteligencia. Tiene las defensas bajas. Se palpa. Los dedos de los pies, medio salidos de las chancletas, se le han vuelto agresivos. Lleva el quimono más abierto de lo que debe. Y hasta en el pelo, siempre tan dócil, le han florecido unos remolinos.

—Ya sabe usted cómo son los cuerpos, mi General. Uno puede ponerles otra ropa, pero ellos se quedan siempre con la que quieren. Y ahora —baja la cabeza— disculpenme. Debo vestirme, acompañar al presidente y regresar antes del mediodía. La señora preguntará por mí cuando se despierte....

Cámpora, distendido, cierra la puerta:

Las agencias y los canales de televisión quisieran que nos retratemos entre las cajas y los baúles de su viaje, mi General. Que se nos vea en España como si ya estuviéramos en Ezeiza. No me parece mal. Sería un aliento para el millón de personas que ha emprendido el camino al aeropuerto.

—Hombre, ya no se inquiete más por los problemas de la gente. Que los resuelvan ellos. Piense en usted. —El General se deja caer en el sillón, como cegado por la falta de aire—. Acerquesé. ¿Ha entrenado en los últimos días la memoria? ¿Cuántos discursos puede repetir sin leer?

—Frases tan sólo, señor. No he sido tan privilegiado por la naturaleza como usted.

—¿Y la doctrina peronista? ¿Ha seguido rezándola todas las noches?

—No he faltado ni una, mi General, salvo cuando nos llevaron a las cárceles del sur y los de la revolución libertadora nos leían, hasta durmiendo, el movimiento de los labios. A la doctrina peronista me le sé al derecho y al revés.

315

—Eso es lo malo, Cámpora. Que algunos de sus muchachos se confunden y la dicen al revés. Sientesé aquí. Abra esos rollos. Ajá. Los Ejercicios Mnemotécnicos. ¿Qué ve?

—Una cara, mi General. Creo que es la cara de Figuerola. Lluviosa, como en el cine. Y una leyenda debajo. Sí, es él: "El pueblo jamás se olvidará de Perón no porque gobernó bien, sino porque los otros gobernaron peor. Firmado: José Miguel Figuerola".

El General suelta el corcovo de una carcajada.

—Es una sentencia genial. ¿Tiene presente a Figuerola?

—Cómo no tenerlo, señor. El Gallego. Era una lumbrera.

—El mayor estadígrafo del mundo. Inventó el Plan Quinquenal, los Rollos de la Memoria, un Dado que adivinaba revoluciones, el Nuevo Almanaque de Fiestas Patrias, el Bolillero de Ascensos Militares. Si lo hubiese mantenido a mi lado, a mí no me volteaba nadie...

—Tal cual, mi General. Coincido en todo. Jamás olvidaré los esfuerzos que Figuerola hizo para disimular el acento cuando leyó el Plan Quinquenal en el Congreso. Las gallegadas catalanas se le caían de las muelas.

—Encías, Cámpora. Usted, como dentista, debería notar la diferencia. Ya por esa época, Figuerola usaba dentadura postiza. Se hizo la prótesis al mismo tiempo que yo, para no ser menos. Me lo apartaron con intrigas, por español. Como si no diera lo mismo una sangre que otra... Veamos, hombre. Quiero pedirle un favor.

—Yo no le hago favores, mi General. Usted ordena.

—Cierre los ojos y diga la doctrina peronista como se debe. ¿Se acuerda que, según los consejos de Figuerola, el mejor modo de aprender la doctrina era buscando un símil para cada precepto: un objeto, una imagen? Dígame: ¿qué usaba usted para ejercitarse?

El presidente ha bajado sus grandes párpados. Se muerde un pulgar.

—Yo, señor, los avisos de la radio. Elegía los más populares.

—Repita entonces el primer precepto. A ése lo saben todos.

Cámpora se lleva las manos a la frente. Vacila.

—¿Se le ha perdido?

—No, mi General. Suelo decirlo más de una vez al día. Pero nunca he podido despegarlo de la fórmula con que lo aprendí en los viejos tiempos.

—Dígalo, entonces, hombre.

—Me da vergüenza.

—Dígalo.

—"No se quede con la gana. Fume Caravana." Nuestro partido es un partido de masas, unión indestructible de argentinos, que actúa como institución dispuesta a sacrificarlo todo con el fin de ser útil al general Perón.

—Pero es muy fácil. Veamos qué le pasa con el precepto dieciséis.

Cámpora parpadea, y sonríe:

—"No diga hola. Diga O-la-vi-na." El general Perón es el jefe supremo. Inspirador, creador, realizador y conductor. Puede modificar o anular decisiones de las autoridades partidarias, como así también inspeccionarlas, intervenirlas o sustituirlas...

El General asiente, fatigado. La mañana, que aún está empezando, se le desploma entera sobre los hombros.

—Puede quedarse tranquilo, Cámpora. Lo ha hecho muy bien. Tenía usted pasta y no se la reconocimos en su momento. Se la reconocimos después. Nunca se sabe cuándo un momento es el justo. No el oportuno, sino el justo. Para un representante mío, como es su caso, los preceptos que más importan son el primero y el dieciséis. Pero a sus muchachos recuérdeles el setenta y siete.

—Es el que más vivo tengo, mi General. ¿Sabe cómo me viene a la mente? "La ropa queda, si es de Roveda." Así: "La ropa queda". Y en el acto sale la norma. En toda circunstancia un peronista debe sostener que cada decisión de un gobierno peronista es la mejor. No admitirá jamás la menor crítica ni habrá de tolerar la menor duda.

—¿Siente la diferencia del estilo? Los otros son de Figuerola, un civil. Este último sólo puede ser obra de un militar. Es mío.

—El General se arrebuja en la bata y amaga levantarse. De pronto, deja caer los brazos—: Preste atención, Cámpora. Antes de que nos perdamos de vista en Buenos Aires...

—¿Cómo puede suponer eso, señor? Iré a verlo todos los días. Estaré disponible para usted las veinticuatro horas...

—Pero yo no sé si estaré disponible. Me llevo muchos temas para pensar...

—¿No querrá dejarme solo con el gobierno, mi General? Si usted renuncia al poder, renuncio yo también.

Perón observa con desconcierto al presidente. No puede comprender que él no comprenda.

—¿Cómo se le ocurre, hombre? No podría renunciar, aunque quisiera. Llevo el poder conmigo, como estas piernas. Atiendamé tranquilo. Mandelé hacer un monumento a Figuerola.

—Sí, señor.

—Y que debajo pongan: "El mejor estadígrafo del mundo. No porque fuera bueno, sino porque los otros eran peores". Anotelo.

—Ya, señor. Haré que así lo graben en el mármol.

—Y que todos los días enseñen la doctrina en las unidades básicas de la Juventud Peronista, pero siguiendo los ejercicios del Gallego.

—Comprendido.

—Una última instrucción. Traiga esos almanaques.

Devotamente, tratando de no rozar el reclinatorio, Cámpora desenrolla los enormes mapas de ciudades argentinas todavía no fundadas, a las que Figuerola fue bautizando con las nomenclaturas de las derrotas.

—¿Por cuál empezaremos, mi General?

—Da lo mismo. En este caso, lo que cuenta es la filosofía de la historia. Cierta vez me advirtió Figuerola que los argentinos somos adictos a la muerte. Empleó una palabra extraña: tanatófilos. Que festejamos a San Martín no en febrero, cuando nació, sino el 17 de agosto. Y que a Belgrano, a Sarmiento, a Evita y a Gardel también los invocamos por el final. A las criaturas de primer grado les hacemos repetir las últimas palabras de los próceres. Somos cultivadores de cadáveres. Figuerola pensaba que a los defectos no hay que sufrirlos sino, más bien, sacarles la ventaja. Tenía razón. Quiero que cambie los nombres de las calles, Cámpora. ¿Usted soñaba con llamarlas Perón? Llámelas Vilcapugio, Ayohuma, Cancha Rayada, Curupaytí. Que sintamos a cada rato el aguijón de los fracasos. Mande pintar de negro las islas Malvinas en los mapas. Si las perdimos, que lleven luto. E invéntele una estatua descomunal a Lonardi. Que al pie diga: "Honor al hombre que derrotó a Perón".

Cámpora se siente arrastrado hacia no sabe qué abismo por una voluntad brutal que huele a muerte. Tiembla:

—¿Eso es lo que quiere, mi General? ¿Está seguro?

—Nunca nadie ha estado más seguro.

Hacia las puertas de la quinta caminan, en ese instante, el futbolista Omar Sívori y el boxeador Goyo Peralta. Durante años han compartido con el General los asados dominicales. Han desentonado juntos en algún tango. Un oficial de la Guardia Civil les cierra el paso: "No, señores", les dice. "Hay orden de sosiego. Ya el General no puede recibir a nadie."

De pronto, una de las puertas va entornándose. Entre los enjambres de fotógrafos Peralta distingue al fondo, en el porche, a Perón meditando en una mecedora, vestido con un chaleco amarillo. En puntas de pie, grita:

—¡Somos Sívori y Goyo, mi General! ¡Venimos a despedirnos!
Una cara triste, ausente, se vuelve hacia ellos. Y sonriéndoles
con una sonrisa que pareciera tardar siglos en dibujarse, Perón dice (o ellos lo sienten decir) con su inequívoca voz cavernosa:
—Gracias, muchachos. Adiós.

DIECIOCHO

CON EL PASADO QUE VUELVE

Tengo miedo del encuentro
con el pasado que vuelve
a encontrarse con mi vida

ALFREDO LE PERA, *Volver*

YA LES HAN OCUPADO TODOS LOS LUGARES, las migajas del aire, han invadido hasta las desorientaciones de sus pensamientos. A los siete compañeros de infancia del General no les queda siquiera la ilusión de que han regresado al hotel de Ezeiza con algún fin. Nadie repara en ellos. El hombre de cabeza de lagarto que los paseó en un ómnibus, sin rumbo, a través de los hangares y de las pistas ciegas del aeropuerto, se ha esfumado, con un revólver en la mano. Zamora, el periodista que los atrajo hasta aquí con zalemas y promesas falsas, está perdido en una madriguera de silencio. La señorita Tizón y Benita de Toledo lo han rastreado por teléfono, al principio furiosas y luego con angustia. En la casa, la esposa nada sabe. En la redacción de *Horizonte*, una mujer compasiva los tranquiliza. Sean pacientes. Ya llegará Zamora. Es raro que no esté nadie de la revista allí. ¿El director tampoco? No se alarmen. ¿Cómo van a desaparecer tan luego ahora, cuando el avión del General ya viene aterrizando?

Pero nadie llega. Ni aun ellos, los testigos, sienten que están llegando a parte alguna.

Afuera, las galerías del aeropuerto van poblándose de hombres adustos, barrigones, armados como para una guerra. Portan brazaletes blancos. Cuando unas mulas sin dueño trotan a la deriva en las playas de estacionamiento, los hombres las ahuyentan con varillas de púas.

Varias veces Artemio y el capitán Trafelatti han querido usar los baños del primer piso. No señores, prohibido. Ni aun al primo Julio, cuyos apremios saltan a la vista, lo han dejado aliviarse. Un famoso teniente coronel celebra allí su consejo de guerra y ha ordenado que se clausuren los acceso. María Tizón ha merodeado en busca de un tocador cualquiera para restaurar su maquillaje. En vano. El cerco de los cordones de seguridad incluye los baños. Sólo disponen de una letrina infecta, en el pasillo. Y aun ésa, rara vez está libre.

En el espejo del vestíbulo, sucio de mohos, advierten con pavor que sus apariencias son fantasmales. El sacón de zorro de Benita se ha desmelenado: ya uno de los hombros, en rebeldía, le resbala en el codo; a don Alberto Robert, la bola de tabaco que mascaba se le ha deshecho sobre la camisa; para colmo, sus ojos azules, de sílex, comienzan a dolerle. A la señorita Tizón se le ha tiznado de grasa y barro el traje rosa, de gala: culpa de la excursión a los hangares. Quien peor lleva la cruz de la mañana es el primo Julio: la falta de reposo le ha desordenado por completo los esfínteres y, pese a la solicitud de María Amelia, sus pantalones se han saturado ya, chorrean. Desde hace un rato, la humedad también le ha invadido las medias.

Poco antes de las dos, oyen gritos y aplausos. Recuas de soldados corren hacia la zona militar del aeropuerto, y los barrigones de brazaletes blancos cierran filas en las galerías, armas en ristre. José Artemio asoma la cabeza y descubre, decepcionado, que la razón de tanto ajetreo no es el General, sino, apenas, el séquito de bienvenida. A tres siluetas reconoce: la del nuncio apostólico, monseñor Lino Zanini, alhajado como para una boda; la de Solano Lima, en quien ha delegado Cámpora el ejercicio físico del gobierno; Solano avanza con pie de atleta, ufano por las venias de la soldadesca; y un paso atrás, la silueta vicaria de don Arturo Frondizi, tribuno a quien Perón vistió hace quince años de presente; ahora, sombrío, con sonrisa de seminarista, viene a rendirle tributo. A sus espaldas se arremolinan los ministros, pero ya José Artemio, zarandeado por una nueva correntada de guardias, no puede verlos.

Oye cloquear a Benita, excitada. Dicen las radios que el séquito de ilustres acaba de almorzar en una base área. ¿Y nosotros? Son casi ya las dos y nadie nos ha ofrecido por lo menos sánguches. Los barrigones de brazaletes no atienden quejas. Pasan de largo, como si los siete viejos fuese fantasmas del General, cloacas de su pasado.

Entonces, José Artemio anuncia una determinación heroica:

—Todos estos agentes de seguridad han comido aquí. Huelen a pollo. En alguna parte habrá pollo y refrescos. Voy a buscar en los cuartos de arriba.

Desde los fosos de un sillón brota la voz temblorosa del primo Julio.

—Y por favor, fíjese si hay un baño en el camino.

Desembarazándose de la boina, José Artemio improvisa un brazalete blanco que Benita, con un par de alfileres, le prende al saco. La señorita Tizón aprueba la metamorfosis: de pie, sin la bufanda, sacando pecho, el señor Toledo tiene la prestancia de un galán maduro, se lo podría confundir con Pedro López Lagar. Pero lo mejor es la expresión desdeñosa que le corrompe la cara. Así, con la mirada hueca, se parece a los barrigones.

Armándose de coraje, José Artemio va en línea recta hacia los ascensores: son las únicas puertas que, por estar demasiado a la vista, nadie custodia. Sube hasta el primer piso. A través de la mirilla, espía. Imposible salir. Hay una ristra de tipos sentados en el pasillo, entre ametralladoras, fardos de espino, cadenas y cargadores. José Artemio menea la cabeza. Es un hotel, y más bien parece un establo decrépito. Un calambre de miedo le muerde la nuca. Sigue de largo. Sube. Otea el segundo piso. Hay guardias a la entrada de las escaleras, pero no en el pasillo. Entonces abre la puerta del ascensor y avanza. Camina como si a nadie viese, y en verdad, así es: cuando era niño pensaba que quien no ve, tampoco es visto. Y rara vez fallaba. Se mueve, con la cabeza en blanco, por la penumbra. Lo único que siente es el abrigo de la extraña humedad que va impregnando, metro a metro, el hotel. ¿Cómo es posible, si afuera el sol estalla y corre una brisa seca, limpia de otoño?

Descubre, al fondo, una puerta defendida por tres custodios: fornidos, oliváceos, con las manos tatuadas. Turcos o hijos de turcos. Es preciso, cuanto antes, borrárseles, ser un cuerpo que olviden. De un vistazo, José Artemio mide los picaportes, adivina el estado de las cerraduras. Del lado de los turcos, un cuarto está sin llave. Se dirige hacia allí con parsimonia, como si ése fuera su destino, y entra.

Tiene suerte. No hay nadie. Es un dormitorio pequeño, pobre. La luz está encendida. Las persianas, que dan a las playas de estacionamiento, han sido bajadas. Sobre una mesita yacen dos lápices sin punta y un cuaderno con anotaciones. En la cama de dos plazas alguien ha desparramado unas medias de nylon, una Itaka, varios cargadores y una Magnum, de las que se disparan sólo con las dos manos. Y junto a la ventana se abre un baño limpio, munido de jabones y papel higiénico. Imagina, sonriendo, el alivio del primo Julio Perón.

De la pieza de al lado afluyen vahos de comida y humo de cigarrillos. José Artemio pega el oído a la pared. Siente voces remotas. Quizá provengan de la fortaleza que vigilan los turcos, en el extremo del pasillo. Pero allí, al lado, no hay nadie. Lo intuye. Tiene el instinto de un viejo jugador de poker: lo sabe. Con cautela, va deslizándose hacia le puerta de acceso al otro cuarto. Tantea la cerradura. Teme que hayan corrido el pasador. Escarba con el cortaplumas. No hace falta: está abierta.

Entra. Una lámpara de billar ilumina los restos de un banquete. Su olfato de ratón no ha errado. A punto está de abalanzarse sobre las fuentes de carne cuando de pronto, las voces que sintió antes vuelven ahora, nítidas. Se paraliza. Ha calculado mal. Estaban cerca: un cuarto más allá. Y hacia ese lado, sí, no hay puerta. Un infinito desamparo se le viene encima. Es como si su cuerpo estuviera desnudo, bajo la luz, y alguien, de pronto, se le acercara con un cuchillo. Ahora le aterra moverse. Ha tentado a la suerte más de lo que debía. Retrocede, apenas, hebra por hebra del aire. Y de repente, contra su voluntad, contra las advertencias de sus instintos que le ordenan salir de allí, corriendo, oye:

—Dejémonoz de macanaz, Lito. El General no puede, no debe bajar aquí. Zi baja, lo coparán loz zurdoz. Zin darze cuenta, el Viejo, arraztrado por laz conzignaz, hará lo que elloz quieran. Zi ezo paza, tendremoz que tomarnoz el buque. Elloz zon maz, muchoz maz.

Ahora salta una voz helada que José Artemio identifica de inmediato. Es la del hombre untuoso, pelo castaño, que salió al encuentro de Arcángelo Gobbi cuando volvieron del paseo en ómnibus. La que le dijo: "No hay que perder más tiempo: el teniente coronel te necesita". Ahora repite:

—No hay que perder más tiempo, estoy de acuerdo. Pero vea el cuadro de la situación. Los estamos esperando y ellos no lo saben. Aunque vienen con fierros, no se atreverán a usarlos. Si lo hicieran, se exponen a que después el General los culpe de arruinarle la fiesta. Comprenda la mentalidad de esa gente, mi teniente coronel. Los zurdos creen que la política es moral. Tienen la enfermedad de los escrúpulos. Eso los pierde. Si lo que pretendemos es asegurar los primeros trescientos metros, entonces puede hacerse la concentración. Esos metros ya están asegurados.

—Sos un boludo, Lito —tercia una voz atabacada, de mujer.

—Zoz un boludo. ¿Y loz que gritarán atráz de loz trezcientos metroz? ¿Quién controla a eza gente? Zon millonez. ¿Cómo loz convenzéz de que a Cámpora no lo llamen el Tío?

—¿Y la pobre Isabelita? —apoya la mujer.

—Ezo. Ziguen con Eva metida en la cabeza. A la zeñora le harán algún dezaire. Ez una fija. El problema no zon loz zurdoz,

324

Lito. El verzo de loz zurdoz ez para loz gilez, para loz zoldaditoz que van a reprimir. El problema ez la maza. Hay que zaber con quién vaz a trenzar: con la maza o con el que amaza. Y no podéz equivocarte. El que amaza ez Daniel. Y quien dize Daniel, dize Perón.

Moviéndose sin respirar, José Artemio ha descubierto un ángulo desde el cual puede ver las tres sombras. La mujer gesticula. Es angulosa, histérica. El ceceoso tiene las manos sobre un escritorio, fuma. A Lito se le adivina medio cuerpo: está de pie.

—Entonces no hay más que hablar —dice Lito—. Para prender la mecha, necesitamos un provocador.

Debo salir de aquí, piensa José Artemio. Y lo repite cien veces: debo salir de aquí, debo dejar de oír, debo desocuparme de este mal recuerdo. Se le ha vaciado el hambre. La comida que tiene ante los ojos es peste y humo.

—Un zurdo provocador —se ríe la mujer.

—El que tenemoz. El mizmo pibe que te cantó la juzta. El que te dijo que la columna zur quería entrar en pinzaz y coparnoz el palco. A éze le mandáz a dezir que cuando empieze la podrida, zaque zu fierro y dizpare una bala. Zolamente una bala. Ezo noz dará pretexto para el gran quilombo.

—Tiene que ser ahora —dice la mujer.

—Ahora —repite Lito.

José Artemio se juega: todo o nada. Sigiloso, retrocede hasta la puerta del cuarto donde comenzó esta pesadilla, la empuja y entra. Vuelve a ver con alivio, sobre la cama, los cargadores, la Itaka y las medias de nylon. Espera. Oye a Lito dar órdenes y correr por las escaleras, con los turcos a la zaga. Oye al teniente coronel discutir con la mujer, pero no entiende ya, no quiere. Respira hondo, y sale al pasillo, de nuevo sin mirar, como si una rutina de mil años le pesara sobre los hombros. El ascensor sigue allí. Baja sólo dos pisos y es una eternidad: un largo abismo.

En el vestíbulo, todo ha cambiado. Pululan policías, soldados, amparados por brazaletes de otros colores. A la entrada del hotel hay dos cordones impasables. Se han llevado los ejemplares de *Horizonte*, las mesas, los sillones.

—¿Encontraste comida? —gime Benita.

—No hay comida. No hay nada —camina José Artemio, contraídos los músculos, la mirada perdida—. Pidamos por caridad que alguien nos lleve a Buenos Aires de vuelta. Esto se ha terminado.

—¿Cómo? Dentro de una hora bajará el General —despierta el capitán Trafelatti—. Lo han dicho por la radio.

325

Las puertas del ascensor se abren con fuerza, y una mujer, seguida por dos custodios, busca en torno. Los labios finos se la han caído hacia las comisuras, por tensión o sarcasmo:

—¡Coba! —llama—. ¡Lito Coba!

De pronto, repara en los siete compañeros de infancia: desvalidos, de pie, desentonando en el pandemónium del vestíbulo. José Artemio siente un escalofrío en la columna. Piensa: La voz atabacada del segundo piso. Me ha visto.

—¿Qué hacen aquí estos viejos? —grita la mujer—. ¡Saquenlós!

—Soy Julio Perón —se alza, en un arresto de dignidad, el primo. No ha dicho: Soy el primo.

—Soy prima hermana del General —dice María Amelia.

En el tumulto, en la fiebre de la histeria, la mujer no los oye:

—¿Quién mierda los ha traído? Llevenselós de aquí. Tirenlós en el campo.

Una horda de barrigones se abalanza sobre los viejos. Benita ve, incrédula, cómo a la señorita María la levantan en vilo, desgarrándole la dulzura del traje rosa, y la descargan luego contra el asfalto del estacionamiento. Ve cómo arrastran a don Alberto y deshojan la falda de María Amelia. Ella misma se siente arrebatada por una mano impúdica, y en un fogonazo de lucidez, se oye caer en el piso de un ómnibus.

—¡...lejos de aquí, en el medio del campo! —ronca la mujer.

—Comprendido, señora Norma —se cuadra uno de los barrigones.

Benita ha ido a dar junto a María Tizón, en el último asiento. Uno de los custodios las encañona con el revólver.

Aún hay sol a manos llenas. El aire se mueve, cálido. Entre los bosques, la gente marcha cantando. Ante los testigos vuelven a pasar los hangares, las pistas ahora colmadas de camiones y soldados, las alambradas, los eucaliptus. El ómnibus es —Benita y María lo advierten a la vez— el mismo del paseo de la mañana. Bajo uno de los asientos yacen los restos de un ejemplar de *Horizonte* embarrado, en pedazos. Benita descubre con melancolía, en una hoja rota, su foto de adolescente. Y, con ternura, levanta los retazos de la historia para cobijarlos en su falda.

En un pastizal quemado, el ómnibus frena de golpe.

—¡Aquí! —vocifera uno de los barrigones—. Aquí se termina el boleto.

Bajan. De pronto sienten la orfandad del descampado, el infinito vacío de sus vidas. Y avanzan. El capitán Trafelatti aprieta el paso. Al vadear una acequia, se les pierde de vista. El primo Julio, con los puños apretados, solloza. Benita y María Amelia se detienen a remojar los pies hinchados, con rayones de abrojos. Para desengañarse del pasado, Benita lee:

"A Evita Duarte, que vivió fascinada por el azar de las vidas paralelas, le tocó en suerte un origen tan oscuro como el de Juan Perón. Sus padres no estaban casados cuando ella nació en Los Toldos el 7 de mayo de 1919. No se casarían nunca. Antes de que Eva cumpliera un año, don Juan Duarte, apremiado por la esposa legítima que lo aguardaba en Chivilcoy, abandonó Los Toldos. Eva y sus cuatro hermanos mayores crecieron solos, 'guachitos', como diría más tarde.

"Doña Juana Ibarguren, la madre, era una campesina bella y altiva. También en su familia los apellidos estaban tan entreverados y los parentescos parecían tan incestuosos como en la familia materna de Perón. En vez de Toledo Sosa, por ese lado había confusiones de Núñez y Valenti que jamás desentrañaron las comadres del pueblo.

"Ambos padres fueron jueces de paz alguna vez. Ambas madres eran mujeres emprendedoras, de coraje, a quienes tenía sin cuidado el índice malicioso de las vecinas. Pero a diferencia de lo que sucedió con Juan Domingo, don Juan Duarte no reconoció jamás a Evita. Ella tuvo que fundarse a sí misma, inventarse un pasado, ser el principio y el fin de su propia estirpe..."

(Página desgarrada. Foto de Evita niña, rota y sucia de barro.)

"...en este punto de la historia los datos se desconciertan. ¿Evita tenía quince años y se marchó de Junín con el cantante de tangos Agustín Magaldi? No parece verosímil. No ha de ser cierto.

"Magaldi cantó en Junín a fines de 1934. Eva viajó a Buenos Aires el 3 de enero de 1935, con dos cartas de recomendación y el consentimiento expreso de su madre. Si alguna de las cartas era del cantor, no le sirvió de nada. El 28 de marzo de 1935, cuando comenzó a trabajar como partiquina en la compañía de una tocaya, Eva vivía en una pensión del barrio del Congreso y Magaldi se había esfumado hacia otra gira, en Santiago del Estero..."

(La penumbra está cegando a Benita. Las letras se le empequeñecen dentro de las pupilas. El viento le arrebata la hoja.)

"El festival que había organizado el coronel Perón en el Luna Park debía empezar a las nueve, pero a la esposa del presidente Ramírez la demoraron unos percances domésticos. Llegaron al estadio a las diez y media.

"Era una de esas noches húmedas, irrespirables, que sólo el verano de Buenos Aires sabe deparar. El terremoto de San Juan había ocurrido apenas una semana antes: en el festival de auxilio a las víctimas se confundían la congoja y la euforia.

"Las gradas estaban repletas. Evita lucía radiante. El nácar de su piel entonaba muy bien con el vestido negro, los guantes hasta el codo y el sombrero con una pluma blanca. Un amigo, el coronel Aníbal Imbert, le consiguió un asiento en la segunda fila del ringside, detrás del presidente. Eva se las ingenió, nadie sabe cómo, para ocupar el puesto contiguo al del coronel Perón.

"A las once de la noche, la vieron llorar cuando el coronel habló, erguido, altivo, luminoso dentro de su uniforme color tiza. Eva ya estaba enamorada cuando lo oyó decir: *Son los pobres quienes más han sufrido en San Juan. Son los pobres quienes más sufren y se sacrifican en este país maravilloso. Y mientras la clase trabajadora expresa su solidaridad a manos llenas, como lo ha hecho esta noche, hay muchos potentados que gozan de la buena vida a costa del país y a espaldas de nuestro dolor.*

"El coronel bajó del estrado, secándose la frente con un pañuelo. Las graderías lo aclamaron. Tuvo que levantarse un par de veces del asiento, con los brazos en alto, para saludar y reclamar silencio. Por fin, permaneció un momento inmóvil junto a Evita, con los ojos de águila fijos en el vacío. Ella, cobrando aliento, se animó a rozar con sus dedos la manga del uniforme.

"—¿Coronel? —le dijo.

"Perón la miró por primera vez. Hasta ese preciso instante no vio en ella nada sino un menudo y conmovido cuerpo, nada, otra garganta dentro de la multitud. Le respondió:

"—¿Qué, hija?

"Evita, entonces, dejó caer la frase que cambiaría la vida de los dos para siempre.

"—Gracias por existir —eso fue todo: gracias por existir."

(El primo Julio camina sobre una cuneta lodosa con los pies mojados, ateridos. Comienza a caer un rocío que primero es pálido y al que la noche va, poco a poco, contagiando su tiniebla. No sabe por qué ha guardado en el bolsillo del pantalón unos retazos sueltos de *Horizonte*. Ahora el papel se le apelmaza sobre los muslos húmedos. Las letras se desleen y se deslíen):

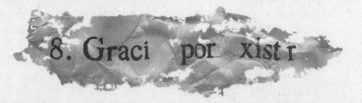

8. Graci   por   xist r

"...ni siquiera el núcleo de siete oficiales que, junto con el coronel Perón, creó la logia en diciembre de 1942, saben hoy lo que significaba la sigla GOU. Los manuales de historia la descifran como *Grupo de Obra y Unificación, Grupo Organizador y Unificador...* ¿Qué importa?

"Se pusieron de acuerdo en no tener un jefe, renunciaron de antemano a las ambiciones personales, declamaron que no serviría a otros intereses que los del ejército y la patria...

"...Perlinger se puso de pie. Estaba frenético. A Perón no se le movía un músculo.

"—¿Ha meditado alguna vez sobre la carta de Severo Toranzo a Uriburu? ¿Ha tenido siquiera las suficientes agallas para leerla? Fue escrita en 1932, y podría volver a escribirse mañana. Véala.

"—No tengo paciencia. No hay tiempo. Basta —dijo Perón.

"—Oigala —dijo Perlinger, cerrándole con el cuerpo la salida—. Aunque sea lo último que haga yo en mi vida, voy a hacércela oír.

"Se caló tembloroso, los anteojos. Perón, armado de infinita paciencia, miró al techo.

"*Hasta el 6 de setiembre de 1930 teníamos un ejército que era el ídolo de los argentinos. Nadie, entre los peores gobernantes, había osado emplearlo como instrumento de*

329

opresión en contra del pueb... Usted y sus secuaces aten-
taron contra su disciplina, corrompiéndolo con dádivas y
prebendas... Hoy el ejército argentino es execrado por el
verdadero pueblo..."

(Ya el campo se ha caído en el horizonte. Está oscuro, cerrado. Ni siquiera los animales pasan. La señorita María, despluma-
da por el cansancio, se ha sentado en la cuneta. A lo lejos, la multitud sigue bajando en interminables ríos por la carretera. Pero
ahora no va. Vuelve.)

"...extraño, pero ambas historias sucedieron el mismo
día, correspondieron al mismo ser. El tren, bañado de polvo, huía de las salinas cordobesas y entraba en los desiertos de Santiago. Era de madrugada. Los camarotes iban
atestados de secretarias, delegados censistas, jefas de unidades básicas. Imprevistamente, todas sintieron a Evita.
No hacía falta que nadie lo dijese. La sentían. Ella estaba
recorriendo los pasillos con un deshabillé largo, de gasa
blanca. Llevaba el pelo suelto. Y un echarpe de raso.
"—¿Soy o no soy una diosa? ¿Soy o no soy?
"Hacia las nueve de la mañana, el tren se detuvo en la
estación de Frías. Los miserables pululaban, encorvados,
como animalitos tristes. No querían sino tocarla. Eva les
arrojó una lluvia de billetes. La gente ni siquiera se aga-
chó a recogerlos. Mantenían los ojos clavados en su bello
porte, aferrados a su luz, como alevillas.
"Una viejecita logró avanzar con un atado sobre la cabeza. Se acercó a Eva y le tendió su ofrenda. Eran unas
presas de pollo frito, tapadas con una servilleta. Eva tocó
la cabeza de la mujer y la bendijo. Luego se llevó el pollo
a los labios. Una de las delegadas censistas, en voz baja, la
contuvo:
"—Señora: ¡no se le ocurra comer eso!
"Eva comió con ímpetu. Luego, desapareció por un
instante. En el resguardo del vagón la oyeron increpar a la
delegada:
"—Una mujer de pueblo cocinó esto para mí, ¿no te
das cuenta? Sólo Dios sabe cuánto amor y respeto dejó
en este plato. ¿Y vos querés que tire su amor a la basu-
ra? ¡Se acabó! No quiero verte más. ¿Oís? ¡No quiero
verte!"

"...desde que Eva quedó inmovilizada en la cama, Perón no entró jamás al cuarto. Al parecer, se paraba en la puerta y desde allí le preguntaba cómo seguía. Procuraba mantenerse lejos. Temía que el cáncer fuera contagioso."

(Los testigos han vuelto a detenerse para tomar aliento. Refugiada en el pecho de José Artemio, Benita llora: unos sollozos breves, desalentados, como fosforitos que se apagaran. El primo Julio, por fortuna, se ha dormido en las faldas de su hermana María Amelia. ¿Habrá un teléfono en este arrabal de Ezeiza, una mísera sala de primeros auxilios, una enfermera compasiva para este viejo que ha comenzado a respirar con los ronquidos de la muerte?

A don Alberto Robert, que se había rezagado, lo detiene un cerco de púas en la oscuridad. Buscando apoyo, tanteando en la nada, se hiere una vez más las manos. Las manos tocan unas serpientes de papel, las zafan de su prisión de alambre y las derraman en la intemperie de la noche. Puede que don Alberto, asomado al abismo de su ceguera, con los sentidos en alerta perpetuo, esté adivinando la oscura frase que ahora se lleva el viento y que ninguno de los otros testigos leerá jamás. La frase que Perón dijo cuándo, ante quién, con qué acento, y que lo abarca todo entero: la frase río donde cabe el océano.)

"No conozco la duda. Un conductor no puede dudar. ¿Se imagina usted a Dios dudando un solo instante? Si Dios dudara, todos desapareceríamos."

DIECINUEVE

NO DEJEN QUE SE POSEN LOS GORRIONES

> Cuando los chinos quieren matar a los go-
> rriones, no dejan que se posen en los árboles.
> Los hostigan con palos, no dejan que se posen, y
> así les van quitando aliento, hasta que se les
> rompe el corazón. Con los que quieren volar mu-
> cho, yo hago lo mismo. Dejo que vuelen. Más
> tarde o más temprano todos se caen, como los
> gorriones.
>
> PERON al autor, junio 29 de 1966.

HA BEBIDO TANTO QUE SIENTE INUNDADO EL CUERPO, y sin embargo, el miedo se le ha instalado en la garganta: la sequedad, allí, le
oprime los tejidos, la saliva es un corcho. No tendría por qué in-
quietarse. Al fin de cuentas, le ha tocado el trabajo más cómodo:
esperar.

Mientras la columna de Nun y Diana, con las banderas en alto, va abriendo grietas en el flanco izquierdo de la concentración,
impregnándola, entrando, y mientras Vicki Pertini, a la cabeza de
otra larga lengua de militantes, desgarra los cordones de seguridad en el flanco derecho, él, Iriarte, baobab, ojos de vaca, ha quedado cubriendo la retaguardia, detrás del palco, en la tierra de nadie que mantiene a la multitud aislada del aeropuerto.

Hubiera preferido que Diana o Nun no aceptasen con tanta
naturalidad el fácil éxito de la maniobra: que se preguntaran por
qué ninguna tribu de matones les impidió la marcha cuando se
desplazaban desde la torre de agua hacia la carretera vedada, en
la que sólo se consiente el paso de los camiones policiales; cómo
ningún helicóptero intentó sofrenar a la columna cuando se divi-
dió en dos, entre las armazones del tinglado, y moviéndose en
pinzas, fue a clavarse sobre las sienes de la muchedumbre. Cómo
ellos, siempre tan alertas, nada maliciaron. Les bastó ver la meta
para enceguecerse.

De una ojeada el Cabezón Iriarte puede abarcar el campo. A sus espaldas, en la tierra de nadie, las huestes de villeros voluntarios están formando la doble hilera que desplegará, cuando Perón se acerque, un grandioso cartel de bienvenida. Enfrente, Diana y Vicki clavan los codos en las costillas de la concentración, y entre las nalgas del tinglado se amodorra una ristra de ambulancias y ómnibus, al parecer vacíos, con los motores apagados. Como si nada pasara.

Ha bebido litros de agua. Y, sin embargo, la lengua es un trapo muerto. Se asfixia. En lo alto de la estructura metálica del palco, a unos diez metros del suelo, unas sombras saltan entre los caños, se mecen. ¿Aguantará este frágil esqueleto cuando aparezca el General? ¿Cuántos hombres, de los millones que ahora rugen al otro lado del puente, resistirán el ansia de correr hacia él y abrazarlo, aplastándolo? Aunque la intensidad del clamoreo entrevera todos los sonidos, el Cabezón puede oír cómo rechinan los tubos del tinglado: un castillo de naipes. Sopla el viento. En los flancos, corcovean las banderas.

Se vuelve. Otea el campo vacío: la iglesia de azulejos por la que acaba de pasar, el caserón de los huérfanos, la torre con almenas. Tres Ford Falcon serpentean a toda velocidad entre las calles vacías. Vienen hacia él. Oye el chirrido de las llantas no con los tímpanos sino con el estómago. Emergiendo de las ventanillas, el torso afuera, las manos en el techo, unos hombres de negro sacan a relucir Itakas, carabinas Beretta. Y le apuntan.

Los Falcon cruzan un puente de tablas, vadean un foso. Ya están encima. El Cabezón distingue, en el auto de atrás la sonrisa helada de Lito Coba.

Para subir a la tarima de la orquesta sinfónica, montada como una descomunal cola de piano en la base del palco, un trombón que llegó tarde tuvo que ser alzado en vilo por la multitud. A dos de los violinistas les han abierto un caminito para que pasen de perfil, pero no les permiten llevar los instrumentos. Sobre los atriles llueven, cada tanto, hebras de mortadela, óxidos de chorizos, babas de pájaros. Y aun con las partituras a la miseria, los músicos se dan maña para seguir afinando.

La hojarasca de cuerpos exhala vapores cada vez más espesos. Son las dos, ya pasadas. Desde hace media hora nadie se mueve. Quien se va, no vuelve. Las familias con criaturas han sido rechazadas hacia los claros, atrás. Aquí, en los primeros metros, sólo persisten los que tienen codos de acero, pies de cemento y los esfínteres anestesiados.

Al pie de la tarima, varias orquestas de bombos ejercitan sus truenos. Zumban las bombas de artificio. Una gorda sudorosa puja por adelantarse, con los sobacos al aire. Haciéndose la distraída, otra úrsula le traba las piernas y la voltea. Se amenazan. Se desgreñan. Calma, chicas. Enfríen la polenta. El día es peronista. Entre los helicópteros que van y vienen, patrullando, asoma de pronto un globo azul y blanco, de Gas del Estado. De la canasta brotan, disparados por un resorte, dos trapecistas que caen al vacío. Una cuerda los captura en el aire. Son muñecos. Ha bastado la leve ráfaga de ilusión para que los carteristas hagan su agosto, su junio, su fiesta de la bandera.

El vozarrón del locutor oficial, Edgardo Suárez, se impone: "¡Ya somos más de dos millones y medio de argentinos los que aguardamos aquí al General!". Leonardo Favio le arrebata el micrófono y lo corrige: "¡Animo, compañeros, ya somos tres millones!".

Favio procura disimular su azoramiento. Está viendo estallar alborotos fugaces a los costados del palco. "¡Ensayemos, compañeros!", grita, echando hacia atrás el pompón de su gorro de lana. "Vayamos templando la garganta en homenaje a nuestro querido General..."

Nada. Los cordones de la Juventud Sindical cierran filas, aferran con la mano derecha al compañero de la izquierda, pegan los hombros, y rechazan, con la cabeza y las rodillas, a la marea que se les viene encima. Frenan sólo la primera embestida. Al instante, la ola se rehace, y arremete. Diana y Nun han roto ya unas vallas de alambre. Sudan a chorros. La irresistible fuerza que viene detrás de ellos se contrae un momento, y otra vez empuja. Los cuerpos se destripan, se desfloran, saltan en aluvión. Un cerco de madera cae, astillado. Desde el palco uno de los Elegidos toca el silbato: es la orden para que los cordones cedan el paso y se guarezcan tras las ambulancias en los flancos.

En la cabeza de la columna todos contienen el aliento. Luego respiran corto, acezando, como una parturienta. Y se lanzan. Cuando las dos largas lenguas de la columna por fin se tocan, frente al palco, estalla un vocerío. Pepe Juárez y Nun levantan las banderas.

El enorme cuerpo de la concentración ha cedido y se derrama en las cunetas. Los muchachones de brazalete verde, trepados a los camiones sindicales, reordenan sus fuerzas, de a cuatro en fondo. Se preparan. Esperan la señal. Sacan a relucir las mangueras con relleno de plomo, se calzan las manoplas.

Aún queda gente forcejeando, pero es para zafar las piernas. Los Garganta de Oro se han adelantado y cantan:

Rucci, traidor
a vos te va a pasar
lo mismo que a Vandor,

mientras a lo lejos, el coro de los Riachuelo Azul, aventado por las avalanchas, baila en torno de los camiones, desafiándolos:

Se va a acabar, se va a acabar
la burocracia sindical.

Uno de los motores ronca, escupe humo, amagando atropellarlos. Las orquestas de bombos rugen al unísono. Vicki, que ya no sabe dónde poner el cuerpo, salta y grita ¡Dale Pocho, dale Pocho!, como si así pudiese apresurar el vuelo del General. Los ruidos, al entrechocarse, van empañando el aire.

Entonces suena nítido, diferente, un balazo. En la vorágine donde nadie puede oír siquiera su respiración, todos oyen: el primer balazo cae, y con él cae el silencio.

¿Tanto pujar para que ahora nos metamos en la tromba como si fuera de manteca? Pero qué decís, Diana Bronstein. Lo peor no ha empezado. En el palco, los fachos están armándose como para una guerra. Tendría que haberme puesto un pañuelo. Con esta pelambre colorada soy un semáforo. ¡Alcen los carteles de una vez, muchachos! Vos, che, ¿no tenés un trapo suelto para prestarme? (Los mecen. Los tironean. De vez en cuando, hallan un claro. Sólo tenemos un cuerpo, y esas agitaciones lo desgastan. Pero qué sería del cuerpo si no, qué se nos gastaría si no fuera el cuerpo.) Y sin embargo, es raro que haya salido tan fácil. ¿Raro? Sos una moishe paranoica, Diana. Siglos de campos de concentración te han maltratado las esperanzas. Este no es el ghetto de Varsovia. Quién sabe si no es peor. Juná el palco. Qué jetas, mamma mía. Un mural lombrosiano. Los capós se habrán rajado de Auschwitz y Dachau pero aquí están vivitos y coleando. ¿Ves aquel rigoletto, Nun? ¿Lo ves, frotándose las manos en el suéter? No: el desmechado, el calvo, el jorobado que se mueve detrás de la cabina. Ese, ¿lo fichaste? Desde hace un rato está fusilándome con los ojos.

Respirando por fin, al abrigo de los carteles, Diana descubre que hay cientos de personas anidando en los árboles. Delante de la escuelita copada por los halcones de López Rega, unas familias provincianas han montado plataformas entre las ramas de los cedros y los nogales: pueblos aéreos, tal como en las novelas de Julio Verne. Una vieja tiene prendido el brasero, arriba, y ceba mate. ¿Doña Luisa? ¿No es la matrona de Villa Insuperable que hace dos días le dijo: Si vas a estar ahí, Diana, no me lo pierdo? ¿Y el hombre que a su lado canta o habla solo, con un pucho en los labios, no es acaso el marido reumático? ¡Doña Luisa!, la llama Diana, y la mujer, distrayéndose del brasero, agita las manos hacia cualquier parte.

Unos mellizos de Lanús, con vinchas montoneras, la saludan desde la copa de un nogal. Han venido por ella, siguiéndola. Que florescencia en los árboles.

Más allá, en un eucaliptus ceniciento, una mujer morena, de cara dulce, da de mamar a su crío. Cubriéndola, tres hombres templan sus guitarras. Ellos también revolean los pañuelos y sonríen. A ratos, alzan todas las cabezas y escudriñan las señales del cielo: las estelas de los aviones, el borborigmo de los helicópteros. El General se posará de un momento a otro. Égloga, piensa Diana: gente que uno eligió para estar cerca, figuras de la tierra que son iguales a uno.

(Sólo tenemos un cuerpo y hay tiempos, ráfagas, en que quisiéramos amar con dos, eternidades en que quisiéramos olvidar este cuerpo que tiene miedo.) Y sin embargo.

Cruzando el cerco, ya en territorio de la escuelita, unos veinte hombres con fusiles livianos, en cuclillas, se han instalado en plataformas de dos niveles sobre postes de telégrafo. Apuntan hacia todas partes, como si se aprestaran a reventar el mundo.

Cuanto más fuerte gritemos las consignas, cuanto mejor se sienta que si hemos venido aquí es para irnos con una patria rejuvenecida, tanto más fácil será para el General abrir los brazos y admitir como el pueblo quiera. ¿Socialismo nacional? Como el pueblo quiera. No voy a ponerme ronca tan luego ahora. A ver, pibes, cantemos. Allá va:

Haremos una patria peronista
pero que sea montonera y socialista.

¿Sí, sí? Cantemos otra vez. Che, qué les pasa. ¿Se les subió la fiaca a la garganta?

"¡Compañeros, recojan un momento los carteles!", reclama Leonardo Favio por los micrófonos del palco. "Nada más que un momento. Aquí a mi lado hay camarógrafos y reporteros gráficos que han venido de los más remotos puntos del globo para registrar este glorioso espectáculo. Es algo nunca visto, compañeros, un entusiasmo sin parangón en la historia de América..." Hay que medir cada palabra. Nombrar al General cuantas veces se pueda. Es inmortal como los Andes, sagrado como Pericles, grande como Napoleón. Y unir su imagen a la de Isabelita. Pero a Eva no se la nombra. Ni al tío. El libreto está claro. Ojo con eso.

"¡Abajo un momentito los carteles para que los fotógrafos capten esta corona de laureles que hoy estamos ciñendo en la frente de nuestro Gran Conductor, el general Perón!" No hay caso. A cada palabra de Favio, los carteles se alzan más, baten las alas. Ya nadie oye. El cielo está cubriendo la tierra con su boca.

Detrás de la cabina donde se refugiará Perón, Arcángelo Gobbi espera la señal. Camina. Cuando pasa junto a los Elegidos, les repite: Afilen las orejas. Esperen el primer balazo. Las manos le sudan. Teme que de tanto estar tensas, quietas, las manos se le vuelvan agua en el momento que las necesite. Le pesan los nervios. La espalda lo atormenta. Una sofocación inesperada le baja en ondas por el vientre y allí se queda punzándolo. Es como el escalofrío de las masturbaciones, cuando ya no puede más y corre a los baños para desahogarse.

Algo ha caído sobre el palco. ¿Una botella? ¿Un alambre? No, es un violín con las cuerdas rotas. Tiene los sentidos de punta.

Se ajusta los anteojos negros. Y aunque muchas veces se ha dicho ya que no debe hacerlo, Arcángelo vuelve a clavar la vista en la mujer de cabellos llameantes. Con las manos mojadas, aprieta la pistola. No bien oiga la señal, borrará esa imagen que lo hiere, hará pedazos a la mujer en las profundidades de sus pensamientos. Porque los ojos verdes, las pecas, el pelo rojo de la enemiga que vocifera debajo del cartel de los Montoneros, son los mismos que lo atormentan en el sueño: la Virgen que cada noche viene a buscarlo está por fin allí. Y ahora debe alejarla. Debe. ¿Qué mejor ofrenda para Isabel Perón, la verdadera dueña de esa cara sagrada?

Rara vez sucede algo en el intervalo entre dos pensamientos. Pero hay un intersticio ahora, piensa Nun, mientras el increíble Cabezón va trepando por los caños del puente con una Colt desenfundada, en que la realidad se siente: a la derecha, dentro del camión de víveres de Bienestar Social, vislumbra el latido de unas escopetas; en los terraplenes ha descubierto la telaraña de alambres y cables que se le viene encima; huele, atrás, el relámpago de las cachiporras que blanden los matones de brazalete verde. Quisiera darse cuenta si es él u otro quien está oyendo este silencio. Los bombos han cesado, los músicos se han esfumado en el aire, los altoparlantes cierran sus párpados, Favio ya no está más. El globo entre en una nube. Y justo en este desierto donde las cosas no pasan, el Cabezón Iriarte aprieta el gatillo.

Cuando Lito Coba se aleja del armazón metálico del palco, zigzagueando por la autopista de nadie, rumbo al aeropuerto, entre los azorados villeros que siguen sin entender cómo pudo el Cabezón Iriarte acercarse a unos fachos de tan grueso calibre y estrecharles las manos sin repugnancia, cómo un militante popular pudo conferenciar a solas durante cuatro a cinco minutos con el más sanguinario lugarteniente del lopezrreguismo, entonces, aún con el estupor despegándoles los labios, los villeros ven al Cabezón abandonar su puesto en la retaguardia, emprender una carrera loca, pesadamente, hacia el palco, treparse por los caños, desenfundar la Colt 45 que Lito acaba de darle, apuntar a uno de los custodios, gritar ¡Perón o muerte! y disparar, pero al aire, a la bartola, con la vincha montonera brillándole como un farol en la cabezota, y rajar luego, esquivar el bulto, correr desaforado hacia las piletas olímpicas mientras Vicki Pertini trata de alcanzarlo y sólo puede zumbarle, de lejos, una puteada. ¿Qué nos has hecho, Cabezón: en qué podrida nos querés meter?, sin que el baobab asustado llegue a oírla porque en el mismo instante, desde uno de los postes de telégrafo, le han reventado la nuca con un fusil de mira telescópica, han acallado para siempre los turbios, solitarios sueños del Cabezón que agoniza sin explicar cómo es posible que su lealtad se haya quebrado tan de repente, qué resentimientos se tragó, a cuál muerte se tuvo que ir ahora, en qué oscuridad del cielo estará poniendo la mala suerte de su ternura.

Necesitabas con ansia loca un cigarrillo, Vicki Pertini. Después de tanto pujar, querías remojarte la cabeza en un charco cualquiera, cobrar aliento y calentar el alma con un pucho. Entonces, el balazo. Se abrió una puerta que no esperabas y chau, ya estás del otro lado, soltando el humo del cigarrillo que fumarás mañana. El balazo. Corrés, para variar. Gritás algo. Y sin saber cómo, volvés al centro del torbellino, el maelstrom te chupa, tu cuerpo escuálido signado para la nada y la evaporación ya no está en vos, Vicki, ahora sólo sentís que Pepe Juárez te suelta la mano, que has perdido de vista a los Garganta de Oro, y que la fuerza de una bestia te alza de los pelos hacia el palco, te arrastra bajo la efigie del General mientras otras zarpas te asfixian con un plástico negro. Y no sabés en qué rincón de la nada esconder tu cuerpo, el humito de persona que sos, cómo salir de vos para que no sigan lacerándote los cadenazos.

Apenas se desploma el Cabezón, un cortejo de camilleros corre hacia él, pero a ninguno le importa el agujero de su nuca, la última flor de sangre que se le desprende. Más bien rodean el cuerpo con las angarillas, y se guarecen tras el parapeto.

Junto al terraplén donde lo han derribado está, cantando todavía, la retaguardia de los Riachuelo Azul. Sólo se ha oído allí el rayo del fusil telescópico. Se sabe, pues, lo que se ve: que en esta orilla yace un compañero, herido por la espalda, la vincha ensangrentada. A uno de los barítonos, pañuelo rojo al cuello, lo subleva el incidente. Y avanza, para recuperar al muerto.

Una descarga cerrada lo contiene. Los camilleros han abierto las cajas de primeros auxilios, sacando a relucir de entre las vendas unas Beretta planas, que clavan el aguijón antes de que pueda oírselas. Si el gatillo ha sido bien domesticado, las ráfagas, de tres a cinco balas, no fallan nunca. Al barítono del pañuelo rojo le han volado los dedos. A la contralto que intentaba cubrirlo le astillan la mandíbula.

Cuando queda separado de Vicki, Pepe Juárez siente que todos los instintos lo abandonan, menos el de sobrevivir. Si no retrocede ya mismo, comprometerá a sus hombres. Arriando las banderas, al frente de una masa que zigzaguea en abanicos cada vez más anchos, Pepe consigue llegar al bosque de eucaliptus. No bien se afirma en el providencial refugio, ordena sacar las armas: calibre 22, matagatos, perdigones, cualquier estruendo servirá para que los desconcertados perejiles de su retaguardia salven el pellejo al desbandarse.

Juárez es retacón, cejijunto, de un moreno subido. Nunca se ha creído valiente, pero ahora descubre que la ceguera de los músculos, el repentino desdén por toda forma de futuro es eso, valentía. Lo acomete el impulso de saltar hacia las trincheras de la cuneta, dar un rodeo, arrastrándose, y atacar a los camilleros que se han encarnizado con los cantores del Riachuelo Azul. ¿A cuántos podría salvar antes de que lo maten? Aunque, pensándolo bien, no le preocupa que lo maten. Por lo que ha oído de estos fachos, le preocupa que le arranquen la lengua, y, después, lo torturen para que hable.

Tendrá, entonces, que aguantarse en el bosque. Los halcones de López Rega controlan todo el campo: las ambulancias, el palco, la escuelita, los camiones de los sindicatos, las piletas olímpicas. La única vía de escape está detrás suyo, a través del río de la Matanza.

Las mordeduras continuas de los balazos han terminado por agrietar la concentración. El gentío va desparramándose a tientas entre los pajonales con la esperanza de ya no ver más, ni oír, hasta que el huracán se aplaque. Desde el palco han soltado los globos. El cielo, idiotamente, se tiñe de fiesta. Cuerpo a tierra sobre la tarima, los músicos de la sinfónica se abroquelan entre la selva de atriles.

Sólo la columna de Nun y Diana ha defendido las posiciones conquistadas coreando las consignas como si nada sucediera, con los carteles en alto. Cuando arrecia el tiroteo y dos hombres caen heridos, detrás de Nun, los bravos de la columna echan mano de los fierros. Dura, sin énfasis, Diana les ordena: "¡Nada de armas, compañeros! No se dejen provocar".

Durante unos pocos minutos persisten allí, confiados en que la fuerza del número bastará para protegerlos. Oyen otra vez a Favio por los altoparlantes: "¡Paz, compañeros, paz! Nadie se mueva de su sitio. No hay por qué tener pánico". Pero las ráfagas de metralla caen cada vez más cerca, y hasta los fotógrafos veteranos se alejan de la línea de fuego.

Aguantar, aguantar,
que ya llega el General,

los alienta Diana. No puede terminar el canto. Dos ambulancias irrumpen desde la nada, rasgando las entrañas de la columna con la furia de una ballena herida, triturando cuerpos, acuclillando banderas. Lo peor son las sirenas, que petrifican la sangre.

Ahora los tiros brotan de todo el campo. Devastada, en migajas, la columna rompe a correr. Nun corre. Logra escurrirse bajo el palco, entre los caños. Espera. Cierra los ojos. Respira hondo.

Cuando los abre, halla una milagrosa brecha en el dédalo del armazón metálico. Se filtra. Sale por fin a la tierra de nadie, atrás del escenario, cruza un puente, alcanza las orillas del barrio Echeverría. Sólo entonces descubre algo irreal, en su mano, un vacío, como un recuerdo que se despidiera. Y se da cuenta que Diana no está a su lado. Que en esta fulminante eternidad, Diana se le ha perdido.

Varias veces, aun en lo más oscuro de la confusión, tuvo Arcángelo a Diana en la mira de su Beretta. Y cada vez, el placer de sentirla a su merced le ha hecho bajar el arma. Pero no ha pensado en el placer. Lo que se ha dicho es: si la reviento desde aquí, voy a perderla de vista. Se la llevarán los zurdos y no la volveré a encontrar. Ella no me dejará en paz. Cuando sueñe, la tendré arriba mío.

Una determinación feroz le descompone el ánimo. Y sus movimientos, que hasta entonces han sido pausados, tercos, se vuelven centelleantes como los de una cucaracha.

—¡Traigan las ambulancias, rápido! —decide—. Quiero a tres hombres bien armados conmigo.

No son tres hombres lo que vienen: son siete. Guiándose por las órdenes que un Elegido Invisible les imparte con el silbato, los cordones de brazalete verde abren, a toda velocidad, un claro en las columnas montoneras. Es entonces cuando las ambulancias saltan del terraplén, con las sirenas desatadas, y embisten. Los flancos de la columna ceden casi en seguida. Otros, han vislumbrado el ataque y contragolpean. Pero aunque se lanzan, suicidas, entre las llantas, y les clavan garfios y taladros, el blindaje, resiste. Arcángelo ha señalado claramente, al partir, a quién busca.

La presa está en el más cerrado nudo de un torbellino que canta, desafiante: *Aguantar, aguantar*. La defiende un enjambre de mujeres aindiadas y de muchachones con las barbas hirsutas, amarillas de lodo. En la excitación de la caza, una de las ambulancias descarga de una vez el completo chillido de su sirena. Y ataca. Diana ha descifrado, certera, la señal. El estropicio es por ella. Da un salto, se zafa del enjambre y filtrándose entre los cordones, se parapeta junto al palco. Allí, arrinconada, hace frente a los fachos. Los desafía con el asta de una bandera. Clava el palo en el radiador, en los vidrios, hasta que se le rompen las manos. Entonces los espera: que la atropellen. Que se atrevan a matarla.

Pero los cazadores juegan con ella. Reculando, la cercan. Tres hombres bajan, la inmovilizan, la engullen. Y cerrando las puertas de la ambulancia, le clavan una mordaza.

Arcángelo ha estado aguardándola en el interior de la cabina. Avido, puede al fin examinar su presa: ¿ella será un insecto de otro mundo? Va recorriendo el arco de las cejas rojas, la desesperación de los ojos verdes, los manchones del pecho de Diana. Y como si hundiera las manos en un brasero, con infinita precaución, la toca. Siente la extraña calidez del sudor sobre los labios, el aleteo de la nariz, el fragor de las sienes.

Las ambulancias, con las sirenas roncas, circundan el terraplén y entran en la autopista, rumbo al aeropuerto.

Arcángelo atisba la penumbra que, afuera, se va espesando lentamente. Ve la silueta de unas casa, una torre almenada, una iglesia que debió ser azul y que ahora es negra. Posa la zarpa húmeda sobre el hombro del chófer.

—Volvamos —manda—. Quiero meter a esta mujer allá. En la capilla.

VEINTE

EL DIA MAS CORTO DEL AÑO

Hacia las tres de la tarde, cuando por fin amainaba el tiroteo, Norma citó a los corresponsales en una oficina del hotel internacional y les propinó una conferencia menos neurasténica que de costumbre. Las tensiones del día habían dejado en ella marcas que tardarían en borrársele: se le caían los hombros como por un tobogán, y las piernas flacas, musculosas, se lanzaban a temblar, fuera de control.

Sobre su mesa de trabajo, el bullicio de los télex, los gráficos de la situación y los informes sobre lo que pasaba en el avión del General —que ahora estaba suspendido sobre Porto Alegre, en el silencio de un cielo sin nubes—, era renovado a intervalos espasmódicos por una corte de operadores de radio y policías barrigones. El teniente coronel asomó una vez la cabeza y luego, animándose, se acercó a Norma y le dijo al oído:

—Loz zurdoz han tirado laz piedraz y ahora ezconden la mano. Ze van del palco. Y el que no eztá en Ezeiza ez porque no quiere rezibir al General. ¿Haz comprendido?

Norma, que odiaba mirar de frente, fulminó con un guiño de cólera al militar que ya en más de una ocasión había menospreciado su talento político.

—Sé lo que hago. Sé lo que tengo que decir.

Desde hacía tiempo se esforzaba por imitar al General, poniendo las palabras donde los otros esperaban que estuviera, pero era demasiado nerviosa para averiguar en qué dirección soplaba el deseo ajeno. Eso le daba un aire antipático, lo cual era injusto, porque la antipatía no era una cualidad de sus palabras sino de toda su naturaleza.

Mandó a servir café, prohibió que se tomaran fotos y habló con una voz tan modesta, tan a contramano de sus modales, que debió repetir más de una vez la primera frase:

—Algunos de ustedes saben que hace pocos minutos fue asaltado el palco donde todos esperamos recibir a nuestro gran conductor. Ya hemos identificado a los que dieron la orden de fuego. Son los intereses sinárquicos, monopólicos e imperialistas que se oponen a la presencia del General en nuestra tierra. Los sicarios están siendo disuadidos por nuestras fuerzas populares de seguridad...

Con sobresalto, advirtió que había dejado la Walther 9 milímetros sobre el escritorio. La guardó en la cartera.

—...fuerzas populares —insistió—. Esos elementos infiltrados no tienen más alternativa que ir abandonando el lugar. Sólo el verdadero pueblo quedará, pues, para dar la bienvenida al general Perón. Nuestra consigna, en esta fecha gloriosa, es luchar por una patria peronista. Perón es patria.

Se puso de pie. Uno de los corresponsales la contuvo:

—¿Usted cree, señora, que conociendo esos graves incidentes, el General irá de todos modos al palco?

—Sí, va a ir.

—Si resolviese no ir, ¿se han preparado algunos aeropuertos alternativos?

Un rictus incontrolable le ensombreció la cara. Preguntó a uno de los barrigones, en voz baja, si la conferencia se transmitía por radio. El hombre asintió: en directo.

—No hay por qué pensar en aeropuertos alternativos. El General bajará en Ezeiza. Es un hecho.

—Entonces, ¿usted afirma que la situación está dominada?

—Completamente.

—¿Y a qué hora estima que llegará el avión?

—Ya caída la noche. Vuela con una hora de retraso. No hay que olvidar que hoy, 20 de junio, es el día más corto del año.

Un ataque frenético de la columna sur respondió, como estaba previsto, a las noticias de la rueda de prensa. Cuando Lito Coba regresó a los aledaños del palco, esta vez en un Torino artillado, vio que las banderas de los zurdos resucitaban entre los árboles. Un desesperado clamor avanzaba, en ondas sísmicas, desde las lejanías últimas de la concentración, hacia donde habían retrocedido los peregrinos del noroeste:

¿Qué pasa, qué pasa, qué pasa, General?
La patria es socialista
y la quieren cambiar.

Desde las ambulancias y el palco destrozaban los cantos con ráfagas despiadas, pero la columna reaparecía cada vez con milagrosos recursos de la estrategia: tan pronto se hacía preceder por enloquecedoras orquestas de bombos como por escuadrones de lisiados que impulsaban con una mano sus sillas y agitaban con la otra unas banderas de tregua. Las barricadas del bosque de eucaliptus habían sido descoyuntadas desde hacía largo rato por las embestidas de los Dodge y de los Falcon, las trincheras de la cuneta estaban siendo barridas por zapadores de mostachos en punta, como los de los turcos, pero nadie sabía por qué artimañas de la voluntad este gentío sin comandantes ni voces de concierto recogía los heridos después de cada rechazo, y persistía en congregarse frente al palco, para corear la misma frase: *¿Qué pasa, qué pasa?*

Lito advirtió que unos pocos hombres armados habían encontrado refugio en las plataformas de los árboles y apoyaban desde allí los avances de la columna. Era uno de esos problemas que los generales de la antigüedad resolvían con pocas palabras. Subió al palco y resueltamente se apoderó del micrófono. Lo sopló. Funcionaba. Ordenó a los Elegidos que amainasen el fuego y enderazaran los fusiles hacia los árboles.

—Voy a comunicarles una decisión terminante —anunció, pasándose la mano por el pelo—. Todo el personal que se ha ocultado cobardemente en las copas de los árboles tiene que bajar de inmediato. Les doy cinco minutos para bajar.

Hubo una chispa de silencio que se apagó porque alguien martillo una pistola. Luego, estalló una descomunal rechifla.

—Ya lo saben —vociferó Lito—. Les quedan cuatro minutos y medio.

Desafiante, saltó del palco y corrió hacia el bosquecito de nogales y cedros que empenachaba la desembocadura del terraplén. La orden había surtido efecto y las mujeres bajaban, aterradas, con las criaturas en brazos. No se veían francotiradores. Se habían evaporado ya, entre los espejismos de la tarde. Desde las ramas caían, en cambio, pavas de mate, braseros, pañales sucios y guitarras. Mientras unas comadres de Villa Insuperable estiraban los brazos para que el marido reumático de doña Luisa pudiera descender sin espasmos, ella, la vieja esposa, se iba apoyando graciosamente en los muñones del tronco, cuesta abajo, hasta que al fin, al posar la zapatilla sobre la joroba de una raíz, sus ojos tropezaron con los de Lito Coba.

Aquel fue el único instante del corto día de junio cuya duración no se midió por los relojes sino por el sabor a eternidad que tuvo el presente: porque doña Luisa, que cubría sus canas con un pañuelo blanco y había perdido desde hacía muchos años la cuenta de sus arrugas, estaba venciendo ahora la lógica del tiempo con una maravillosa, inocultable preñez. Lucía su barriga con tal serenidad, con una convicción tan contagiosa sobre la dulzura de su destino, que también las otras comadres de Villa Insuperable habían empezado a probar fortuna. Estaban todas embarazadas, como las viejas de las estampas medievales.

Desconcertado por la mansedumbre de aquellas sonrisas que venían de un pasado tan remoto, Lito Coba les volvió la espalda y enfiló hacia el palco.

No había caminado más de dos pasos cuando Leonardo Favio, desde los micrófonos, saludó el vuelo de las dieciocho mil palomas que saltaron de la opresión de sus canastas hacia el cielo ceniciento.

—...mil palomas de paz, compañeros peronistas, por cada año que debió pasar nuestro General en el exilio, mil emblemas de paz por cada año...

Apenas sintió el vuelo, a Lito se le despertó el reflejo condicionado que le inculcara el comisario Almirón en el campito de Cañuelas. Desenfundó la Beretta, pateó una valla, gritó "¡Ya!", y oyendo el flechazo de las palomas en el aire, tronchó varios picos con una ráfaga certera.

Hasta el momento en que fue a dar en la plazoleta del barrio Esteban Echeverría, Nun Antezana había respetado la máxima favorita del General como si fuera una verdad divina: *Sitúate en el centro mientras caminas por el costado.* Pero ahora, cuando la ley de gravedad lo empujaba irremisiblemente a los costados, comprendió cuán peligroso era tocar el centro para cualquier hombre que no fuera el General.

Se refrescó la cara en el bebedero y se asustó de su propia estampa, sucia de abrojos y lodo. Debía encontrar un refugio hasta que anocheciera. Terminada la distracción de la matanza, los hombres de López Rega se afanarían batiendo el campo en su busca. Sintió la liviandad del tiempo, yéndose. Vio enfrente la mole absurda de la iglesia de azulejos, con el techo de tejas, el portal en ojiva, el campanario donde cuatro relojes marcaban horas desacomposadas. A la carrera, alcanzó el atrio. Tanteó la puerta.

Pudo entrar. Los vitrales románicos del muro filtraban sobre los bancos una luz amortajada. En el altar, el sacristán lustraba la corona de una efigie. Estaban encendidas dos cruces de neón, y al pie de los santos, se derretían las velas de las promesas. No había nadie. Lentamente, afuera, anochecía.

Se dio cuenta de que necesitaba pensar, pero en su cuerpo no había quedado lugar para los pensamientos. Solamente sentía, y aun eso, a medias, como si una parte de él estuviera sintiendo a escondidas.

La crispación de una sirena, frente al atrio, le desentumeció los nervios. Oyó insultos, órdenes. Su primer impulso fue arrastrarse bajo los bancos y ocultarse entre los tablones estrechos, tapándose los ojos como un animalito. Vio a su derecha, en la oquedad de la entrada, la casilla de un confesionario. Logró introducirse allí al tiempo que una tropa de matones irrumpía en la iglesia con una mezcla demencial de salvajismo y reverencia. Atisbó a través del enrejado. Reconoció de inmediato los movimientos gibosos de Arcángelo Gobbi. Y con estupor lo vio inclinarse ante el altar mayor, persignándose. Lo que ocurrió después parecía tener la carnadura de un sueño, pero las voces eran reales y los hombres actuaban con ese ardor que sólo se encuentra en la realidad.

Uno de los matones derribó al sacristán de un culatazo y lo arrastró por los pies hasta el atrio, donde otros dos lo levantaron como a una res y lo arrojaron en la cabina de la ambulancia. Arcángelo no les prestó atención. Se desplazaba veloz, de un lado a otro, entre las imágenes del viacrucis, como si lo decepcionaran las insulsas ornamentaciones de la capilla. De pronto, junto al confesionario, pareció encontrar algo. Nun contuvo el aliento. A través del enrejado lo vio arrodillarse, desaparecer, asomarse luego con la efigie de una Virgen pequeña, de juguetería, que cargaba un Niño Jesús de yeso. Depositó la imagen en su lugar con la precaución de quien se limpia una herida, y se quedó un instante con las manos juntas, adorándola.

Luego Arcángelo se desabrochó el cinturón y empezó a quitarse las armas. Dejó la Beretta en un reclinatorio, se alivianó de un Walther con silenciador y de dos granadas que ocultaba en la sobaquera, fue apilando entre las rodillas los cargadores de treinta disparos que le abultaban el saco. Por último, se levantó una pierna del pantalón. Extrajo unas tijeras de sastre y las abrió. Midió, al trasluz, el relámpago de los filos. Una sonrisa de hielo le desfiguró la cara.

Sólo entonces descubrió Nun Antezana el bulto que Arcángelo había dejado al entrar, bajo la pila de agua bendita. Vio al jorobado arrastrar el bulto sin permitir que nadie lo ayudara y tumbarlo acezando, entre los relumbrones de las palmatorias que cercaban la efigie enana de Nuestra Señora. Una sola fulguración fue suficiente. Por debajo de los costurones de sangre, a través de la mordaza y de las desgarraduras de la blusa, Nun reconoció el cuerpo de Diana. Tenías los ojos congelados en una expresión de horror. El pecho estaba rayado por la oscuridad de unos arañazos. Y los labios, que solían mellársele con las primeras inclemencias del invierno, ahora no tenían mellas sino agujeros.

Nun oyó el chisporroteo de las tijeras. Luego vio caer, aún tibios, los flamígeros bucles de Diana Bronstein, se sintió clavado en la tiniebla del confesionario por la blancura ensangrentada de aquella cabeza que tantas veces había oído latir entre sus manos, y con una de esas sorpresas remotas que sólo se corresponden con la infancia, Nun descubrió que tenía la cara mojada, que una marea de lágrimas maduraba en su cara como si fuese a quedarse allí para siempre.

Esperó mucho tiempo hasta que los sentidos recobraron su serenidad y el cuerpo volvió a ser, de veras, algo que le pertenecía. Entonces, cautelosamente, salió. Caminó pegado a los muros, entre las casas mustias donde un televisor, de vez en cuando, tiritaba. La noche se iba impregnando de humedad. Los pastos olían a podredumbre. De pronto vio a Leonardo Favio gesticulando en una de las pantallas, descompuesto. Le oyó decir:

—Un pibe me pidió que fuera corriendo al hotel internacional porque ahí estaban torturando a la gente. Subí. Un matón me quiso parar. Me le zafé. Le dije: "A mí no se te ocurra pararme porque comienzo a dar alaridos". Llamé a una puerta. Me dejaron pasar. Un suboficial me agarró del brazo: "Andáte tranquilo que aquí todo está bien, Leonardo". Pero yo no soy idiota. Había mucha gente reventada en el piso. Las paredes estaban llenas de sangre. Cómo sería, que las salpicaduras llegaban el techo. Entonces me puse a llorar. Caí de rodillas. Seré un cagón pero no me importa. "Yo no los voy a denunciar, pero quiero que me garanticen estas vidas", rogué. Me prometieron que llamarían a un médico y que acabarían con las torturas. Entonces me fui. En un papelito copié los nombres de los heridos, para tranquilizar a los familiares: José Tomás Almada, Alberto Formingo, Vicki Pertini, Luis Ernesto Peellizón....

A Nun se le atravesaron después las imágenes del General, Isabel y López Rega con los brazos en alto, al bajar del avión, y el alma se le convirtió en un desierto de rencor tan interminable, en un vacío tan sin remedio, que abandonó el cobijo de las casas y se internó en la oscuridad, como un sonámbulo.

A las tres de la mañana del 21 de junio una ronda de policías encontró a Nun Antezana inmóvil, a la intemperie, contemplando un eucaliptus del que colgaban, ahorcados, tres hombres a los que nadie conocía.

El General había imaginado la tristeza, pero no así, entre los desvaríos de tante gente. Cuando la Betelgeuse aterrizó al fin en el aeropuerto militar de Morón, a las cinco de la tarde, lo primero que vio por las ventanillas fueron las amenazadoras hebras de humedad que se clavaban, como espectros, en el aire.

Oyó un aplauso en el fondo del avión, una voz destemplada que gritaba: "¡Viva la patria!", y al mismo tiempo descubrió que afuera también aplaudían los ministros, los comandantes en jefe, los arzobispos y los banqueros.

López se inclinó hacia él y le dijo:

—¿Vio que así era mejor, mi General: más seguro? Sin tumulto, sin apretujones, sin antorchas... Ya demasiadas ocasiones tendrá para todo eso...

—Sí —admitió el General—. También la pobre gente querrá verme.

La Señora se compuso el peinado. Abrió la polvera, barrió el brillo de la nariz y preguntó:

—¿Estaré bien así? Ahora que veo a las mujeres tan alhajadas afuera, me arrepiento de no haber traído a mano el vestido sastre negro.

—Con el tapado te sentirás bien —la tranquilizó el General—. Y una escarapela en la solapa. Hoy es el día de la Bandera.

—Ya tendrían que habernos traído las perritas —se inquietó la señora—. Las pobres han vomitado todo el viaje. Están enfermas.

—Daniel te las traerá, Chabela. Daniel está ocupándose de todo.

Tuvieron que permanecer a bordo hasta que el vicepresidente devolvió el mando a Cámpora. Luego, en la oscuridad, bajaron. Unos pocos fotógrafos los iluminaban con flashes, desde lejos. Al General lo intranquilizó que la Betelgeuse hubiese caído tan bruscamente en los desconciertos de la noche. Llevaban dieciocho horas volando con luz de día, tantas como los años de su exilio, y de pronto, al asomarse a la ventanilla, encontró un horizonte sin crepúsculo: sólo había estrellas y una luna esquelética, en menguante.

Le rindieron honores, con los sables desenvainados. La misma gente que tiempo atrás había ordenado que se castigara con la cárcel el mero uso público de su nombre y que había vetado a su partido en todas las elecciones, estaba otra vez allí, abrazándolo, dando gracias a Dios por haberlo conservado saludable y entero, en condiciones de salvar a la patria.

El General ansiaba entrar cuanto antes en la tregua de su rutina. Sentía en el cuerpo la urgente necesidad de alguna casa. Lo dijo. Pero López Rega lo tomó del brazo y lo desvió hacia un despacho donde los comandantes en jefe lo aguardaban.

Oyó nuevamente, distraído, los detalles de la reciente matanza. Le repitieron los nombres de algunos culpables. El General los olvidó de inmediato: el cansancio le convertía esos nombres en agua.

—Haremos tronar el escarmiento —dijo, con la mayor severidad que pudo. Luego, volviéndose hacia López, preguntó:

—¿Ha traído las carpetas de las Memorias en su portafolio, hijo? Mañana, cuando nos levantemos, tenemos que seguir corrigiéndolas. Todo lo que ha empezado debe terminar alguna vez.

Uno de los comandantes se obstinó en leer los partes oficiales sobre los muertos y heridos en Ezeiza. El General lo interrumpió. Quería saber dónde se refugiaban los peregrinos que habían venido a verlo desde las provincias lejanas, para mandarles flores y frazadas.

—No hay flores, mi General. Es invierno —dijo el presidente Cámpora, separando las sílabas—. Lo mejor que puede hacer por ellos es hablarles.

La Señora se puso de pie. Siempre solía tener la mirada inquieta, como si estuviera por perderla de un momento a otro. Ahora, la inquietud se había ido. Sólo le quedaba la mirada perdida.

—¿Y mis perritas? —preguntó—. ¿Por qué no me las traen de una vez, Daniel? ¿Dónde han llevado a mis pobres bandidas?

Mi destino está sellado, volvió a decirse Zamora. Veo la historia por el ojo de la cerradura. La única realidad que conozco es la que aparece por la televisión.

A las seis de la tarde la coraza de camiones que había frenado el paso de su taxi frente a los monobloques del Hogar Obrero se agrietó sin previo aviso, y los vehículos anclados a la entrada de la autopista retrocedieron hacia las honduras de la ciudad, en una incomprensible, unánime inversión de las migraciones que habían gobernado el día.

352

La tremolina de bombos regresaba, pero ya sin redobles, tañendo sólo uno que otro acorde funerario. Por las cunetas, una muchedumbre silenciosa desandaba en pocas horas el camino que le había costado dieciocho años.

A Zamora le impresionó que el silencio se mantuviera inmóvil, flotando como un planeta sobre las filas interminables. No había imaginado que la gente pudiese andar así bajo el silencio, toda junta, sin que ella o el silencio se rompieran, y para colmo con ese peso enorme de las mochilas y de la tristeza.

Se sintió una vez más separado por un vidrio de las cosas que pasaban, y resolvió saltar al aire libre. Pagó al taxista la tarifa triple, y en el momento de abrir la puerta tuvo miedo. Escribir sobre la historia es fácil. Meterse de cabeza en ella podía cambiarle de lugar el meridiano de los sentimientos. Salió. Le sorprendió que la noche no tuviera olor ni sonidos sino la misma mirada de silencios que había vislumbrado dentro del auto. Caía un poco de escarcha.

Caminó contra la corriente. No le importaba cómo regresar al centro de Buenos Aires porque ahora el centro estaba aquí, en este punto ciego de la niebla. Se abría paso metro a metro, luchando con la multitud, pero el esfuerzo le resbalaba por el cuerpo, como si en vez de avanzar fuera dejándose caer sobre los otros. Por lo menos sé a dónde voy, se dijo. Pero no lo sabía.

Por fin, llegó a una casa de revoque cariado, con muchos cuartos, de la que salía y entraba gente. En uno de los patios vio a hombres orinando en fila. Orinó él también y se puso a rondar por los espacios abandonados. Llegó a lo que debía de ser un comedor. Por la oscuridad ambulaban perros y unos caballos ensillados, sin dueño.

Salió a otro patio. Había una cocina de tablas. La gente se calentaba las manos en los fogones. Las paredes estaban agrietadas y polvorientas. En el suelo descansaban unos campesinos con ponchos grises y raídos. Nadie hablaba. Todos tenían la mirada suelta en un brillo cualquiera del aire, y si algo estaban diciendo, eran sólo frases para ellos mismos.

De las tinieblas, en las casas del fondo, brotaron como luciérnagas unas pantallas de televisión que multiplicaban el desfile de los peregrinos cabizbajos por la carretera, el desánimo nacional, la depresión de muerte que se iba regando por la ciudad como la espesura de la neblina.

De pronto, Zamora oyó unas pocas frases sueltas que se levantaron del silencio. Reconoció la voz del General, descascarada, sin inflexiones, como si viniera de una garganta que no era la suya.

"No sé qué oscuro destino me ha hecho llegar a Buenos Aires después de dieciocho años de extrañamiento sin que pudiera dar al pueblo argentino un simbólico abrazo desde lo más profundo de mi corazón..."

Los hombres se despertaron. Hasta los caballos volvieron la cabeza hacia las luces de los televisores. El volumen subió.

"...primero, porque salimos de Madrid ya un poco tarde. Y luego porque hoy, 20 de junio, es el día más corto del año. Hemos hecho el viaje normalmente, pero hemos llegado fuera de tiempo..."

Zamora se acercó a los corrillos, que se tornaban más y más apretados. Por fin, logró ver al General, enhiesto, saludable, sin mella del largo viaje. Se había compuesto el pelo con una capa de gomina. Estaba sentado en un sillón imperial, y apenas se movía. López Rega, de pie, un paso atrás, apoyaba las manos sobre el respaldo. El presidente Cámpora, desde un sillón contiguo, escuchaba embelesado. Un escudo patrio iluminaba la escena.

Aunque el discurso era improvisado, López parecía seguirlo con los labios sin dificultad. El General dijo: "...para evitar desórdenes, no quise que se realizara una concentración de noche, en una zona oscura como el aeropuerto. Lo hice con todo sentimiento, pensando en la pobre gente que desde tan lejos había ido a Ezeiza a darme la bienvenida...".

Algo en la imagen, sin embargo, estaba fuera del orden natural, como si lloviese para arriba. Los campesinos y los caballos se pusieron nerviosos. Zamora extremó su atención. El General dijo: "Yo he de hacer después un viaje por toda la República...".

Uno de los hombres se dio cuenta que los labios de López se adelantaban al discurso.

—Fijensé bien —musitó—. Al General lo están arreando.

Volvió a ocurrir. En la boca del secretario se leyó: "...y me gustará ver a los jujeños en Jujuy" una fracción de segundo antes de que la frase brotara de la garganta del General.

"...y a los salteños en Salta", dictaron los labios.

"Salta", repitió Perón.

El desencanto cayó sobre la gente como una enfermedad instantánea. Una de las mujeres se apartó llorando del televisor y fue a recostarse junto a los braseros. Otras empezaron a calentar la comida de los chicos. La casa entera quedó suspendida en ese abismo que hay entre la indiferencia y el estallido, hasta que uno de los campesinos se alzó por fin y dijo, sereno, irrefutable.

—Ese hombre no puede ser Perón.

—No puede ser —aprobaron las mujeres.

—Cuando Perón se entere de lo que está pasando, volverá —dijo el campesino.

En la pantalla, el General dibujó una última sonrisa melancólica. Zamora le dio la espalda y echó su mirada entre el bullicio de las criaturas, para que descansara un rato. El día más corto del año entró en la eternidad, como se decía entonces. Llegó a su fin.

Zamora se puso de pie:

—Aunque vuelva, es demasiado tarde. Ya nunca más seremos como éramos.

EPILOGO

De pie sobre la silla, arengando, le iba
dando uno por uno la mano a los muertos.
No se sabe si es bueno que nos reciba o nos
dé las espaldas.

JOSE LEZAMA LIMA,
Telón lento para arias breves.

LAS COMADRES DE VILLA INSUPERABLE avanzaron hacia la mole
ocre del teatro Colón con el presentimiento de que tampoco esta
vez podrían ver al General. Caía una lluvia tenaz. Se guarecían
bajo unos toldos de hule y palos de escoba que a cada rato desbarataba el viento, y se turnaban para calentar las mamaderas de los
recién nacidos en los cafés de la vecindad, a cuyas puertas se apilaban las coronas fúnebres.

Habían marchado con las columnas de dolientes poco más de
veinte cuadras, desde el oeste hacia el este, en el curso de unas
quince horas. No era fácil medir el tiempo porque ya estaban del
otro lado, en la eternidad de las exequias, donde la enorme muerte del General regaba su contagio sin respeto ni límites.

De vez en cuando, las radios entraban en cadena y enumeraban los telegramas de pésame o recogían los llantos de la gente
en las filas. Las casas de familia estaban con las puertas entornadas y en los diarios sólo se hablaba del duelo.

A la madrugada del miércoles 3 de julio de 1974, los informativos descerrajaron una telaraña de datos y opiniones para la historia, que pusieron al General aun más lejos del alcance de las comadres, como si se lo llevara un espejismo.

El ataúd del Grande Hombre estaba ya en el Salón Azul del
Congreso. Un diputado propuso que lo dejaran sin término sobre
el estrado de la cámara de sesiones, para que su inmortalidad inspirase las leyes y decretos del futuro.

Vistieron el cadáver con uniforme militar. Los dedos entrelazados ceñían un rosario de nácar. La faja de presidente le cruzaba

357

el pecho. El uniforme —reflexionó el corresponsal de Radio Rivadavia— parecía impropio en aquel cuerpo que no había podido usarlo durante dieciocho años y que terminó adaptándose a la libertad de las ropas civiles. Ocho gobiernos le vedaron el uso de los soles en las jinetas, del sable corvo y de la gorra con palmas doradas que ahora relucían sobre el pecho.

La multitud que aguardaba para verlo debía de superar las cuatrocientas mil personas. No más de dos mil por hora conseguían llegar al catafalco. Radio Belgrano dijo que al General nadie podía tocarlo como a Evita. Era un velorio de viejo, en el que se lloraba menos y se filosofaba más. Una baranda cubierta con un manto azul separaba el ataúd de la gente. El manto estaba sucio de lágrimas, de barro, de la resaca de la calle, pero los peregrinos lo besaban igual. Cada quince minutos, los granaderos traían un manto nuevo.

Isabelita, la viuda, era por fin la presidenta de la República. Actuaba con estudiada gravedad, para estar a la altura. Cada dos o tres horas daba una vuelta por la capilla ardiente, custodiada por los edecanes militares. Rezaba un padrenuestro, acomodaba el pelo del difunto y con un pañuelito negro le secaba la saliva.

Al locutor de Radio Mitre le extrañó que López Rega entrase en la capilla cada vez que se retiraba Isabelita, e inclinándose sobre el difunto, le rezara unas oraciones al oído. "Ustedes pueden seguirlo en sus aparatos", dijo el locutor. "Vean al secretario del General rozar la frente de su jefe con la punta de los dedos meñique y anular. Miren con cuánta unción lo hace. Lo toca una vez, dos veces, tres. Y ahora retrocede un paso."

Antes de que clareara, el informativo de Radio Continental anunció que habían asesinado en Alabama o Kentucky a la madre del pastor Martin Luther King mientras tocaba el órgano en la iglesia. Doña Luisa, la comadre anciana de Villa Insuperable cuya preñez ahuyentó a Lito Cobas en Ezeiza, estaba dando de mamar el crío cuando escuchó la noticia. Sintió un espanto tal que retiró el pecho, temiendo que la leche se le agriara.

El General ha puesto el huevo de la muerte —le dijo a su marido—. Y cuando estas desgracias empiezan, ya no hay quien las pare.

Malició que las radios habían pensado lo mismo porque mentaban la muerte con muchísima prudencia. Cuando hablaban de los desmayados que iban quedándose por el camino, decían: "Siete mil se desvanecieron y ya están de vuelta, ciento catorce han sido internados en los hospitales. Se fueron doce con el corazón descompuesto: ésos no volverán".

Doña Luisa llevaba horas atormentada por la humedad de un juanete. El dolor echaba ramas, y a veces, hasta se le hundía en la boca del estómago. Como las otras vecinas de la Villa, tenía un chal sobre los hombros y un pañuelo blanco en la cabeza, pero en aquel invierno de agua las ropas eran un peso, no un abrigo.

Los maridos cebaron unos mates. Al despuntar el alba, amainó la lluvia y la columna de dolientes fue dejando atrás la mole del teatro. Unos albañiles trajeron sillas de mimbre para que las comadres dieran de mamar a sus anchas. En cada intersticio de la fila sonaba una radio distinta, pero con voces igualmente lúgubres y ceremoniosas. Cuando pasaban música, era de iglesia.

Desde la unidad móvil de Radio del Plata contaron que las tejedoras de Pergamino habían resuelto velar un afiche del General en el salón de actos del sindicato. El corresponsal hablaba con voz transida: "Es de lo más conmovedor ver cómo estas mujeres de pueblo han acomodado sobre un almohadón de encajes la foto venerada, enlazándola con crespones para que todos se hagan a la idea de que también aquí, en Pergamino, está el General de cuerpo presente, como Nuestro Señor en cada hostia". A continuación, informaron que los párrocos de San Luis y Catamarca estaban amortajando bustos de Perón para rezarle misas de réquiem.

—Si son así las cosas, también nosotras podemos velarlo en la villa —decidió doña Luisa.

Todos estuvieron de acuerdo. Les tomó tiempo caminar con las mochilas sobre la cabeza por las callejuelas fangosas del Bajo Belgrano. Cuando por fin se acercaron a las casa y olieron el aroma de las sopas calientes, sintieron que el General estaría mejor allí que a la intemperie, junto a la gente como él y no entre los oropeles de las autoridades.

La casa de doña Luisa era de una sola pieza. Los maridos retiraron los catres, la mesa de comer, la cuna del recién nacido, y armaron un altar con cajones de frutas. Les quedó una pirámide. La cubrieron con una colcha de cretona y en la cima instalaron el televisor. La imagen estaba fija en la capilla ardiente. A intervalos, las cámaras mostraban la cara yerta del General, entre las placentas de su mortaja. Se veía desfilar a la gente casi corriendo, y cuando alguien trataba de quedarse un segundo más, los soldados lo sacaban a la rastra.

—Ya ven —repitió doña Luisa—. El General está mejor acá que allá.

Encendieron dos grandes velas a cada lado del televisor y colgaron del techo un crucifijo armado con tablas de andamio. Adornaron las paredes con moños negros, y, a los pies de la pirámide, doña Luisa hizo un arreglo floral precioso, con claveles de plástico. La noticia del velorio cundió por todo el Bajo Belgrano, y a la entrada de Villa Insuperable se formó una larga fila. Al llegar frente al televisor, los dolientes se arrodillaban, acariciaban la pantalla y se marchaban en silencio. Cada tanto, doña Luisa limpiaba la imagen del General con un pañuelito negro y le tocaba el pelo a través del vidrio.

Vieron a Nun Antezana cuadrarse frente al muerto y saludarlo con el puño en alto. Vieron cómo Arcángelo Gobbi sostenía de los codos a la Señora cuando, al amanecer del 4 de julio, ella sucumbió a una crisis de llanto y pareció que se desmayaba.

Doña Luisa no abandonó el televisor hasta que cerraron las puertas del Congreso. Las cámaras se acercaron al General por última vez y mostraron el rostro amortajado en el útero de tules. Algo se descompuso entonces, y sobre la imagen cayó nieve. El muerto fue hundiéndose lentamente en la espesura del blanco hasta que no quedaron en la pantalla sino ventisqueros y volcanes de hielo, como los del Polo.

Sobre la imagen nevada, una voz refinó que doscientas mil personas habían quedado afuera del Congreso, sin poder despedirse. Las columnas de fieles defraudados ocupaban entonces noventa y cuatro cuadras, desde la calle Paraguay al norte y la avenida San Juan en el sur hasta Carlos Pellegrini en el este y la calle Jujuy en el oeste.

A la nueve y media del 4 de julio, el cortejo fúnebre partió hacia la capilla de Nuestra Señora de la Merced, en la residencia presidencial de Olivos. Las mujeres de la Villa se arrodillaron ante la imagen del ataúd, que iba montado sobre una cureña del ejército, envuelto en la bandera. Lo mojaba la llovizna. De los balcones caían miles de flores: claveles, gladiolos, jazmines, orquídeas, insectos frágiles del verano que habían salido de los invernaderos para vivir ese solo instante. La guardia presidencial batía los timbales.

Las comadres rompieron a llorar. Doña Luisa sintió que en aquella opresión del fin también ellas estaban muriendo. Le brotó un nudo en la garganta. Se dio cuenta de que apenas el ataúd desapareciera de la pantalla todos quedarían huérfanos para siempre, y ella no era mujer de resignaciones. Subió al altar de cajones de frutas y abrazó el televisor con fuerza. La sonrisa del General la envolvió entonces con su calor omnipotente, y doña Luisa creyó que todo podía suceder, que bastaba decirlo para que sucediera:

—¡Resucitá, machito! ¿Qué te cuesta?

RECONOCIMIENTOS

A *César Fernández Moreno, junto a quien nació la idea de esta novela mientras cruzábamos los Pirineos en un auto llamado Eolo, porque no había corriente de aire que se le escapara.*

A *Cora y Manuel Sadosky, quienes me prestaron un rincón de su casa, en Caracas, para que escribiese los primeros borradores.*

Al Woodrow Wilson International Center for Scholars, en una de cuyas torres de Washington D. C. mis montañas de documentos empezaron a cobrar vida. A Louis W. Goodman, que se inquietó por la desmesura de la primera versión (casi dos mil páginas) y me alentó a ser más breve y piadoso con mis eventuales lectores.

Al apoyo y estímulo de Saúl Sosnowski, director del Departamento de Español y Portugués de la Universidad de Maryland, quien impulsó este libro hasta el fin.

A *Mabel Preloran, Luis César Perlinger y Diego Lagache, que me ayudaron en las investigaciones iniciales, entre 1972 y 1973, y descubrieron muchos de los documentos que iluminan la infancia de Perón.*

A *los Siete Testigos, que me abrieron sus cajas de papeles y toleraron con benevolencia mis interrogatorios interminables. A Mercedes Villada Achával de Lonardi, que me permitió copiar su diario.*

A *Julio Lanzarotti, quien completó la investigación sobre los episodios de Chile.*

A *José Manuel Algarbe y a los tenientes coroneles Augusto Maidana y Saúl S. Pardo, que grabaron sus recuerdos.*

A *Bob Reynolds, quien fue mi asistente en el Wilson Center, por sus inverosímiles hallazgos en los Archivos Nacionales y en la Biblioteca del Congreso de Washington.*

A Gerogette Dorn y Dolores Martin, que satisficieron con generosidad mis aluvionales pedidos de última hora a la Biblioteca del Congreso.

A Guillermo O'Donnell y a Leslie Manigat, por su confianza. A Carlos Fuentes, por sus memorables consejos en el comedor del Wilson Center.

A Joseph Page, junto a quien descubrí que narrar a Perón es un oficio inagotable, y que nadie podrá escribir el libro definitivo: por la generosidad con que me permitió fotocopiar algunos de sus documentos.

A Susana, que leyó y discutió cada página del manuscrito, aun en las semanas finales de la escritura, cuando ambos decidimos que dormir ya no valía la pena.

INDICE